Lucia Herbst
Mirror: Weiß wie Schnee

AF144427

Lucia Herbst, Jahrgang 1982, schreibt Fantasy mit Bezug auf Märchen und antike Sagen. 2020 begann sie die Arbeit an ihrem Debütroman. In ihrem anderen Leben ist sie Gutachterin und lebt mit Mann, Kind und Kater über den Dächern von München. Das Schreiben gelingt ihr am besten, wenn es regnet, das Kind schläft und der Kater satt ist.

Lucia Herbst

Mirror:
Weiß wie Schnee

Roman

PIPER

Mehr über unsere Autoren und Bücher:
www.piper.de

Wenn Ihnen dieser Roman gefallen hat, schreiben Sie uns unter
Nennung des Titels »Mirror: Weiß wie Schnee«
an empfehlungen@piper.de, und wir empfehlen Ihnen
gerne vergleichbare Bücher.

**Wir produzieren
nachhaltig**
www.piper.de

ISBN 978-3-492-50792-9
© Piper Verlag GmbH, München 2024
Redaktion: Michaela Retetzki
Satz auf Grundlage eines CSS-Layouts
von digital publishing competence (München)
mit abavo vlow (Buchloe)
Covergestaltung: Emily Bähr, www.emilybaehr.de
Covermotiv: Bilder unter Lizenzierung von
Shutterstock.com und Freepik.com genutzt
Printed in the EU

Prolog

»Frau Königin!« Die alte Amme platzte in das königliche Gemach und blieb schwer atmend stehen. Die anwesenden Kammerzofen, die gerade den Tisch für ein kleines Mahl deckten, beachtete sie nicht. »Frau Königin, Ihr müsst sofort in den Speisesaal eilen.«

Die Königin hob eine Augenbraue.

»Der König ist zurückgekehrt und möchte mit Schneewittchen speisen«, erklärte die Amme, während sie nach Luft rang.

»Ist er im Schloss?« Die Königin sprang von ihrem Sessel auf. »Warum hat mir niemand Bescheid gegeben?«

Alle hielten inne. Mit gesenkten Köpfen standen sie da, einige zitterten vor Angst. Die Königin zischte und warf einen prüfenden Blick in den riesigen Zauberspiegel an der Wand. Er musste nichts sagen. Sie sah umwerfend aus, wie sonst auch. Auf jedem durchschnittlichen Ball würde sie in dieser Aufmachung im Mittelpunkt stehen. Die Haare waren kunstvoll frisiert, die Krone unverrückbar darin eingeflochten. Das schwarze Kleid mit Stickereien brachte ihre waldseegrünen Augen zum Strahlen und betonte das Goldblond ihrer Haare.

Nacht für Nacht bestätigte ihr der alte Zauberspiegel, dass ihre wichtigste Waffe, ihre Schönheit, noch scharf wie ein Schwert war.

Sie eilte in den Speisesaal. Vielleicht zeigte der König

heute Interesse an ihr. Sie wollte, dass er sie liebte, sich nach ihr verzehrte, so wie früher.

Die Königin knirschte mit den Zähnen. Wäre sie gewarnt gewesen, hätte sie im geheimen Dachzimmer über ihren Gemächern einen Liebestrank gebraut.

Seit sie hier vor zehn Jahren als achtzehnjährige junge Frau zur neuen Königin gekrönt worden war, hatte das Volk sie verehrt, bis vor einigen Monaten Gerüchte aufgekommen waren, dass sie eine Hexe und eine grausame Stiefmutter für das arme Schneewittchen sei.

Das Erste stimmte, das Zweite nur halb. Zu Grausamkeiten hatte sie bisher nicht greifen müssen. Gleichgültigkeit hatte gereicht, um sich das Mädchen vom Hals zu halten.

Nun hasste das Volk sie, und die Vermutung lag nahe, dass Schneewittchen etwas mit den Gerüchten zu tun hatte.

Doch alles wäre halb so schlimm gewesen, wenn sich nicht auch noch der König von ihr abgewandt hätte. Er war der einzige Mensch, vor dem sie Angst hatte. Kein Wunder, ihr Leben lag in seiner Hand. Hoffentlich glaubte er nicht an das Getuschel, dass seine Frau eine Hexe sei. Das würde sie schneller auf einen Scheiterhaufen bringen, als sie bis drei zählen konnte. Voller Unbehagen näherte sich die Königin dem Speisesaal.

Die Wachen öffneten ihr die doppelflügelige drei Meter hohe Tür, und einer rief: »Ihre Majestät, die Königin, betritt den Saal.«

Die anwesenden Diener verbeugten sich vor ihr, als sie eintrat. Obwohl sie die Herrin des Schlosses war, blieb Schneewittchen dreist sitzen, und der König wandte nicht einmal den Kopf in ihre Richtung.

Mit ihrem charmantesten Lächeln näherte sich die Königin dem Tisch und sank in einen Knicks. »Mein königlicher Gemahl, welch unerwartete Freude, Euch zu sehen. Wenn Ihr mich darüber informiert hättet, dass Ihr Eure Reise abbrecht, hätte ich Vorkehrungen für Eure Rückkehr getroffen. Wir haben Euch erst in etwa zehn Tagen zurückerwartet.«

»Es ist mein Schloss, und ich kann kommen und gehen, wann ich möchte. In meinem eigenen Zuhause erwarte ich, dass alle stets darauf vorbereitet sind, mir zu Diensten zu stehen. Was hat Euch so lange aufgehalten?« Der König warf ihr einen gelangweilten Blick zu. »Eure Garderobe?«

Die Königin biss die Zähne zusammen. Heute benahm er sich noch abweisender als sonst. Einer der Diener schob ihr einen Stuhl zurecht, und sie ließ sich zur Rechten des Königs nieder.

»Erzähl, mein Kind«, sagte er gerade zu seiner Tochter. »Was macht dein Unterricht? Hast du Fortschritte beim Reiten gemacht?«

»Ja, Vater.« Ihre Stimme überschlug sich vor Freude. »Das Pferd, das Ihr mir neulich geschenkt habt, ist wunderbar.«

Die Königin erstarrte auf ihrem Stuhl. »Oh, ein Pferd? Was für eines?« Sie versuchte unbefangen zu klingen, hörte allerdings selbst, dass ihre Stimme zu hoch war. Wieso hatte sie niemand darüber unterrichtet?

Endlich wandte sich der König ihr zu. »Ihr klingt verärgert, meine Königin.«

Schneewittchen verengte boshaft die Augen.

»Nein, keinesfalls.« Die Königin breitete eine Stoffserviette auf ihren Oberschenkeln aus. »Ich freue mich für unsere Tochter.«

»Stieftochter«, korrigierte Schneewittchen.

»Mein Kind ...«, begann die Königin so sanft wie möglich.

»Ich bin und war nie Euer Kind«, zischte das Balg.

Die Königin legte ihrem Mann eine Hand auf den Unterarm. »Ich hätte Euch beim Aussuchen helfen können. Wie Ihr wisst, kenne ich mich gut mit Pferden aus.«

»Ach ja?«, fauchte Schneewittchen. »Ihr hättet mir sicherlich eins ausgesucht, das mir das Genick brechen würde.«

Wie recht dieses kleine Miststück hatte. Die Königin lächelte nachsichtig. »Nein, eines, das für ein Kind geeignet ist.«

Der König streifte verächtlich die Hand der Königin ab und wischte über den Ärmel, als hätte er sich dort schmutzig gemacht. Schneewittchen kicherte bei diesem Anblick.

»Wo waren wir stehen geblieben, mein Kind?«, fuhr er fort.

Nicht nur Schneewittchen genoss diese Demütigung. Auch den Bediensteten war anzumerken, dass sie vor Genugtuung schier platzten. Sollten sie alle hassen, es war ihr egal. Lediglich der König war wichtig, und seine abfällige Geste machte ihr Angst.

»Königlicher Gemahl«, sagte sie hoheitsvoll, um von ihrem Unbehagen abzulenken. »Es freut mich sehr, dass Ihr heute mit uns speist. Was verschafft uns die Ehre?«

Er musterte seine Ehefrau wie eine lästige Fliege. »Wärt Ihr früher hier gewesen, hättet Ihr mitbekommen, dass ich heute hier speise, um mit meiner Tochter über die Vorbereitungen zu ihrem sechzehnten Geburtstag zu sprechen.«

Das Innerste der Königin gefror. Er hatte sich noch nie

um einen Geburtstag seiner Tochter gekümmert. Es war stets die Aufgabe der Königin gewesen.

»Ach ja«, zwang sich die Königin zu antworten. »Die Geburtstagsvorbereitungen. Natürlich. Wart Ihr mit den Festen der letzten Jahre nicht zufrieden?«

»Sie waren ... etwas schlicht gewesen. Findet Ihr nicht?«, antwortete der König. »Ich bin das Gefühl nicht losgeworden, dass es Euch lästig war. Außerdem ist es der sechzehnte Geburtstag der Prinzessin. Abgesandte anderer Königshäuser werden anreisen, um für ihre Könige und Prinzen um Schneewittchens Hand anzuhalten. Ihnen sollten wir ein rauschendes Fest bieten, keine bescheidene Feier nach Eurer Manier.«

»Danke, Vater.« Schneewittchen klatschte vor Freude in die Hände, und ihre Wangen röteten sich vor Aufregung.

Einige Diener seufzten entzückt bei diesem Anblick.

Der König tätschelte ihr die Wange. »Ich wünsche mir das schönste Fest, das es je gab. Noch prächtiger als beim Sultan aus dem Reich von Tausendundeiner Nacht. Ich möchte, dass man noch in hundert Jahren über diesen Ball spricht. Nichts ist dafür zu teuer, denn die Prinzessin ist zur schönsten Blume aller Reiche herangewachsen.«

Die Königin fragte sich, ob er wusste, dass er ihr mit jedem Wort mitten ins Herz stach. Sie beugte den Kopf vor dem König. »Natürlich. Wie Ihr wünscht. Ich stehe Euch mit allem bereit, was ich zu diesem Fest beitragen kann.«

Kommentarlos wandte sich der König wieder seiner Tochter zu. »Du wirst einen Prinzen heiraten und in Zukunft nicht nur mein, sondern auch das Königreich deines Ehemannes regieren.«

Das Herz der Königin setzte kurz aus. Sie räusperte und zwang sich zu lächeln. »Ich hoffe sehr, dass unser Schneewittchen mit einem langen Leben gesegnet sein wird, um einst als Königin in meine Fußstapfen zu treten.«

Der König lehnte sich zurück und verschränkte die Arme. Mit zusammengezogenen Augenbrauen musterte er seine Frau von oben bis unten. »Nach meinem Ableben werdet Ihr mit Eurer niederen Abstammung wohl kaum eine würdige Nachfolge für mich sein. Schneewittchen wird dann als rechtmäßige Erbin meine Position einnehmen. Und Ihr, verehrte Königin, könnt dann mit Eurem verblassenden Licht das Strahlen der jungen Herrscherin untermalen.«

Ihre und Schneewittchens Blicke trafen sich. Wann war das lästige Kind zu einer Frau herangereift? Zu einer wunderschönen noch dazu! Ein gewaltiger Strom aus Neid, an dessen Ufern Hass erblühte, ätzte sich durch die Eingeweide der Königin. Ohne darauf zu achten, was auf ihrem Teller lag, steckte sie sich eine Gabel davon in den Mund. Was genau sie aß, bemerkte sie erst, als sie hineinbiss: ein Fasanenherz. Sie wünschte, es wäre das Herz von Schneewittchen. Ihr wurde schlecht. Sie musste dringend von hier weg, um nichts Unbedachtes zu tun oder zu sagen. Die Königin legte sich eine Hand auf den Magen, verzog schmerzvoll das Gesicht, was nicht einmal gespielt war, und erhob sich.

»Verzeihung, mein König, ich bin wohl unpässlich und würde mich gern in meine Gemächer zurückziehen.«

Der König winkte ab. »Geht nur. Ich werde Euch morgen früh mit weiteren Instruktionen aufsuchen, bevor ich aufbreche.«

»Ihr geht wieder weg, Vater?«, fragte Schneewittchen enttäuscht.

»Mein Kind, ich werde mir die Reiche deiner potenziellen Bräutigame ansehen und nach einem angemessenen

Geschenk für dich suchen. Diese Aufgaben kann ich niemandem übertragen.«

»Oh, Vater.« Schneewittchen schmolz dahin, und die Königin wünschte, sie würde sich tatsächlich in eine Pfütze verwandeln.

Sie musste hier raus. Schnell wandte sie sich ab.

»Frau Königin«, rief der König, als sie gerade durch die Tür treten wollte.

Sie blieb stehen, ohne sich umzudrehen.

»Sollte Schneewittchen unzufrieden sein oder auch nur eine Träne vergießen, seid Euch meiner Rache gewiss.«

Die Königin stürmte hinaus und vermied es, in die Gesichter der Wachen und Diener zu blicken. In Windeseile würde nun das ganze Schloss erfahren, wie sie gedemütigt worden war. Diesen Kampf hatte Schneewittchen für sich entschieden. Aber es war erst der Anfang. Bisher hatten sich die Königin und die Prinzessin damit begnügt, sich aus dem Weg zu gehen, was in dem weitläufigen Schloss nicht schwierig gewesen war. Doch jetzt hatte Schneewittchen ihr den Krieg erklärt. Gut. Sie sollte ihn bekommen.

Die Wendeltreppe zu ihren Gemächern im Ostturm rannte sie hinauf, ohne auch nur aus der Puste zu kommen. Wut, Hass und Scham beschleunigten ihre Schritte.

Ihre alte Amme wartete bereits auf sie. »Frau Königin!« Sie erkannte sofort, dass etwas nicht stimmte, und scheuchte die Zofen weg. Sobald die letzte den Raum verlassen hatte, nahm die alte Frau die Königin in die Arme. »Mein Kind, was ist passiert?« So sprach sie nur zu ihr, wenn sie allein waren. »Du zitterst ja am ganzen Leib.« Sie strich ihr über die Haare.

Die Königin konnte keinen klaren Gedanken fassen. Wenn Schneewittchen nicht wäre, würde der König nur sie ansehen, die Schönste im ganzen Land. Dann würde er vielleicht auch einen Nachfolger mit ihr zeugen. Ihr Blick fiel auf den übermannshohen Zauberspiegel. Die Königin löste sich von der Amme und ging langsam, wie von unsichtbaren Fäden gezogen, zum Spiegel. Vielleicht konnte er ihr sagen, wie sie Schneewittchen loswerden konnte.

»Mein Kind, nein. Stell dich nicht vor dieses Ding.« Die Amme versuchte die Königin an der Hand festzuhalten, doch diese schüttelte ihre alte Dienerin ab. »Erlaube mir, ihn zu verdecken. Befiehl, ihn aus deinem Zimmer zu schaffen. Er macht mir Angst«, flehte die Amme.

Die Königin beachtete sie nicht. Die Bitte der Amme war absurd, denn die Königin brauchte den Spiegel wie die Luft zum Atmen. Seit sie ihn nach der Hochzeit beim Herumstreifen durch das Schloss in diesem ehemals verlassenen Turm entdeckt hatte, war er ihr bester Freund, ihr Vertrauter und ihre Stütze geworden.

»Wie sehe ich aus?«, hatte die Königin damals lachend ihre Amme gefragt, während sie vor dem Spiegel um die eigene Achse gewirbelt war und den Staub in der Luft zum Tanzen gebracht hatte.

»Frau Königin, Ihr seid die Schönste hier«, hatte statt der Amme plötzlich der Spiegel geantwortet und seitdem die Worte unzählige Male wiederholt.

Danach hatte die Königin verlangt, in diesem Turm zu leben, der neben dem Spiegel noch andere Vorzüge hatte: Zum einen lag er weitab von den Blicken der Dienerschaft, zum anderen erinnerte hier nichts an die alte Königin, die im Herzen des Schlosses gewohnt hatte.

Nun stellte sich die Königin wie in Trance vor den Spiegel. Bevor sie Pläne schmiedete, wie sie Schneewittchen beseitigen konnte, musste sie sich einer Sache vergewissern. »Spieglein, Spieglein an der Wand, wer ist die Schönste im ganzen Land?«

Die silberne Spiegelfläche begann sich zu kräuseln, und eine tiefe Stimme ertönte daraus. »Frau Königin, Ihr seid die Schönste hier.«

Die Königin atmete auf. Sie hatte mit ihrem Hass auf Schneewittchen übertrieben. Solang sie selbst die Schönste war, konnte sie den König und das Volk zurückzuerobern. Die Königin wollte sich gerade umdrehen, als sich die Spiegelfläche tiefschwarz verfärbte und er fortfuhr: »Aber Schneewittchen ist tausendmal schöner als Ihr.«

Etwas in der Königin zerbrach, und die Kälte eines zugeschneiten Grabes kroch in ihr Innerstes. Sie überkam die Gewissheit, dass diese Worte den Anfang ihres Endes einläuteten. Eine Träne rann ihr die Wange hinunter. Seit vor elf Jahren die alte Göttin und mit ihr die Mutter der Königin verschwunden waren, hatte sie nicht mehr geweint. Sie konnte sich nicht rühren, blieb wie festgefroren vor dem Spiegel stehen.

Plötzlich veränderte sich das Licht im Spiegel, flackerte, als würde in seinem Inneren ein Kampf ausgetragen. Gleißendes Licht brach aus dem Spiegel hervor, und wie aus weiter Ferne ertönte eine weibliche Stimme. Zunächst verzerrt, wurde sie langsam deutlicher, bis die Königin ein einziges Wort heraushören konnte: »Lösung …« So abrupt es angefangen hatte, hörte es auch wieder auf. Die Spiegelfläche erstarrte im gewöhnlichen Grauschwarz.

Die Königin stolperte zurück, drehte sich um und rannte aus dem Zimmer.

»Warte!«, rief ihr die Arme hinterher, doch sie rannte, so schnell sie konnte und es das schwere Kleid zuließ. Früher, bevor sie hier eingezogen war, hatte sie stets so leichte Kleider getragen, dass sie damit auf Bäume klettern konnte. Sie wollte zurück. In den Wald, in die Vergangenheit, in ihre Kindheit und die Arme ihrer Mutter. »Luna, warum weinst du?«, würde ihre Mutter sie fragen und mit einem Funken Magie die Blätter um sie wirbeln lassen, um ihr ein Lächeln zu entlocken.

Die Königin blieb abrupt stehen. Luna ... das war ihr Name. Sie hatte ihn vergessen. Warum? Sie atmete schneller. Was passierte hier? Schlagartig fühlte sie sich wie begraben, erdrückt vom Kleid und der Krone.

Aus einem Gang näherten sich ihr Schritte. Luna huschte in die Schatten der Wände und schlich hinaus auf den Hof, wo sie wieder losrannte. Die Sonne war bereits untergegangen, und es schneite wieder. Die Schneeflocken kühlten ihr tränennasses Gesicht. Gierig sog sie die kalte Luft ein.

Erst als sie so weit in den Wald hineingelaufen war, dass sie durch die Bäume das Schloss nicht mehr erkennen konnte, verlangsamte sie ihre Schritte. Ungeduldig bewegte sie ihre Finger, bis die Magie darin knisterte, und ließ mit einem leichten Handschwenk den Schnee auf dem Pfad vor ihr verschwinden. Auch die tief hängenden Äste machten ihr Platz und hießen sie willkommen. Der Frost prickelte angenehm auf ihren Wangen, sonst spürte sie nichts von der Winterkälte, denn die Göttin hatte sie mit dem Feuer ihrer alten Magie gesegnet.

Hier im Wald war sie zu Hause. Aus ihr wäre eine wunderbare Waldhexe geworden. Warum nur hatte sie sich von den Reichtümern und der Macht des Königs verführen lassen? Je weiter sie sich vom Palast entfernte, desto freier konnte sie atmen. Ihre Gedanken beruhigten sich und insbesondere ihre Gefühle. Der Hass auf Schneewittchen, die Angst vor dem König, das Streben nach Schönheit ... es kam ihr alles so nichtig vor.

Im Wald war sie auf eine Art schön, reich und mächtig, wie sie es im Schloss des Königs niemals sein konnte. Zwischen den Bäumen gab es keinen Platz für Hass. Sie liebte die Natur, und die Natur liebte sie. Hier war sie eins mit sich und verbunden mit der in der Welt verbliebenen Liebe der alten Göttin.

Als die Königin sich so tief im Wald befand, dass sie sicher sein konnte, niemandem vom königlichen Hof zufällig zu begegnen, blieb sie stehen, strich sich über das Kleid und verwandelte es in ein bequemes, leichtes Gewand. Dann suchte sie sich eine hüfthohe Schneewehe aus und ließ sich rücklings hineinfallen. Der Schnee fiel über ihr zusammen. Solch ein Grab wäre schön. Kühl wie Eis, weiß wie Schnee, leicht wie eine Feder. Sie blieb liegen und schloss die Augen. Nur kurz ausruhen, zur Besinnung kommen. Am liebsten würde sie bis in alle Ewigkeit hierbleiben. Doch etwas zwang sie stets wieder zurück in den Palast, wo sie vergaß, wer sie wirklich war, wo sie nur dazu fähig war, zu hassen und nach äußerer Schönheit zu streben.

Eines Tages würde sie mit ihrer Amme tief in den Wald fliehen und niemals zurückkehren. Nur nicht heute. Noch war es nicht so weit.

Ihr fiel das letzte Wort des Spiegels ein. »Lösung.« Bis heute hatte er noch nie etwas anderes zu ihr gesagt, als dass sie die Schönste sei. Sie hatte auch nie nach etwas anderem gefragt. Lösung ... Sollte sie den Spiegel nach einer Lösung für ihr Problem mit Schneewittchen fragen? Meinte er das? Oder besser gesagt sie. Der Zauberspiegel hatte zu ihr mit der Stimme einer Frau gesprochen. Sie klang so weich und hell wie der Schnee, unter dem die

Königin gerade lag. Die Lösung, von der diese Frau gesprochen hatte, war bestimmt nichts Dunkles und Grausames. Abrupt setzte sich Luna auf. Ihr Verstand war jetzt so klar wie die Kälte des Winters.

Weder die Gunst des Königs noch das Verschwinden von Schneewittchen würden sie retten können. Aus einem ihr unerklärlichen Grund konnte sie das Schloss nicht verlassen, obwohl sie spürte, dass ihr Ende nahte. Sie wollte weg, wusste allerdings nicht wie. Das war die Lösung! Sie musste den Spiegel fragen, wie sie fliehen und nicht, wie sie Schneewittchen umbringen konnte.

Sie sprang auf die Beine und rannte los. Keine drei Schritte weiter bemerkte sie, dass ihr ein Schatten zwischen den Bäumen folgte. Seufzend blieb Luna stehen. »Komm raus, Jäger.«

Aus der Dunkelheit des Waldes trat ein großer Mann in grüner Kleidung hervor, sein Gesicht hatte er vermummt. An seiner Hüfte baumelte ein Jagdmesser, Bogen und ein Köcher voller Pfeile ragten hinter seinem Rücken hervor.

»Wie hast du mich gefunden?«

»Ich bin Euren Spuren gefolgt.«

»Ich habe keine hinterlassen.«

»Alle hinterlassen Spuren. Man muss nur wissen welche.«

»Und? Wie sehen meine aus?«

»Sie sind unsichtbar.«

So kam sie nicht weiter. »Warum bist du mir gefolgt?«

»Ich weiß es nicht.«

»Um mich zu beschützen?«, fragte sie spöttisch.

»Die größte Gefahr im Wald seid Ihr.«

»Spionierst du mir nach?«

»Es gibt nichts, was ich nicht bereits über Euch wüsste.«

»Und dennoch bist du hier.«

Schweigend starrten sie sich an. Sie mochte ihn genauso wenig wie er sie. Dennoch waren sie seit zehn Jahren aneinander gebunden, begegneten sich stets im Wald, redeten allerdings so gut wie nie miteinander. Das hier war bereits das längste Gespräch, das sie je geführt hatten.

Eine Frage formte sich in ihrem gerade selten klaren Verstand: »Du findest meine nicht vorhandenen Spuren. Bewegst dich so leise im Wald, dass selbst ich dich nur dann entdecke, wenn du dich mir zu erkennen gibst. Keiner deiner Pfeile verfehlt jemals sein Ziel. Wie konnten dich die Wachen meines Vaters vor zehn Jahren beim Wildern erwischen und vor allem überwältigen?«

»Ich weiß es genauso wenig wie die Antwort auf die Frage, warum Ihr mich gerettet habt.«

Die Königin drehte sich um. »Kümmere dich um deine eigenen Angelegenheiten. Und noch etwas: Wage es nie wieder, Eingeweide von Wild in die königliche Küche zu liefern.« Sie schauderte bei dem Gedanken an das Fasanenherz, das sie heute gegessen hatte. Wahrscheinlich hatte sie sich deswegen vorgestellt, Schneewittchens Herz serviert zu bekommen.

Dann rannte sie los. So schnell sie konnte, eilte sie zurück zum Schloss. Erst im Schutz der letzten Bäume wechselte sie wieder durch eine Handbewegung ihre Kleidung. In ihrem Gemach angekommen, stellte sie sich vor den Spiegel, dessen Fläche sich sofort zu kräuseln begann. Es war hypnotisch, und mit den dunklen Wellen schwammen auch ihre klaren Gedanken davon. Lediglich die Frage, wer die Schönste im ganzen Land war, hatte Platz in ihrem Verstand.

»Spieglein, Spieglein an der Wand ...«, begann sie.

Hinter ihr ertönte ein geschluchztes »Nein« ihrer Amme. Es vertrieb diesen merkwürdigen Nebel aus ihrem Kopf. Die Spiegelfläche kam zunehmend in Wallung, bewegte sich unruhig, beinahe ungeduldig. Die Königin begriff: Der Spiegel wollte, dass sie ihm die Frage nach der Schönsten im ganzen Land stellte. »Zeig mir die Lösung. Wie kann ich fliehen aus diesem Land?«

Die schwarzen Ranken des Spiegelrahmens begannen sich wie Schlangen umeinander zu winden. Als aus den Ranken Blut tropfte, keuchte die Amme auf. So etwas hatte die Königin noch nie gesehen, und vorsichtshalber wich sie zurück. Das Ding versuchte wohl vor einer Antwort auszuweichen.

Das war genau der richtige Ansporn für die Königin. Widerrede oder Befehlsverweigerung duldete sie nicht. Sie nahm sich, was sie wollte. Immer. Überall. Sogar bei einem verfluchten Spiegel. Sie beugte sich vor und sprach mit fester Stimme: »Spieglein, Spieglein an der Wand. Hilf mir zu fliehen aus diesem Land.«

Licht, das sie heute schon einmal gesehen hatte, durchbrach das Schwarz der Spiegelfläche. Dahinter erschien eine Gestalt. Es war das Spiegelbild der Königin, allerdings in einer sehr merkwürdigen Aufmachung. So etwas würde sie nicht einmal im tiefsten Wald tragen. Ihre langen blonden Haare waren nicht frisiert. Unordentlich lugten sie unter einer gestrickten grauen Bommelmütze hervor. Und sie war in eine lange schwarze Steppdecke mit Ärmeln gehüllt.

Das Spiegelbild starrte sie mit weit aufgerissenen Augen an. Die Gedanken der Königin überschlugen sich. Und dann begriff sie. Der Spiegel zeigte ihr eine Frau, die ihr bis aufs Haar glich. Wenn ihre Kopie ihren Platz einnahm, wäre sie selbst frei.

Vorsichtig wie eine Katze, die ihre Beute nicht verscheuchen wollte, trat die Königin näher. »Spieglein, Spieglein an der Wand, liegt die Lösung in ihrer Hand?«

1. Stiefschwestern

»Spieglein, Spieglein an der Wand ...« Die Stimme der bösen Stiefmutter knarrte metallisch. »Wer ist die Schönste im ganzen Land?«

Der übermannshohe Spiegel, in den die blonde Puppe im schwarzen Kleid blickte, wackelte, während er antwortete: »Frau Königin, Ihr seid die Schönste hier, aber Schneewittchen hinter den Bergen bei den sieben Zwergen ist tausendmal schöner als Ihr.« Der Rahmen bestand aus schwarzen Ranken, die aus einer längst vergangenen Zeit oder aus einer dunklen Fantasie in diese Welt hätten gekrochen sein können.

Lena verengte die Augen. Bewegten sich die Ranken nicht sogar?

Das laute Auflachen eines Kindes vor der Umzäunung des nachgebauten Märchens holte Lena in die Realität des Weihnachtsdorfes in der Münchner Residenz zurück. Sie riss den Blick vom Spiegel und zog fröstelnd den Daunenmantel fester um sich. Suchend blickte sie sich um und überprüfte ihr Handy. Keine Nachricht von Anna. Ihre kleine Stiefschwester verspätete sich sonst nie. Und auf heute hatte sie sich schon gefreut, seit im September die ersten Lebkuchen in den Einkaufsmärkten aufgetaucht waren.

Fünf Jahre nach dem Tod ihrer Mutter hatte ihr Vater die Mutter von Anna geheiratet, und die damals vierzehnjährige Lena hatte ihre zweijährige Stiefschwester sofort ins Herz geschlossen. So sehr, dass sie nach dem Tod ihrer Eltern aufgrund eines Autounfalls mit erst zwanzig Jahren die Vormundschaft für die damals achtjährige Anna übernommen hatte. Sie hatten nur sich gegenseitig, und Lena als Verantwortliche machte sich permanent Sorgen um das Mädchen. Wie jetzt, weil Anna sich verspätete.

Außerdem konnte Lena es kaum abwarten, das Mädchen mit den zwei Opernkarten für Annas Lieblingsmärchen *Hänsel und Gretel* zu überraschen.

Ein ungutes Gefühl kroch in Lenas Brust. Hoffentlich war nichts passiert, so wie neulich, als einige Mädchen aus Annas Klasse sie in der Schule in einer Besenkammer eingesperrt und ihr das Handy weggenommen hatten.

Lena öffnete die Nachrichten-App. Auch ihr Freund Eric hatte sich nicht gemeldet. Er war gekränkt, weil er heute nicht hatte mitkommen dürfen. Aber die Eröffnung des Weihnachtsdorfes gehörte den beiden Stiefschwestern. Hier fühlten sie sich einander und ihren verstorbenen Eltern nah.

»Lena!«, ertönte es endlich aus der Menschenmasse. Ihre kleine Stiefschwester bahnte sich den Weg zu ihr.

Lena überprüfte kurz Annas Aufmachung und lächelte zufrieden. Heute früh war sie nicht dazu gekommen, weil ihr Dienst in der Psychiatrie vor Annas Unterricht anfing. Anna war warm genug angezogen: Daunenjacke, Stiefel mit dicken Profilsohlen, Handschuhe und ein dicker Schal, passend zu der wollweißen Mütze, die einen wundervollen Kontrast zu Annas ebenholzfarbenen Haaren abgab.

Lena quetschte sich durch die Menschenmenge zu Anna hindurch und nahm das Mädchen in die Arme. »Wie war's in der Schule?«

»Alles gut«, nuschelte Anna in Lenas Halsbeuge und drückte sich an ihre große Stiefschwester.

Lena küsste Anna auf die Schläfe und schob sie ein wenig von sich. »Haben dich heute alle in Ruhe gelassen?«

»Seit du die Polizei in die Schule geschickt hast, redet außer Gina niemand mehr mit mir.«

»Ich mache noch einmal einen Termin mit deiner Klassenlehrerin aus.«

Anna stöhnte. »Lena, bitte! Mach es nicht noch schlimmer. Ich will mit denen auch nichts mehr zu tun haben.«

Um ehrlich zu sein, hatte Lena Angst vor einer weiteren Eskalation mit der Schule. Beim letzten Gespräch mit der Schulleitung hatten sie ihr angedeutet, das Jugendamt bei ihr vorbeizuschicken. Lena wäre ja nicht einmal Annas richtige Schwester und mit ihren knapp achtundzwanzig Jahren vielleicht mit der Vormundschaft für das Mädchen überfordert.

»Hast du dir das mit dem Klassen- oder Schulwechsel noch einmal überlegt?«, fragte Lena.

»Und dann meine einzige Freundin verlieren?«

»Gina kann nicht überall sein. Als sie dich in die Besenkammer gesperrt haben ...«

»Ist sie am nächsten Tag ausgerastet«, fiel Anna ihr ins Wort. »Lena, ich will da nicht weg. Diesen Monat mobben die mich, im nächsten jemand anderen. Und wenn ich die Schule wechsle, wird sofort das Jugendamt bei uns auf der Matte stehen.«

Lena seufzte, das schlechte Gewissen nagte an ihr. Sie war Annas einzige Familie und hatte die Schulprobleme des Mädchens nicht rechtzeitig bemerkt. »Bald ist Neujahr, und mein einziger Vorsatz wird sein, mehr Zeit mit dir zu verbringen. Versprochen.«

Anna lächelte traurig. »Das hast du dir auch letztes Jahr vorgenommen, und es wurde trotzdem immer weniger. Wenn es nicht die Arbeit ist, dann ist es Eric.«

Lena biss sich auf die Lippe. Anna hatte recht. Seit Eric letztes Jahr bei ihnen eingezogen war, verbrachte sie noch weniger Zeit mit Anna.

»Spieglein, Spieglein«, kreischte es wieder hinter ihr. Vom Puppenspiel nebenan mischte sich das Gelächter der bösen Stiefschwestern von *Aschenputtel* dazu. Lena fühlte sich in diesem Augenblick wie die böse Königin und beide Stiefschwestern zugleich.

Auch Anna entgingen die Puppenspiele nicht. Sie blickte von einem Märchen zum nächsten. »Weißt du noch, wie Mama versucht hat, die Geschichten so zu erzählen, dass alle ein Happy End bekommen?«

»Ja.« Lenas Brust zog sich schmerzhaft zusammen.

Die beiden Schwestern sahen sich in die Augen, und Lena spürte wieder das feste Band zwischen ihnen.

»Komm.« Anna packte Lena an der Hand. »Kaufst du mir einen Reibekuchen, danach einen Crêpe und dazu einen Glühwein?«

»Hey«, erwiderte Lena lachend. »Du meinst wohl Kinderpunsch.«

Anna drehte sich zu ihr um und verdrehte die Augen. »Ich bin fünfzehn, keine fünf mehr.«

»Dein Hirn wächst noch, und Alkohol ...«

»Ja, Frau Doktor«, unterbrach Anna sie. »Lass uns zuerst eine Runde über den Markt drehen.«

Lena beschloss, nicht bis Neujahr mit den guten Vorsätzen zu warten. Dieser Nachmittag sollte ein Neuanfang für die beiden werden. Beieinander eingehakt schlenderten sie durch die Reihen, betrachteten die ausgestellten Kerzen, Räuchermännchen, den Weihnachtsschmuck und unterhielten sich.

»Wann hast du deinen nächsten Nachtdienst?«, fragte Anna.

»Morgen. Es wird nicht so schlimm. Schwester Gerlinde wird auch da sein.«

»Und welcher Oberarzt hat Hintergrund?«

»Oberärztin. Frau Professor Doktor Schwarz.«

»Ist es die, vor der alle Angst haben?«

»Haha. Ja. Aber sie ist fachlich unschlagbar.«

»Du solltest mehr so sein wie sie. Dann wäre dir so etwas wie neulich nicht passiert.«

»Das war nur ein Unfall. Der Mann stand unter Drogeneinfluss und hat mich für jemand anderes gehalten.«

Anna drehte sich abrupt zu ihr um. »Wie kannst du ihn noch verteidigen? Er hat dich krankenhausreif geschlagen.«

»Übertreib nicht. Er hat mir nur eine Platzwunde an der Stirn verpasst. Nach ein paar Stunden konnte ich wieder gehen.«

»Ich übertreibe? Sogar die Polizei hat sich eingeschaltet. Das ist erst drei Tage her. Musst du morgen wirklich erneut die Nacht übernehmen?«

»Wir sind einfach zu wenig Ärzte. Und mir geht es wieder gut.«

»Wieso warst du überhaupt mit ihm allein? Das können die nicht machen. Das passiert ständig bei euch! Ich habe einfach solche Angst, dass eines Morgens ein Anruf aus einem Krankenhaus kommt und ...« Tränen füllten ihre großen blauen Augen, und das Mädchen berührte sachte das Pflaster an Lenas Stirn, das unter der Mütze hervorlugte.

Lena wusste, woran Anna gerade dachte. Durch solch ein Telefonat hatten sie damals erfahren, dass Annas Mutter ihren Verletzungen nach tagelangem Kampf erlegen war. Lenas Vater war sofort an der Unfallstelle verstorben.

»Hast du dich schon beim Selbstverteidigungskurs angemeldet?«, fuhr Anna fort. »Du hast es versprochen!«

»Wenn ich neben der Arbeit noch einen Kurs belege, habe ich noch weniger Zeit für dich.«

Anna schnaubte. »Bist du sicher, dass ich das Problem bin und nicht Eric?«

Lena wünschte sich so sehr, dass Anna und Eric sich verstehen würden. Seit dem ersten Treffen vor drei Jahren hatten sich die beiden nicht riechen können. Und nachdem Eric letztes Jahr bei ihnen eingezogen war, hatte sich deren Verhältnis noch verschlechtert. Kein Tag verging ohne Streit. Um das Thema zu wechseln, löste sie sich von Anna und kramte in ihrer Handtasche. »Sieh mal, Eintrittskarten für die Oper. *Hänsel und Gretel.* Heute Abend. Beste Logenplätze. Was sagst du?«

Anna weitete die Augen und machte vor Freude einen kleinen Hüpfer. Dabei klatschte sie in die Hände. Das war Antwort genug. Zufrieden steckte Lena die Karten weg, und sie steuerten einen Glühweinstand an.

Während sich Lena durch die Menschentraube zur Theke durchkämpfte, um zweimal Kinderpunsch zu bestellen – sie wollte mit gutem Beispiel vorangehen –, zog Anna los, um Reibekuchen zu besorgen. Nach bestimmt zehn Minuten balancierte Lena zwei dampfende Becher zu einem Stehtisch und sah sich nach Anna um. Eine Schneeflocke fiel auf ihr Gesicht. Lena blickte in den wolkenverhangenen Himmel, wo Frau Holle passend zur Eröffnung der Weihnachtsmärkte ihre prall gefüllten Kissen aufschüttelte. Dicke Schneeflocken schwebten auf die Weihnachtsbuden, Mützen und in die beiden dampfenden Becher vor Lena.

Sie suchte in der Schlange vor dem Stand mit Reibekuchen nach Anna. Das Mädchen war nicht da. Als sie nach ein paar Minuten auch weiterhin nirgends zu sehen war, ließ Lena die Becher stehen und lief in Richtung Reibekuchenstand. Dabei überprüfte sie auch die Warteschlangen vor den anderen Essensbuden. Sie lief schneller, und ihr Puls beschleunigte sich. Langsam wurde es dunkel. Die Schönheit des ersten Schnees und der bunten Lichter bemerkte Lena nicht mehr. Wo war Anna? Lena begann im Laufschritt die Stände zu umrunden. Und da. In etwa dreißig Meter Entfernung entdeckte sie endlich Anna im schwindenden Licht.

Drei Mädchen hatten sie gegen die Hinterwand eines Standes gedrängt und ihr die Mütze heruntergerissen. Lena kannte sie nicht. Sie gingen nicht in Annas Klasse und wirkten ein oder zwei Jahre älter. Sie schubsten Anna und lachten dabei. Anna hatte die Schultern hochgezogen und das Gesicht in den Händen versteckt. Eines der Mädchen packte sie gerade am Unterarm und versuchte ihre Hand vom Gesicht wegzuziehen.

»Hey!«, schrie Lena und rannte los. Sie hatte noch keine drei Schritte getan, als ein höchstens siebzehnjähriger schlaksiger junger Mann ums Eck des Standes fegte und sich schützend vor Anna stellte. Er entriss den Mädchen Annas Mütze und schrie sie an. Die drei redeten auf ihn ein, doch er streckte gebieterisch einen Arm zur Seite. Lena war nun so nah, dass sie ihn auch hören konnte. »Verschwindet! Und ein für alle Mal: Lasst Anna in Ruhe!«

»Wir reden später«, sagte eine von ihnen, und die drei

zogen von dannen. Dabei warfen sie hasserfüllte Blicke hinter sich, die allesamt Anna galten.

Der junge Mann wandte sich zu Anna um, zögerte, drehte unentschlossen ihre Mütze in den Händen und zog sie ihr dann wieder an. Anna stand weiterhin in sich zusammengesunken da und ließ ihn gewähren. Das Gesicht hielt sie noch in den Händen verborgen. Er sagte etwas zu ihr.

»Anna«, rief Lena. Sie war nur noch einige Schritte entfernt.

Das Mädchen fuhr herum, rannte auf sie zu und warf sich in ihre Arme.

»Wer waren die? Geht es dir gut? Was ist passiert?«, sprudelte es aus Lena heraus.

»Es tut mir leid.« Annas Retter trat zu den beiden Schwestern und blickte voller Mitgefühl hinunter auf Annas Hinterkopf. Er sah gut aus, war groß, hatte blaue Augen und weißblonde Haare, die unter seiner Mütze hervorlugten.

»Warum entschuldigst du dich?«, fragte Lena drohend, während sie Anna hinter sich schob. »Hast du etwas damit zu tun?«

»Nein, ich kenne die nur. Die gehen mit mir in eine Klasse. Wir waren zusammen auf dem Weihnachtsmarkt.«

»Und was tut dir leid?«

»Dass ich nicht früher da war. Anna, die werden das nie wieder machen. Dafür werde ich sorgen.«

Anna sagte immer noch nichts, und Lena machte sich so breit wie möglich, um ihr möglichst viel Schutz zu bieten. »Wenn so etwas noch einmal passiert ...«

»Wird es nicht. Versprochen. Übrigens, ich bin Marc.« Er streckte Lena eine Hand hin. »Anna und ich sind in

27

der gleichen Schule. Ich bin ein Jahr über ihr, und Sie müssen ihre Schwester sein.«

Zögernd ergriff Lena seine Hand und drückte sie. »Ja. Lena.«

»Ich werde in der Schule aufpassen, dass so etwas nicht noch einmal passiert. Machen Sie sich keine Sorgen.« Er ließ ihre Hand los und wandte sich an Anna. »Wir sehen uns morgen. Ich gehe mal die anderen zusammenstauchen.« Damit eilte er davon.

Lena drehte sich zu Anna um und legte ihr die Hände auf die Schultern. »Ich schreibe uns beide für einen Selbstverteidigungskurs ein. Okay? Und wenn so etwas noch einmal vorkommt ...«

»Wird es nicht«, sagte Anna schnell.

»Wie kommst du darauf?«

»Marc ... er ist ziemlich beliebt. Die werden auf ihn hören.«

»Seid ihr befreundet? Marc und du?«

Anna wurde ein wenig rot. »Nein. Er wohnt nur in unserer Gegend, und wir begegnen uns öfter mal auf dem Schulweg.«

»Anna, Liebes, so geht das nicht weiter. Die passen dich jetzt sogar schon außerhalb der Schule ab ...«

»Ich gehe nicht auf eine andere Schule«, sagte Anna trotzig. »Sollen wir heimgehen und uns für die Oper fertig machen?« Sie wechselte offensichtlich das Thema.

Lena biss sich auf die Unterlippe. Für heute würde sie die Angelegenheit ruhen lassen. Langfristig musste jedoch eine Lösung her. Sie ließ sich von Anna zum Ausgang ziehen, und gerade als sie aus dem Innenhof der Residenz traten, klingelte Lenas Handy. Sie blickte auf das Display. Das Bild eines Mannes mit hellbraunen, welligen Haaren lächelte ihr strahlend entgegen. Eric. Er sollte eigentlich auf dem Weg zu seinem Stammtisch sein. Lena nahm das Gespräch an. »Eric? Alles in Ordnung?«

Er schwieg.

»Hallo, Eric?« Lenas Puls beschleunigte sich. »Ist etwas passiert?« Sie war stehen geblieben, und Anna hatte sich stirnrunzelnd zu ihr gedreht.

»Also«, begann er, »ich habe eine Überraschung für dich. Ich habe uns Theaterkarten für heute Abend besorgt und wollte fragen, wann du nach Hause kommst.«

Lenas Magen verkrampfte sich. »Für heute?«

»Ja, es geht um zwanzig Uhr los.«

»Ich dachte, du bist abends beim Stammtisch. Du lässt ihn doch so ungern ausfallen. Jetzt habe ich für Anna und mich Opernkarten besorgt.«

»Oh. Das hast du mir nicht erzählt.«

»Natürlich habe ich es. Wir haben gestern noch darüber geredet.«

»Nein, du hast nichts gesagt. Vielleicht hast du es dir gedacht.«

»Eric«, sagte Lena flehend. »Ich habe Anna schon gesagt, dass wir in die Oper gehen.«

»Ach so. Ich verstehe. Es ist nur ... wir haben schon echt lange kein Date gehabt, und ich wollte dir nur eine kleine Freude machen. Aber ist okay.«

Lena stand da und wusste nicht, was sie sagen sollte.

Eine leise Stimme flüsterte Lena zu, dass er die Theaterkarten nur besorgt hatte, um ihre Zeit mit Anna zu sabotieren. Andererseits ... vielleicht hatte er das mit der Oper wirklich nicht mitbekommen. Er hatte gestern auf der Playstation gespielt, während sie es ihm mitgeteilt hatte. Danach hatte sie es in ihren gemeinsamen Kalender eingetragen.

»Warte.« Sie blickte auf das Handy und rief den Kalender auf. Ungläubig starrte sie auf das heutige Datum. Der Eintrag war verschwunden.

Vor schlechtem Gewissen und Wut auf sich selbst stiegen Lena Tränen in die Augen. Sie hielt sich das Handy wieder ans Ohr. »Eric, es tut mir so leid. Kannst du die Karten noch stornieren?«

»Nein, leider ist das zu kurzfristig. Ich schau einfach, ob ich jemanden finde, mit dem ich hingehen kann. Sonst gehe ich allein hin und tue so, als wärst du da. Ich habe mich auf den Abend mit dir echt gefreut.«

»Ich kann Anna nicht versetzen. Nicht heute«, flüsterte Lena. Nicht nachdem sie schon wieder gemobbt wurde, nicht am heutigen traditionellen Weihnachtsmarktbesuch.

Das Mädchen stand mit versteinerter Miene neben ihr.

»Lena«, sagte Eric sanft. »Ich verstehe es total, dass du dich um Anna kümmerst. Deswegen habe ich mich in dich verliebt, weil du so ein großes Herz hast. Aber ich mache mir Sorgen um dich. Du kümmerst dich so sehr um sie, dass du dich selbst ... und uns vergisst.«

Lena schluckte.

Es war eine Zeit lang still in der Leitung, dann fragte er leise: »Hast du mit ihr wegen du weißt schon was geredet?«

Seit das Mobbing am Schuljahresanfang begonnen hatte, drängte Eric darauf, Anna in ein Internat zu geben. Zu ihrem Besten, wie er sagte. Nach allem, was Lena heute gesehen hatte, lagen die Argumente auf seiner Seite. Das einzige Problem war, dass Anna die Schule nicht wechseln wollte. Vor diesem Hintergrund hatte Lena es bisher nicht gewagt, Anna ein Internat vorzuschlagen. Als ihre einzig verbliebene Familie wollte Lena sie nicht wegschicken, weil sie befürchtete, dass Anna es als Verrat missverstehen würde. Sie hatte Eric verboten, dieses Thema vor Anna zu erwähnen. Wenn, dann würde sie es ihr selbst unterbreiten.

»Nein«, antwortete Lena. »Noch nicht.«

»Warte nicht zu lange, ja? Vielleicht kannst du den heutigen Abend dafür nutzen. Du, ich muss jetzt aufhören, wenn ich auf die Schnelle noch eine Begleitung finden will. Habt einen schönen Abend, hab dich lieb.«

»Ich dich auch«, konnte Lena gerade noch antworten, bevor Eric auflegte.

Langsam und mit einem miserablen Gefühl in der Magengegend senkte Lena den Arm. Jemanden wie Eric hatte sie nicht verdient, wenn man bedachte, wie wenig Zeit sie sich für ihn nahm. Er musste glauben, dass ihr alles andere wie ihre Arbeit oder Anna wichtiger wären als er.

»Du kannst ruhig mit ihm gehen, wenn du willst«, sagte Anna steif.

»Nein. Der Abend gehört uns.«

»Danke.« Die Stimme des Mädchens zitterte. Wieder gab Lena ihr einen Kuss auf die Schläfe und strich ihr über den Hinterkopf.

Der Rest des Abends verlief ohne weitere Zwischenfälle und wäre wundervoll gewesen, wenn Lena sich gegenüber Eric nicht so schuldig gefühlt hätte. Zunächst aßen sie Pizza und hatten danach Spaß bei der Vorstellung. Es brachte Lena auf andere Gedanken, und auch Anna war auf dem Heimweg gelöster und fröhlicher als in den letzten drei Monaten zusammengenommen. Lena genoss diese unbeschwerte Stimmung unter dem ersten Schnee des Jahres.

Es war bereits nach zweiundzwanzig Uhr, als sie nach Hause kamen. Die Altbauvilla in Schwabing hatte Lena von ihrem Vater geerbt. Auf der Straße vor ihrem Haus begegneten sie der Nachbarin, Frau von Hohenstein, eine etwa Sechzigjährige, die grußlos mit ihrem Mops an ihnen vorbeiging. Seit Lenas Vater einen gerichtlichen Streit wegen eines Baumes gegen sie gewonnen hatte, sprach sie nicht mehr mit ihnen. Selbst nach dem Tod von Lenas Vater nicht. Dafür beobachtete sie die beiden, und Lena hatte sie sogar im Verdacht, ihnen einmal das Jugendamt ins Haus geschickt zu haben.

Eric war noch nicht da, und Lena atmete erleichtert auf. So konnte Anna in Ruhe ins Bett gehen. Lena machte für Anna und sich noch einen heißen Kakao und begleitete das Mädchen auf sein Zimmer.

Erst als Anna eingeschlafen war, ging Lena ins große Schlafzimmer, das sie sich mit Eric teilte. Sie machte sich schnell fertig und kroch ins Bett. Von draußen fiel das Licht der Straßenlampe an der nächsten Kreuzung ins Zimmer. Gedankenverloren starrte Lena an die stuckverzierte hohe Decke, wo sich zwischen den Schnörkeln Schatten sammelten, genauso wie die Sorgen in ihren Hirnwindungen.

Anna wurde gemobbt. Hatte sie als Erziehungsberechtigte versagt? Wie sollte sie Annas Probleme lösen und sie nicht noch schlimmer machen? Was, wenn das Jugendamt kam?

Und dann die Sache mit Eric. Lena liebte ihn. Da war sie sich sicher. Er tat alles für sie, kümmerte sich, war aufmerksam, witzig, sah gut aus, und sein Charme war umwerfend. Er ermunterte Lena, sich um ihr eigenes Leben zu kümmern, ihre Karriere, und wollte eine Familie mit ihr gründen. Alles wäre perfekt, wenn er mit Anna auskommen würde. Er behauptete, die Dissonanz zwischen ihnen würde sich bessern, wenn Anna erst einmal in einem Internat wäre. Außerdem würde dann das Mobbing aufhören.

Lena wälzte sich im Bett. Eric hatte in allem recht, doch es half nichts, solang Anna die Schule nicht wechseln wollte. Lena hatte mit ihrer Stiefschwester darüber geredet, ohne das Internat zu erwähnen. Anna wollte auf der Schule bei Gina bleiben. Aber dann würden die Konflikte mit Eric nie aufhören.

Lena schüttelte ihr Kissen auf, weil sie keine bequeme Schlafposition finden konnte. Eric war ihre große Liebe, Anna ihre einzige Familie, und Lena saß zwischen den Stühlen.

Wenn sie nur eine Lösung für alles hätte. Ein *Und sie lebten glücklich und zufrieden bis in alle Zeiten.* Nur wie? Eine Lösung ... wenn sie nur einen Spiegel wie die böse Königin bei *Schneewittchen* hätte. Sie würde ihn nach einer Lösung fragen: *Spieglein, Spieglein an der Wand, liegt die Lösung in meiner Hand?*

Langsam glitt Lena in den Schlaf. Doch statt in der Dunkelheit und dem Vergessen zu versinken, fiel sie in einen unheimlichen Traum. Durch die Wände des Schlafzimmers traten die Märchenpuppen aus dem Weihnachtsdorf. Lena stand mittendrin. Hinter ihr das Doppelbett. Von der Decke fielen Schneeflöckchen. Sie hatte die Kleidung von heute Nachmittag an, ihre graue Bommelmütze und den schwarzen gesteppten Daunenmantel. Die Puppen von *Hänsel und Gretel* verwandelten sich in die beiden Schauspieler aus der Oper. Schrill singend tanzten sie um die Knusperhexe. Aschenputtel prügelte sich mit ihren Stiefschwestern, und die dreizehnte Fee aus *Dornröschen* jagte wild kreischend den zwölf guten Feen hinterher und bewarf sie mit Spindeln.

Die sieben Zwerge schleppten den Zauberspiegel herein

und stellten ihn vor Lena auf. Dabei sangen sie: »Spieglein, Spieglein an der Wand, zeig ihr die Lösung, sie liegt auf der Hand.«

Wie ein lebendiges Schlangenknäuel begannen sich die schwarzen Ranken des Rahmens zu bewegen. Lenas Spiegelbild trug ein schwarzes, besticktes Kleid. In ihre elegant hochgesteckten Haare war eine Krone eingeflochten. Ihre grünen Iriden glitzerten leer und kalt wie zwei Smaragde. Als hätte ihr etwas die Seele genommen.

Plötzlich entwickelte Lenas Spiegelbild ein Eigenleben. Es verengte die Augen und schlich näher heran wie eine Katze, die ihre Beute nicht verscheuchen wollte. Dabei murmelte sie: »Spieglein, Spieglein an der Wand, liegt die Lösung in ihrer Hand?«

Langsam streckte Lenas Spiegelbild die Hand aus und berührte das Glas von innen. Als hätte jemand einen Stein in ein Gewässer geworfen, breiteten sich Wellen über das Silber des Spiegels aus. Blut tropfte aus den Ranken und färbte das Silber rot.

Wie hypnotisiert legte Lena ebenfalls ihre Hand an den Spiegel und griff hindurch wie durch Wasser. Ihr Spiegelbild schloss eisern die Finger um Lenas Hand und zog sie mit aller Kraft zu sich.

Ein brennender Sog in der Brust raubte Lena die Luft. Ihre Sicht verschwamm, und sie spürte ihren Körper nicht mehr. Im nächsten Augenblick hatte sie wieder festen Boden unter den Füßen. Sie trug das schwere Kleid der Königin. Mit einem Aufschrei taumelte Lena vor dem Spiegel zurück, verlor das Gleichgewicht und knallte mit dem Kopf gegen den Steinboden.

2. Böses Erwachen

Mit pochenden Kopfschmerzen erwachte Lena und rollte sich stöhnend auf die Seite. Um die Stirn ertastete sie einen Verband. Dieser Albtraum ... sie musste währenddessen aus dem Bett gefallen sein. Vorsichtig öffnete sie die Augen, blinzelte verständnislos, schloss und öffnete die Augen wieder. Wo, verdammt noch mal, befand sie sich gerade? Sie lag in einem Himmelbett mit schwarzen Brokatvorhängen, die mit einem goldenen Blütenmuster bestickt waren. Lena kletterte aus dem riesigen Bettungetüm, konnte jedoch nicht lange auf den Beinen stehen. Das Zimmer drehte sich, und ihr Magen zog sich zusammen, bereit, was auch immer sich darin befand, nach draußen zu befördern. Die Symptome passten zu einer Gehirnerschütterung. Sie ließ sich wieder zurück auf das Bett sinken und blickte sich mit aufsteigender Panik um.

Die runden Wände des Gemachs waren wie ein Zauberwald bemalt, mit Bäumen, um die sich blühende Ranken wanden, zwischen denen Füchse, Rehe, Wölfe, Hasen, Eichhörnchen und Igel ihrem Leben nachgingen und auf denen Vögel wie Spechte, Krähen oder Amseln saßen. Auf der bestimmt fünf Meter hohen gewölbten Decke trafen sich die gezeichneten Äste von alten Eichen, Eschen, Tannen und in Blüte stehenden Kastanienbäumen.

Dunkelgrüne, zur Wandmalerei passende Vorhänge säumten die hohen, bodentiefen Spitzbogenfenster. Überall standen mit kunstvollen Schnitzereien und Perlmutt verzierte Kleinmöbel wie ein Sekretär und zwei Kommoden. Vor einem Fenster luden ein Ohrensessel mit Fußschemel und ein runder Beistelltisch zum Lesen ein. In der Nähe der Sitzgruppe stand ein volles Bücherregal. Der Boden war mit dicken, in Grün gehaltenen Teppichen ausgelegt. Lena schloss die Augen, zählte bis drei und öffnete sie noch einmal. Der Anblick hatte sich nicht verändert.

»Mein Kind«, ertönte eine Stimme, die Lena kannte. Sie fuhr herum.

Am Fußende des Bettes stand ihre vor einigen Jahren verstorbene Großtante Toni väterlicherseits, genauer gesagt ihre wesentlich jüngere, etwa fünfzigjährige Version, und zwar in einer merkwürdig altertümlichen Aufmachung. Statt ihres rot gefärbten Bobs hatte sie ihre langen Haare in einem strengen Nackendutt zusammengefasst. Und statt des Chanel-Anzugs mit passendem Täschchen trug sie ein schlichtes dunkelgrünes Kleid mit einer hellen Schürze. Im grauen Haar steckte eine lächerliche Haube.

»Tante Toni?« Lena blinzelte noch einmal. War sie selbst auch tot? Konnte es einem im Jenseits so übel vor Kopfschmerzen sein? Vielleicht war es ja die ewige Verdammnis. Tante Toni hätte sich nicht einmal an Fasching so verkleidet. So etwas zu tragen, wäre ihre persönliche Hölle gewesen.

Lena blickte sich noch einmal um und inspizierte insbesondere die Stellen, an denen sich Schatten gesammelt hatten. Wo war die versteckte Kamera? Sie suchte nach dem verräterischen Leuchten, einer kleinen roten Lampe. Nichts.

»Okay, was geht hier vor?« Lena lachte nervös. »Gutes Kostüm. Hatten Sie für die Maske Fotos von Tante Toni?

Ist das hier ein Escape-Room?« Ja, das musste es sein. »Eric?«, rief sie ein wenig lauter.

»Mein Kind, gestern Abend bist du auf den Kopf gestürzt, als du mit dem verfluchten Spiegel geredet hast.« Die Frau, die nicht die echte Tante Toni sein konnte, knetete sich die Hände.

Lena folgte ihrem Blick. Neben dem Kopfende des Bettes stand unter einem Laken verborgen ein fast zwei Meter hohes Ungetüm. Seitlich ragte rechts und links der Rahmen des Spiegels aus Lenas Albtraum hervor. Sie schnappte nach Luft und sprang auf, was sie sofort bereute. Ihr demolierter Kopf protestierte mit Schmerz und Schwindel.

Die Schauspielerin eilte zu Lena und stützte sie. »Mein Kind, du darfst dich nicht zu schnell bewegen.«

»Hören Sie auf mit dem Theater.« Lena schob die Frau von sich und setzte sich wieder. »Ich bin nicht Ihr Kind, und Sie spielen Tante Toni nicht besonders gut.«

»Ihr seid tatsächlich nicht die Königin.« Die Frau sank vor Lena auf die Knie und presste sich die Hände an die Brust. In ihren Augen glitzerten Tränen. »Bitte hört mir zu.«

Etwas so Flehendes lag in ihrer Stimme, dass Lena aufhorchte.

»Ich bin nicht Tante Toni«, sagte Tante Tonis jüngeres Imitat. »Ich bin Eure Amme. Nein, die Amme der verschwundenen Königin.« Die letzten Worte flüsterte sie.

Lenas Kopfschmerzen hämmerten jetzt nicht nur, sie frästen an ihrem Hirn. »Was ist passiert?«

»Heute Nacht habt Ihr, nein, die Königin gefragt, wie sie von hier fliehen könne. Es ist etwas passiert. Der Spiegel hat plötzlich ein mächtiges Licht ausgestrahlt. Ich war geblendet, und als es wieder dunkel wurde, lagt Ihr bewusstlos auf dem Boden. Ich habe Eure Wunde versorgt«, sie deutete auf Lenas Stirn, »und gewartet, dass Ihr aufwacht, in der Hoffnung, dass die Königin ...« Sie brach ab.

»Königin wovon?«

»Von diesem Reich.«

Lenas Gedanken liefen Sturm. Stand sie unter Drogen? Sie war in einem Albtraum gelandet. Das war die Strafe dafür, dass sie Anna in ein Internat stecken wollte. Lena starrte Tante Tonis jüngeren Zwilling an und kniff sich in den Arm, so fest sie konnte. Der Schmerzreiz funktionierte. Eigentlich hätte sie sich das sparen können. Ihr Kopf bewies zur Genüge, dass ihre Schmerzrezeptoren wach waren. Lena atmete tief durch. Gut. Eins nach dem anderen. Sie würde die Situation wie einen schwierigen Patienten angehen: einfache Basisfragen zuerst, und sich dann vorsichtig zum Kern des Problems vortasten. »Wie heißen Sie?«, fragte sie.

Die Frau erhob sich langsam und strich ihr Kleid glatt, öffnete den Mund, schloss ihn wieder. Runzelte die Stirn, und dann weiteten sich ihre Augen erstaunt, als würde sie sich nach langer Zeit wieder an ihren Namen erinnern. »Tine«, antwortete sie langsam und lauschte dem Klang ihres Namens.

Lena gab ihr Raum und Zeit.

»Ich habe meinen Namen schon so lange nicht mehr gehört, dass ich ihn fast vergessen habe.«

»Und ich? Also ich meine die böse Königin?«

Tine betrachtete sie lange. »Die Königin ist nicht böse.«

Bei diesen Worten atmete Lena auf. Sie hatte sich noch nicht zur Schurkin entwickelt.

»Die Königin heißt Luna. Aber niemand nennt sie so.« Tine schwieg. »Nicht einmal ich.«

Lena stutzte. Die Ähnlichkeit zwischen Toni und Tine

oder Lena und Luna konnte kein Zufall sein. Als wäre sie in einer Parallelwelt gelandet. »Sie sagten vorhin, die Königin wollte fliehen. Wovor?«

Tines Augen glänzten vor Tränen. »Sie war unglücklich. Und gestern hat der Spiegel auch noch ...« Sie verstummte.

Der Spiegel! Er musste die Lösung sein. Er hatte Lena hierhergebracht, und durch ihn würde sie wieder zurückkehren können. »Ich möchte den Spiegel sehen.«

»Bitte nicht! Dieses Ding ist verflucht.«

Lena hörte nicht auf sie, erhob sich vorsichtig und trat vor das abgedeckte Ungetüm. Ungeduldig riss sie das Laken herunter. Der Spiegel war viel größer als in ihrem Traum, ansonsten unterschied er sich nicht weiter von einem gewöhnlichen Spiegel mit einem zugegebenermaßen unheimlichen Rahmen. Sie betrachtete ihr Spiegelbild. Da stand sie und auch nicht sie. Sie trug ein altertümliches, gerüschtes Nachthemd. Ihre Haare reichten ihr statt bis zu den Schultern nun bis zur Hüfte. Sie betastete ihre Kopfhaut an den Stellen, an denen kein Verband drüber lag. Keine Haarverlängerungen. Nichts. Sie war blasser als sonst, als würde sie kaum jemals die Sonne sehen. Sie fuhr mit den Händen ihren Körper entlang und stellte erstaunt fest, dass sie viel strammer war, als würde sie regelmäßig joggen oder Sport betreiben. Ihr Spiegelbild ähnelte ihr so sehr, und doch war es nicht ihr Körper. Eine Gänsehaut kroch ihr über den Rücken.

Lena berührte die silberne Spiegelfläche. Sie fühlte sich ganz normal an: hart und kalt. Keine Wellenbewegungen. Sie trat einen Schritt zurück und räusperte sich. »Spieglein, Spieglein ...« Lena stoppte. Sie kam sich mächtig albern vor. Vielleicht musste sie das Märchen nachspielen. Im Märchen war die Frage der Königin der Auslöser für die Ereignisse gewesen. Lena holte tief Luft und begann von Neuem. »Spieglein, Spieglein an der Wand, wer ist die Schönste im ganzen Land?«

Hinter Lena entfuhr Tine ein leiser Schrei. Lena drehte sich zu ihr.

»Woher ... kennt Ihr diesen Spruch?«, stotterte sie.

Lena runzelte die Stirn. »Alle kennen diesen Spruch. Ist das hier nicht die Geschichte von dem Schneewittchen und den sieben Zwergen?«

Tine wich langsam zurück, als wäre Lena ein tollwütiges Tier. »Woher wisst Ihr das alles?«

Lena reichte es. »So, wir hatten alle unseren Spaß. Sie wissen jetzt, dass ich das vermaledeite Märchen kenne. Und nun würde ich gern mit dem Theater hier aufhören und in ein Krankenhaus gehen, um meine Wunde versorgen zu lassen.«

Lena drehte sich wieder zum Spiegel und betrachtete ihn. Kein Licht, keine Wellen. Es war einfach ein gewöhnlicher Spiegel. Vielleicht funktionierte er nur in der Dunkelheit. Gut, sie würde den Spiegel spätestens heute Nacht zwingen, sie zurückzuschicken, sollte sie vorher nicht aus diesem Albtraum aufwachen.

Aber erst mal zur Wunde. Vorsichtig zog sie sich den Verband von der Stirn. Die Wunde war nicht versorgt oder desinfiziert worden. Um die klaffende, etwa drei Zentimeter lange Platzwunde war die Haut gerötet und geschwollen. Lena betastete ihre Schädeldecke; gebrochen war nichts, allerdings sah die Wunde nicht gut aus. Es würde eine üble Narbe geben, wenn sie das nicht bald chirurgisch versorgen lassen würde.

»Ich benötige ein Desinfektionsmittel und einen Arzt«, sagte sie zu Tine. »Was auch immer das hier ist, das ist nicht mehr lustig.«

»Wir haben hier kein Defektionsmittel.«

»Desinfektion«, verbesserte Lena automatisch, so wie sie es früher bei Anna getan hatte.

Tine straffte sich und trat entschlossen zu Lena. »Frau Königin ...«, begann sie.

»Nennen Sie mich Lena und sagen Sie Du zu mir. Ich bin keine Königin.«

Tines Blick huschte zur Tür, dann senkte sie ihre Stimme.

»Lena«, sagte sie leise, »hier bist du die Frau des Königs. Vor anderen darfst du nicht ehrerbietig zu mir reden. Ab jetzt sagst du immer Du zu mir. Niemand darf merken, dass du nicht die Königin bist. Für Hexerei und Besessenheit kommt man hier auf den Scheiterhaufen. Und die Königin ist nicht umsonst geflohen. Sie ... hat die Gunst des Königs verloren. Er wird nicht zögern, dich dem Feuer zu übergeben. Ich werde jetzt den Leibarzt holen. Du darfst niemanden wissen lassen, dass du nicht die Königin bist.«

»Aber ...«, begann Lena.

Tine packte Lena an den Schultern. »Kein Aber. Gleich werden Kammerzofen kommen, um dich für den Tag einzukleiden. Wenn du nicht du selbst bist, wird man dich im schlimmsten Fall verbrennen, im besten Fall in ein Haus zur Behandlung geistiger Krankheiten sperren.«

Lena schauderte es. Alte Psychiatrien waren nicht unbedingt der »beste Fall«. Tines Gebaren machte mehr als deutlich, dass sie es ernst meinte.

Von draußen näherten sich Schritte. Panisch schob die Amme Lena zum Bett. »Ich flehe dich an, lass dir nicht anmerken, dass du nicht die Königin bist. Es ist alles besser, als besessen zu sein.«

»Sogar ein Gedächtnisverlust?«

»Ja!« Tines Stimme überschlug sich vor Freude. »Wenn du nicht weiterweißt, spiel einen Gedächtnisverlust vor. Das kann jedem passieren, das ist weder Hexerei noch das Werk böser Kräfte. Die Wunde an deiner Stirn beweist es. Du bist hingefallen und hast dein Gedächtnis verloren. Dennoch: Sag und tu nichts, was dich als Fremde hier verraten könnte. Benimm dich wie eine Königin, wenn dir dein Leben lieb ist.« Tine drückte Lena ins Bett und scheuchte sie ungeduldig in die Bettmitte.

»Warum hilfst du mir?«

Tine blickte Lena in die Augen. »Weil ich die Königin liebe und möchte, dass sie in einen Körper zurückkehrt, der nicht von Folter und Feuer zerstört ist.«

Es klopfte an der Tür. »Das wird deine Kammerzofe sein. Lass mich erst einmal reden und benimm dich wie eine Königin.« Tine warf Lena einen flehenden Blick zu und eilte zur Tür.

Eine streng dreinblickende Frau betrat das Zimmer und Lena unterdrückte ein Prusten. Die Oberste Kammerzofe war ihre Nachbarin, Frau von Hohenstein. Der Albtraum wurde langsam albern. Zumindest war es jetzt sicher, dass es sich nicht um einen Streich handelte. Frau von Hohenstein würde nie bei der versteckten Kamera oder einem Escape-Room mitmachen.

Hinter fast geschlossenen Augen beobachtete Lena die Lage. Frau von Hohenstein verbeugte sich vor dem Bett, für den Bruchteil einer Sekunde kräuselte sie angewidert Lippen und Nase. Hinter ihr betraten mehrere Dienstmädchen den Raum, in den Händen hielten sie ein prächtiges dunkelblaues Kleid, Unterwäsche, juwelenbesetzte Schuhe, die auf einem roten Samtkissen standen, und offene Schmuckkästchen aus Ebenholz.

Tine machte einen tiefen Knicks vor Frau von Hohenstein und begrüßte sie mit bissigem Unterton. »Was für eine Ehre, die Oberste Kammerzofe hier begrüßen zu dürfen. Seid Ihr von Euren Verpflichtungen bei der Prinzessin vom König entbunden worden?«

»Nein.« Frau von Hohenstein zog eine Augenbraue hoch. »Allerdings ist es meine Pflicht, nachzusehen, ob die Königin wohlauf ist. Mir wurde zugetragen, dass Ihre Hoheit die Kammerzofen noch nicht zu sich gerufen hat, obwohl die Mittagsstunde bereits geschlagen hat.«

»Die Königin schläft noch, da sie heute Nacht unglücklich gefallen ist.«

Die Kammerzofen warfen sich hinter dem Rücken von Frau von Hohenstein Blicke zu, und Lena meinte darin Schadenfreude erkennen zu können. Einige unterdrückten ein Lächeln. In den Kammerzofen erkannte Lena Kolleginnen aus der Klinik sowie Kommilitoninnen, mit denen sie keine allzu guten Erfahrungen gemacht hatte. Frau von Hohenstein trat einen Schritt näher zum Bett. Tine plusterte sich auf und versperrte ihr den Weg.

»Wenn sich die Königin verletzt hat«, tadelte die Oberste Kammerzofe Tine, »dann wäre es Eure Pflicht gewesen, den königlichen Leibarzt zu holen.«

»Die Königin hatte es mir verboten, sie wollte schlafen und niemanden mitten in der Nacht stören.«

»Was hat die Königin eigentlich des Nachts außerhalb des Bettes gemacht?«, fragte Frau von Hohenstein. »Falls sie umhergewandert ist, sollten wir vielleicht den Nervenarzt rufen?«

Tine verschränkte die Arme vor der Brust. »Soll ich Euch erklären, wie man des Nachts seine Notdurft verrichtet und warum man deswegen das Bett verlassen muss, oder könnt Ihr es Euch selbst vorstellen?«

»Leer den Nachttopf«, befahl Frau von Hohenstein

43

einer Zofe und wedelte mit der Hand in Richtung einer kunstvoll bemalten flachen Vase, die Lena für eine Art Blumentopf gehalten hatte.

Tine sprang der jungen Frau in den Weg. »Diese Aufgabe ist einer Kammerzofe aus edlem Haus nicht würdig. Überlasst das der alten Amme der Königin.«

»Kein Dienst an der königlichen Familie ist einem Bediensteten und treuen Untertanen des Königs unwürdig«, antwortete die junge Kammerzofe.

Lena begriff, dass der Topf leer war und Tine einer Lüge überführen würde. Sie hatte genügend Abscheu, Verachtung und Schadenfreude in den Gesichtern der Anwesenden gesehen, um zu wissen, dass sie ihr tatsächlich nicht wohlgesonnen waren. Interessanterweise waren es ausgerechnet die, mit denen sie auch im realen Leben Probleme hatte. Das würde die Navigation durch diverse Fettnäpfchen in dieser Welt definitiv erleichtern.

Um von Tine abzulenken, stöhnte Lena, griff sich an die Stirn und tat so, als würde sie aufwachen. Beim ersten Mucks hatte Lena die volle Aufmerksamkeit aller Anwesenden. Sie hatte nicht genügend Zeit gehabt, um mit Tine einen detaillierten Plan auszuarbeiten. Allerdings hatte Lena nun endgültig begriffen, dass sie weder den Arzt für geistige Krankheiten hier brauchte noch anderweitig einen Verdacht auf sich lenken durfte. Die Sache mit dem Sturz beim nächtlichen Toilettengang und dem darauffolgenden Gedächtnisverlust klang sehr vernünftig.

Also betastete Lena erneut ihre Stirn und achtete darauf, dass alle die Wunde gut sehen konnten. »Wo bin ich?« Sie versuchte ihre Stimme so kalt wie möglich klingen zu lassen, um nicht völlig aus der Rolle zu fallen.

Die Dienerinnen schwiegen. Lena holte tief Luft und

sagte so hoheitlich und scharf wie möglich: »Ich habe eben eine Frage gestellt. Wo bin ich, und wer seid Ihr?«

Frau von Hohenstein trat einen kleinen Schritt auf sie zu, sank in einen tiefen Knicks. »Frau Königin, Ihr seid in Eurem Schlafgemach, und wir sind Eure untertänigsten Dienerinnen.«

Lena wollte gerade fragen, wie sie hießen, doch gerade noch rechtzeitig fiel ihr ein, dass sich die Königin wohl kaum um die Namen ihrer Dienerinnen scheren würde. »Was ist passiert?«, fragte sie stattdessen.

Die Oberste Kammerzofe verengte die Augen. »Eure Amme hier hat uns erzählt, dass Ihr nachts gestürzt seid und Euch die Stirn aufgeschlagen habt. Allerdings hätte es auch ein Angriff sein können.«

»Nein. Es war kein Angriff«, sprach Lena mit tragender Stimme. »Ich bin des Nachts aufgestanden«, sie blickte kurz auf den Topf, »und bin dann beim Rückweg über den Saum meines Nachthemdes gestolpert.«

»Frau Königin, man sieht keinen Blutfleck.« Frau von Hohenstein zeigte auf den Boden.

»Ich erwarte, dass meine Amme meinen Raum sauber hält.«

»Wenn sie das Blut vom Boden aufgeputzt hat, warum hat sie dann den Nachttopf nicht geleert?«, bohrte der Zwilling ihrer Nachbarin weiter.

Lena fragte sich, ob die Oberste Kammerzofe wirklich so mit der Königin reden würde, oder ob die Königin in Wahrheit eine andere Position hier einnahm, denn sie hatte nach einer Lösung gesucht und war geflohen.

Lena musterte die Kammerdienerin. Unter ihrem Blick begann die Frau zu schwitzen. Nein, sie hatte Angst vor ihr. Dennoch traute sie sich, die Königin zu hinterfragen. Warum? Der König musste seine Frau im Beisein von Bediensteten gedemütigt haben. Lena kannte dieses Verhalten aus der Klinik. Der Chefarzt konnte innerhalb eines Moments das Ansehen eines Teammitglieds zerstören, wenn er die Person im Beisein anderer demütigte. Wer beim König in Ungnade gefallen war, auf dem konnten auch andere ungestraft herumhacken.

Lena blähte die Nasenflügel. »Wenn der Nachttopf bereits leer wäre, hätte ich meine Amme hinrichten lassen müssen. Du glaubst nicht etwa, dass meine Amme mein Zimmer verlassen darf, wenn ich mit einer Kopfverletzung im Bett liege?«

»Nein, natürlich nicht.« Endlich gab sich die Kammerzofe geschlagen.

Aus dem Augenwinkel bemerkte Lena, dass es sehr wohl einen Blutfleck gab, allerdings nicht auf dem Weg zwischen Nachttopf und Bett, sondern in der Nähe des Spiegels. Zum Glück bedeckte das Laken, das sie vorhin heruntergerissen hatte, zum größten Teil die kleine Blutlache. Es wäre nicht gut, wenn die Bediensteten erfahren würden, dass sie unmittelbar vor dem Sturz vor dem Spiegel gestanden hatte. Weibliche Eitelkeit war nirgends beliebt, auch nicht in Märchen. Man musste als Frau zwar schön, sich dessen aber weder bewusst sein noch etwas dafür tun. So gesehen war die Realität märchenhaft.

»Ich werde den Tag heute im Bett verbringen«, verkündete Lena, »und ich möchte, dass meine Wunde behandelt wird.«

»Ja, meine Königin«, antwortete die Oberste Kammerzofe und begann sich zurückzuziehen.

»Setzt den König darüber in Kenntnis, dass ich heute nicht mit ihm speisen werde.« Lena kam sich sehr schlau vor. Sie wollte im Laufe des Tages nicht weiter gestört werden, um sich erst mal zu sammeln.

Die Kammerzofe blieb stehen und drehte sich langsam um. »Der König hat gestern das Schloss verlassen.« Etwas Lauerndes lag in ihrer Stimme. »Sollen wir ihm eine Nachricht schicken, dass es Euch nicht gut geht und er zurückkehren soll?«

»Nein, nein«, sagte Lena hastig. Sie musste ihre Worte ab jetzt mit Bedacht wählen und so vage wie möglich bleiben. Am besten das wiederholen, was jemand anderes gesagt hatte. Die Kammerzofe hatte nicht erklärt, wohin der König unterwegs war, also würde Lena ausschließlich ihr Vokabular benutzen.

»Der König soll seine Reise wie geplant fortsetzen, du brauchst ihn nicht zu stören. Schick mir den Leibarzt. Danach bist du für heute entlassen, und ich möchte heute nicht mehr gestört werden.«

Die Kammerzofe zögerte.

»Was noch?«, fragte Lena herrisch und entschuldigte sich in Gedanken für den Tonfall. So sprach sie mit niemandem.

Die Kammerzofe begann zögernd zu sprechen: »Der Sturz war sicherlich ein großer Schock für Euch. Bestimmt ist Euch deswegen entfallen, dass Ihr ab heute die Vorbereitungen für den Geburtstagsball der Prinzessin übernehmen müsst. Die Zeit wird knapp, es müssen Einladungen versandt werden, und der Hof erwartet Eure Anweisungen bezüglich des Menüs, der Musik, der Tänze und der Aufführungen. Ihr wisst ja noch, was der König gesagt hat.«

Lena überschlug kurz ihre Optionen. Sollte sie jetzt einen Gedächtnisverlust vorspielen? Andererseits war sie mehr als sicher, dass sie der Prinzessin die beste Geburtstagsparty organisieren konnte, die sie wollte. Nur eine einzige Person konnte einem jungen Mädchen die perfekte Party organisieren: das Mädchen selbst, mit einem Sponsor im Rücken. Anna war am glücklichsten, wenn sie allein über ihre Partys entscheiden konnte. Lena vermutete, dass sogar das liebenswürdige Schneewittchen geheime Wünsche hatte und wusste, was sie wollte.

Ohne auch nur eine Miene zu verziehen, antwortete Lena: »Natürlich sind mir die Anweisungen des Königs bewusst. Was glaubst du, warum ich des Nachts auf dem Weg zurück ins Bett so unachtsam hingefallen bin? Weil ich in Gedanken in die Planung des Balls vertieft war.«

Die Kammerzofen tauschten verstohlene Blicke. Offensichtlich glaubten sie ihr nicht. Die Königin hatte Lena hier verbrannte Erde hinterlassen. Es würde nicht schaden, sich mit dem Schlosspersonal gut zu stellen, bis sie einen Weg zurück fand, was hoffentlich früher als später geschah. Schneewittchen tat Lena leid. Wenn man dem Märchen glauben wollte, musste es ein zutiefst traumatisiertes, trauriges, schüchternes und nettes Mädchen sein.

So hoheitsvoll wie möglich sagte Lena: »Bis zum Nachmittag sollte ich mich erholt haben. Richte der Prinzessin bitte aus, dass ich heute mit ihr speisen werde, um die Planung für ihren Ball zu besprechen.«

Die Dienerinnen erstarrten.

Lena betrachtete das schwere Kleid in den Händen einer Zofe, und allein bei diesem Anblick nahmen ihre Kopfschmerzen zu. Nein, dieses Ding würde sie heute sicher nicht anziehen, und im Nachthemd würde sie wohl auch nicht durchs Schloss spazieren dürfen. »Ach ja, da ich unpässlich bin, werden wir das Abendmahl in meinen Gemächern einnehmen.« Lena war richtig stolz auf sich, dass sie solche Wörter wie unpässlich parat hatte. Das klang schön geschwollen. Ein Glück, dass sie mal ihre Jane Austen-Phase hatte.

Einige Kammerzofen begannen zu tuscheln, Frau von Hohenstein öffnete den Mund, um etwas zu sagen, schloss ihn wieder, dann verbeugte sie sich. »Wie Ihr wünscht, Frau Königin.«

Damit verließen alle außer Tine den Raum, und Lena ließ sich seufzend in ihre Kissen zurücksinken.

3. Spieglein, Spieglein

»Frau Königin«, begann Tine zögernd, als alle den Raum verlassen hatten.

»Nenn mich Lena.«

»Also gut. Lena. Du darfst das Wort ›Bitte‹ gegenüber den Bediensteten nicht benutzen. Niemals. Und«, Tine fuhr sich über die Stirn, auf der kleine Schweißperlen standen, »die Königin hat die Prinzessin noch nie in ihre Gemächer eingeladen.«

Lena setzte sich auf, was ihr der Kopf mit einer Schwindelattacke und Übelkeit dankte. Wie es aussah, hatte sie tatsächlich eine kleine Gehirnerschütterung.

»Was hätte die Königin dann gemacht, wenn sie in meinem Zustand wäre?« Lena deutete auf ihre Kopfwunde.

Tine ging zum am Boden liegenden Laken, hob es auf und machte Anstalten, es wieder über den Spiegel zu hängen. »Die Königin war niemals krank oder verletzt.«

»Weil sie eine Hexe ist?«

Tine fuhr herum und ließ das Laken fallen. »Sprich das Wort ›Hexe‹ niemals in diesen Räumen und im Zusammenhang mit der Königin aus, es könnte dich das Leben kosten.«

»Okay.« Lena dämpfte die Stimme. »Also, warum war die Königin niemals krank?«

Tine befestigte das Laken so hoch sie konnte am Spiegelrahmen, anschließend ging sie ums Bett hinter einen Paravent, den Lena jetzt erst bemerkte, weil er sich so nahtlos in die Wandmalerei einfügte. Dort hantierte Tine mit Wasser und kam kurze Zeit später mit einem nassen Tuch zurück. Damit begann sie, den Blutfleck vom Boden wegzuwischen. »Nun«, sagte sie, ohne Lena anzusehen, »die Königin besitzt Kräfte, die ihr die alte Göttin geschenkt hatte, sie kennt beispielsweise die besonderen Kräfte der Pflanzen. Sie weiß, wie man Tränke braut, die heilen oder«, Tine zögerte, »krank machen, benebeln und töten.«

»Also doch eine Hexe.« Lena biss sich auf die Zunge und seufzte. Insgeheim hatte sie gehofft, dass die Königin nur eine missverstandene, tragische Person war. Aber aufgrund dessen, was sie bisher mitbekommen hatte, war sie einfach nur eine ausgewachsene Hexe, die alle hassten oder fürchteten. Und diese Hexe hatte Lena jetzt vor den heranrasenden Zug des eigenen nahenden Todes geworfen. Lena graute vor dem Scherbenhaufen, den die Königin ihr zu Hause hinterlassen würde. Sie musste dringend von hier weg. »Über welche Kräfte verfügt die Königin noch?«

»Sie kann die Magie mit ihren Händen formen.«

Unwillkürlich überkam Lena das Bild eines Laserschwertes. »Zu einer Waffe?«

»Mal war es ein Blitz, mal wärmendes Feuer. Das war nur das Offensichtliche. Alle, die von der alten Göttin gesegnet sind, haben einen eigenen Zugang zur Magie und hüten ihre Geheimnisse.«

Lena betrachtete ihre gepflegten Hände und spürte in sie hinein. Weder waren sie besonders warm noch sprühten sie Funken, als sie die Finger aneinanderlegte. Jetzt war sie schon in einem realistischen Märchentraum im

Körper einer mächtigen Hexe und könnte mit ihren Kräften nicht einmal ein Streichholz entzünden. »Wer ist eigentlich diese alte Göttin, und wie bekommt man ihren Segen?«

Tine pausierte mit ihrer Arbeit und blickte hoch. »Sie steckt in allem und jedem dieser Welt. In jedem Grashalm und Stein, im Himmel, in der Sonne und in jedem Wesen. Die alte Göttin bestimmt unser Schicksal und segnet alles. Sie liebt uns.«

Als Atheistin hatte Lena spätestens beim Wort Schicksal auf Durchzug geschaltet. Sie hatte gehofft, dass die alte Göttin eine Oberhexe oder Ähnliches war. Aus einem Märchen, das noch erzählt werden musste. Dass es sich bei der Göttin um den Heiligen Geist der Märchenwelt handelte, war enttäuschend. Bevor sie Tine weiter über die Königin ausfragen konnte, klopfte es an der Tür.

Tine sprang auf, bedeutete Lena mit einer Handbewegung, sich wieder hinzulegen, und eilte zur Tür. Lena sank in die Kissen zurück und verzog leidend das Gesicht. Dazu brauchte es nicht einmal Schauspielkünste. Lena hatte tatsächlich Kopfschmerzen, litt an der Gesamtsituation und zweifelte an ihrem Verstand.

Ein kleiner Mann mittleren Alters in Kniebundhosen und einem Oberteil mit Puffärmeln betrat den Raum. Er hatte einen albernen Hut auf dem Kopf, unter dem graue Strähnen hervorblickten. Er verbeugte sich tief vor Lena. »Man hat mich geschickt, um nach Eurem Gesundheitszustand zu sehen, Frau Königin.«

Lena versuchte jegliche Unsicherheit hinunterzuschlucken. Das hier war nur eine praktische Prüfung, auf die sie zu wenig gelernt hatte. Wenn sie nur so tat, als wäre sie sicher, wäre die Prüfung schon halb gewonnen. Was würde wohl eine unhöfliche, herrische Frau in so einer Situation sagen? Lena dachte an die zickigen Bösewichtinnen aus Seifenopern.

»Warum hat es so lange gedauert? Ich sollte Euch entlassen.« Tine riss die Augen auf. Lena begriff. Die Königin würde einen Untertanen niemals höflich mit »Euch« ansprechen. Schnell täuschte Lena einen Hustenanfall vor, der ihren Kopf vor Schmerzen fast zum Bersten brachte. Und als sie weitersprach, war ihr Ärger nicht mehr nur gespielt. »Euch alle, die ihr es wagt, mir so miserabel zu Diensten zu sein!«

Tines Gesichtszüge entspannten sich.

Der Arzt verbeugte sich noch einmal. »Frau Königin, ich bin so schnell hierhergeeilt ...«

»Genug gefaselt«, fuhr Lena ihn an. »Unternimm unverzüglich etwas gegen diese Wunde und erwarte keine Gnade, wenn eine hässliche Narbe zurückbleibt.«

Der Arzt blickte panisch zu Tine, die ungerührt einen Beistelltisch zum Bett trug. Mit zitternden Händen stellte er seine Tasche darauf ab. Er holte ein Messer hervor, das einem Skalpell ähnelte, sowie ein Fläschchen mit einer Tinktur. Misstrauisch beäugte Lena die Gegenstände. Sie sahen nicht sehr vertrauenserweckend aus.

»Wenn Ihr Euch zu mir vorbeugen würdet, Frau Königin«, begann der Arzt.

»Du hast nicht etwa vor, meine Wunde im Gesicht anzufassen, ohne vorher die Hände zu des...« Sie räusperte sich. Desinfizieren kannte man hier nicht. »Ohne dir vorher die Hände sauber gemacht zu haben.«

Der Arzt hielt inne. »Frau Königin, meine Hände sind sauber. Mit diesen Händen versorge ich die Wunden des Königs und der Prinzessin.«

Es war keine gute Idee gewesen, sich von einem lokalen

Arzt behandeln zu lassen. Lena deutete auf das Fläschchen. »Was ist das?«

»Öl, das Euch die Schmerzen nehmen wird.«

»Und woraus besteht es?«, fragte Lena.

»Es wurde aus dem Hoden eines mächtigen Getiers aus einem fernen Land herausgepresst.«

Lena rückte vor ihm weg. Märchenwelt hin oder her, ihre Schmerzen und die Entzündung der Wunde waren echt. Wenn sie die Behandlung zuließ, würde sie auf keine Hinrichtung warten müssen. Vorher würde sie qualvoll an einer Wundinfektion und Blutvergiftung sterben.

»Hinaus«, sagte sie leise.

»Frau Königin«, begann der Arzt.

»Hinaus«, wiederholte sie lauter. Ja, so würde eine wütende Königin in einem Märchen reagieren. »Sofort! Oder ich werde dem König sagen, dass du mich vergiften wolltest.«

»Frau Königin.« Der Arzt fiel auf die Knie. »Nie im Leben.«

»Ich sagte, du sollst verschwinden«, schrie sie.

Der Arzt war nun so weiß im Gesicht wie ein steriler Tupfer, nach dem Lena sich gerade sehnte. Eilig packte er alles wieder zusammen, verbeugte sich noch kniend und verließ fluchtartig das Zimmer.

Sobald sich die Tür knallend hinter ihm geschlossen hatte, ließ Tine sich erleichtert auf die Bettkante sinken. »Lena, du warst großartig. Besser hättest du die Königin nicht nachahmen können. Vielleicht hätte sie ihm noch ein, zwei Verwünschungen hinterhergeschickt. Willst du es nicht mal versuchen?«

Lena starrte Tine an. »Was?«

»Na ja, so etwas wie eine schlaflose Woche, dass er bei

jedem zweiten Schritt stolpert oder ihm das Essen ab jetzt wie Erbrochenes schmeckt.«

Angewidert runzelte Lena die Stirn. »So etwas würde ich niemandem wünschen.«

»Ach so?«, sagte Tine ein wenig perplex. Kurz starrten sie sich an.

»Wie auch immer, kannst du mir bitte einen Handspiegel bringen?«, wechselte Lena das Thema.

Tine erfüllte ihr den Wunsch, und Lena besah sich das Desaster auf ihrer Stirn. Sie brauchte dringend ein Skalpell, um die schmutzigen Ränder wegzuschneiden. Am besten noch einen Faden und eine Nadel, um die Wunde zusammenzunähen. Und wenn es ginge, Desinfektionsmittel und ein steriles Pflaster. Sie betastete die Wundränder, sie drückten und brannten unangenehm. Lena ließ den Spiegel sinken. »Kannst du mir bitte ein kleines, sehr scharfes Messer bringen?« Sie überlegte. »Und Alkohol.«

»Bier?«

»Nein, etwas Stärkeres. Habt ihr hier Schnaps?«

»Ja«, sagte Tine, und ihr Gesicht hellte sich auf. »Einen Obst- oder Kräuterschnaps.«

»Beides.« Lena würde nach Geschmack entscheiden. Was stärker brannte, würde auf die Wunde kommen.

»Wie du wünschst. Sollte jemand anklopfen, schick ihn möglichst laut und unflätig weg«, instruierte Tine sie, bevor sie den Raum verließ.

Laut und unflätig, ja, das würde sie hinbekommen. Denn die Wunde und die medizinische Versorgung hier waren tatsächlich dazu geeignet, laut und unflätig zu fluchen.

Sobald Tine den Raum verlassen hatte, stieg Lena aus dem Bett und näherte sich dem riesigen Spiegel. Sie zog das Laken herunter und musterte ihn aus schmalen Augen. »Bring mich zurück«, befahl sie.

Die Spiegelfläche bewegte sich nicht.

Lena war in einem Märchen, und diese wimmelten vor ikonischen Sprüchen, die sich reimten. Sie stöhnte. Reimen konnte sie so gut wie durch Handauflegen heilen: gar nicht. Zunächst musste sie den Spiegel aktivieren, und bevor sie sich das Hirn verrenkte, würde sie einen altbekannten Spruch ausprobieren. Sie holte tief Luft und kam sich dabei mächtig albern vor. »Spieglein, Spieglein an der Wand, wer ist die Schönste im ganzen Land?«

Es funktionierte! Die Spiegelfläche kam in Bewegung, Wellen bildeten sich auf ihr. »Frau Königin, Ihr seid die Schönste hier, aber Schneewittchen ist tausendmal schöner als Ihr.« Er zeigte Anna in einem hellblauen altertümlichen Kleid.

Erleichtert atmete Lena auf. Anna war hier also Schneewittchen. Was für ein Glück, dann würde das Abendessen heute ein Heimspiel werden. Sobald sie die Königin wieder zu fassen bekam, würde Lena ihr raten, Schneewittchen in Ruhe zu lassen. Dafür musste sie allerdings erst den Weg nach Hause finden. Lena kramte in Gedanken nach Reimen – Wand, Hand, Land, Sand –, bis sie den Spruch für ihre Frage parat hatte.

»Spieglein, Spieglein an der Wand. Wie komme ich zurück in mein Heimatland?«

Die Spiegelfläche trübte sich, und Lena wartete darauf, dass er ihr München zeigte. Stattdessen erschien mitten im Wald ein verfallenes Herrenhaus mit herausgebrochenen Fenstern und einem verwilderten Garten. Durch das eingefallene Dach schneite es hinein. »Frau Königin, Euer Heimatland ist längst verfallen, die Eltern tot. Man hört nur noch die Laute des Waldes durch die zerstörten Zimmer schallen.«

Stirnrunzelnd betrachtete Lena das Bild. Das war also die Heimat der Königin. Wie Lenas waren auch ihre Eltern tot. Obwohl sie gerade tiefes Mitleid mit der Königin empfand, musste sie den Spiegel dazu bringen, den Kontakt zu ihrer alten Welt wiederherzustellen. Sie schob ihre Gefühle ein wenig zur Seite und konzentrierte sich auf die Suche nach einem neuen Reim. Was reimte sich auf Parallelwelt? Geld? Held? Sie hatte eine Idee.

»Spieglein, Spieglein, das die Wand vor mir hält. Kennst du eine Parallelwelt?«

Die Spiegelfläche flackerte, und die Wellen darauf wurden größer. Lena hielt die Luft an. Der Spiegel focht einen inneren Kampf aus. Gegen wen oder was, wusste Lena nicht.

Hastig überlegte sich Lena einen neuen Reim. »Spieglein, Spieglein, die Wahrheit wirst du sagen. Lügen steht dir nicht, und du wirst es nicht wagen.« Zumindest hoffte Lena das, denn laut Märchen sprach der Spiegel stets nur die Wahrheit.

Endlich erschien undeutlich die Skyline des modernen Münchens mit Frauenkirche und ein paar qualmenden Schornsteinen. Lena machte einen Satz zum Spiegel und versuchte sich hindurchzudrücken. Vergeblich. Die Spiegelfläche gab nicht nach.

Es klopfte an der Tür, und augenblicklich erlosch das Bild im Spiegel. Lena rannte zum Bett. Sie wusste jetzt, wie das Ding funktionierte, und sie würde heute Nacht versuchen, die Königin zu finden. Der schlechte Reim des Spiegels bereitete Lena eine gewisse Genugtuung. Er hatte sie zwar nicht durchgelassen, aber was das Dichten anging, stand es eins zu null für sie.

Die Tür öffnete sich, und Lena holte Luft, um möglichst laut und unflätig zu fluchen, doch es war nur Tine.

Sie blieb in der Tür stehen. »Frau Königin, wie Ihr befohlen habt, habe ich den Jäger geholt«, sie warf einen nervösen Blick zur Seite, »damit Ihr ihm mitteilen könnt, welches Wild Ihr heute Abend zu verspeisen gedenkt.«

4. Der Jäger

Was ging hier vor sich? Wieso hatte Tine den Jäger ange-
schleppt? Hinter der Tür waren die Schritte von mehreren Menschen zu hören. Einige Bedienstete trieben sich
auf dem Gang herum. Was wäre weniger verdächtig, ihn
hereinzubitten oder ihn wegzuschicken? Was würde die
Königin tun?

»Wie Ihr wünscht, Frau Königin.« Tine übernahm laut
und deutlich die Führung in der Situation. Dann drehte
sie sich zur Seite, wohl zum Jäger. »Warte hier. Sobald die
Königin bereit ist, jemanden zu empfangen, werde ich
dich hereinbitten.« Sie glitt hinein und schloss die Tür
hinter sich.

»Wieso hast du ihn mitgebracht?«, zischte Lena.

»Ich bin zu ihm wegen des Schnapses und des Messers
gegangen, und er hat darauf bestanden, mir beim Tragen
zu helfen.«

»Hat er Verdacht geschöpft?«, fragte Lena panisch.
»Und ist es nicht merkwürdig, wenn er mich in meinen
Gemächern aufsucht?«

»Nein. Die Königin hat als junges Mädchen einst ihren
Vater davon abgehalten, den Jäger als Wilderer hinzurich-
ten. Sie hat ihn ins Schloss gebracht, und er nimmt seine
Befehle nur von ihr persönlich entgegen.« Tine eilte hin-
ter den Paravent und kam mit einem Ungetüm von einem
Morgenmantel zurück. Die Amme half ihr hineinzu-

schlüpfen und wickelte ihn um Lenas Körper. Er bedeckte sie vollkommen vom Hals bis zu den Füßen, bestand aus einem schweren dunkelgrünen Stoff und sah gebunden wie ein Kleid aus.

»Hast du ihn eingeweiht?« Lena zupfte an dem Stoff herum.

»Nein. Außerhalb dieses Zimmers würde ich nichts sagen, was dich verraten könnte. Aber wir sollten es tun.«

»Auf keinen Fall«, widersprach Lena schnell. Im Märchen hatte der Jäger die Königin verraten und Schneewittchen nicht umgebracht, wie sie es befohlen hatte. Lena konnte ihm nicht vertrauen. »Wie war das Verhältnis zwischen der Königin und dem Jäger? Wie hat sich die Königin ihm gegenüber verhalten?«

»Abweisend und einsilbig. Sie hat ihn wenig angesehen, immer nur knappe Befehle gegeben und ihn sehr auf Distanz gehalten.«

Erleichtert atmete Lena auf. Das würde sie hinbekommen. Und falls er der heimliche Liebhaber der Königin war, würde sie einen Gedächtnisverlust vorschieben, um ihre Deckung zu wahren.

»Setzt dich hierhin.« Tine deutete auf einen Sessel mit einer hohen Rückenlehne, vor dem ein niedriger Tisch stand.

Lena ließ sich in die weichen Polster sinken, und Tine warf eine Decke über ihre Knie.

Zufrieden betrachtete die Amme ihr Werk. »Ja, so mit Decke siehst du krank aus.«

Lena wollte gerade erwidern, dass sie nicht nur so aussah, doch Tine eilte schon zur Tür und riss theatralisch beide Flügel auf. Die Bediensteten vor der Tür warfen neugierige Blicke ins Zimmer. Lena fiel ein, dass sie sich die Stirnwunde nicht wieder verbunden hatte. Vielleicht war das besser so, und im Schloss würden keine Gerüchte entstehen, dass sie simulierte.

»Der Jäger soll hereinkommen«, sagte Lena ausdruckslos. Tine trat zur Seite, und herein trat der Polizist, der den Zwischenfall mit dem Patienten in der Psychiatrie aufgenommen hatte. Er hatte sich als Jan Jäger vorgestellt. Bei seinem Anblick führten sich Lenas Kopfschmerzen wie eine Punkband auf dem Höhepunkt ihres Konzerts auf. Sie massierte sich stöhnend die Schläfe auf der nicht verletzten Seite und betrachtete verstohlen den Jäger.

Auch er musterte sie aufmerksam aus dunkelbraunen Augen, seine schwarzen Haare waren viel länger als die des Polizisten. Sie reichten dem Jäger bis zu den Schultern, und bei dieser Länge bemerkte man erst, wie wellig sie waren. Seine Kleidung hatte er sich wohl von Robin Hood geliehen. Den grünen Hut mit einer Fasanenfeder trug er in einer Hand, statt Pfeil und Bogen hing ein großer Lederbeutel über seiner Schulter. Ansonsten war er genauso groß und schlaksig gebaut wie der Polizist.

Lena riss sich zusammen und stierte gelangweilt am Jäger vorbei zu den Dienerinnen und Dienern vor ihrem Gemach. Sie wandten schnell die Köpfe ab. Tine schloss die Tür besonders umständlich, damit auch wirklich alle die kranke Königin begutachten konnten. Lena verstand Tines Trödelei als Aufforderung, dem Publikum noch ein kleines Schauspiel zu bieten. Also gähnte sie und sagte: »Jäger, heute Abend werde ich das Herz eines Fasans verspeisen.« In Gedanken entschuldigte sie sich bei dem armen Vogel. Ihr als Vegetarierin würde eine Pilzsuppe reichen. Allerdings musste sie in der Rolle der bösen Königin bleiben, die bestimmt Herzen von unschuldigen Tieren liebte.

Der Jäger verengte kurz die Augen, was sie noch dunkler wirken ließ, zögerte und verbeugte sich dann. »Wie Ihr wünscht, Frau Königin.«

Endlich schloss Tine die Tür. Die Dienerschaft war zufriedengestellt, jetzt musste Lena nur noch den Jäger loswerden.

»Hat man dir nicht gesagt, dass ich unpässlich bin?« Sie starrte den Jäger mit gespielter Wut an.

Der Jäger musterte sie weiterhin mit schmalen Augen, sein Blick blieb an der Stirnwunde hängen. Schweigend trat er zum Tisch, griff in seine Tasche und holte zwei große Schnapsflaschen und mehrere Messer hervor. Ruhig wandte er sich an Tine. »Bitte bring mir drei Schüsseln Wasser und saubere Tücher.« Angenehm vibrierte seine Stimme durch den Raum, und Lena bekam eine Gänsehaut.

Während Tine hinter dem Paravent hantierte, starrte Lena den Jäger an. Mit jedem Atemzug beschleunigte sich ihr Puls. Die Königin hatte bestimmt etwas für ihn empfunden, und dieser Körper war auf die Nähe des Jägers konditioniert. Lena hatte den Polizisten in ihrer Welt zwar als attraktiv empfunden, nur bei Weitem nicht so wie den Jäger. Nicht, wenn sie Eric hatte. Sie zwang sich, an ihren Freund zu denken. Leider ließ sich der Körper der bösen Königin nicht davon beeindrucken. Er würde sie bei erster Gelegenheit verraten.

Sobald die Schüsseln auf dem Tisch standen, wusch der Jäger in einer davon seine Hände. Dann entstöpselte er den Birnenschnaps, reichte Tine die Flasche und hielt die Hände über die Schüssel mit dem nun schmutzigen Wasser. »Gieß mir etwas davon in die Hände.«

Tine gehorchte ihm stirnrunzelnd. Er desinfizierte sich die Hände mit dem Alkohol und tat das Gleiche dann mit einem kleinen Messer. Lena war das alles so vertraut, dass sie sich einen Moment entspannte. Das war wohl auch der Grund, warum sie ihre Vorsicht verlor und ihr eine Frage entwich. »Wie heißt du?« Es war wirkliche Neugier, sie fragte sich, wie Jan Jäger wohl in dieser Welt hieß.

Der Jäger hielt inne.

Lena biss sich auf die Unterlippe. Das war unvorsichtig. Die Königin wusste sicherlich, wie er hieß. »Es ist egal«, sagte Lena schnell. »Nach dem Sturz sind mir wohl die unwichtigen Dinge zuerst entfallen.«

Der Jäger reagierte nicht auf ihre Beleidigung, der Arme war eine solche Behandlung von der Königin wohl gewohnt. Lenas Magen zog sich zusammen. Sie hasste es, hier und so zu sein. Dieses Schauspiel aufrechtzuerhalten war nervenaufreibender, als sie gedacht hatte.

»Was machst du da?«, fragte Lena. Zum einen, um von ihrem unmöglichen Benehmen abzulenken, zum anderen, weil ihr in den Sinn kam, dass wohl eine Person aus dieser Welt genau das fragen würde.

Der Jäger warf ihr kurz einen Blick zu. »Ich säubere mir die Hände und das Messer, um gleich Eure Wunde zu versorgen.«

»Wieso glaubst du, dass ich einen Jäger, der normalerweise Tieren die Haut abzieht, an meine königliche Stirn lassen werde?«

»Weil Ihr wisst, wie sauber ich arbeite, und weil ich bereits unzählige eigene Wunden auf diese Weise zum Abheilen gebracht habe.«

Lena schluckte. Das musste erst einmal genügen. Der Jäger kniete sich vor ihr hin und nahm den alkoholgetränkten Lappen in die Hand. »Darf ich?«

Lena lehnte sich zurück. »Ja.« Eine bessere Behandlung

würde sie hier nicht bekommen. Verrückte Welt, wo Jäger die besseren Ärzte waren.

»Ihr müsst die Augen schließen«, sagte er leise. »Es wird gleich wehtun. Und der Schnaps sollte nicht in Eure Augen laufen.«

Lena kniff die Augen zusammen, und der Jäger begann, ihre Wunde mit dem alkoholgetränkten Tuch abzutupfen.

»Autsch«, entfuhr es Lena. Sie krallte sich in die Armstützen des Sessels und drückte sich nach hinten gegen die Lehne.

Der Jäger ließ von ihr ab. »Entschuldigt, Frau Königin, ich beeile mich.«

Lena biss die Zähne zusammen und ließ ihn weiter an der Wunde hantieren. Sie konzentrierte sich auf den scharfen Geruch des Birnenschnapses, zu dem sich eine Note des Jägers aus Leder und Moos mischte. Lenas Herzschlag beschleunigte sich.

»Frau Königin, ich muss die Wunde zusammennähen«, sagte er nach wenigen Minuten. »Werdet Ihr das aushalten?«

»Ich will es zuerst sehen.«

Tine eilte zu einer Kommode und reichte Lena einen Handspiegel. Der Jäger hatte gute Arbeit geleistet, die Wunde war sauber, die losen Ränder abgeschnitten. Fehlten nur noch ein paar Nähte.

Lena legte den Spiegel zur Seite. »Mach weiter.« Dann fiel ihr etwas ein. »Tine, hast du Silbergarn hier?«

»Ja, Frau Königin.«

»Gib dem Jäger das feinste Silbergarn, das du hast.« Bei der kläglichen medizinischen Versorgung würden die Silberpartikel die Wunde hoffentlich vor einer weiteren Entzündung schützen.

Nach sechs Nähten sagte der Jäger endlich: »Fertig.«

Lena öffnete die Augen und bereute es sofort. Sein Gesicht befand sich eine Handbreit von ihr entfernt. Ihre Blicke trafen sich, und Lena verfluchte das vegetative Nervensystem, über das sie keine Kontrolle hatte. Es flutete ihr Gesicht mit Hitze und somit wohl auch sichtbarer Röte.

Die Pupillen des Jägers weiteten sich, und dann nahmen auch seine glatt rasierten Wangen eine mehr als gesunde Farbe an.

Lena schloss schnell wieder die Augen.

»Den Verband kann ich übernehmen.« Tine hatte die Situation schnell erfasst.

»Natürlich.« Die leise Stimme des Jägers so nah an ihrem Ohr jagte Lena eine Gänsehaut über den Rücken. Sein Atem streifte noch ihre Wange, bevor er vor ihr zurückwich und sich erhob.

Lena atmete auf.

»Ich gehe Euer Abendessen jagen«, sagte er.

Lena hielt die Augen eisern geschlossen und wartete, dass er den Raum verließ. Es war still, und Lena fragte sich, was er da machte. Lenas Herz pumpte nun so wild Blut durch ihren Kreislauf, dass die Röte im Gesicht gar keine Chance hatte, wieder zu verschwinden.

»Mein Name ...«, sagte der Jäger plötzlich.

Überrascht schlug Lena die Lider auf.

Er fing ihren Blick ein. »Mein Name ist Janis.« Er klang, als würde er gerade etwas begreifen.

Sie verharrten in einem Moment des Staunens, beide mit geröteten Wangen und tief versunken in die Augen des anderen.

Tine hustete, und Lena kam wieder zu sich. Sie versuchte einen gelangweilten Gesichtsausdruck aufzusetzen, der bei ihrer Gesichtsröte wohl kaum glaubhaft wirkte. »Wie auch immer. Es ist nicht von Bedeutung, oder, Jäger?« Es tat ihr so leid. Aber wenn sie der Königin und sich selbst keine Probleme bereiten wollte, sollte sie gefälligst die Fassade aufrechterhalten. Außerdem war der Jäger nicht ihre Angelegenheit, sondern die der Königin.

»Ja«, antwortete er leise und verbeugte sich zum Abschied.

Lenas Herz zog sich zusammen. Sie hörte die Bitterkeit in seinem »Ja«.

Er trat einige Schritte zurück. »Ja, Frau Königin. Es ist egal. Wenn Ihr erlaubt, werde ich jetzt einen Fasan jagen, um ihm das Herz herauszureißen.«

Lena konnte nichts darauf erwidern, mit einer Handbewegung entließ sie den Jäger. Sobald sich die Tür hinter ihm geschlossen hatte, versteckte sie ihr glühendes Gesicht in den Händen.

5. Das Leben einer bösen Königin

Den Nachmittag verschlief Lena. Als sie wieder aufwachte, war es gerade noch hell. Von Lenas Kopfschmerzen war nur noch ein unangenehmer Druck übrig geblieben, und auch die Übelkeit war verschwunden. Dafür meldete sich der Hunger. Hinter den riesigen Spitzbogenfenstern fiel in großen Flocken Schnee. Alles war so friedlich und still.

Sie riss sich vom Ausblick los und sah sich im Zimmer um. Es war ins Zwielicht eines kalten Winterabends getaucht, das Feuer im großen Kamin verströmte angenehme Wärme. Niemand war da, wobei sich Lena ziemlich sicher war, dass Tine sofort erscheinen würde, wenn sie sie brauchte. Lenas Blick fiel auf den Spiegel. Tine hatte ihn wieder verdeckt. Lena beschloss, sich erst wieder nachts näher mit ihm zu beschäftigen. Da war die Gefahr am geringsten, dass sie jemand dabei erwischte.

Jetzt würde sie Tines Abwesenheit nutzen, um sich in Ruhe umzusehen. Sie stieg aus dem Bett, zog sich den warmen Hausmantel über und steuerte als Erstes das Bücherregal an. Die Buchrücken waren nicht beschriftet. Lena zog ein dickes Buch hervor. *Die tugendhafte Frau* stand mit blauen Lettern auf goldenem Hintergrund darauf. Angewidert stellte Lena es zurück. Unglaublich, wie viel man hier zur Tugendhaftigkeit einer Frau zu sagen hatte.

Die anderen Bücher waren nicht spannender. Es ging

darum, wie man einen Ball oder ein Bankett organisiert, wie man Kinder zu erziehen hat, die Pflichten einer Königin, wie man mit Bediensteten umgeht und so weiter. So schön die Bücher auch waren, so wenig weckte deren Inhalt Lenas Interesse. Sie fragte sich, ob es in diesem Schloss eine Bibliothek gab und welche Titel sie wohl dort vorfinden würde.

Gelangweilt sah sie aus dem Fenster. Die Aussicht war atemberaubend. Sie zeigte den Schlosspark und das dazugehörige Heckenlabyrinth, das nun unter einem halben Meter Schnee lag. Hinter dem Park befand sich ein jetzt vereister See, und dahinter erstreckte sich, so weit das Auge reichte, ein schneebedeckter Wald. In der Ferne meinte Lena in dem Schneegestöber eine dünne Rauchwolke aufsteigen zu sehen. Wahrscheinlich befand sich da mitten im Wald die Hütte eines Holzfällers. Nein. In dieser Welt lebte dort eher eine Hexe.

Das, was sie von ihrem Fenster aus vom Schloss sehen konnte, erinnerte sie sehr an ein farbenfrohes Neuschwanstein. Es war bunt bemalt, mit vielen Erkern und Türmchen. Die Tatsache, dass sie auf das Hauptgebäude herabblickte, und die runden Wände ihres Gemachs ließen Lena vermuten, dass sie sich in einem großen Turmzimmer befand. Sie betrachtete die bestimmt fünf Meter hohe Decke. Darüber musste noch eine Dachkammer sein, dennoch führte keine Treppe aus diesem Raum nach oben.

Der Paravent verbarg eine Waschecke mit einem Tisch, in den ein kleines Becken eingelassen war. Der zur Wandbemalung passende Wandteppich verlieh dieser Ecke Behaglichkeit. Es war der einzige Wandteppich im ganzen riesigen Raum. Der Blitzidee eines Geheimraums folgend hob Lena seine untere Ecke an. Hinter dem Wandteppich war die Abbildung eines Kastanienbaums versteckt, und auf dessen breitem Stamm war tatsächlich eine Tür eingezeichnet.

Aufgeregt hängte Lena den Wandteppich ab und strich über die gezeichnete Tür. Es ließ sich keine Unebenheit ertasten. Sie klopfte die Wand ab. Hinter dem Türbild klang es hohl, rechts und links daneben dumpf nach fester Wand. Lena betastete die gezeichnete Türklinke. Wie gern würde sie sie jetzt herunterdrücken. Und tatsächlich hielt sie auf einmal die Klinke in der Hand. Lenas Herzschlag beschleunigte sich. Das war Zauberei.

Sie drückte sie hinunter, und die Tür schwang nach außen auf. Dahinter schlängelte sich eine Holztreppe mit einem geschnitzten Handlauf unter das Turmdach. Durch die offenen Wandschlitze fiel nicht nur spärliches Licht, sondern auch Schneeflocken verirrten sich in den Treppengang.

Es blies kalt in Lenas Gemach, und sie fröstelte. Gut, dass sie diesen riesigen Hausmantel anhatte. Vielleicht war da oben die geheime Kammer der Königin, in der sie ihre Gifte braute und dunkle Magie übte. Von Neugier getrieben, erklomm Lena die Wendeltreppe und stolperte dabei mehrmals über den langen Saum ihres Hausmantels. Die Treppe mündete direkt in einen türlosen Raum. Sobald sie einen Fuß hineinsetzte, wurde es still, vor allem um sie herum, als hätte Lena eine unsichtbare Schutzbarriere passiert. Das Zimmer war ein wenig kleiner als ihr Gemach. Lena blickte hoch. Von hier aus konnte sie das Innere der Turmspitze erkennen.

In der Nähe des brusthohen Kamins hingen an einem Gestell Kessel verschiedener Größe. An einer Wand stand ein Sekretär, in dessen offenen Regalen Schüsseln mit getrockneten Pilzen, Kräutern und Insekten verteilt waren.

In einer von Fenstern umgebenen Nische befand sich ein riesiger Schreibtisch aus schwarzem Holz mit geschnitzten Beinen und Schubladen. Lena näherte sich dem Arbeitsbereich der Königin. Fläschchen aus dunklem Glas standen darauf, in denen sich wie von selbst dicke Flüssigkeiten bewegten. Pergamente mit komplizierten Zeichnungen lagen unordentlich in einer Ecke. In der anderen waren unachtsam Bücher mit abgenutzten Ledereinbänden gestapelt. Lena nahm sich das oberste mit dem Titel *Im Schweigen der anderen liegt Deine Kraft – Von tödlich bis lähmend: Gifte, die andere zum Verstummen bringen*. Es hätte ein gemütliches Studierzimmer sein können, wenn es nicht dazu gedacht wäre, zweifelhafte Tinkturen zu brauen.

»Lena?«, ertönte Tines Stimme von unten. Ertappt schlug Lena das Buch zu und legte es zurück auf den Schreibtisch. Sie eilte hinunter in ihr Schlafgemach und fiel zweimal fast hin, weil sie sich erneut in dem Saum des Hausmantels verhedderte.

Tine wartete vor der Tür zum Dachboden. »Du kannst nicht einfach so aus dem Zimmer verschwinden! Was, wenn jemand hereinkommt und dich nicht vorfindet? Insbesondere in der Abwesenheit des Königs darfst du dir keinen Fehltritt leisten. Er wird mehrmals täglich über die Geschehnisse hier im Schloss informiert.«

Während Lena der Amme zurück ins Zimmer folgte, dachte sie über ihre Worte nach. Etwas passte nicht. Im Märchen wurde der König einfach nur erwähnt. Er ließ die böse Stiefmutter machen und zeichnete sich nicht gerade dadurch aus, dass er sich um seine Tochter kümmerte. Warum also hier? Und wenn er sich mehrfach am Tag über die Geschehnisse hier berichten ließ, wie konnte er es zulassen, dass Schneewittchen so etwas Furchtbares wie in dem Märchen geschah?

Tine dirigierte Lena in den Sessel vor dem Fenster und räumte im Zimmer auf. Kaum war das letzte Tageslicht verschwunden, klopfte es an der Tür, und die Oberste Kammerzofe, Frau von Hohenstein, kam herein und verbeugte sich tief vor Lena.

Sie knetete nervös die Hände und mied Lenas Blick. »Die Prinzessin ist ebenso wie Ihr unpässlich.« Sie schluckte hörbar und verbeugte sich noch ein wenig tiefer. »Sie wird leider nicht zum heutigen Abendessen erscheinen können.« Ihre Stimme zitterte, und sie verharrte in der tiefen Verbeugung.

Lena setzte sich in ihrem Sessel auf. »Was hat sie?«

Die Kammerzofe zog die Schulter hoch. »Sie ... sie ...« Frau von Hohenstein rang nach Worten.

»Ich bin ihre Stiefmutter und verlange zu erfahren, was vorgefallen ist. Und warum hat man mich nicht früher darüber informiert, dass es ihr nicht gut geht?«

Die Oberste Kammerzofe erhob sich. »Ihr hattet schon vor längerer Zeit angeordnet, Euch nicht mit den Befindlichkeiten der Prinzessin zu behelligen.«

Lena biss sich auf die Lippe. Das sah der bösen Königin ähnlich, die Krankheiten des Mädchens einfach so ignorieren. So herzlos war sie nicht. Schwungvoll erhob sie sich. »Ich werde nach dem Kind sehen.«

»Frau Königin«, sagte die Kammerzofe schrill. »Ihr seid verletzt und solltet Euch nicht zu viel bewegen.«

»Willst du mir etwa verbieten, nach meiner Stieftochter zu sehen?«

»Nein«, quiekte sie. »Wollt Ihr Euch noch zurechtmachen, bevor Ihr Euer Gemach verlasst?« Ihre Stimme überschlug sich.

»Nein, nein. Das passt schon so.«

Der Kammerzofe klappte der Mund auf, während Lena an ihr vorbei zur Tür eilte und ihr Gemach verließ. Tine hastete ihr hinterher. Sie sagte nichts, doch an ihrem missbilligenden Gesichtsausdruck erkannte Lena, dass sie gerade ganz viele üble Fehler begangen hatte. Momentan ließ sich alles durch die Kopfwunde erklären. Und wenn Luna zurück war, konnte sie vielleicht das Gute, das Lena hier einfädelte, weiterstricken.

Lena machte einige Schritte in Richtung der breiten Wendeltreppe und blieb stehen. »Geh voraus«, befahl sie Tine. So würde niemandem auffallen, dass sie den Weg zu Schneewittchens Zimmer nicht kannte.

»Ja, Frau Königin«, presste Tine hervor und überholte sie. Alle Bediensteten, die ihnen begegneten, verbeugten sich zwar vor Lena, tuschelten aber sofort hinter ihrem Rücken. Lena beachtete sie nicht, dennoch tat es ihr für die Königin leid. Das hier war kein besonders schönes Zuhause. Für niemanden.

Das Getuschel stresste Lena so sehr, dass sie den Schritt beschleunigte. Tine reagierte unverzüglich darauf, und so hasteten sie durch eine prunkvoll verzierte, in Gold und Beige gehaltene Halle bis ans andere Ende des Schlosses. Lena hielt den Blick gesenkt, um nicht zu stolpern. Dann ging es eine ähnliche Wendeltreppe wie zu ihren Gemächern hinauf. Also bewohnte Schneewittchen auch einen Turm. Lena staunte darüber, wie fit der Körper der Königin war. Sie flog die Treppe quasi hinauf, ohne dass sich ihr Puls beschleunigte. Die Königin musste Sport treiben. Tine hatte erwähnt, dass sie eine gute Reiterin war. Da Reiten als Sport galt, musste der Trainingseffekt daran liegen. Richtig beurteilen konnte Lena es allerdings nicht, da es ihr stets gelungen war, Pferden aus dem Weg zu gehen.

Vor Schneewittchens Tür blieben sie stehen. Erst jetzt bemerkte Lena, dass sich hinter ihnen ein Tross von Bediensteten gebildet hatte, die sich verängstigte Blicke zuwarfen.

Tine klopfte an die Tür. »Ihre Majestät, die Königin, betritt den Raum.«

Niemand antwortete. Die Oberste Kammerzofe kam nun schwer schnaubend am oberen Treppenabsatz an und quetschte sich durch die Menschentraube hindurch. Sie presste sich eine Hand an die Brust und brachte zwischen heftigen Atemstößen hervor: »Frau Königin, die Prinzessin ist gerade nicht in ihren Gemächern.«

Um sie herum wurde es so still, dass nur noch der heftige Atem der Kammerzofe zu hören war. Bevor Lena sich entschieden hatte, wie sie darauf reagieren sollte, übernahm Tine das Ruder. »Lass uns hinein.« Tines Stimme klang so eisig, dass Lena eine Gänsehaut bekam. Jetzt klang sie ganz nach ihrer gebieterischen Großtante Toni aus der Realität.

Die Oberste Kammerzofe erblasste und gab die Tür frei. Tine stieß die Flügel auf und Lena betrat den Raum. Schneewittchens Gemach war ähnlich wie ihres mit Pflanzen bemalt, allerdings war hier alles in hellen Farben gehalten. Die Tannen waren niedlich, statt Eichen und Kastanien waren überall Birken abgebildet. Es gab hier mehr Blumen, mehr Licht, Bäche, überall Schmetterlinge, und die Decke war nicht mit den zusammengewachsenen Baumkronen verziert, sondern mit hellen Schäfchenwolken, durch die das Sonnenlicht brach.

»Wo ist die Prinzessin? Ich dachte, ihr geht es nicht gut.« Lena durchschritt langsam das Zimmer und blieb vor einem Fenster stehen. Gerade kehrte eine Schar Reiter aus dem Wald zum Schloss zurück. Um sie herum spran-

73

gen aufgeregte Jagdhunde. Eingepackt in Wollmantel und Wollmütze stand der Jäger am Tor, in seiner Nähe beleuchtete eine Laterne den Weg. Lena erkannte ihn selbst in der dicken Winterkleidung und aus der Entfernung an der Körperhaltung. Mit verschränkten Armen wartete er auf die Jagdgesellschaft. Er hatte ihr nicht gesagt, dass es heute eine größere Jagd geben würde, und es stieß Lena aus einem unerklärlichen Grund bitter auf.

Bis hier oben drangen keine Geräusche durch, somit war es kein Wunder, dass Lena das Losreiten der Jagdgesellschaft nicht bemerkt hatte. Sobald sie im Innenhof ankamen, sprang eine junge Frau von ihrem weißen Pferd. Ihr Gesicht konnte Lena nicht erkennen, weil sie den Kragen ihres Wollmantels über die Nase hochgezogen hatte. Unter ihrer Wollmütze lugten lange schwarze Haare hervor. Lena hatte ebensolche unzählige Male frisiert. Die von Anna.

»Man hat mir nicht gesagt, dass die Prinzessin an einer Jagd teilnimmt, und mich angelogen, was ihr Befinden angeht. Wissend, wo sie ist, habt ihr mich auf sie warten lassen.« Den Ärger in Tonfall und Mimik musste sie nicht vorspielen.

Schneewittchens Bedienstete fielen auf die Knie.

»Frau Königin, wir sollten Euch auf Anweisung der Prinzessin so spät wie möglich informieren, damit Ihr Euch keine Sorgen macht«, erklärte die Oberste Kammerzofe mit piepsiger Stimme. »Und sie dachte, Ihr würdet ihr bei diesem Schneegestöber nicht erlauben, auszureiten. Deswegen hat sie Euch nicht gefragt.«

Wie recht sie hatten. Ja, sie hätte den Ausritt nicht erlaubt. Als böse Stiefmutter Luna vielleicht schon, in der Hoffnung, Schneewittchen bei dem Schneegestöber loszuwerden. Aber ganz sicher nicht als besorgte Stiefschwester Lena.

Plötzlich wusste Lena, wie die böse Stiefmutter im Märchen auf die Idee gekommen war, Schneewittchen mit dem Jäger in den Wald zu schicken. Das Mädchen ging gern jagen. Sollte es jemand mit dem Jäger sehen, würde es nicht weiter auffallen, und wenn sie in der Wildnis von wilden Tieren gerissen werden würde, wäre es glaubwürdig.

Lena trat wieder ans Fenster und beobachtete, wie Schneewittchen mit den anderen lachte und ihr Pferd liebkoste. So schlecht konnte es ihr hier nicht gehen, wenn sie es wagte, die böse Stiefmutter anzulügen und zu versetzen. Vielleicht war die Königin hier gar nicht so mächtig, wie man es aus dem Märchen kannte.

Was würde die böse Stiefmutter in so einem Fall tun? Lena setzte sich in den Lesesessel, lehnte sich zurück und schlug die Beine übereinander. »Ich werde wie geplant mit Schneewittchen zu Abend speisen. Nur eben nicht in meinen Gemächern, sondern hier. Ihr dürft anrichten.« Die Zofen inklusive Frau von Hohenstein rappelten sich von den Knien hoch und eilten davon.

Mit dem Fuß wippend, blieb Lena sitzen. »Tine, wie heißt die Prinzessin eigentlich?«

»Schneewittchen?«, antwortete sie zögernd.

»Sie muss doch einen echten Namen haben«, erwiderte Lena.

Tine dachte angestrengt nach und schüttelte dann den Kopf. Das mit dem Namen musste so ein Märchending sein.

»Wann habe ich die Königstochter das letzte Mal gesehen?«

»Gestern beim Essen mit dem König.«

»Und wann habe ich mich das letzte Mal allein mit ihr unterhalten?«

»Noch nie.«

»Noch nie?«

»Nein. Es gab keinen Grund dafür, und das Schloss ist groß genug, dass ihr euch aus dem Weg gehen konntet.«

»Hat die Königin niemals versucht, eine Beziehung zu Schneewittchen aufzubauen?«

Tine holte leidend Luft. »Warum hätte sie das tun sollen?«

»Weil man das in einer Familie so tut?«, antwortete Lena.

Tine machte eine abfällige Handbewegung. »Die Königin hat Schneewittchen niemals als Familie empfunden.«

»Warum nicht?«

Ohne dass angeklopft wurde, schwang die Tür auf.

»Sieh selbst«, murmelte Tine.

6. Schneewittchen

Zusammen mit einigen Zofen kam Schneewittchen herein. Lena hielt die Luft an. Anna. Sie war hier etwas blasser und etwas schmaler, aber bis einschließlich zum Muttermal über der linken Augenbraue war die Prinzessin tatsächlich Anna. Alles war gleich: die ebenholzfarbenen seidigen Haare, die makellose schneeweiße Haut, die vollen roten Lippen und die Augen. Lena zögerte. Nein. Schneewittchens Augen hatten ein helleres Blau und waren ausdrucksloser und viel kälter als Annas.

Mit vor Wut geblähten Nasenflügeln blieb Anna an der Tür stehen. »Frau Mutter. Was für eine Ehre, Euch in«, Schneewittchen musterte Lena abschätzig von oben bis unten, »nun, in dieser Aufmachung hier zu sehen. Es muss wirklich etwas Dringendes sein.«

Lena runzelte die Stirn. »Ja, deine Geburtstagsvorbereitungen.«

Das Mädchen schob trotzig den Unterkiefer vor. Lena kannte diesen Gesichtsausdruck nur zu gut. Schneewittchen war mitten in der Pubertät, und Lena konnte sich gut an diese Phase erinnern. Anna hatte das vor etwa zwei Jahren durchgemacht. Damals war Lena ihrer dreizehnjährigen Schwester mit viel Liebe, langen Gesprächen und vor allem mit kleinen zärtlichen Gesten begegnet, so wie alle gängigen Erziehungsratgeber es einem einbläuten. Lena wusste, was zu tun war.

Sie erhob sich und ging lächelnd auf Schneewittchen zu. »Mein Kind ...«

»Ich bin nicht Euer Kind«, fuhr die Prinzessin Lena an.

O ja, das hatte Lena bereits mehrfach gehört, dass sie gar nicht Annas richtige Familie sei und sie ihr nichts zu sagen habe. Nach dieser Trotzphase hatte Anna sich tausendfach dafür entschuldigt. Lena hatte es ihr nicht übel genommen. »Liebes ...«

»Versucht nicht einmal, so mit mir zu reden!«

Lena musste sich Mühe geben, weiter zu lächeln. »Nein, du bist nicht mein Kind, dennoch kannst du mein Liebes sein. Wir sind eine Familie, und ich kann dich auch ohne Blutsbande lieben.«

Die Prinzessin starrte Lena mit zusammengekniffenen Augen an. Dann wich Schneewittchen einen Schritt zurück. »Was habt Ihr vor?«

Getrampel im Treppenhaus verriet, dass sich eine Schar Bediensteter dem Gemach der Prinzessin näherte. Einige Diener trugen einen kleinen Esstisch und zwei Stühle herein.

Lena deutete auf den Tisch. »Mit dir essen und besprechen, wie du dir deinen Geburtstagsball vorstellst.«

»Ihr könnt es wohl kaum erwarten, dass ich volljährig werde und das Schloss verlasse. Oder warum seid Ihr so erpicht darauf, den Ball nach meinen Wünschen zu planen?«

Lena seufzte und ging zum Tisch. »Lass uns alles beim Essen besprechen.«

Sie schwiegen, solang die Diener die Speisen brachten. Nach kurzer Zeit war der Tisch mit Obst, Brot, Käse, Honig und Milch gedeckt. In der Mitte stand eine dampfende Suppenschüssel, und der Höhepunkt war ein knusprig gebratenes Hähnchen, das wohl der Fasan sein sollte. Lena war froh, dass es kein Hase war, sie erinnerten sie zu sehr an Katzen.

Unentschlossen standen die Diener da.

Vor so viel Publikum wollte Lena nicht mit der Prinzessin reden. »Lasst uns allein.«

»Sie bleiben hier«, widersprach Schneewittchen.

Niemand rührte sich.

Lena hob eine Augenbraue. »Warum?«

»Nicht dass Ihr mich vergiftet.«

»Hast du denn Grund zur Annahme, dass ich das möchte?«

Das Mädchen schwieg.

»Habe ich das schon mal versucht?«, bohrte Lena nach.

Die Bediensteten wechselten unentschlossene Blicke.

Lena seufzte und zeigte auf ihre verbundene Stirn. »Der königliche Leibarzt wird dir bestätigen, dass das hier wirklich eine schwerwiegende Wunde ist. Vielleicht kann ich mich nicht mehr daran erinnern und wäre dir dankbar, wenn du meinem Gedächtnis auf die Sprünge hilfst. Habe ich dir schon einmal etwas Böses angetan?«

Schneewittchen schluckte. »Nicht direkt.«

»Und indirekt?«

»Nun, Ihr wart einfach ... Ihr habt einfach so getan, als würde es mich nicht geben«, platzte Schneewittchen heraus. »Ihr habt mich nie gegrüßt und nur in Vaters Anwesenheit mit mir geredet.«

Lena würde der bösen Stiefmutter beim Rücktausch einen Einlauf verpassen von der Größe eines Darmrohrs. So konnte sie nicht mit einem Kind umgehen. »Gut, ich war gleichgültig, aber bedeutet es, dass ich dir etwas Böses wollte?«

»Ihr seid einfach die böse Stiefmutter.« Es klang wenig

überzeugt, sondern eher, als würde eine Puppe mit glasigen Augen zu ihr sprechen.

Lena überkam das dringende Bedürfnis, das Mädchen wachzurütteln. Sie stand auf, umrundete schnell den Tisch, ging vor der überraschten Prinzessin in die Hocke und nahm ihre Hand. So wie sie es häufig bei Anna getan hatte, wenn das Mädchen vor Wut, Trotz und Hormonen nicht mehr klar denken konnte.

»Anna, Liebes ...«, begann Lena.

Ruckartig zog Schneewittchen die Hand zurück und starrte Lena an. Ihr Blick klarte auf, sie bewegte die Lippen, versuchte etwas zu sagen und brachte schließlich heraus: »Wie habt Ihr mich gerade genannt?«

Lena biss sich auf die Unterlippe. Sie hatte sich vom Moment mitreißen lassen. Fieberhaft überlegte sie, was sie darauf erwidern sollte.

»Ihr habt mich noch nie bei meinem Namen gerufen.« Schneewittchen blinzelte, öffnete die Lippen, schloss sie wieder und flüsterte: »Hannah.«

Lena atmete auf. Wer auch immer »Anna« gehört hatte, dem könnte man weismachen, dass die Person sich verhört hätte.

Die Bediensteten tuschelten. Lena drehte sich zu ihnen um. »Noch mal, lasst uns allein.«

Diesmal erwiderte Schneewittchen nichts. Die Anwesenden warfen ihr fragende Blicke zu, und als keine Reaktion kam, verließen alle das Gemach der Prinzessin.

»Soll ich auch gehen, Frau Königin?«, fragte Tine.

»Nein, du bleibst hier.« Lena erhob sich wieder und setzte sich.

»Hannah, was auch immer zwischen uns war. Ich bitte dich, mich in Zukunft nicht mehr anzulügen. Wenn du mich nicht sehen willst, dann sag es einfach, nur täusche

80

keine Krankheit vor, denn ich mache mir wirklich Sorgen.«

Hannah starrte Lena an, als hätte sie zwei Köpfe. Dann ließ das Mädchen den Blick durch das Zimmer schweifen, als würde sie zum ersten Mal klar wahrnehmen, was sie umgab.

»Hannah, Liebes«, sagte Lena sanft, »bitte versprich mir, mich nicht mehr anzulügen, ja?«

Schneewittchen nickte langsam.

»Und nun zu deinem Geburtstag. Was hast du dir denn so vorgestellt?«

Hannah lehnte sich zurück und schloss die Augen, knetete ihre Finger.

Lena ging wieder zu ihr und goss ihr ein Glas Wasser ein. »Hier, nimm einen Schluck. Geht es dir nicht gut?«

Die Prinzessin schüttelte den Kopf. »Vielleicht habe ich mich draußen bei der Jagd verkühlt«, sagte sie langsam, öffnete die Augen und suchte Lenas Blick.

Lena kam es vor, als wäre jetzt mehr Bewegung und Leben im Gesicht des Mädchens. Was ein Moment der Liebe doch ausmachen konnte.

»Frau Mutter, können wir das Gespräch zwecks meines Balls bitte auf morgen verschieben?«

Besorgt musterte Lena Schneewittchen.

Das Mädchen lächelte, nahm Lena das Glas ab und trank einen Schluck. »Ich bin gerade nur wirklich müde, und die Planung meines Balls verspricht ein längeres Gespräch zu werden.«

Das war ein gutes Argument. »Also gut, dann sehen wir uns morgen.« Lena wusste, wann ein Teenager Raum für sich brauchte. Etwas zu erzwingen, würde nach hinten losgehen.

Die Dienerschaft war vor der Tür versammelt und beobachtete Lena, als sie Schneewittchens Gemach verließ.

»Die Prinzessin möchte früh zu Bett gehen«, sagte Lena zur Obersten Kammerzofe. »Lasst ihr etwas zu essen da, falls sie später Hunger bekommt. Auch ich werde mich nun zurückziehen. Ihr erstattet mir sofort Bericht, falls hier etwas nicht stimmen sollte. Ansonsten wagt es nicht, mich zu stören!«

Die Oberste Kammerzofe verbeugte sich tief, und Lena verließ Schneewittchens Turm.

Im großen Saal wollte Tine ihr wieder den Weg zu ihrem Gemach weisen, allerdings hatte Lena es jetzt nicht eilig und sah sich in der großen Halle um. Da war eine große Treppe, die zu einer Galerie führte. Die Wände waren übersät mit Bildern, auf den meisten war die Königin abgebildet, mal posierte sie mit einem Kätzchen, mal picknickte sie im Park. Auf einigen war Schneewittchen zu sehen, und dann gab es ein riesiges Bild eines Mannes hoch zu Ross, mit stolz erhobenem Kopf.

Lena wollte Tine gerade fragen, wer das war, als ihr bewusst wurde, dass man sie hier hören könnte. Und so eilte sie einfach weiter.

In ihrem Gemach angekommen, platzte die Frage aus ihr heraus. »Das Bild von dem Reiter in der Eingangshalle. Wer ist das?«, fragte sie.

»Der König«, antwortete Tine.

Lena kannte Annas Vater von Fotos. Der König war es nicht. Nun ja, es war eine Parallelwelt, sie war hier auch die Stiefmutter und nicht die Stiefschwester wie in der Realität. Dennoch kam ihr der König bekannt vor, als hätte sie ihn schon einmal gesehen. Wahrscheinlich war er ihr mal in der Realität über den Weg gelaufen.

Lena hatte ihr Soll erfüllt, hatte mit Schneewittchen geredet und für den nächsten Tag eine Verabredung der Königin mit ihrer Stieftochter organisiert, den Rest musste die böse Stiefmutter selbst machen. Mit ein bisschen Rat von Lena würde sie das schon hinbekommen, das hoffte sie zumindest.

Tine zeigte Lena noch die anderen Räume des Turms. Direkt unter ihr lag ihr Ankleidezimmer. Und darunter befand sich ein großzügiges Bad. Nach einem Abendessen, bestehend aus Obst, Brot und Käse – Lena war froh, dass niemand von ihr verlangte, das Fasanenherz zu essen –, machte sich Lena bettfertig und wartete, dass es im Schloss ruhig wurde. Gegen Mitternacht schickte sie die Amme hinaus, trat vor den Spiegel, riss das Laken von ihm herunter und legte eine Hand auf die kühle Silberfläche. »Spieglein, Spieglein an der Wand, bring mich zurück nach München, in mein Land.«

Der Spiegel begann mit einer tiefen Stimme zu sprechen. »Frau Königin, Euer Wunsch ist unerhört, Ihr seid genau da, wo Ihr hingehört.«

Lena überlegte. In ihrer Welt hatte sie vom Spiegel geträumt und während des Traums mit Luna die Seelen getauscht. Die Traumwelt war wohl die Vorhalle der Fantasie- und Märchenwelt. Sie hatte eine Idee. »Spieglein, Spieglein ...« Sie suchte nach einem Reim. »Der Schlamassel ist nun aufgeräumt. Zeig mir, wer in einer anderen Welt gerade von dir und mir träumt.«

Der Spiegel begann mit seiner dunklen, unheimlichen Stimme: »Frau Königin ...« Er stoppte. Auf einmal verzerrte sich seine Stimme, Licht schoss aus seinem Inneren.

Und dann sah Lena sich. Genauer gesagt, ihren Körper, den Luna gekapert hatte. Sie stand im Schlafzimmer, das Fensterrollo war heruntergelassen. Ihr Nachtlicht brannte, und sie trug ihren alten Sternen-Pyjama. Da vor ihr stand wirklich sie selbst. Nur ihre Augen wirkten dunkler.

»Du!« Lena versuchte vergeblich durch den Spiegel zu greifen. »Was hast du getan? Komm sofort zurück und lass mich nach Hause.«

Ihr Körper, oder die böse Königin darin, trat demonstrativ einen Schritt vom Spiegel zurück. »Nicht du, sondern Frau Königin«, sagte sie mit einem süffisanten Lächeln. »Aber weil du es bist, kannst du mich Luna nennen. Zu deiner Frage: Ich habe eine Lösung für meine Probleme gefunden. Ich komme nicht zurück. Du hast es hier wirklich schön. Bis auf ein paar kleinere Unannehmlichkeiten, die allerdings kein Problem darstellen dürften.«

»Du wirst Anna in Ruhe lassen!«

»Oh, dein Schneewittchen ist kein Problem. Egal. Du wirst mir jetzt ein paar Fragen beantworten.«

Lena zitterte vor Wut. Solang die Königin den Spiegel nicht berührte, konnte sie nicht zurückkehren. Sie musste ihr Vertrauen gewinnen, das Biest zum Spiegel locken.

»Also gut. Ich beantworte dir alles.« Lena wollte bei ihrer Rückkehr ihr Leben zurückhaben und sich nicht als Patientin in ihrer Klinik wiederfinden. Sie trat einen Schritt zurück und setzte sich auf das Laken am Boden. »Nur bitte erzähl mir davor, wie es dir seit deiner Ankunft in meiner Welt ergangen ist.«

»Wie es mir ergangen ist?« Luna betrachtete Lena mit schmalen Augen, dann ließ sie sich ebenfalls mit überkreuzten Beinen auf den Boden nieder. »Wie du willst.«

7. Die Giftmischerin und die Ärztin

»Was genau willst du wissen?«, fragte Luna.

»Wie geht es Anna und Eric? Was hast du ihnen erzählt?«

»Oh, nicht viel. Ich habe deine frische Stirnwunde genutzt und einen umfassenden Gedächtnisverlust vorgetäuscht, bei dem ich weder weiß, wer ich bin, noch wer die Witzfiguren um mich herum sind.«

»Warum bist du dann nicht im Krankenhaus?« Lena deutete auf das Zimmer hinter Luna.

»Da war ich. Habe tausend Untersuchungen über mich ergehen lassen. Am Ende hielten sie es für das Beste, mich in meine vertraute Umgebung zu entlassen, weil ich mich hier schneller wieder erinnern würde.«

»Was ist mit Eric und Anna? Wie haben sie das aufgefasst?«

»Eric ...« Luna tippte sich nachdenklich an ihr Kinn. »Meinst du den Stallburschen?«

»Welchen Stallburschen?«

»Du warst also noch nicht in den Ställen? Egal, du wirst es verstehen, wenn du mal meinen Rappen besuchst. Das solltest du übrigens bald mal machen, ich gehe täglich zu ihm. Nun zurück zum Stallburschen. Er ist zum Glück in die Berge gefahren, noch bevor ich nach Hause zurückkehren durfte.«

»Er ist weggefahren?« Lenas Magen zog sich zusammen. »Wegen der Arbeit?«

»Nein, mit Freunden. Skifahren nannte er es. Was auch immer das sein mag.«

Er hatte sie einfach so in diesem Zustand mit Anna allein gelassen? Er musste seine Gründe dafür haben. Vielleicht war Luna unfreundlich zu ihm gewesen. Und es musste ihm sicher wehtun, dass sie sich nicht an ihn, ihre große Liebe, erinnern konnte. »Und was ist mit Anna? Wie hat sie es aufgefasst?«

Luna schwieg eine Weile. »Weißt du, wie ungerecht das ist? Obwohl wir uns so gleichen, vergöttert dein Gör dich, während meins mich abgrundtief hasst. Du warst hier von Liebe umgeben, während ich all die Zeit allein war.«

»Du warst nicht allein«, widersprach Lena. »Du hast deine Amme, und die Sache mit Hannah hast du selbst versaut, sonst hättest du sie auch gehabt.«

»Meinst du Schneewittchen? Heißt sie Hannah?«

»Ja. Du hättest als erwachsene und vernünftige Person nur auf sie zugehen müssen. Hättest du ihr Zuneigung geschenkt, hätte sie dir mit Liebe geantwortet.«

Luna schnaubte. »Sie hat mich vom ersten Augenblick an gehasst.«

»Und du hast dich von ein bisschen kindlicher Ablehnung abschrecken lassen?«

»Du hast leicht reden mit einem Schneewittchen, das dich vergöttert.«

»Sie ist kein Schneewittchen, und sie vergöttert mich nicht. Sie ist meine kleine Stiefschwester Anna, und wir verstehen uns deswegen so gut, weil ich Liebe, Zeit, Arbeit, Energie und Nerven in sie gesteckt habe. Wehe, du verdirbst es mir.«

Luna winkte ab. »Die interessiert mich nicht. Ich möchte einfach nur, dass du mein Problem löst, dann kehre ich als Königin und die schönste Frau des Landes zurück in mein Reich.«

Lena ballte eine Faust. »Dein Problem liegt nicht in der Tatsache, dass du nicht die Schönste bist, sondern in deinem Kopf, weil du die Schönste sein willst.«

»Ach ja?«, fauchte Luna. »Weißt du, was bei uns mit Frauen, die als hässlich gelten, passiert? Sie werden gehasst, entsorgt, hingerichtet oder als Hexen verbrannt. Ich habe mein Ende als die Zweitschönste gesehen. Deine Anna hat mich in dieses Weihnachtsdorf geschleppt, in der Hoffnung, dass ich mich erinnere. Da habe ich euer sogenanntes Märchen über Schneewittchen gesehen. Ich weiß, wie ich enden soll.«

»Ja, aber nur weil du versucht hast, Schneewittchen zu töten, und nicht, weil du nicht die Schönste im Lande bist.«

»Gut.« Luna verengte die Augen. »Dann beweise mir, dass du recht hast. Überlebe auf deine Weise, bis Schneewittchen ihren Prinzen heiratet. Wenn du nach ihrer Hochzeit noch lebst und Königin bleibst, werde ich den Spiegel berühren und wieder den Platz mit dir tauschen.«

Lena schlug mit der flachen Hand auf den Boden. »Das kannst du mir nicht antun, ich muss arbeiten.«

»Man hat dich als erkrankt gemeldet.«

»Eric wird es merken.«

Luna lachte auf. »Du interessierst ihn genauso wenig wie ich den König. Ansonsten wäre er hiergeblieben.«

Wie gern würde Lena jetzt glauben, dass die böse Königin sie bezüglich Eric anlog.

Als könnte Luna ihre Gedanken lesen, sagte sie: »Ich

lüge nicht. Lass dir vom Spiegel zeigen, was hier geschieht. Er weiß alles und sagt stets die Wahrheit.«

»Falsch. Dein Spiegel hat keinen Zugriff auf meine Welt.«

»Manchmal schon. Vor allem, wenn dieses Licht daraus hervorbricht. Du schaffst das schon. Übrigens ist das nicht mein Spiegel, er war schon da, als ich das Gemach bezogen habe.«

Vor allem das Letzte kam für Lena überraschend. Im Märchen war vom Spiegel der bösen Königin die Rede. Und noch etwas passte nicht in die ihr bekannte Version der Geschichte. »Was ist das für ein Licht?«

Luna dachte nach. »Keine Ahnung. Es sprach von einer Lösung und hat mir dich gezeigt: die Lösung meiner Probleme.« Luna grinste. »Und ich bin die Lösung deiner Probleme.«

»Ich habe keine Probleme!«

»O doch, Schätzchen. Dass du mit diesem Eric zusammen bist, nennst du kein Problem?«

»Ich liebe ihn. Wage es nicht, dich zwischen Eric und mich zu stellen.«

Luna zuckte mit den Schultern. »Liebe. Blablabla. Ich kann dir einen Trank brauen, der tiefsten Hass in Liebe verwandelt und andersherum. Auf so etwas vertraust du? Liebe. Dass ich nicht lache. Macht, Wissen und das Leben – das deine und das aller, die dir etwas bedeuten –, darauf solltest du bauen.«

»Wer bedeutet dir etwas?«, fragte Lena einer Eingebung folgend.

Diese Frage erwischte Luna wohl kalt, Schmerz huschte über ihr Gesicht. »Ich habe geliebt«, sagte sie nachdenklich. »Mutter, Vater, die alte Göttin.«

»Was ist mit deiner Amme?«

Luna hob erstaunt die Augenbrauen. »Ja ... ich habe sie vergessen.«

»Was ist mit dem Jäger?«

»Nein.« Luna lachte auf. »Der war einfach nur da. Ach ja, es gibt in deiner Welt auch einen Jäger. Er ist im Krankenhaus aufgetaucht, um meinen Zustand für irgendeine Anklage zu dokumentieren.«

»Jan Jäger«, entfuhr es Lena.

»Genau! Er kommt mich morgen hier besuchen, um sich nach meinem Zustand zu erkundigen.« Luna zwinkerte Lena zu. »Soll ich ihm Hoffnungen machen?«

»Untersteh dich! Verdirb es mir nicht mit Eric. Ich möchte mein Leben wiederhaben, wenn ich zurückkehre. Übrigens, wie kann ich dir glauben, dass du wieder den Platz mit mir tauschst, wenn ich deine Probleme gelöst habe?«

»Wer will schon freiwillig in einer Welt bleiben, wo man seine Magie nicht einsetzen kann?« Luna hob ihre Hände und wackelte mit den Fingern. »Schau. Nichts. Nicht mal ein magischer Furz. Vielleicht sollte ich eher fragen, wie ich sicher sein kann, dass du zurückwillst, sobald du dich im Schloss eingelebt hast. Macht und vor allem Magie sind verführerisch.«

Nun hob Lena ihre Hände und wackelte mit den Fingern. »Keine Sorge, deine Magie hat sich verabschiedet. Und Macht hin oder her, wer will schon in einer Welt bleiben, wo es kein fließendes warmes Wasser gibt?«

Luna riss entsetzt die Augen auf. »Was? Du kannst meine Magie nicht benutzen?«

»Nein. Nicht mal einen magischen Pups zaubern, um es mit deinen Worten auszudrücken.«

Luna sprang auf und fing an, vor dem Spiegel auf und

ab zu laufen. »Das kann nicht sein.« Abrupt blieb sie stehen. »Hör zu. Hinter dem Teppich im Waschbereich ...«

»Ich habe deine Giftküche schon entdeckt.«

»Ha!«, rief Luna. »Das kann nur jemand, der über magische Fähigkeiten verfügt. Jedenfalls findest du in meiner kleinen Werkstatt Bücher über Magie. Suche deinen Zugang dazu, lerne meine Kräfte zu kontrollieren. Glaub mir, du wirst es brauchen. Zumindest lern Tränke zu brauen und mit den besonderen Zutaten umzugehen.«

»Ich bin keine Giftmischerin, sondern Ärztin. Ich versuche, Menschen zu helfen. Sie zu heilen.«

»Wenn ich gut gelaunt bin und die Person mag, kann ich das auch.«

»Ich mache das nicht nur, wenn ich gut gelaunt bin, und ich helfe sogar Menschen, die ich nicht leiden kann.«

»Selbst schuld. Tot stören sie einen weniger. Probier's mal aus.«

Lena sprang auf. »Schwöre mir, dass du in meiner Welt niemanden umbringst. Ich habe keine Lust, nach meiner Rückkehr den Rest meines Lebens im Gefängnis zu verbringen.«

»Schon gut. Ich lasse alle leben. Zufrieden?« Luna fuhr sich mit beiden Händen durch die Haare. »Keine Ahnung, warum dich die alte Göttin ausgesucht hat. Viel Biss hast du ja nicht.«

»Wer ist diese Göttin eigentlich?«

»Ich glaube, das Licht im Spiegel, das ist sie. Sie hat mir dich auch als Lösung gezeigt. Sie hat unseren Tausch ermöglicht.«

»Also, wenn du mich nicht nach Hause lässt, muss ich nur diese Göttin finden, um heimzukommen.«

»Wenn das so einfach wäre, hätte ich sie schon längst

gefunden«, antwortete Luna. »Seit sie verschwunden ist, haben wir viel von unseren Kräften verloren.«

»Wer ist wir?«

»Magische Wesen, und insbesondere Frauen, die von der großen Göttin gesegnet waren.«

»Hexen?«, fragte Lena.

»Pst. Sprich nicht von Hexen, wenn du nicht noch vor der Lösung meiner Probleme hingerichtet werden willst.«

»Ist ja gut«, beschwichtigte Lena. »Wo hat man diese Göttin das letzte Mal gesehen?«

»Na, im Wald«, antwortete Luna. »Alles, was du suchst, ist im Wald.«

Lena dachte über ihre Optionen nach. »Also, Schneewittchen muss nur den Prinzen heiraten, ja?«

»Außerdem noch das Schloss verlassen, ich weiterhin am Leben und Königin sein.«

Lena ergab sich in ihr Schicksal. Sie hatte keine Wahl. »Du musst mir jetzt ein paar Fragen beantworten: Der König ... also holt er dich oft zu sich?«

»Nein.« Luna verdrehte die Augen. »Seit einem Jahr überhaupt nicht mehr. Er interessiert sich nicht mehr für mich und ist kaum noch da. Schneewittchen und ich sind uns selbst überlassen. Nur gestern ist er plötzlich wieder aufgetaucht und hat Aufgaben verteilt. Meine Amme hat dich sicherlich schon informiert. Erledige sie, verheirate Schneewittchen, verhindere, dass ich in den glühenden Schuhen tanzen muss, und erhalte mir meinen Thron. Dann kannst du zurück.«

»Du wünschst dir ein glückliches Ende«, fasste Lena zusammen.

»Wer nicht?«, antwortete Luna leise.

»Warum willst du es nicht selbst versuchen, wenn du weißt, wie es geht?«

»Da ist so eine Gewissheit tief in mir drin«, die Königin legte sich eine Hand auf die Brust und suchte Lenas Blick, »dass ich es nicht schaffen werde. Frag mich nicht warum. Wenn ich jetzt zurückkehre, werde ich sterben, Lena.«

Das war der erste aufrichtige Moment, den Lena mit ihrem bösen Zwilling teilte. »Warum hast du nie jemandem vertraut?«

Luna schnaubte. »Könntest du es, wenn du gesehen hättest, wie die Leute, die das Gute predigen, deine Mutter, eine weiße Hexe, verbrennen, die stets versucht hat, Gutes zu wirken?«

Lena blickte zu Boden. »Warum bist du ihre Königin geworden? Um dich zu rächen?«

»Nein. Ich wollte über sie herrschen, um andere wie Mutter zu retten. Ich wollte es besser machen.«

»Und warum hast du es nicht getan?«, fragte Lena leise.

Luna überlegte, öffnete den Mund, um etwas zu erwidern, schloss ihn wieder und senkte den Blick. »Ich habe es vergessen. Als ich in das Schloss gezogen bin, habe ich es vergessen. Und von Tag zu Tag hat sich die Finsternis in mir ausgebreitet.«

»Warum hasst du Schneewittchen? Wirklich nur, weil sie schöner ist?«

Wieder dachte Luna nach. »Es hat sich angefühlt, als hätte ich keine Wahl. Als würde ich ihretwegen unendlichen Schmerz erfahren, als würde mich ihre Existenz bedrohen. Und ich hatte recht, nicht wahr? Wirst du mich retten, Lena?«

Sie konnte nicht mehr Nein sagen. »Okay, um zum Ende zu kommen, was muss ich wissen? Wem kann ich hier außer deiner Amme vertrauen?«

»Niemandem.«

»Nicht mal deinem Jäger?«

»Hüte dich vor ihm. Er sieht Unsichtbares, bewegt sich als Schatten und verfehlt nie sein Ziel. Wenn du Blut riechst, such ihn in der Dunkelheit.«

Lena überkam ein Schauer, und sie beschloss, das Thema zu wechseln. »Übrigens, solang ich hier an deinem Happy End arbeite, reißt du dich gefälligst zusammen und vermasselst nicht mein Leben. Verstanden?«

Statt einer Antwort unterdrückte Luna ein Gähnen.

»Vor allem, was Anna angeht. Wenn sie dich etwas fragt, antwortest du ihr. Du wirst dich für ihr Leben interessieren.« Lena zögerte und entschloss sich kurzerhand, Luna in Annas Probleme einzuweihen. »Sie wird in der Schule drangsaliert. Du berichtest mir jede Nacht, wie es ihr geht, und ich werde dir sagen, was du dann jeweils unternehmen kannst.«

»Warte kurz«, unterbrach die Königin Lenas Redefluss. »Du reagierst bloß? Du weißt schon, dass Angriff die beste Verteidigung ist?«

»Vielleicht in deiner zurückgebliebenen Welt: In meiner wirst du das machen, was ich dir sage.«

Luna winkt ab. »Jaja, ich passe auf dein Schneewittchen auf, solang du deine Aufgabe erledigst. Wenn du willst, kann ich dem Gör die Probleme ein für alle Mal aus der Welt schaffen.«

»Du wirst niemanden umbringen! Ich wiederhole: Egal was passiert, du lässt alle am Leben. Wenn du selbst nicht weiterkommst, kannst du die Polizei holen. Diesen Jan Jäger zum Beispiel.«

»Keine Sorge, den hole ich dir.«

Lena fuhr sich mit einer Hand über die Stirn. Es war zum Verzweifeln. Und mit so einer sollte sie Anna und

Eric allein lassen? So einer sollte sie ihr sorgfältig geplantes Leben anvertrauen? Sie blickte auf. »Noch eine Sache. Weil Anna gemobbt wird, will Eric sie in ein Internat – das ist eine Schule weiter weg – schicken. Ich habe Anna noch nichts davon gesagt, sie soll es auch nicht erfahren, bis ich zurück bin. Das werde ich selbst klären.«

»Uhhh, ein Internat. Eine ausgezeichnete Idee, um ein lästiges Stiefkind loszuwerden. Dass ich nicht von selbst darauf gekommen bin.«

»Eric will sie nicht loswerden. Es geht um ihren Schutz!«

»Ja, so hätte ich es dem König auch verkauft.«

Lena konnte nur noch den Kopf schütteln. Es brachte nichts, mit dieser Frau zu diskutieren. Dann fiel ihr noch etwas ein. »Anna plant, ihren sechzehnten Geburtstag zu feiern. Geh bitte auf ihre Wünsche ein.«

»Glaubst du, ich kann keinen Ball ausrichten?« Hoheitsvoll hob die Königin den Kopf.

»Ein Ball ist etwas vollkommen anderes als der sechzehnte Geburtstag eines Teenagers in meiner Welt.«

»Wir werden sehen. Lass mich nur machen.« Luna begann zu flackern. Sie sagte noch etwas, doch die Worte waren nur noch bruchstückhaft zu hören, ähnlich wie bei einer schlechten Telefonverbindung.

»Warte!«, rief Lena. Sie wollte der Königin noch ein paar Instruktionen bezüglich Eric geben. Die Verbindung brach jedoch ab, der Spiegel erstarrte.

Lena lief im Zimmer auf und ab. Sie ließ das Gespräch mit der Königin noch einmal Revue passieren. Was hatte sie gesagt? Der Spiegel weiß alles, er sagt die Wahrheit. Lena blieb vor ihm stehen. Einen Versuch war es wert. »Spieglein, Spieglein, wir haben neue Umstände. Was kann ich tun für mein gutes Ende?«

Die silberne Fläche verdunkelte sich und zeigte, wie Lena eine Suppe löffelte. »Frau Königin, Schneewittchen müsst Ihr töten, dann seid Ihr frei von Euren Nöten.«

»Und vor allem von meinen Leben.«

Der Spiegel flackerte, antwortete jedoch nicht. Klar, das hatte sich nicht gereimt. Lena überlegte. Er konnte also nicht in die Zukunft blicken, sonst wüsste er, dass die Königin es laut überliefertem Märchen nicht überleben würde, nach einem Gericht mit Schneewittchens Herz zu verlangen.

Lena nahm einen neuen Anlauf. »Spieglein, Spieglein an der Wand, zeig mir die alte Göttin in diesem Märchenland.«

Das Silber verwandelte sich in ein tiefschwarzes Loch, »Frau Königin, eine Göttin wird Euch nichts nützen. Das Märchenland kann sich nur auf den König stützen.« Und dann erstarrte er.

»Keine besonders große Hilfe. Von wegen allwissend.«

Lena wanderte weiter im Zimmer herum, zum Schlafen war sie zu aufgewühlt. Schließlich blieb sie vor einem Fenster stehen. Es hatte aufgehört zu schneien, und die dichte Wolkendecke war aufgerissen. Das Licht des Vollmondes beschien sanft den verschneiten Wald und ließ den zugefrorenen See funkeln. Die Aussicht war wahrlich märchenhaft.

In der Ferne bemerkte Lena wieder den aufsteigenden Rauch und hatte eine Idee. Hier im Schloss hassten sie alle. Und was hatte die Königin gesagt? Sie müsse nur abwarten, bis Schneewittchen heiratete. Am besten in einem Versteck, um in der Zwischenzeit nicht aufzufliegen. Lenas Puls beschleunigte sich. Ja. Sie würde das Schloss verlassen.

In ein paar Wochen feierte Hannah Geburtstag, dazu

würden sicherlich alle möglichen Prinzen eingeladen werden. Das Mädchen würde sich verlieben, heiraten und zu ihrem Prinzen ziehen. Lena machte sich ein wenig Sorgen um Schneewittchen, sie war genauso jung wie Anna und alles andere als heiratsfähig. Nun ja, andere Welten, andere Sitten. Lenas einzige Sorge sollte jetzt sein, die Bedingungen der Königin zu erfüllen.

Nach Schneewittchens Hochzeit würde Lena ins Schloss zurückkehren, vortäuschen, dass sie entführt wurde und glücklicherweise fliehen konnte. Als Täter kamen viele infrage, und Märchenfiguren wie der böse Wolf oder Rumpelstilzchen hatten keinen Ruf mehr zu verlieren. Sobald sich alles beruhigt hatte und Schneewittchen ihr Happy End lebte, würde Lena endlich wieder in ihre eigene Welt zurückkehren können.

Je länger Lena darüber nachdachte, desto überzeugter war sie von ihrem Plan. Ja, sie würde in die Wälder fliehen, versuchen, zu diesem Häuschen da, wo der Rauch aufstieg, zu gelangen und dort ein paar Wochen aussitzen.

Kurz überlegte sie, ob sie Tine wecken sollte, um ihr zu sagen, dass sie verschwinden würde, damit sie sich keine Sorgen machte. Wenn Tine allerdings nichts wüsste, könnte sie auch nichts preisgeben und müsste niemanden anlügen, falls sie jemand befragen sollte. Also entschied sich Lena dagegen, öffnete leise die Tür und schlich in das Ankleidezimmer der Königin ein Stockwerk tiefer.

Das Mondlicht schien direkt durch ein großes Fenster, das reichte Lena. Sie fand lange Unterwäsche und zog das wärmste Kleid an, das sie finden konnte. Schnell hatte sie alles Weitere beisammen, was sie für eine Winterwanderung benötigte: Stiefel, Wollmantel, Mütze, Schal und Handschuhe. Sie entdeckte sogar so etwas wie einen

Rucksack und packte darin ein leichtes helles Leinenkleid und eine Garnitur lange Unterwäsche zum Wechseln ein.

Ihr Puls ging schnell. Es war ein Märchen, sie würde schon nicht erfrieren. Andererseits waren Märchen nicht gerade dafür bekannt, gnädig zu ihren Charakteren zu sein. Bis zu dieser Hütte würde es schon nicht allzu weit sein. Der Schneefall hatte aufgehört, und der Mond spendete ihr genügend Licht, um voranzukommen. Sie würde es schaffen. Es musste ihr einfach gelingen.

Warm eingepackt verließ Lena das Ankleidezimmer. Ihr Turm hatte einen eigenen Eingang, sie wartete bis zum Wachwechsel zur vollen Stunde und glitt hinaus in die Kälte. Sie kam schnell voran und passierte den Schlosshof, umrundete das Heckenlabyrinth und konnte schon den Wald hinter dem vereisten See sehen, als ein lautes Wiehern die Stille der Winternacht zerriss. Lena blieb fast das Herz stehen, und sie fuhr herum. Aus dem Heckenlabyrinth kam ein hochgewachsener junger Mann: Erics Ebenbild! An einem Halfter führte er ein riesiges schwarzes Pferd. Sofort bemerkte er Lena und verbeugte sich tief vor ihr. Lena verstand nun, was Luna gemeint hatte. Erics Zwilling in dieser Welt war ein Stallbursche.

Er richtete sich wieder auf. »Frau Königin, kann ich Euch zu Diensten sein?«

Lena überlegte fieberhaft. Alles in ihr sehnte sich danach, zu ihm zu rennen und ihm um den Hals zu fallen. Sie räusperte sich, und es zerbrach ihr das Herz, wie eine böse Königin mit ihm reden zu müssen. »Ich konnte nicht schlafen und wollte meinen Rappen besuchen.«

Sie schwiegen einen Moment, dann deutete Erics Zwilling auf das Pferd neben sich. »Hier ist er. Er ist ausgebüxt.«

Das riesige Tier jagte Lena einen Schauer über den Rücken, es passte perfekt zu einer bösen Königin. Es hätte auch dem kopflosen Reiter gehören können, frisch aus der Hölle aufgestiegen. Die Augen des Ungetüms schimmerten im Mondlicht, und aus seinen Nüstern entwichen gewaltige Luftwolken. Auch Lena produzierte in der Kälte Atemwolken, doch bei dem Pferd sah es aus, als würde es glühen und gleich Feuer speien.

Erics Doppelgänger bewegte sich nicht, und nach einigen Sekunden begriff Lena endlich. Er wartete, dass sie, die Königin, ihren Rappen begrüßte. Sie war ja draußen, um ihn zu besuchen. Lena schluckte und ging langsam auf das Pferd zu, streckte eine Hand aus und wollte gerade so etwas wie »Hallo, du« sagen, als der Rappe sich aufbäumte. Lena machte einen Satz zurück.

»Ho!«, schrie Eric und sprang zwischen sie und den Gaul. »Ruhig, ruhig.« Geschickt packte er das schwarze Monster am Halfter. »Frau Königin, ich weiß nicht, was in ihn gefahren ist.«

»Kümmere dich um das Pferd«, sagte Lena, ihre Stimme zitterte.

»Frau Königin, soll ich Euch zum Schloss zurückbegleiten?«

»Ich sagte, kümmere dich um das Pferd. Sehe ich für dich aus wie ein Rappe?« In Gedanken entschuldigte sich Lena bei ihm.

Der Stallbursche verbeugte sich hastig und rannte, das Biest im Schlepptau, in die entgegengesetzte Richtung.

Lena wartete, bis die Hecken die Sicht auf ihn verbargen, und stapfte so schnell sie konnte durch den wadenhohen Schnee in Richtung Wald. Ein Glück, dass niemand sie gesehen hatte. Also niemand außer dem Rappen und dem Stallburschen. Das Pferd würde nichts sagen, und auf Erics Zwilling war sicherlich Verlass. Lena hatte auch in dieser anderen Welt eine Verbindung zwischen ihnen beiden gespürt, als sie Erics Ebenbild in die Augen gesehen hatte. Lena seufzte. »Bald bin ich zurück und kann mich nachts wieder an dich schmiegen«, murmelte sie.

8. Rumpelstilzchen

Schnell und ohne weitere Vorfälle erreichte Lena den Wald. Sie war selbst überrascht darüber, wie problemlos ihr das gelungen und dass ihr niemand gefolgt war. Auch darüber, wie wenig sie außer Puste war, als sie den Wald betrat. Die Königin war wirklich gut in Form, und erneut dankte Lena ihr dafür.

Hier unter den Bäumen war es dunkler, und es lag weniger Schnee. Um zu dem Ursprung des Rauches zu gelangen, musste sie sich links halten, also suchte sie sich die größte Lücke zwischen zwei Bäumen aus und stapfte drauflos.

Ein Geräusch hinter ihr in der Dunkelheit ließ sie herumfahren. Von einem Baum fiel Schnee herab. Lenas Herz schlug ihr bis zum Hals. Sie befand sich gerade in einem verwünschten Märchenwald. Im Gegensatz zum Bayerischen Wald gab es hier böse Wölfe, Bären und andere Monster. Andererseits war sie hier nicht als Rotkäppchen unterwegs. Wer auch immer sie angriff, musste früher oder später mit der Rache der bösen Königin rechnen. Wer nicht ganz benebelt war, würde dieses Risiko sicher nicht auf sich nehmen. Das hier war ein Märchen, sie würde schon nicht sterben. Hoffentlich.

Lena eilte weiter. Nach einigen Stunden – allerdings vermutete sie, dass die Angst die Zeit für sie in die Länge zog –, also eher nach diesen gefühlten Stunden hörte sie in der Ferne eine Stimme und sah das Licht eines Lagerfeuers. Jemand sang.

Je näher sie dem Feuer kam, desto weniger lag Schnee auf dem Boden. Frisches Gras und Maiglöckchen sprießten aus der Erde. Mit jedem weiteren Schritt stand das Gras höher und wurde es wärmer. Lena zog sich Mütze, Schal und Handschuhe herunter. Sogar die Bäume trugen hier Laub. Sie musste das Feenreich betreten haben.

Lena war dankbar für diese kleine Sommeroase im Winterwald. Obwohl die Kleidung der Königin wirklich warm war und die Bewegung ihren Kreislauf in Schwung gehalten hatte, hatten sich ihre Füße in zwei Eiszapfen verwandelt. Es tat so gut, keine eisige Luft mehr zu atmen.

Von Neugier getrieben, schlich Lena näher ans Feuer. Sie wollte diese magische Stimmung durch ihr plötzliches Auftauchen nicht verscheuchen und das singende Wesen erschrecken. Überall schwirrten Glühwürmchen. Sie sah genauer hin. Vielleicht waren es auch Feen, und sie würde gleich in ihren Tanz platzen. Lena begann sich zurechtzulegen, wie sie das kleine Volk überzeugen konnte, dass sie mit keinen bösen Absichten hierhergekommen war.

Mit jedem Schritt tauten ihre Zehen weiter auf. Vielleicht konnte sie auch einfach hier die Zeit bis zu Schneewittchens Hochzeit absitzen, wenn die Feen sie ließen. Und war es nicht so, dass die Zeit im Feenreich schneller verging als da draußen? Dann würde sie morgen wieder ins Schloss zurückkehren, dort eine spannende Geschichte erzählen, wie sie entführt wurde, weggelaufen war, sich verlaufen und wochenlang durch die Wildnis geschlagen hatte. Und dann würde sie so schnell wie möglich die Königin in ihr eigenes Reich zurückbitten.

Sie spähte geradeaus. Zwischen den Bäumen konnte sie

nun mehr erkennen. Ein Männchen mit einem langen Bart in grüner Blätterkleidung tanzte um das Feuer und summte vor sich hin. Lenas Nackenhärchen stellten sich auf. Sie ahnte, wer das war und an welcher Stelle des Märchens sie gelandet war. Suchend sah sich Lena um. Hinter einem Baum kauerte ein Mann, in den Händen hielt er eine Schreibfeder und Papier. Das Männchen hörte plötzlich auf zu summen, sein Tanz wurde wilder, die Sprünge höher, und dann begann er zu singen: »Heute back ich.«

Lenas Gedanken überschlugen sich. Sie hasste das Märchen *Rumpelstilzchen* und empfand seit ihrer Kindheit tiefes Mitleid für ihn.

»Morgen brau ich.«

Er wollte ein Kind haben. Nirgendwo im Märchen war die Rede davon, dass er es töten wollte.

»Übermorgen hol ich der Königin ihr Kind.«

Es war zwar nicht okay, fremde Kinder zu stehlen, allerdings war es auch von der Müllerstochter nicht in Ordnung, ihrem Helfer etwas zu versprechen, was sie nie einhalten wollte.

»Ach, wie gut, dass niemand weiß ...«

Lena hatte nie verstanden, warum das Männchen am Ende sterben musste.

»... dass ich ...«

»Wurzelstimmchen! Da bist du ja«, platzte Lena einer plötzlichen Eingebung folgend ins Lied und trat hinter dem Baum hervor.

Er starrte sie an, hörte aber nicht auf zu singen. Wie eine kaputte Schallplatte versuchte er wieder in den Takt zu kommen. »... der Königin ihr Kind. Ach ...«

»... wie gut, dass du Feuer gemacht hast.« Verzweifelt

versuchte Lena ihn zum Schweigen zu bringen. »Ich hätte mir fast die Zehen abgefroren.«

»... dass ich ...« Rumpelstilzchen wirkte, als könnte er nicht stoppen.

Lena machte einen Satz auf ihn zu und legte eine Hand auf seinen Mund. »Wurzelstimmchen, du hast da was«, sagte sie laut und flüsterte dann: »Hör auf! Du wirst beobachtet!«

Endlich schloss Rumpelstilzchen den Mund. In seinen Augen veränderte sich etwas, als würde sich ein Nebel verziehen. Lena horchte angestrengt in die Richtung, wo der Späher der Müllerstochter stand. Er bewegte sich und war so unvorsichtig, auf einen trockenen Ast zu treten. Rumpelstilzchens Blick huschte in die Richtung des Geräuschs. Lena schüttelte kaum merklich den Kopf. Das Waldmännchen verstand sie wohl. Zwar lief er vor Wut im Gesicht rot an und zitterte mit geballten Fäusten am ganzen Körper, doch er ließ den Späher gehen. Um sie herum bebte die Erde leicht.

Mit Wut kannte sich Lena aus. Kurz nach dem Tod von Annas Mutter war das Mädchen nicht mit seinen Gefühlen klargekommen. In dieser Zeit hatte Lena gelernt, mit Annas Ausbrüchen umzugehen. Erst mal das Gefühl benennen und Verständnis signalisieren.

»Du bist wütend«, wisperte Lena. »Das ist völlig in Ordnung, und du darfst zornig sein. Nur lass den Späher gehen. Er führt lediglich einen Befehl aus, für den er nichts kann. Ganz ruhig. Nur noch einige Sekunden. Atme langsam tief ein ... und wieder aus. Spüre die Bewegung in deinem Bauch ...«

Das Männchen sah Lena mit so weit aufgerissenen Augen an, dass Lena ein starker Verdacht kam: Nicht der Inhalt ihrer Worte hielt seine Wut zurück, sondern die Verwunderung über das, was sie da von sich gab.

Endlich hörten sie in einiger Entfernung Hufgetrappel, Äste knackten und ein Uhu schrie. Erleichtert nahm Lena die Hand aus Rumpelstilzchens Gesicht, der sofort zu toben anfing. Er fluchte, stampfte mit den Füßen, fiel auf die Knie und trommelte mit den Fäusten auf den Boden. Seinem Wutanfall fielen unzählige Bäume zum Opfer, und der Waldboden um sie herum bekam meterbreite Risse, aber zum Glück verletzte sich das Männchen nicht selbst.

Lena versuchte, die Schäden und den Krach um sich herum nicht zu beachten, sondern passte nur auf, dass er sich auch weiterhin nicht selbst verletzte. So wie bei Anna damals, wenn sie zum Beispiel ihr Zimmer auseinandergenommen hatte.

Erst als der Wald im Umkreis von hundert Metern verwüstet war und kein Baum mehr stand, kam Rumpelstilzchen endlich zu sich. »Wer bist du?«, fragte er, während er begann, die Pflanzen mit seiner Magie wieder zu heilen. Er streckte die Hände aus, und als würde er die Zeit zurückdrehen, richteten sich die Bäume wieder auf. Innerhalb kürzester Zeit sah alles so aus, wie Lena es bei ihrer Ankunft hier vorgefunden hatte.

»Wer bist du?«, wiederholte das Männlein.

Es überraschte Lena, dass Rumpelstilzchen sie nicht kannte. Sie hatte erwartet, dass die Bösewichte der Märchen in etwa wie Mafiabosse voneinander wussten. »Die Königin von ...« Ja, wovon eigentlich? Mit Namen hatten sie es wirklich nicht in der Märchenwelt. »Die Stiefmutter von Schneewittchen.« Das war eindeutiger, denn Königinnen gab es hier wie Sand am Meer.

Rumpelstilzchen schüttelte den Kopf. »Noch nie von Schneewittchen gehört. Du hast nicht zufällig etwas mit dem Schloss zu tun, in dem die Müllerstochter den König geheiratet hat?«

»Nein, mit denen habe ich nichts zu tun. Sag mal, warum wolltest du gerade unbedingt deinen wahren Namen hinausposaunen?«

Rumpelstilzchen setzte sich auf das Gras vor dem Feuer, und Lena ließ sich neben ihm nieder. Sie gab ihm Zeit, seine Gedanken zu sortieren. Außerdem hatte sie es nicht so eilig, diese Sommeroase zu verlassen. Lena streifte sich den Wollmantel herunter, weil es ihr langsam zu warm wurde.

Gedankenverloren stocherte das Männlein mit einem Stock im Feuer herum, sodass Funken in alle Richtungen stoben. »Ich weiß es nicht. Ich habe so einen Drang verspürt, dieses Lied zu singen.«

»Und du hast den Späher der Müllerstochter wirklich nicht bemerkt?«

Rumpelstilzchen sah zu Lena. Seine Augen waren golden und nahmen gerade die Farbe von Bronze an. »Nein. Schon merkwürdig.« Er fing an zu kichern. »Morgen wird mir die Müllerstochter die Namen von einer langen Liste vorlesen, und da wird sicherlich ein Wurzelstimmchen dabei sein.«

Lena nahm sich auch einen Stock, der neben ihren Füßen lag, und hielt ihn ins Feuer. »Was dann?«

»Ich habe es vorhin hinausposaunt, wie du es genannt hast. Ich hole mir der Königin ihr Kind.«

»Warum?«

Rumpelstilzchen kratzte sich am Kopf »Das mit dem Kind habe ich vorgeschlagen, weil, nun ja, ich habe keine Freunde. Niemand liebt mich, obwohl ich so viel zu bieten habe.« Er deutete auf die Lichtung. »Sieh, was ich erschaffen kann. Und nun stell dir vor, wie ein Kind hier spielen würde.«

»Aber einer Mutter ihr Kind wegzunehmen, das ist schon heftig.«

Rumpelstilzchen spuckte ungehalten auf den Boden. »Ich hätte nie gedacht, dass sie zustimmt, ihr Kind für das Gold zu verkaufen. Sie hat nicht einmal verhandelt. Ich hätte es auch für was anderes gemacht. Also so viel liegt ihr wohl nicht an dem Säugling.«

»Lass es bleiben.« Lena drehte sich zu ihm um. »Wenn du dich einmischen willst, dann gehe hin und sag ihr, dass sie vor diesem König davonlaufen soll, so weit und so schnell sie kann. Oder lass sie glücklich leben, wenn sie glaubt, glücklich bei dem König zu sein, der sie nur wegen des Goldes geheiratet hat. Keine Ahnung. Oder noch besser: Bestraf ihren Vater und den König für ihre Gier. Die beiden haben sie, dich und das Kind in diesen Schlamassel gebracht.«

Das Männchen hörte ihr aufmerksam zu.

»Kannst du dich nicht einfach mit den Bewohnern eines Dorfes anfreunden und sie auf deine Wiese zu deinem Lagerfeuer einladen?«

Rumpelstilzchen lachte bitter auf. »Sieh mich an. Ich bin nicht gerade schön. Niemand will mit so einem wie mir befreundet sein. Niemand mit Verstand würde mir über den Weg trauen.«

»Schönheit hat nichts mit Vertrauenswürdigkeit zu tun.«

Rumpelstilzchen starrte sie an. »Würdest du mir dein Kind anvertrauen?«

Lena überlegte. »Solang du es nicht entführst, könntest du es besuchen und mit ihm spielen, wie es ein Onkel tun würde, zum Beispiel.«

Rumpelstilzchen schluchzte auf, und goldene Tränen kullerten über seine Wangen. »Ist das dein Ernst?«

»Natürlich ist es mein Ernst.«

Rumpelstilzchen wischte sich mit dem Bart die Tränen weg und drehte sich wieder zum Feuer. Sie schwiegen lange und beobachteten den wärmenden Feuertanz, das Holz knackte im Takt. Es roch herrlich nach all den Lagerfeuern aus Lenas Kindheit, und langsam trug der Rauch sie davon, ihre Lider wurden schwer. Das Spinnen von Gold, seine Augenfarbe und die goldenen Tränen. Lena kam der Gedanke, dass Rumpelstilzchen der Naturgeist einer Goldader sein könnte.

»Was ist deine Geschichte?«, fragte Rumpelstilzchen.

Lena schreckte hoch und blinzelte die Müdigkeit weg. »Meine Geschichte ...« Sie dachte nach. »Ich laufe vor ihr weg.«

»Bist du deswegen hier?«

»Ja. Ich möchte mich für ein paar Wochen irgendwo verstecken, bis Schneewittchen geheiratet hat und das Unglück an mir vorbeigezogen ist.«

Rumpelstilzchen legte den Stock weg und drehte sich zu Lena. »Und wo willst du hin? Man wird dich vermissen und nach dir suchen.«

»Sicher nicht. Es ist für alle besser, wenn ich weg bin.«

»Mich würde auch niemand vermissen, wenn ich verschwinden würde.« Rumpelstilzchen klang traurig.

»Doch.« Lena reichte ihm die Hand. »Ich würde dich vermissen.«

Stille Tränen rannen ihm über die Wangen, während er Lenas ausgestreckte Hand betrachtete. Dann griff er zu. Seine Haut war warm und rau, fast wie lebende Borke. »Und ich dich, Königin.«

Lena drückte seine Hand, die für seine Größe – er

reichte ihr bis zur Taille – erstaunlich robust und breit war. »Nenn mich Lena.« Statt Luna war ihr Lena, ihr wahrer Name, herausgerutscht, und sie biss sich auf die Zunge. Das war unklug. Andererseits kannte sie den wahren Namen des Waldgeistes, da war es also nur fair, dass er nun auch ihren erfuhr.

»Übrigens, ich heiße Rumpel...«

»Ich weiß, wie du heißt«, unterbrach ihn Lena. »Sprich deinen Namen lieber nicht aus. Für mich heißt du ab jetzt Wurzelstimmchen, ja?«

»Wurzelstimmchen«, murmelte Rumpelstilzchen. »Das gefällt mir.«

Verlegen ließen sie einander los. Sein Interesse an ihrem Schicksal und die paar freundlichen Worte taten Lena so gut. Sie konnte freier atmen, und eine unangenehme Verspannung wich aus ihren Schultern.

Lena unterdrückte ein Gähnen. »Kann ich hier auf dieser Wiese bleiben, bis dieses Unheil an mir vorbeigezogen ist?«

»Ich kann nicht allzu lange in die Natur eingreifen.« Ehrliches Bedauern lag im runzeligen Gesicht des Naturgeistes. »Ich weiß nicht, ob du es wochenlang in der Kälte aushältst, mit nur ein paar Sommerstunden am Tag.«

»Verstehe.« Lena scheuchte die Enttäuschung davon. »Kann ich wenigstens so lange bleiben, bis du die Lichtung wieder dem Schnee übergibst?«

»Es wäre mir eine Freude.« Mit einem Schwenk seiner Hand ließ er das Gras hinter Lena wachsen. »Leg dich hinein. Es duftet und ist weich wie ein Federbett, du wirst nie besser schlafen. Ich wecke dich, sobald die Kälte hier einbricht.«

Lena gähnte. »Ist hier eigentlich etwas in der Nähe, das gefährlich sein könnte?«

Rumpelstilzchen lachte auf. »In diesem Abschnitt des Waldes bin ich das Gefährlichste. Und nun schulde ich dir was.«

»Du schuldest mir gar nichts!«

»Doch. Wenn die Königin meinen Namen ausgesprochen hätte, wäre ich nicht einfach gegangen.« Er wickelte seinen mit Gold benetzten Bart um einen Finger. »Keine Ahnung, woher ich das weiß, aber ich glaube, es wäre schlimm ausgegangen.«

Er hätte sich vor Wut entzweigerissen. Lena würde es ihm nicht erzählen, damit es nicht noch zu einer selbsterfüllenden Prophezeiung wurde. Stattdessen ließ sie sich nach hinten fallen. Rumpelstilzchen hatte nicht zu viel versprochen, sie lag weich und fühlte sich im hohen Gras geschützt. Es duftete herrlich nach Lavendel und Minze. Lena seufzte und driftete innerhalb weniger Atemzüge in den Schlaf.

Fröstelnd erwachte sie, weil sie jemand an der Schulter rüttelte. Der Morgen dämmerte gerade. Trübes Licht kämpfte sich durch die hohen Baumspitzen auf die winzige Lichtung.

Rumpelstilzchen saß neben ihr in der Hocke. »Lena, wach auf. Gleich wird hier der Winter übernehmen. Wenn du nicht im Schlaf erfrieren willst, solltest du dich jetzt wieder in die warmen Kleider packen.«

Er deutete auf das Kleiderbündel neben ihr. Da lagen alle Sachen: Mütze, Schal, Handschuhe und Wollmantel. Er musste sie eingesammelt haben.

»Danke«, nuschelte Lena verschlafen. »Danke für diese Nacht voller Wärme.« Sie rappelte sich hoch und zog als Erstes ihren Wollmantel an.

»Was hast du jetzt vor?«, fragte Rumpelstilzchen. Traurig beobachtete er, wie das Gras gelb wurde und das Laub von den Bäumen fiel.

Lena deutete in die Richtung, wo sie den Rauch und das dazugehörige Waldhaus vermutete. Sie hoffte inständig, dass die Richtung stimmte. »Von meinem Schloss aus habe ich dort aufsteigenden Kaminrauch gesehen. Das ist mein Ziel. Ich möchte da um vorübergehenden Unterschlupf bitten. Weißt du, wer da wohnt?«

»Leider nicht. Ich habe meinen Wald noch nie verlassen.«

»Wie schade.« Eilig zog Lena die Mütze auf.

Rumpelstilzchen ließ sie nicht aus den Augen, während sie sich auch noch Schal und Handschuhe überzog. Sie konnte seinen Gesichtsausdruck nicht deuten. Sobald sie fertig war, schwebten die ersten Schneeflocken herunter.

»Ich begleite dich«, sagte Rumpelstilzchen plötzlich.

»Warum?«, fragte Lena.

»Mich wird hier niemand vermissen, dafür ich dich umso mehr.«

Lena ging das Herz auf. Im verwünschten Wald auf Reisen mit einer Person zu sein, die sie nicht hasste, war ein Hauptgewinn.

»Bist du dir sicher?« Lenas Herz schlug vor Freude gleich schneller. Die Kälte war auf einmal nicht mehr so beißend, der Wald nicht mehr so düster.

Rumpelstilzchen grinste. »Darauf kannst du Gift nehmen, Königin Lena.«

9. Der böse Wolf

Einige Stunden später, es musste gegen Mittag sein, ge-
langten Lena und Rumpelstilzchen an einen breiten Weg,
der selbst zugeschneit gut zwischen den Bäumen zu erkennen war. Wieder hörte Lena in der Ferne Stimmen. Sie
legte sich den Finger an die Lippen und bedeutete Rumpelstilzchen, leise zu sein. In der Deckung der Bäume
schlichen sie weiter. Genauer gesagt, Rumpelstilzchen
schlich, er bewegte sich lautlos und hinterließ keine Spuren. Der Schnee unter Lenas Füßen knirschte. Das Männlein zupfte Lena am Ärmel. Sie blieb stehen, er beugte
sich hinunter und berührte ihre Stiefel.

»Geh weiter«, flüsterte er mit einem verschmitzten Lächeln.

Lena machte einen Schritt. Obwohl der Schnee unter
ihrem Stiefel zusammengedrückt wurde, knirschte er
nicht mehr. Sie machte noch einen Schritt. Stille. »Du bist
genial!«

Das Männlein verbeugte sich. »Stets zu Diensten, Königin Lena.«

Es war das zweite Mal, dass er sie so nannte. Es fühlte
sich falsch und gleichzeitig richtig gut an. Denn genau
das war sie gerade: Königin und Lena.

Sie schlichen weiter in Richtung der Stimmen. Endlich
konnten sie zwischen den Bäumen sehen, wer sich gerade
unterhielt: Ein Mädchen von etwa sechs Jahren, mit

einem Korb in der Hand und einem roten Umhang, dessen Kapuze sie über den Kopf gezogen hatte, redete mit einem schwarzen Wolf. Das Tier war riesig, dessen Schulter würde Lena bis zur Taille reichen, und sie war mit ihren fast ein Meter achtzig nicht klein.

Sie waren mitten ins Märchen *Rotkäppchen und der böse Wolf* geplatzt. Warum ließ eine Mutter ein kleines Kind allein durch einen Wald gehen? Im Winter waren die Wölfe bekanntlich besonders hungrig, und Rotkäppchen war bepackt mit Essen, das wilde Tiere anziehen würde. Fressen und gefressen werden.

Lena kannte die Analogien, in denen man Rotkäppchen mit Frauen und den bösen Wolf mit Männern verglich. Davon wurde abgeleitet, wie sich Frauen richtig zu verhalten hatten. Zum Beispiel nicht allein in Parks gehen, wenn sie nicht von einem Mann überfallen werden wollten. Oder dass man als Frau gefressen wurde, wenn man vom richtigen Pfad abwich. Dieser Vergleich zog für Lena nicht, Männer waren Menschen und keine triebgesteuerten Tiere.

Allerdings, wenn man wusste, dass es in einem Wald Wölfe gab, echte Wölfe, keine Männeranalogien, war es mehr als unverantwortlich, ein Kind allein dort reinzuschicken. Rotkäppchen konnte froh sein, dass sie sich in einem Märchen befand und der Wolf mit ihr quatschte. Im echten Leben hätte der Wolf ihr bereits den Kopf abgerissen.

Lena wunderte sich, dass der Wolf sie nicht bemerkte. Obwohl sie keine Geräusche beim Gehen machten, konnte man sie bestimmt weithin riechen. Gerade berichtete Rotkäppchen dem Wolf, wohin sie gehen wollte, und deutete in die entsprechende Richtung. Sie verabschiedeten sich, und der Wolf ließ sie gehen. Er selbst trottete in die entgegengesetzte Richtung, lief an ihnen vorbei, scherte plötzlich aus und verschwand zwischen den Bäumen. Keine drei Meter von Lena und Rumpelstilzchen entfernt schlich er durch das dichte Gebüsch zurück. Lena wusste wohin: in seinen Tod. Sie hielt es nicht aus. Weder wollte sie, dass Rotkäppchen für den Rest ihres Lebens traumatisiert noch dass der Wolf vom Jäger getötet wurde.

Lena machte einen gewaltigen Satz aus dem Stand, stürzte sich wie eine Katze beim Mäusefang auf den Wolf und landete auf seinem Rücken. Ihr Vorhaben, ihn von den Füßen zu reißen, war kläglich misslungen. Der Wolf erstarrte kurz und wirbelte dann herum. Lena rutschte von seinem Rücken, und das Riesentier baute sich knurrend und zähnefletschend über ihr auf.

Aus dem Augenwinkel sah sie, dass Rumpelstilzchen eine Hand gehoben hatte, bereit zu schnipsen, was dem Wolf sicher nicht gut bekommen würde.

»Wartet!« Damit meinte sie beide. Sie blickte dem Wolf in die Augen. Nur keine Angst zeigen. »Glaubst du, dein Vorhaben gelingt?«

Der Wolf antwortete nicht.

»Ich weiß, dass du reden kannst. Du willst zuerst die Großmutter von Rotkäppchen fressen, dann mit dem Kind herumspielen und schließlich auch das Mädchen verschlingen.«

Ein langer Faden aus Spucke löste sich aus dem Maul des Wolfes und tropfte auf Lenas Schulter. Sein Magen knurrte.

»Hast du auch alle Jäger im Blick?«, fragte Lena.

Der Wolf zog den Schwanz ein und duckte sich. Ängstlich blickte er sich um. »Jäger«, knurrte er mit einer tiefen Stimme.

»Genau«, sagte Lena. »Bist du dir sicher, dass bei Rotkäppchens Großmutter kein Jäger lauert?«

»Soll ich hier verhungern?« Der Wolf machte ein paar Schritte zurück.

»Gibt es denn hier keine Tiere, die du jagen kannst?« Lena rappelte sich hoch und klopfte sich den Schnee vom Mantel.

Der Wolf setzte sich auf sein Hinterteil. Wieder knurrte sein Magen. »Warum tut dir Rotkäppchen mehr leid als ein Rehkitz? Ich sehe da keinen Unterschied.«

Die Frage traf Lena unvorbereitet. Sie hatte keine gute Antwort auf die Frage. Er hatte recht. Warum sollte das Kind eines Rehs statt Rotkäppchen gefressen werden? Beide hatten Gefühle, empfanden Angst, Schmerz. Beide Mütter liebten und sorgten sich um ihre Kinder. Hier im Märchenwald konnten die Tiere sogar sprechen und um Gnade flehen.

»Meinetwegen kannst du sie fressen.« Rumpelstilzchen trat näher und musterte den Wolf, bei dem jede Rippe unter dem struppigen Fell zu sehen war.

»Nur wird das nicht gut enden«, knurrte der Wolf. »Überhaupt nicht gut enden.«

»Ja«, bestätigte Rumpelstilzchen leise.

Die beiden wechselten einen wissenden Blick.

»Ich habe etwas für dich.« Rumpelstilzchen schnippte mit den Fingern, und der Schnee zu Füßen des Wolfes verwandelte sich in ein riesiges Stück Fleisch.

Das Raubtier starrte ihn an. »Wie ...? Ist das Schnee oder Fleisch?«

»Wonach riecht es denn? Ich kann Stroh zu Gold verwandeln, Schnee zu Fleisch.«

»Was willst du dafür?«, fragte der Wolf.

Rumpelstilzchen öffnete den Mund, zögerte und sagte

dann: »Ich habe schon einmal etwas für meine Dienste verlangt, und es ist nicht gut ausgegangen. Was würdest du mir denn dafür geben?«

Der Wolf erhob sich und wedelte vorsichtig mit dem Schwanz. »Ich kann dir nur meine Freundschaft anbieten.« Er wandte sich zu Lena und wedelte heftiger. »Und dir meine treuen Dienste, dafür, dass du mich vor dem Jäger gerettet hast. Du kannst über mich, mein Leben und meinen Tod verfügen.«

Lena bekam eine Gänsehaut. Was für eine Wendung! So etwas wäre mal ein tolles Märchenmotiv gewesen und nicht unlogische Entscheidungen, Feindschaften, Folter, Mord und Totschlag.

»Ich brauche keine Diener.« Lena trat vor den Wolf, das Stück Fleisch lag zwischen ihnen. »Aber Freunde.« Sie reichte dem Wolf eine Hand.

Er wedelte nun heftig mit dem Schwanz und zeigte ihr sein schönstes Wolfsgrinsen, dann legte er seine riesige Pfote in ihre Hand. »Freunde«, knurrte er.

Rumpelstilzchen trat zu ihnen und legte seine Hand obenauf. »Freunde.«

Lenas Herz schlug ihr bis zum Hals, und Tränen stiegen ihr in die Augen. Am liebsten würde sie jetzt skandieren: »Alle für einen und einer für alle.« Aber das war eine andere Geschichte. »Sieh zu, dass du satt wirst«, sagte sie stattdessen und blinzelte die Tränen weg.

Das ließ sich der Wolf nicht zweimal sagen. Mit wenigen Bissen verschlang er das Fleisch.

»Einen Nachschlag gefällig?«, fragte Rumpelstilzchen und verwandelte einen Quadratmeter Schnee in Fleisch. Er musste das noch etwa dreimal wiederholen, bis der Wolf endlich satt war. Das war mindestens so viel, wie eine Großmutter und ein Rotkäppchen zusammen auf die Waage bringen würden.

Lena bekam auch langsam Hunger und warf Rumpelstilzchen einen verlegenen Blick zu. »Kannst du auch für mich ...?« Sie verstummte, denn Rumpelstilzchen machte einen bestürzten Gesichtsausdruck.

»Er hat gerade umgerechnet drei Menschen verschlungen. Das ist wie mit dem Sommer, ich kann erst in ein paar Stunden wieder Essen herstellen.«

»Das macht nichts«, sagte Lena schnell. »Ich halte das noch locker aus.« Die letzten Worte sprach sie ein wenig lauter, um das Knurren ihres Magens zu übertönen.

Der Wolf jaulte auf. »Warum hast du nicht gesagt, dass du auch Hunger hast?«

Rumpelstilzchen schlug sich mit der Hand gegen die Stirn. »Ich bin so bescheuert!« Der Boden begann leicht zu beben. »Ja, stimmt, ihr Menschen braucht öfter als ein paarmal im Monat etwas zwischen die Zähne.«

»Ach, isst du nur so selten?«, fragte Lena hastig. Sie musste ihn dringend ablenken. Manchmal hatte Lena die Wutanfälle von Anna so verhindern können. Sie hatte keine Lust, noch einmal ein Waldsterben zu erleben.

»Ja. Ein bisschen Baumrinde hier, etwas Wurzel da, ein Steinchen zum Nachtisch, ein Schluck aus einer Goldader. Und schon ist die Sache erledigt.«

»Wirklich praktisch«, sagte Lena bewundernd, und Rumpelstilzchen lächelte geschmeichelt. Ihre Strategie hatte gewirkt, denn der Waldboden beruhigte sich wieder.

Kurz überlegte sie, bei Rotkäppchens Großmutter anzuklopfen, um nach etwas Essen zu bitten, entschied sich allerdings schnell dagegen. Der Wolf könnte rückfällig werden. Von Großmüttern und Kindern sollte er sich so kurz nach seinem Entzug fernhalten. Dennoch kannte er sich im Wald aus. »Weißt du, ob es hier außer dem Haus der Großmutter eine Holzfällerhütte oder ein Einsiedlerhaus in der Nähe gibt?«

»Nein. Ich kenne nur das Haus der Großmutter. Diesen Teil des Waldes verlasse ich normalerweise nicht. Ich weiß nicht einmal, wo genau Rotkäppchen lebt.«

»Verstehe«, sagte Lena. *Er war wie Rumpelstilzchen in seinem Märchen gefangen*, schoss es ihr durch den Kopf. Wieder grummelte Lenas Magen. »Ich sollte jetzt weiter.«

»Ich folge euch.« Der Wolf kugelte an Lenas Seite, anders konnte man seinen schwerfälligen Gang nach dem Fressgelage nicht nennen.

»Das freut mich. Du bist uns als Begleiter herzlich willkommen.«

Der Wolf wedelte mit dem Schwanz.

»Wie heißt du eigentlich?«, fragte Lena.

»Ein Name?« Er blickte zu ihr hoch.

»Ja. Du heißt doch nicht einfach nur Wolf, oder? Wie denkst du von dir? Wie hat dich deine Mutter genannt?«

»Mutter«, murmelte der Wolf »Es ist schon so lange her, dass ich sie gesehen oder an sie gedacht habe. Mein Name …« Er senkte den Blick. »Rudolf. Ich heiße Rudolf.«

»Kann ich dich Rudi nennen?«, fragte Lena.

Der Wolf jaulte vor Freude auf. »Rudi ist wunderbar! Es klingt so wenig Furcht einflößend.«

»Um Kinder wie Rotkäppchen irgendwohin zu locken?«, fragte Lena.

»Nein. Es klingt so, wie ich sein möchte«, sagte er leise.

Lena tätschelte dem Wolf den Kopf. »Du bist wirklich ein Rudi.«

Sie zogen weiter, und nach einigen Stunden versuchte Rumpelstilzchen Schnee in etwas Essbares für Lena zu verwandeln, doch es gelang ihm nicht. Nicht mal ansatz-

117

weise. »Wenn du nicht so verfressen wärst, hätte ich meine Kräfte nicht für den ganzen Tag verbraucht«, schimpfte das Männlein mit dem Wolf.

»Ich habe dich nicht darum gebeten«, knurrte der Wolf.

»Ach ja?« Die Bäume um sie herum schaukelten gefährlich. »Bist du dir sicher, dass du dich nicht über Königin Lena hergemacht hättest?«

»Wurzelstimmchen, atme! Wie bei unserer ersten Begegnung gestern«, ging Lena dazwischen, brachte das Waldmännlein damit aus dem Konzept und somit aus seiner Wut. Die Bäume ragten wieder entspannt in die Höhe.

Der Wolf schwieg, und Lena warf ihm einen Blick zu.

»Königin Lena, ich schwöre dir: Vielleicht habe ich mir anfangs überlegt, dich zu fressen. Aber nachdem ich begriffen habe, was ich dir schulde, würde ich lieber verhungern, als auch nur ein Stückchen von dir abzubeißen.«

»Wie beruhigend.« Lena beschleunigte ihre Schritte, um mehr Abstand zwischen sich und den Wolf zu bringen. In den nächsten Stunden sprachen sie wenig, und Rumpelstilzchen lief vorsorglich zwischen Lena und dem Wolf, wohl um sie zu schützen, was Lena amüsierte. Wenn man bedachte, wessen Magen seit Stunden lauter knurrte, war die Gefahr größer, dass sie den Wolf anknabberte und nicht umgekehrt.

Als die Abenddämmerung anbrach, wurde es kälter. Lena fror, und jeder Schritt fiel ihr zunehmend schwerer. Ihr Magen hatte es aufgegeben zu knurren, zu oft hatte er sich vergeblich gemeldet. Sie hoffte sehr, dass Rumpelstilzchen bis Anbruch der Nacht wenigstens genug Magie für ein Lagerfeuer aufbringen konnte. Zur Not würde sie sich an den Wolf kuscheln, bis die Magie in den Fingern des Waldmännleins wieder funkte.

Lena stolperte. Gerade noch konnte Rumpelstilzchen einen Sturz verhindern, indem er sie hinten am Wollmantel packte. Lena blieb stehen, sie konnte nicht mehr. Weit und breit nur Bäume und Schnee, kein Licht, keine Hütte, kein Kaminrauch. Sie kämpfte gegen die aufsteigende Verzweiflung an. Wenigstens war sie nicht allein.

»Was ist los?«, fragte Rumpelstilzchen.

Bevor Lena antworten konnte, lenkte Rudi die Aufmerksamkeit auf sich. Er beschnüffelte geräuschvoll den Schnee und begann zu buddeln. In Windeseile legte er ein Stück vom Waldboden frei und hob den Kopf. »Essen«, knurrte er.

Lena verengte die Augen und starrte auf den Boden. Da waren nur Steine.

Der Wolf stupste mit der Nase gegen einen weißen Kieselstein. »Hier waren Kinder. Eins hatte diesen Stein in der Hand.«

»Kinder sind kein Essen«, schimpfte Lena. »Ein für alle Mal, weder für dich noch für sonst jemanden.« Lena verstummte. Auf einmal wusste sie, in welchem Teil des Märchens sie sich hier befanden.

Weiße Kieselsteine in Kinderhänden konnte nur eins bedeuten: *Hänsel und Gretel.* Und wenn sie nicht die Richtung zu diesem Kaminrauch verloren hatte, dann musste sie schon die ganze Zeit das Haus der Knusperhexe angesteuert haben. Ihr Herz begann schneller zu schlagen. Die Steine waren bereits ausgelegt worden. Es stand gut, dass die Kinder noch nicht bei der Knusperhexe angekommen waren. Steine hatten sie nämlich beim ersten Mal benutzt, um nach Hause zurückzukehren, nachdem der Vater sie im Wald ausgesetzt hatte.

Lena straffte sich. Sie musste sich beeilen. Zum einen musste sie verhindern, dass den Kindern und der Hexe etwas geschah, zum anderen wartete ein sehr leckeres Lebkuchenhäuschen auf sie.

Lena wandte sich zum Wolf. »Riechst du in der Nähe Lebkuchen und eine menschliche Behausung?«

»Ja.« Der Wolf drehte sich zu dem dunkelsten Teil des Waldes.

»Bring mich dorthin.« Sie rannte in die Richtung los, in die der Wolf blickte. Nach ein paar Schritten sah sie zurück. »Schnell.«

Rudi holte sie ein und versperrte ihr den Weg. »Steig auf.«

»Was?«

»Steig auf. Ich kann dich locker tragen und bin schneller als du.«

»Danke.« Sie kletterte auf den Wolf, und er preschte los. In riesigen Sprüngen folgte ihnen Rumpelstilzchen.

10. Das Knusperhaus

Sie rasten durch den Wald, und der kalte Wind peitschte Lena ins Gesicht. Ihre Augen tränten. Neben ihnen hüpfte Rumpelstilzchen. Einmal verlor Lena ihn aus dem Blick, sie wandte sich zurück. Er pustete gerade über den Weg, den sie zurückgelegt hatten, und verwischte ihre Spur. Daran hatte Lena noch gar nicht gedacht, das war eine gute Idee.

Endlich erschien auf einer Waldlichtung das Knusperhäuschen. Es war eher eine zweistöckige Villa aus vielen Lebkuchen, die mit buntem Zuckerguss geschmückt waren. Das Dach funkelte weiß, und Eiszapfen hingen daran herunter.

Es roch köstlich nach Zimt, geriebener Orangenschale und frisch gebackenem Lebkuchen, das Haus war großräumig von einem schwarzen Zaun umgeben. Der Wolf blieb davor stehen, und Lena bestaunte den Garten der Hexe. Zwischen dem Schnee funkelten Blumen aus Zucker, und bunte Windspiele drehten sich im Luftzug.

Der breite Zaun bestand aus Lakritze. Lena konnte es sich nicht verkneifen und wischte mit dem Finger über die Schneeschicht auf dem Zaun, anschließend steckte sie sich den Finger in den Mund und grinste. Puderzucker, wie sie es vermutet hatte. Als sie durch den Vorgarten schritt, stellte sie fest, dass selbst die Pflastersteine des geräumten Weges aus buntem Kandiszucker bestanden. Vor der Haustür strich sie sich den Mantel zurecht und klopfte an die Tür. Ihr Herz pochte laut vor Aufregung.

Hänsel und Gretel war eines der ersten Märchen, an die sie sich aus ihrer Kindheit erinnern konnte. Die böse Hexe hatte ihr stets leidgetan. Klar, sie hatte falsche Entscheidungen getroffen und wollte die Kinder fressen, aber Hänsel und Gretel hatten auch an ihrem Haus geknabbert.

Lena klopfte noch einmal. Es rührte sich weiterhin nichts. Sie suchte den Garten nach einem Käfig mit einem Hänsel darin ab, fand allerdings kein Anzeichen von geplantem oder stattgefundenem Kannibalismus. Außer den Windspielen bewegte sich nichts in diesem Garten. Kurz hatte sie den Eindruck, dass sich die Zuckervögel zwischen den Blumen in ihre Richtung gedreht hatten. Als sie genauer hinblickte, funkelten sie einfach im Licht der untergehenden Sonne.

War die Hexe ausgegangen oder ausgeflogen? Vielleicht war die Hexe wie eine Spinne, die nur dann in Bewegung kam, wenn sich etwas in ihrem Netz verfing. Und das Netz war das Lebkuchenhaus.

Einen Versuch war es wert. Rechts von Lena stand ein riesiger Lebkuchen ein wenig von der Wand ab. Sie packte ihn mit beiden Händen, beugte sich vor und biss hinein.

Der Lebkuchen brachte ihre Geschmackssinne zum Explodieren, vielleicht lag es jedoch nur daran, dass sie so hungrig war. Das hier war köstlicher als alles, was sie jemals gegessen hatte. Genau das richtige Gemisch aus Gewürzen, Zimt, Kardamom, Orangenschale und Nüssen. Der Lebkuchen war nicht zu fluffig und nicht zu fest. Langsam zerkaute Lena die Masse und biss zum zweiten Mal hinein.

Endlich hörten sie schlurfende Schritte hinter der Tür. Lena hatte also recht behalten. Bevor sich die Tür öffnete, brach sie schnell noch zwei große Stücke von der Lebkuchenwand ab und steckte sie sich in die Taschen. Für alle Fälle, falls die Hexe sie wegjagen würde.

Die Tür öffnete sich, und Lena hielt die Luft an. Gespannt wartete sie, ob die Hexe so furchtbar aussah, wie sie im Märchen beschrieben wurde. Als sie der Hexe endlich von Angesicht zu Angesicht gegenüberstand, musste sie sich einen überraschten Aufschrei verkneifen. Schwester Gerlinde! Ihre liebste Nachtschwester aus der Psychiatrie. Groß und rundlich hatte sie sich vor Lena aufgebaut. Die Haare hatte sie allerdings nicht kurz geschnitten und gefärbt, sondern trug sie grau und in einem ordentlichen Knoten im Nacken zusammengebunden. Ansonsten war sie der Zwilling von Schwester Gerlinde.

Sie hustete, schniefte und begann mit krächzender Stimme zu sprechen. »Knusper, knusper, knäuschen, wer knuspert an meinem Häuschen?«

Lena räusperte sich. »Ich bin die Königin und die Stiefmutter von Schneewittchen. Bitte gewähre mir für einige Wochen Unterschlupf, bis das Unheil an meinem Schloss vorbeigezogen ist.«

Die Hexe reagierte nicht auf sie, sondern holte pfeifend Luft durch die verstopfte Nase und begann wieder, wie eine aufgezogene Puppe ihren Spruch aufzusagen: »Knusper, knusper, knäuschen, wer knuspert an meinem Häuschen?« Sie schnüffelte, kniff die Augen zusammen und versuchte etwas auf Lenas Hüfthöhe zu erkennen.

Sie suchte nach den Kindern und konnte schlecht sehen. Wie die anderen war sie in ihrem Märchen gefangen. Lena betrachtete ihr Gesicht. Die Hexe sah krank aus. Ihre Augen waren geschwollen und tränten, Krusten aus

Eiter klebten an den Lidern. Sie hatte eine heftige Binde-
hautentzündung beidseits. Ihre Nase war gerötet, im Drei-
sekundentakt zog sie den Rotz hoch. Die Hexe beugte sich
weiter hinunter.

»Hier sind keine Kinder«, sagte Lena. »Hier bin nur
ich, die Königin aus Schneewittchens Schloss, ein Wolf
und ein Waldgeist.«

Die Hexe richtete sich langsam auf und verengte die
Augen zu Schlitzen. Suchend drehte sie den Kopf hin und
her.

Lena wiederholte ihr Anliegen. »Ich bitte dich um
Unterschlupf für ein paar Wochen. Kannst du mir helfen?
Wenn das Unglück an meinem Schloss vorbeigezogen ist,
werde ich gehen und dich nicht weiter behelligen. Wir
werden weder dir noch deinem Haus etwas antun.«

»Warum sollte ich eine Lügnerin und Diebin in mein
Haus lassen?«, krächzte die Hexe.

Schuldbewusst holte Lena die Lebkuchenstücke aus
ihren Taschen und hielt sie der Hexe hin. Weil die Hexe
es nicht sah, nahm Lena ihre Hand und legte die Lebkuchen hinein.

Ein Beben ging durch den Körper der Hexe. Kurz stand
sie wie erstarrt da, dann schloss sie langsam die Finger
um die Lebkuchen und wischte sich mit der freien Hand
über die Augen. »Wer seid ihr noch mal?«

Lena wiederholte die Vorstellung.

Die Hexe rieb sich erneut über die Augen, blinzelte, als
würde sie gerade aus einem langen Schlaf erwachen, und
machte dann den Weg ins Haus frei.

»Kommt rein.« Sie führte sie durch einen Gang, der
ebenfalls aus Zucker bestand, in eine gemütliche Wohn-
Ess-Küche. Das Sofa in der Ecke sah aus, als würde es aus
Marshmallows bestehen, die Kissen darauf waren aus Zu-

ckerwatte. »Ich habe noch nie von einer Königin gehört, die mit einem Wolf und einem Waldgeist durch den Wald irrt.« Die alte Frau hustete und schnappte nach Luft. »Setzt euch.« Sie deutete auf einen Esstisch aus Lebkuchen und die weichen Marshmallow-Stühle davor.

Der Tisch war gedeckt mit allerlei Süßigkeiten, darauf standen ein Käsekuchen, Zimtschnecken, Schüsseln mit buntem Kandiszucker, Bonbons, Pralinen, Pfannkuchen und in der Mitte eine riesige Nuss-Creme-Buttertorte.

Die Hexe schlurfte zu einem großen Arbeitstisch, auf dem Mehl, Eier, Nüsse, Orangen und Gewürzdosen verteilt waren. Um eine Schüssel mit Teig lag rundherum Mehl verstreut. »Ich muss nur das hier kurz zu Ende bringen.«

Während sich Lena und Rumpelstilzchen an den Tisch setzten und der Wolf vor den Tisch, fing die Hexe damit an, in der Schüssel mit dem Teig herumzurühren. Dann warf sie eine Handvoll gemahlener Nüsse in die Schüssel und begann heftig zu niesen. Sie konnte sich gerade noch rechtzeitig vom Teig wegdrehen, um nicht alles mit Spucke und Rotz zu bespritzen. Sie griff sich an den Hals und schnappte erneut nach Luft.

Die Ärztin in Lena hatte schon die ganze Zeit gerätselt, woher die Symptome der Hexe kamen, und endlich kam sie auf die Diagnose: Die Hexe hatte eine Nussallergie, so wie Schwester Gerlinde, die deswegen einmal einen Nusskuchen von Lena während einer Weihnachtsfeier abgelehnt und es ihr erklärt hatte.

Lena sprang auf und reichte der Hexe ein Handtuch. »Hier. Mach später weiter. Setz dich erst mal zu uns.« Sie führte die Hexe an der Hand zum Tisch, und Rumpelstilzchen rückte ihr den Stuhl zurecht. Die Hexe schniefte und putzte sich die Nase.

Lena holte tief Luft. »Ich kann dir helfen.«

»Mir helfen?« Die Hexe lachte auf. »Ich bin eine Hexe. Mir ist nicht zu helfen, wenn ich mir selbst nicht helfen kann.«

»Doch. Ich kenne mich mit Krankheiten aus.«

»Eine Königin, die sich mit Krankheiten auskennt ... interessant. Du kennst dich nicht zufällig auch mit Giften aus?«

Lena schwieg.

Die Hexe begann über den Tisch zu tasten. »Wo ist denn der Käsekuchen?«, murmelte sie.

»Warte. Ich mache das.« Lena servierte der Hexe ein Stück Käsekuchen und goss ihr etwas Milch in einen Becher.

Plötzlich liefen der Hexe Tränen über die Wangen. »Noch nie hat mir jemand geholfen.«

Am Tisch schwiegen alle betreten.

»Mir auch nicht«, sagte Rudi.

Rumpelstilzchen legte eine Hand auf den riesigen Schädel des Wolfs. »Ich habe stets nur anderen geholfen.«

»Du wolltest, dass ich dir Unterschlupf biete. Bevor ich das tun kann, muss ich wissen, warum du aus deinem Schloss geflohen bist.«

»Ich ... habe mich verändert. Und deswegen steht nun mein Leben auf dem Spiel. Ich möchte nur ein paar Wochen bleiben.«

»Und was wird sich in ein paar Wochen ändern?«

»Es wird einen Weg zurück geben.«

Die Hexe trank einen Schluck Milch und wischte sich danach den Milchbart weg. »Zurück zu dem, wovor du geflohen bist. Ich würde nach einem anderen als nach einem Rückweg suchen.«

»Wahrscheinlich hast du recht.« Lena seufzte. »Ich heiße übrigens Lena. Wie darf ich dich nennen?«

Die Hexe erstarrte. »Mein Name«, flüsterte sie. »Ja, ich hatte einmal einen Namen.« Ein Lächeln vertiefte die Falten in ihrem Gesicht. »Rosalinde, ja, das ist mein Name.« Sie richtete sich auf, schniefte. »Nennt mich Rosa.«

»Rosa klingt schön.« Verträumt sah Rumpelstilzchen zu ihr hoch.

»Es klingt so, wie ich sein möchte«, antwortete die Hexe leise.

»Mich kannst du Wurzelstimmchen nennen.«

»Was sicher nicht dein wahrer Name ist«, stellte Rosa fest. »Mach dir keine Gedanken, ich verstehe das. Niemand vom kleinen Volk sollte leichtfertig den eigenen Namen verraten. Hier, nimm.« Sie tastete nach der Schüssel mit Lebkuchen und schob sie zu Rumpelstilzchen.

Der Waldgeist brach sich ein Eckchen so groß wie Lenas Daumennagel ab und schob es sich höflich in den Mund.

Der Wolf rückte ein wenig zu Rosa auf und wedelte mit dem Schwanz. »Und ich bin Rudi.«

Die Hexe streckte eine Hand aus, und der Wolf schob seinen Kopf darunter. Sie kraulte ihn hinter einem Ohr. »Ein schöner Name für einen Wolf.«

»Sag mal, Rosa«, begann Lena. »Das Haus hier und der Garten, du hast das alles erschaffen, um Kinder anzulocken. Wozu brauchst du sie?«

»Kinder sind gesund, können sehen. Jemand hat mir gesagt, dass ich mich gesund ernähren soll, damit meine Krankheit besser wird.«

»Äh, nein«, sagte Lena. »Mit gesundem Essen ist etwas anderes gemeint. Ein Kind ist es nicht. Aber ich kenne mich da sehr gut aus.«

»Ich dachte, Krankheiten sind deine Spezialität.«

»Das sind sie auch, allerdings nicht, wie man sie verursacht, sondern wie man sie heilt. Gib mir drei Tage Zeit. Wenn ich dir in drei Tagen helfen kann, darf ich bleiben, solang ich will. Wenn meine Methode nicht hilft, kannst du mich hinausjagen.«

Die Hexe schob sich ein Stück Käsekuchen in den Mund, kaute bedächtig und nickte dann. »Gut, drei Tage.«

Lena klatschte in die Hände. »Ausgezeichnet! Dann fangen wir gleich mal an. Du bist allergisch auf die Nüsse.«

Am Tisch wurde es still, und alle sahen sie verständnislos an.

»Das bedeutet, die Nüsse, mit denen du deine Lebkuchen backst und die massig in den Wänden stecken, lassen deine Augen tränen und die Nase laufen.«

»Willst du, dass ich aufhöre zu backen? Ohne Nüsse, was für Lebkuchen sollen das sein?«

»Es gibt so viele Leckereien, die du ohne Nüsse machen kannst.«

»Und was ist mit dem Haus? Soll ich das einreißen?«

Lena wandte sich an Rumpelstilzchen. »Wurzelstimmchen könnte die Wände in Stein verwandeln. Bitte, wenn es nichts bringt, verwandeln wir in drei Tagen alles zurück und verschwinden.«

»Kannst du das überhaupt?«, fragte die Hexe Rumpelstilzchen.

Der machte »Mh-Mh«, weil sein Mund gerade voll war. Er hatte sich einen gehörigen Nachschlag geholt.

Die Hexe lehnte sich langsam zurück. »Drei Tage. Gut, dann macht mal.«

Lena drehte sich zu Rumpelstilzchen. »Hast du deine Kräfte wieder?«

Das Männchen bewegte die Finger, und Funken sprühten daraus hervor. »Dieses Essen hier ist unglaublich.« Er warf Rosa einen zutiefst bewundernden Blick zu.

Zucker schaltete also nicht nur den Turboantrieb bei Kindern ein, sondern befeuerte auch die magischen Fähigkeiten von Rumpelstilzchen, das war für Lena eine sehr interessante Entdeckung. Sie riss sich zusammen. Hier war sie die Königin, keine Ärztin. Keine medizinischen Studien an Märchengestalten.

»Also los«, forderte sie den Waldgeist auf.

Der schnippte einmal mit den Fingern, und sofort verwandelten sich alle Lebkuchen in den Wänden und sogar die kleinen auf dem Tisch in Steine. Voller Bedauern betrachtete Lena den Brocken auf ihrem Teller. Zum Glück gab es hier genügend andere Köstlichkeiten, Pfannkuchen mit Honig und Marmelade waren ein guter Ersatz für die Lebkuchen.

»Gut, das ist ein Anfang«, sagte Lena. »Kannst du bitte auch alle Nussvorräte aus dem Haus verschwinden lassen?«

Rumpelstilzchen schnippte mit den Fingern der anderen Hand. »Erledigt.«

»Jetzt heißt es abwarten. Du wirst sehen, schon morgen wirst du besser atmen und sehen können. Haben dich schon einmal Kinder hier besucht? Also hast du das mit den Kindern schon ausprobiert?«, fragte Lena die Hexe.

»Nein, bisher hat sich keins hierher verirrt. Aber ich war mir so sicher, dass es mir einmal gelingen würde, ein paar Kinder zu fangen. Ein Mädchen und ein Junge wären schön. Das Mädchen würde ich in der Kunst des Backens ausbilden und als meine Tochter bei mir behalten. Den Jungen fressen.« Sie kratzte sich am Kopf. »Komisch, obwohl niemand weiß, dass es mich hier gibt, kam es mir vernünftig vor, Kinder mit Süßigkeiten anzulocken.«

»Du hast hier also keine Kinderknochen vergraben?«, vergewisserte sich Lena.

Die Hexe lachte auf. »Nein. Eigentlich eine dumme Idee, ein Kind zu fressen, um gesund zu werden.«

»Sollten wir in drei Tagen oder in drei Wochen weg sein, was würdest du tun, wenn hier Kinder auftauchen?« Lena dachte an Hänsel und Gretel.

»Ich würde sie fragen, was sie so tief im Wald verloren haben, ihnen zu essen geben und ihren Eltern einen Fluch auf den Hals jagen, dafür, dass sie nicht auf die Kinder aufgepasst haben.«

»Ja, das ist gut.« Der Gedanke, dass die Hexe die Eltern verfluchen würde, verschaffte Lena eine tiefe Genugtuung. Im Märchen hatten die Eltern die Kinder ausgesetzt, Gretel zu einer Mörderin gemacht, indirekt die Hexe umgebracht, sie durch die Hände der Kinder beraubt, und zumindest der Vater ist danach ungestraft geblieben.

Wut, nein, etwas, das ganz nah am Hass war, regte sich in Lenas Geist. Ihr wurde heiß. Sie nahm schnell einen Pfannkuchen und ertränkte ihn in Honig. Zusammen mit dem pappsüßen Bissen wollte sie diese negativen Gefühle hinunterschlucken, nur hatte sie den Mund zu voll genommen. Sie streckte die Hand nach dem Krug Milch aus, und plötzlich knisterte die Luft, Funken sprühten aus ihren Fingerspitzen, ihre Haut brannte. Sie packte den Krug, goss sich Milch ein und stürzte die kühle Flüssigkeit hinunter.

Vor Hass hatte sie Funken gesprüht. Sie durfte sich nicht von der Bösartigkeit der Märchen anstecken lassen. Auf gar keinen Fall durfte sie sich in Luna verwandeln, denn sie war Lena, die Ärztin, die an das Gute glaubte und die alle retten wollte.

11. Das Tal des Todes

Drei Tage später hatte sich Lenas Prophezeiung bewahrheitet. Nachdem die Nüsse, das Allergen, das ihre Augen und Nase gereizt hatte, aus der Umgebung der Hexe verschwunden waren, besserten sich die Symptome.

Rumpelstilzchen, der hier ständig einen Nachschub an Zucker und Süßigkeiten bekam, hatte den Vorgarten der Hexe erblühen lassen, und mit Ringelblumenaufgüssen hatte Lena die vereiterten Augen der Hexe gepflegt. Stundenlang musste die Hexe daliegen, und Lena wechselte ihr die Umschläge. Sie hatte Rumpelstilzchen gefragt, ob er die Hexe nicht mit einem Fingerschnippen heilen könne. Voller Bedauern hatte er verneint. Er konnte Magie wirken bei der Natur, Dingen, Pflanzen und sogar ein wenig bei Tieren, allerdings nicht bei Zauberwesen und Menschen. Und so musste hier ganz normale Medizin zum Einsatz kommen.

Wie sich herausstellte, hatte die Hexe keine Ahnung von Kräutern und Pflanzen. »Ich bin nun mal eine Zuckerhexe und keine Kräuterhexe«, belehrte sie Lena. »Außerdem habe ich die Probleme mit den Augen, solang ich mich erinnern kann. Wie sollte ich da Pflanzen unterscheiden?«

Bereits am dritten Tag waren Rumpelstilzchen und die Hexe unzertrennlich. Er sah der Hexe begeistert zu, wie sie ihre Zuckerkunstwerke herstellte, wovon er einen

Großteil vertilgte, dafür führte er sie im Gegenzug in die Kräuter des Waldes ein. Sie begann sogar, mit den Pflanzen neue Geschmacksrichtungen und Rezepte zu entwickeln.

Sehr zur Freude der Hexe hatte sie in Rumpelstilzchen einen dankbaren Abnehmer ihrer Leckereien gefunden. Das hatte für das Waldmännchen gleich zwei Effekte: Seine Magie versiegte nicht mehr und die Süßigkeiten hielten ihn bei Laune. Kein einziges Mal seit ihrer Ankunft hier hatte sich seine Wut gemeldet.

Als sie einmal kurz im Knusperhaus allein waren, fragte er Lena, warum sie ihm ständig geraten habe zu atmen, wenn er zornig gewesen war.

»Es soll dich von deiner Wut ablenken. So kannst du einen klaren Kopf bewahren und adäquat reagieren. Wut ist an sich nicht schlecht, aber nur, wenn du sie sinnvoll einsetzt und sie nicht gegen dich oder andere richtest.«

Rumpelstilzchen starrte sie an und verbeugte sich plötzlich vor ihr. »Du bist so weise. Dein Königreich wird dich sicherlich schmerzlich vermissen.«

»Wohl kaum«, widersprach Lena. Weil die Hexe und der Wolf hereinkamen, blieb es ihr erspart, ihm zu erklären, dass diese Weisheit in jedem Erziehungsratgeber stand und warum sie wirklich niemand aus ihrem Königreich vermisste. Außer ihrer Amme vielleicht.

Der Wolf war nun auch stets satt, denn das mit Zucker vollgepumpte Waldmännchen konnte ihm jetzt so viel Fleisch herzaubern, wie er wollte. Bereits am zweiten Tag konnte man die Rippen des Wolfes nicht mehr erkennen. Sein Blick hatte sich gewandelt, er sah nicht mehr getrieben aus, sondern wie ein zutraulicher Hund. Einmal hatte Lena ihn sogar dabei erwischt, wie er spielerisch einen Zuckervogel durch den Vorgarten der Hexe gejagt hatte.

Wie sich herausgestellt hatte, konnten sie sich tatsächlich bewegen.

Zu Lenas Erleichterung tauchten Hänsel und Gretel nicht auf. Vielleicht hatte sie ja so sehr in den Verlauf des Märchens eingegriffen, dass sich das Ganze nun in Wohlgefallen aufgelöst hatte. Sie hoffte es jedenfalls, auch für die beiden Kinder.

Am dritten Tag saßen sie kurz nach Sonnenaufgang einhellig zusammen am reich gedeckten Tisch, aßen, tranken heiße Milch, denn leider kannte auch die Hexe weder Kaffee noch Kakao, lachten, redeten und schmiedeten Pläne für den heutigen Tag. Lena trug im Haus der Hexe stets das leichte Wechselkleid, das sie mitgenommen hatte, und war froh, dass sie daran gedacht hatte, es einzupacken, das andere wäre viel zu warm für das überheizte Knusperhaus gewesen. Für draußen hatte Rumpelstilzchen Lena nach ihren Vorgaben eine feste Hose, die sich fast Jeans nennen konnte, einen Rollkragenpullover und einen schwarzen Steppmantel gezaubert.

Die Hexe und Rumpelstilzchen planten einen langen Spaziergang durch den Wald. Der Wolf gab vor, lang schlafen zu wollen, und schielte aus dem Fenster auf die Zuckertauben. Lena plante, Nudeln mit Tomatensoße selbst zu machen. Sie sehnte sich nach etwas Deftigem und fragte sich, ob das der Hexe und Rumpelstilzchen auch schmecken würde. Alles, was sie dafür benötigte, hatte sie da, Mehl und Eier gehörten zur Grundausstattung von Rosa, und dank Rumpelstilzchen wuchsen im Garten Tomaten.

»In welche Richtung wollen wir gehen?«, fragte Rumpelstilzchen. »Nach Norden oder Süden?«

Nachdenklich betrachtete die Hexe Lena.

»Rosa?«, fragte Rumpelstilzchen unsicher. »Oder willst du heute keinen Spaziergang mit mir unternehmen?«

»Doch«, beruhigte Rosa ihn. »Lena, ihr kamt vom Westen. Wisst ihr, was sich im Osten, tief im Herzen des Waldes, befindet?«

Es wurde still am Tisch, niemand antwortete.

Die Hexe kratzte sich am Kinn. »Früher einmal haben wir zu Ehren der alten Göttin Feste gefeiert. Dabei haben wir die aufgehende Sonne und den Neuanfang angebetet, das war schön. Und es waren so viele dabei. Wo sind sie jetzt alle? Und vor allem, wo ist die alte Göttin?«

Rosa und Rumpelstilzchen tauschen einen wissenden Blick.

»Heute Nacht habe ich wieder von so einem Fest geträumt«, fuhr die Hexe fort. »Ich habe gesehen, wie sich ein Pfad von meinem Haus in Richtung Osten bildete. Die Bäume haben sich geteilt, und jemand hat nach mir gerufen.« Die Hexe blickte in die Runde. »Ich glaube, ich habe die Stimme der alten Göttin gehört. Deswegen würde ich gern mit euch zusammen den Osten des Waldes erkunden.«

»Du solltest diese Feste wieder ins Leben rufen und nach den anderen suchen«, sagte Lena.

»Ich bin mir sicher, dass die alte Göttin euch zu mir geführt hat und es der Anfang von etwas so Wundervollem sein wird, wie nur sie es sich ausdenken konnte.«

»Wir sollten los und im Osten nach Antworten suchen.« Mit einem Wink seiner Hand räumte Rumpelstilzchen den Tisch ab, dann wandte er sich an Rosa. »Der Osten des Waldes ist dunkel ...«

»Weil nur so das Licht der aufgehenden Sonne strahlt«, antwortete sie langsam. Es hörte sich an wie ein Gebet, an das sich die beiden eben erinnert hatten. Sie verharrten in dem Moment und lächelten sich selig an.

Rosa erhob sich ächzend. »Wir sollten wirklich los.« Sie ging in ihr Zimmer, um sich für draußen umzuziehen, und Lena folgte ihrem Beispiel. Sie ging nach oben in ihr eigenes Zimmer, wo sie in die warme Jeans und den Rollkragenpullover schlüpfte. Der lange Wintermantel hing unten.

Kurze Zeit später waren sie alle draußen. Nach einiger Zeit ließ sich Lena ein wenig zurückfallen, um kurz für sich zu sein. Sie beobachtete, wie sich die drei miteinander unterhielten, der Wolf tollte um die Hexe und Rumpelstilzchen herum. Lena wünschte ihnen von ganzem Herzen Glück und war froh, dass sie zum guten Ende der drei beigetragen hatte. War das der Grund, warum sie hier war? Um die Geschichten aufzubrechen? Um ein alternatives Ende zu ermöglichen?

Was würde eigentlich in der realen Welt passieren? Würden sich die Geschichten dort verändern? Gäbe es dann diese Märchen nicht mehr? Lena bekam ein schlechtes Gefühl. Märchen waren ein Weltkulturerbe. Sie konnte sie nicht einfach auslöschen. Nein, das würde sicherlich nicht passieren. Hoffte sie zumindest. Andererseits würde es vielleicht neue Märchen geben. Sie grinste in sich hinein. Vielleicht gab es in der Realität bereits eine Geschichte über einen Knusperklub aus Bösewichten. Denn hier in der Märchenwelt passierte es gerade.

Rosa drehte sich nach Lena um und streckte ihr eine Hand entgegen. »Kommst du?«

Lena holte auf. Was irgendwo als Folge der Ereignisse hier passierte, war unwichtig. Sie war froh, dass sie die Geschichten von Rumpelstilzchen, dem Wolf und der Hexe verändert hatte.

Je tiefer sie in den Wald kamen, desto dunkler und stiller wurde es. Nichts rührte sich, kein Ast, kein Tier, nicht einmal die Luft. Es war keine friedliche Stille, sondern eine unheimliche wie auf einem Friedhof bei sternloser Nacht.

Je weiter sie kamen, desto öfter mussten sie über umgefallene Baumstämme und spitze Felsbrocken klettern. Während sie sich vorarbeiteten, wurden auch sie immer stiller. Der Wolf schmiegte sich ganz nah an Lenas Seite, und sie legte eine Hand zwischen seine Schulterblätter. Sie war dankbar, hier nicht allein zu sein. Irgendwann hörte die Vegetation auf, und eine etwa fünf Meter hohe Böschung ragte vor ihnen in die Höhe.

»Nur noch da hoch, und dann würde ich gern wieder zurückkehren.« Lena sehnte sich nach dem gemütlichen Knusperhaus, nach warmer Milch und Pfannkuchen.

Oben angekommen, fanden sie sich am Rand eines Kraters wieder. Was Tiefe und Durchmesser anging, hatte er etwa die Maße der Münchner Olympiahalle. Es sah aus, als hätte man dem Wald an dieser Stelle das Herz herausgerissen, und nun blickten sie in den leeren Brustkorb. Das Gerippe waren die toten Baumstämme uralter Bäume, die ausgetrockneten Adern waren die Flussbetten einst tiefer Flüsse.

Dieser Anblick war so traurig, dass Lena die Tränen kamen, unkontrolliert liefen sie über ihre Wangen. Dieser Ort strahlte so großen Schmerz und eine so tiefe Verzweiflung aus, dass Lena keine Luft bekam und sich nicht mehr auf den Beinen halten konnte. Sie sank auf die Knie.

In der Mitte des Kraters erhob sich ein mit grünem Efeu überzogener Hügel. Lena hatte auf einmal das gleiche Kribbeln im Bauch wie in dem Moment, als Luna sie durch den Spiegel gezogen hatte. Dieses Reißen und Ziehen an den Eingeweiden, nur viel heftiger und schmerzhafter.

Die anderen drei standen wie erstarrt da.

»Lasst uns gehen«, brachte Lena hervor.

Niemand rührte sich. Sie wirkten, als wären sie an Ort und Stelle gefangen. Mit weichen Knien trat Lena zwischen den Wolf und die Hexe, legte eine Hand auf den Kopf des Tieres und nahm Rosas Hand. Die beiden erwachten und drehten langsam ihre Köpfe zu ihr.

»Kommt mit«, sagte Lena leise. Sie führte sie die Böschung wieder hinunter und holte dann Rumpelstilzchen, der nicht auf ihre Rufe reagierte.

Die ersten hundert Meter schob und zog Lena die drei Märchengestalten vorwärts. Wen sie losließ, blieb im besten Fall stehen und kehrte im schlechtesten um. Erst langsam kamen sie wieder zu sich und wurden für Lenas Worte zugänglich.

Sie hatten Mühe, einfach nur zu gehen. Mit jedem Schritt, den sie sich weiter von diesem verfluchten Ort entfernten, wurde es besser. Ja, wenn es in der Märchen- oder realen Welt einen verfluchten Ort gab, dann war es dieser. Dort war etwas geschehen, was niemals hätte passieren dürfen, da war sich Lena sicher.

Endlich begannen sich die drei Märchenwesen flüssiger und schneller zu bewegen.

»Steig auf.« Der Wolf überholte Lena und blieb vor ihr stehen.

Erschöpft vom vielen Hin- und Herrennen kletterte sie auf seinen Rücken und versenkte ihre Finger im dichten Nackenfell. Ohne ein weiteres Wort zu sagen, preschten Rumpelstilzchen, die Hexe und der böse Wolf los in Richtung des Knusperhäuschens.

Lena konzentrierte sich nur darauf, auf Rudis Rücken

zu bleiben, nur ein einziger Gedanke hatte Raum in ihrem Kopf: Weg, weg, weg, weit weg von diesem furchtbaren Ort.

Plötzlich schüttelte sie jemand an der Schulter. Sie waren stehen geblieben, und zwar am Zaun aus Lakritze vor dem versteinerten Lebkuchenhaus.

Rosa sah sie aus großen, klaren Augen an. »Wir sind zu Hause.«

»Zu Hause«, murmelte Lena. Ihr Körper fühlte sich an, als wäre er auf dem Rücken des Wolfes festgefroren.

»Du kannst jetzt vom Wolf absteigen«, sagte Rumpelstilzchen.

Nur mit Mühe öffnete sie die verkrampften Finger und ließ Rudis Fell los, dann kletterte sie mit steifen Gliedern herunter. Der Wolf drehte sich zu ihr um und schleckte ihr auf einmal über eine Wange. »Danke, dass du uns von dort weggeholt hast.«

Lena bemerkte, dass auch ihre andere Wange nass war und ihre Augen brannten. Sie hatte wohl auf dem Rückweg die ganze Zeit über geweint. »Was war das für ein Ort?«

»Ich weiß es nicht«, antwortete Rosa, »lediglich, dass ich nie, wirklich nie wieder dorthin zurückkehren möchte.«

»Wie geht es euch? Was war dort mit euch los?«, fragte Lena und begann vor Kälte zu zittern.

Rumpelstilzchen langte sich an die Brust. »Es war so unheimlich. Ich wollte fliehen, mich gleichzeitig entzweireißen, und meine Magie ist aus mir geflossen.« Er bewegte die Finger. »Ich werde Tage brauchen, um wieder zu Kräften zu kommen.«

»Ich war so hungrig wie noch nie in meinem Leben.« Der Wolf winselte. »Als hätte ich jegliches Gefühl der

Sättigung verloren. Doch ich war nicht so hungrig wie dieser Ort. Wie Rumpelstilzchen wollte ich weg und mich gleichzeitig von diesem Ort auffressen lassen.«

»Und ich«, sagte die Knusperhexe, »hatte das Bedürfnis, Kinder einzusammeln. Alle Kinder, derer ich habhaft werden konnte, um sie dort hinzubringen. Und gleichzeitig wusste ich, dass ich dafür brennen würde.«

»Wieder und wieder«, fügte Rumpelstilzchen leise hinzu.

»Dieser Ort ist böse«, sagte der Wolf. »Wir dürfen nie wieder in seine Nähe.«

»Aber in der Mitte war Leben. Da war ein grün bewachsener Hügel. Habt ihr ihn gesehen?«, fragte Lena.

Die drei wechselten Blicke.

»Nein«, antwortete Rumpelstilzchen. »Da war nichts Grünes. Nur Tod, Verzweiflung und die Gewissheit, dass man dem niemals entrinnen könnte.« Er verengte die Augen. »Warum warst du eigentlich noch handlungsfähig? Ohne dich wären wir dort gestorben.«

Lena legte die Arme um sich. Sie wusste warum: Weil sie nicht hierhergehörte. Was sollte sie ihnen sagen? »Weil ich mich verändert habe. Wisst ihr noch? Deswegen bin ich geflohen.«

»Kommt.« Rosa öffnete das Gatter. »Lasst uns drinnen weiterreden. Du zitterst ja, Lena, und wir brauchen alle dringend etwas Warmes zu essen.«

Sie betraten den Vorgarten, als Rudi plötzlich herumfuhr und mit hochgestellten Nackenhaaren die Zähne fletschte. Er senkte den Kopf, verengte die Augen und stierte knurrend in Richtung des Waldes. Erleichtert stellte Lena fest, dass er nicht den Osten anvisierte, sondern den Westen. Das war gut, denn nichts konnte schlimmer sein als das, was vom Osten des Waldes kommen könnte.

Rumpelstilzchen hob eine Hand, und ein paar Hecken streckten sich in die Höhe, allerdings nur wenige Zentimeter. Er wollte wohl eine grüne Wand hochziehen, doch seine Magie war erschöpft. »Verdammt«, fluchte er. »Warum ausgerechnet jetzt?«

Und dann brach ein Reiter zwischen den Bäumen hindurch auf die Zuckerlichtung.

12. Abschied

»Da seid Ihr ja, Frau Königin.« Auf dem Rappen der Königin saß der Jäger. Er brachte das Pferd gekonnt zum Stehen und sprang hinunter.

Lena wurde schlecht, alle Müdigkeit war verflogen. »Wie hast du mich gefunden?«

Der Jäger verbeugte sich und musterte sie dann von oben bis unten. Verlegen wandte er den Blick ab, als hätte er sie nackt in der Badewanne erwischt.

Was Lena gerade anhatte, war sicherlich keiner Königin würdig, aber so schlimm, dass man gleich den Blick abwenden musste? Sie ärgerte sich über ihn und kam sich gleichzeitig sehr unpassend gekleidet vor. »Sprich«, befahl sie dafür umso herrischer.

»Zuerst habe ich nach Euren unsichtbaren Spuren gesucht. Ich dachte, die offensichtlichen seien ein Ablenkungsmanöver, doch ich habe mich geirrt. Ihr habt tatsächlich eine Schneise durch den Wald geschlagen.«

»So?«, entgegnete Lena trocken.

Der Jäger trat einen Schritt auf sie zu, kam allerdings nicht weit, denn der Wolf sprang knurrend zwischen Lena und Janis.

So schnell, dass Lena die Bewegungen nicht sehen konnte, spannte der Jäger seinen Bogen und richtete den Pfeil gegen den Wolf. »Wurdet Ihr entführt, Frau Königin?«

»Nein!« Sie schob sich zwischen Jäger und Wolf. Sofort senkte Janis seinen Bogen. »Sie gehören zu mir.«

Der Jäger verengte die Augen.

»Warum hast du mich gesucht?«, fragte Lena.

»Ist das nicht offensichtlich? Das ganze Königreich sucht nach Euch.«

»Mag sein, dass sie mich suchen, allerdings werden sie mich kaum vermissen.«

Darauf erwiderte der Jäger nichts.

Lena lächelte bitter. »Schweigen ist Zustimmung.«

»Ich mische mich selten unter das Volk«, entgegnete er. »Schweigen kann auch Unwissenheit bedeuten.«

»Nun gut. Du kennst die Bewohner des Schlosses. Sag mir, vermisst mich dort jemand?«

»Ja. Eure Amme.«

»Tine zählt nicht.«

»Ich.« Der Jäger suchte Lenas Blick.

Sie zwang sich, trotzig zurückzustarren, obwohl ihr flau im Magen wurde und sich ihr Puls beschleunigte. Das musste der Hunger sein. Rudi knurrte und trat dicht an ihre Seite. Lena legte ihm eine Hand auf den Kopf.

»Du?« Um den überheblichen Ton zu unterstreichen, zog sie eine Augenbraue hoch.

Der Jäger wandte den Blick ab, sein Gesicht färbte sich rötlich.

Rosa kicherte.

Lena wurde es plötzlich schwer ums Herz. Der Jäger vermisste nicht sie, sondern Luna, die Königin, die ihn einst gerettet hatte. Also stimmten seine Antworten und gleichzeitig auch irgendwie nicht. Lena bekam Kopfschmerzen.

»So, jetzt kommt erst mal alle rein«, rief Rosa. »Wir brauchen alle ein wenig Wärme, Ruhe und Tee.«

Der Jäger versteifte sich. »Nein, wir müssen sofort aufbrechen. Ihr dürft dem Schloss ohne Erlaubnis des Königs nicht so lange fernbleiben.«

»Er verlässt auch ständig das Schloss. Warum muss ich mich rechtfertigen?«

»Er ist der König, und jeder weiß, wohin er reist. Ihr seid die Königin, und Euer Aufenthaltsort ist unbekannt.«

Lena hob abwehrend die Hände. »Gut, ich sehe schon, die Gleichberechtigung ist nicht nur bei uns ein Märchen.«

Fragend sah der Wolf zu ihr hoch.

Bevor jemand nachhaken konnte, sprach Lena schnell weiter: »Janis ...«

Der Jäger fuhr zusammen, als hätte sie ihn geschlagen.

»Willst du nicht beim Namen genannt werden? Soll ich lieber Jäger zu dir sagen?«

»Nein«, erwiderte er leise, »es ist mir eine Ehre, wenn Ihr mich beim Namen nennt.«

Betreten stand Lena da und erwischte sich beim Wunsch, dass er zu ihr und nicht zu Luna sprechen würde. »Ja, also, wie auch immer. Hör zu. Kehr zurück. Erlege ein Tier, entnimm ihm das Herz.« Sie zog sich ein Band aus den Haaren und reichte es dem Jäger. »Tunke dieses Band in dessen Blut und übergib es zusammen mit dem Herz dem König. Sag ihm, dass ich mich im Wald verlaufen und mich dann ein wildes Tier gerissen hätte.« Das war ein guter Plan, auch wenn ihr das Tier unendlich leidtat. Nein. Sie hasste diesen Plan. Nur fiel ihr auf die Schnelle nichts Besseres ein, und so hätte sie hier ihre Ruhe. Wenn sie dann nach Schneewittchens Hochzeit zurückkehrte, würde sie allen weismachen, dass sie überlebt und der Jäger nur ihr Haarband gefunden hätte. Sie kam sich grausam und intrigant wie die böse Königin vor, allerdings hatte sie keine Wahl.

Der Jäger machte keine Anstalten, ihr das Stück Stoff abzunehmen. »Ich glaube, es gibt noch jemanden, der Euch zwar nicht vermisst, aber nach Euch sucht.«

»Wer?«

»Schneewittchen.«

»Was?«

»Schneewittchen«, wiederholte er. »Sie hat fast alle Palastwachen ausgesandt, um nach Euch suchen zu lassen.«

Lena klappte den Mund auf, überlegte angestrengt. Das Einzige, was ihr einfiel, war ein »Warum?«.

»Seit dem Gespräch mit Euch hat sie sich verändert. Es wird gemunkelt, dass Ihr sie verhext habt.«

»Glaubst du das?«

»Nein. Nicht verhext. Verzaubert.« Beim letzten Wort wurde seine Stimme rau.

Nun mied Lena seinen Blick.

Plötzlich überkam sie eine Welle aus Schuldgefühlen. Sie war Schneewittchens Stiefmutter. Dieses Kind verließ sich auf sie wie auf eine Mutter. Und sie hatte das Mädchen allein und unbeaufsichtigt in dem riesigen Schloss zurückgelassen. Was war bloß in sie gefahren? Hannah suchte nach ihr. »Also gut. Ich komme mit. Morgen früh reiten wir los.«

»Frau Königin, je eher wir wieder da sind, desto besser.«

»Ich habe bis hierhin zwei Tage gebraucht, und wenn wir in der Früh aufbrechen, müssen wir nur eine Nacht im Wald verbringen.«

»Der direkte Weg zurück auf dem Pferd dauert nur wenige Stunden.«

»Das kann nicht sein.«

»Ihr seid ... im Kreis, im Zickzack hin- und hergegangen. Ich dachte, das sei Absicht, um Eure Verfolger abzuhängen.«

Lena wurde heiß im Gesicht. »Äh. Ja. Das war Absicht.«

Der Jäger unterdrückte ein Lächeln, und Lena strafte ihn mit einem bösen Blick.

»Also gut«, willigte sie schließlich ein. »Lass uns erst was essen. Danach können wir zurückreiten.«

Kurze Zeit später war das Pferd versorgt und alle saßen im Knusperhaus um den Tisch, der Wolf schmiegte sich an Lenas Seite. Sie tranken Tee, heiße Milch und verschlangen die Köstlichkeiten der Knusperhexe.

Rumpelstilzchen strich sich zufrieden über das beachtliche Bäuchlein, in dem bereits zwei Torten steckten. Sobald sich Magie in seinen Fingerspitzen regte, verwandelte er als Erstes ein Holzscheit in ein riesiges Stück Fleisch für den Wolf. »Damit du dich nicht über den Jäger hermachst«, sagte er kichernd.

»Um dem an die Kehle zu gehen, muss ich nicht hungrig sein«, knurrte der Wolf.

Der Jäger legte eine Hand auf seinen Bogen, den er auf einen Stuhl neben sich abgelegt hatte.

»Hey«, sagte Lena streng.

»Ach, lass sie«, beschwichtigte Rosa. »Jäger und Wölfe haben eine ganz eigene, spezielle Beziehung.«

»Ja.« Der Jäger fixierte Rudi. »Vertraue niemals einem Wolf, denn egal, wie viel man ihm zum Fressen gibt, ein Wolf bleibt eine Bestie.«

»Und kehre niemals einem Jäger den Rücken zu, denn er wird dir ein Messer in den Rücken stoßen, um an dein Fell zu kommen«, konterte der Wolf.

»Hier wird sich nicht angefeindet«, befahl Lena.

»Wenn ihr euch in der Wildnis begegnet, könnt ihr miteinander machen, was ihr wollt. Solang ich anwesend bin, benehmt ihr euch.«

Der Jäger und der Wolf starrten sich an.

»Rudi, Janis. Gebt euch Hand und Pfote.«

Entgeistert blickten beide Lena an.

»Sofort.« Sie sprach leise, und dennoch so drohend, dass sich die zwei erhoben und widerwillig Pfote und Hand reichten.

»Gut«, sagte Luna, »das wird erst mal für einen Waffenstillstand reichen.«

Der Jäger setzte sich wieder, und Rudi machte sich über sein Fleisch her.

Lenas Jeans fühlte sich klamm und kalt an, weil sie an den Knien von Schnee durchnässt war, und im Rollkragenpullover schwitzte sie. »Ich komme gleich wieder, ziehe mir nur schnell etwas anderes an.« Sie eilte nach oben und schlüpfte in das leichte leinenfarbene Kleid der Königin. Dabei fächerte sie sich Luft zu. Ihr war so heiß, seit sie zurück waren. Schnell fuhr sie sich mit einer Bürste durch die Haare, die von der Mütze platt gedrückt waren. Einen Spiegel hatte sie hier nicht. Für wen machte sie sich eigentlich gerade hübsch? Wen wollte sie beeindrucken? Den Jäger? Lächerlich. Sie hatte Eric. Lena legte die Bürste weg. Sie führte sich ja fast so auf wie die Königin höchstpersönlich. Verärgert über sich selbst, schob sie den Gedanken beiseite und stieg die Treppe hinunter.

Als sie den Raum betrat, sprang der Jäger auf und drehte sich sofort mit dem Rücken zu ihr. Er hatte seine Haare zusammengebunden, und Lena erkannte, dass sein Gesicht glühen musste, denn sogar seine Ohren waren rot.

»Was?«, fragte sie in die Runde.

»Ihr habt nur Unterwäsche an«, brachte Janis mit heiserer Stimme hervor.

Lena brach der Schweiß aus, und sie blickte an sich hinunter. »Das ist ein Kleid.«

Rosa lachte. »Das ist auch Unterwäsche, mein Liebes.« Dann hob sie ihren Rock und deutete auf den obersten dickeren Unterrock. »Schau, solche Kleider gehören zur Unterwäsche.«

Beim Anblick von Rosas Unterrock drehte sich auch Rumpelstilzchen um. Lena und Rosa tauschten Blicke und prusteten los.

»Wurzelstimmchen«, sagte Rosa. »Kannst du der Königin ein königliches Gewand zaubern?«

Lena seufzte. Für diese Aufgabe hätte sie sich eher eine Patenfee mit einem wunderschönen Zauberstab vorgestellt, keinen kleinen Mann in grüner Kleidung und mit einem langen zotteligen Bart.

Rumpelstilzchen schnippte mit den Fingern, und Luna trug auf einmal ein wunderschönes dunkelblaues Kleid mit goldenen Stickereien. Es war erstaunlich bequem, viel angenehmer zu tragen als das Kleid, in dem sie hier angekommen war.

Rosa pfiff leise. »Wer hätte gedacht, dass unser Wurzelstimmchen so viel von Damenmode versteht.«

Der drehte sich nun um und betrachtete Lena. »Wenn man erst einmal für jemanden Sachen gemacht hat, dann ist alles andere nur noch eine Spielerei.«

»Danke. Du bist unglaublich, Wurzelstimmchen.« Begeistert strich Lena über den samtig weichen Stoff.

Das Männlein schmunzelte und knuffte den Jäger in die Seite. »Du kannst jetzt hinsehen. Schau sie dir nur an, deine Königin.«

Immer noch rot im Gesicht drehte sich der Jäger um und hob vorsichtig den Blick.

»Passt es jetzt?«, fragte Lena.

Er nickte stumm.

»Ich werde mitkommen«, verkündete der Wolf und baute sich zwischen Lena und dem Jäger auf.

»Ach ja?« Der Jäger fand seine Stimme wieder. »Und wie stellst du dir das vor? Was, glaubst du, werden die Wachen mit der Königin machen, wenn sie mit einem Wolf aus dem Wald kommt? Wenn das nicht nach Hexe schreit?«

Rudi legte die Ohren an und knurrte.

Lena musste zugeben, dass der Jäger da einen Punkt getroffen hatte. »Hör mal, Rudi, er hat recht. Ich hätte nicht so überstürzt fliehen dürfen.«

»Du verlässt uns?«, fragte der Wolf. »Einfach so?«

Lenas Brust wurde eng. Es konnte wirklich sein, dass es ein Abschied für immer war, denn sobald Schneewittchen verheiratet war, würde sie unverzüglich nach Hause zurückkehren. Sie hatte eine Idee. Sie würde der Königin das Versprechen abnehmen, das Knusperhäuschen aufzusuchen und allen hier Grüße von Lena zu überbringen.

»Ich werde euch Nachricht von mir schicken.« Mehr konnte sie ihnen nicht sagen, insbesondere nicht vor dem Jäger, der sie bei erster Gelegenheit verraten könnte.

»Ich weiß schon«, sagte Rudi traurig. »Eines Tages wirst du hier vor der Tür stehen. Du wirst genauso klingen und genauso aussehen. Nur wird in deinen Augen ein anderes Licht leuchten, weil du den Weg zurück gefunden hast.«

Lenas Magen verwandelte sich in einen Klumpen voller Schuldgefühle.

Rosa trat zum Wolf und streichelte ihm über den Kopf.

»Du kannst bei mir wohnen. Und wir haben noch viel zu tun. Du weißt ja, wir müssen so viele finden und sie daran erinnern, wie sie heißen.«

Ein andächtiger Moment entstand zwischen ihnen allen, während der Jäger stirnrunzelnd zuhörte.

Die Hexe packte ihnen noch Proviant zusammen: einen riesigen Beutel voll mit Brot, Gebäck, Kuchen und Pfannkuchen. Dann begleiteten alle Lena und den Jäger nach draußen zum Pferd.

»Warte.« Rumpelstilzchen brach zwei Äste von einem Baum ab und gab sie Lena. »Für den Fall, dass du Kleidung brauchst, zerbrich einen Ast und du wirst bekommen, was du dir gewünscht hast.« Er zwinkerte ihr zu.

Lena fühlte sich an *Drei Haselnüsse für Aschenbrödel* erinnert, nur waren das hier zwei Äste für die böse Königin.

Dankbar nahm sie sein Geschenk an, und mit einem Fingerschnippen verwandelte Rumpelstilzchen ein Blatt in einen kleinen Umhängebeutel, der zu ihrem Kleid passte.

»Ich habe auch noch etwas für dich«, sagte die Hexe. Sie stieß einen Pfiff aus, und vier bunte Zuckertauben flatterten aus ihrem Vorgarten auf Rosas Schultern. Sie nahm eine rote und grüne, küsste sie auf die Köpfe, flüsterte etwas und überreichte sie Lena. »Steck sie in deinen Beutel. Wenn du Schwierigkeiten bekommst oder wir dir irgendwie helfen können, dann lass eine Taube fliegen. Sie wird ihr Ziel finden, kein Jäger kann sie schießen. Sag dem Vogel einfach deine Nachricht und zu wem er fliegen soll.«

Die anderen beiden Zuckervögel, ein blauer und ein violetter, übergab sie dem Jäger. »Pass gut auf die Königin auf und hol uns, wenn du Hilfe brauchst.«

Lena war sprachlos. Mit Tränen in den Augen umarmte

sie Rosa und Rumpelstilzchen. »Vergiss nicht zu atmen, wenn du wütend wirst«, flüsterte sie ihm ins Ohr.

Er grinste. »Bestimmt nicht.«

Am Ende verabschiedete sie sich vom Wolf. Mit hängendem Kopf und Schweif stand er da. »Ich kann dir nichts geben.«

»Ich habe dich kennengelernt und deinen Namen erfahren, das reicht mir, Rudi.«

Die gelben Augen des Wolfes schimmerten feucht. »Willst du wirklich mit dem da gehen? Man kann Jägern nicht trauen.«

»Vielleicht ist Janis eine Ausnahme. Wir sollten ihm eine Chance geben.« Sie gab Rudi einen Kuss auf die Schnauze. »Sieh zu, dass du nicht hungrig wirst. Bleib am besten in der Nähe von Wurzelstimmchen.«

Der Wolf winselte, und Lena musste sich zwingen, sich von ihm loszureißen. Hier würde er es gut haben. Entschlossen drehte sie sich um und marschierte los in den Wald.

Der Jäger räusperte sich. »Frau Königin?«

Sie drehte sich um. »Ja?«

»Was macht Ihr?«

»Ich gehe zurück.«

»Verzeiht mir, das ist nicht Euer Ernst.« Er deutete auf den Rappen. »Ich habe Euer Pferd mitgebracht.«

Lena starrte ihn an, dann das riesige Pferd. Auf dem Wolf zu reiten, das war eine Sache. Wenn sie da herunterfiel, würde sie sich nicht gleich den Hals brechen. Von diesem riesigen Gaul zu fliegen, das war eine ganz andere Hausnummer. Lena lächelte. »Ach, ich will das arme Tier nicht mit meinem Gewicht quälen. Und ich laufe gern.«

Der Jäger atmete hörbar aus, schwang sich auf den Rappen und lenkte ihn in Lenas Richtung. Das Höllentier schnaubte und warf den Kopf nach hinten. Lena wich zurück, und auch das Pferd wollte ausscheren.

»Ho!«, rief der Jäger und zog die Zügel an. Schnell hatte er das Pferd wieder unter Kontrolle, dann streckte er Lena von oben eine Hand entgegen.

»Frau Königin, ich erkenne Euch nicht wieder«, sagt er leise. »Ihr habt wohl nach Eurem Sturz auf den Kopf das Reiten verlernt.«

Lena versteifte sich. Wenn sie sich weiter so anstellte, würden bald alle im Königreich wissen, dass sie eine Fälschung war. Er hatte ihre Schwachstelle gefunden. Sie kratzte all ihren Mut zusammen und trat mit heftig schlagendem Herz näher an das Pferd heran. Der Jäger beugte sich zu ihr hinunter und zog sie mit einem gekonnten Ruck vor sich auf das Tier, griff rechts und links an ihr vorbei und nahm die Zügel. Lena war umhüllt von seiner Körperwärme und dem Geruch nach Leder, Moos und einem Hauch Blut.

13. Ein Test

Erst nach etwa einer Stunde begann sich Lena auf dem Rücken des Rappens und in den Armen des Jägers zu entspannen. Sie atmete nicht mehr so flach und versuchte sich nicht so klein wie möglich zu machen. Zum Glück gab es im Wald viele Hindernisse, und der Jäger mussten auf so vieles aufpassen, dass sie höchstens mal kurze Strecken traben konnten. Nach etwa zwei Stunden begann Lenas Hintern zu schmerzen, und nach drei Stunden musste sie aufs Klo.

Lena räusperte sich. »Ich brauche eine Auszeit. Zum einen muss ich ...« Wie hätte eine Königin es vor einem Mann ausgedrückt, dass sie pieseln muss? Lena fiel beim besten Willen nichts ein, sie las weder historische Romane noch solche mit royaler Liebe. Außerdem bezweifelte sie, dass man dort übers Wasserlassen reden würde. »Ich möchte absteigen.«

Schweigend hielt der Jäger das Pferd an. Sie befanden sich gerade auf einer schneebedeckten Lichtung. Na toll, Lena würde sich durch den Schnee kämpfen müssen, um hinter dichtem Gebüsch ihr Geschäft verrichten zu können. Sie sah sich um und entdeckte schnell hinter einigen Bäumen eine geeignete Buschgruppe für ihr königliches Vorhaben. Der Jäger sprang ab und hielt ihr die Arme hin, um ihr herunterzuhelfen. Ohne weiter nachzudenken, beugte sie sich zu ihm, stützte sich auf seinen Schultern ab und rutschte vom Pferd. Er packte sie an der Hüfte und wartete, bis sie sicher vor ihm stand. *Viel zu nah*, fuhr es Lena durch den Kopf. Hastig wich sie zur Seite aus, weil hinter ihr das Pferd stand. »Ich möchte etwas essen.« Sie hasste es, so reden zu müssen. Kein Bitte, Danke und kein Wir.

»Ja, Frau Königin.« Der Jäger machte sich am Beutel mit dem Proviant zu schaffen.

Während er beschäftigt war, versuchte sie sich unauffällig in Richtung der Büsche davonzustehlen. Leider lag der Schnee so hoch, dass sie nicht gerade wie eine Elfe dahinschwebte, sondern wie ein Yeti geräuschvoll durch den knarzenden Schnee brach.

»Frau Königin?«

Lena blieb stehen.

»Fliehen bringt nichts.«

Lena sank in sich zusammen. Nichts war's mit sich unauffällig hinter die Büsche verzogen. Sie drehte sich zu ihm um. »Ich muss nur schnell hinter den Busch.«

Der Jäger verengte die Augen. »Was ist hinter dem Busch?«

Lena seufzte. »Da siehst du mich nicht.«

»Wobei sehe ich Euch nicht? Ich bin hier, um Euch nicht aus den Augen zu lassen und jederzeit zu beschützen.«

»Ja, aber nicht, wenn ich mein Geschäft verrichte!«

Er musterte den Busch. »Mit einem Kobold?«

Am liebsten hätte Lena ihm gesagt, dass da ein Troll wartet, den sie gleich bitten würde, dem Hornochsen, der nichts verstehen wollte, eins überzubraten. Es wurde gerade richtig dringend, und Lenas Geduld platzte. Besser als ihre Blase. »Ich muss Wasser lassen, auf die Toilette, urinieren, das, was man auf einem Nachttopf macht, keine Ahnung, wie ich es dir sagen soll, damit du es verstehst.«

Der Jäger lief rot an und verbeugte sich hastig. »Verzeiht, Frau Königin.«

»Das kann alles nicht wahr sein«, schimpfte sie vor sich hin und brach sich eine Schneise hinter den Busch. Sie hatte das Wasser so lange angehalten, dass es laut vernehmlich aus ihr herausplätscherte. Lena schloss die Augen und senkte den Kopf. Jetzt war es auch egal. Sie war die Königin. Sollte der Jäger das jemals jemandem erzählen, könnte sie ihn immer noch köpfen lassen.

Als sie fertig war, rieb sie sich die Hände mit frischem Schnee ab. Etwas Besseres hatte sie hier nicht, und das war wahrscheinlich mehr Hygiene, als das Märchenland jemals gesehen hatte.

Resigniert stapfte sie zurück und lief fast in den Jäger hinein, während sie den letzten Baum vor der Lichtung umrundete. War er ihrem Vorbild gefolgt? Unwillkürlich wanderte ihr Blick an ihm hinunter. Er hielt zwar etwas in der Hand, doch die Hose war zu und dieses Etwas blitzte. Ein Messer. Lena machte einen Satz zurück, der Jäger packte sie am Oberarm und drückte sie gegen den Baum.

»Was soll das?« Lenas Stimme überschlug sich wenig hoheitsvoll.

»Wer seid Ihr?«

»Was? Ich bin die Königin!«

»Seid Ihr nicht.«

Lenas Kampfgeist erwachte. »Beweise es.«

»Die Königin hat Eingeweide gehasst. Niemals hätte sie mich darum gebeten, ihr ein Vogelherz zu bringen. Der Königin war mein Name egal, sie lachte nie, bat niemanden um etwas, bedankte sich nie, half niemandem, streichelte niemals ein Tier, und vor allem vertraute sie niemandem und ...«

Die Königin war echt ein Biest, fuhr es Lena durch den Kopf.

»... Eure Augen sind heller als sonst«, beendete der Jäger seine Aufzählung.

»Und du kennst die Augenfarbe der Königin so genau, weil ...?«

Röte schoss dem Jäger ins Gesicht. Plötzlich raste etwas mit unglaublicher Geschwindigkeit von der Seite auf sie zu, sprang und riss den Jäger von den Beinen.

Lena brauchte einen Augenblick, bis sie ihren Retter erkannte. »Rudi!«

Der Wolf und der Jäger rollten über den Boden. Janis schrie und fluchte, Rudi knurrte und jaulte.

»Hört auf«, brüllte Lena. »Sofort! Janis, pass mit dem Messer auf. Rudi, lass ihn sofort los! Bei Fuß!«

Der Jäger hatte es geschafft, Rudi mit beiden Beinen von sich zu stoßen. Lena nutzte den Moment und stürzte zwischen die beiden. Der Jäger rappelte sich auf und wollte sich mit gezücktem Messer auf Rudi stürzen, doch Lena stand bereits mit ausgebreiteten Armen schützend vor dem Wolf.

»Wenn du Rudi etwas antun willst, musst du zuerst mich töten.«

Der Jäger starrte sie an, sie hielt seinem Blick stand. Der Jäger entspannte sich und ließ das Messer sinken.

»Sag mal, spinnst du?« Ihr überschäumender Adrenalinspiegel befähigte sie, den bewaffneten Jäger anzuschreien. »Was ist in dich gefahren, mich mit dem Messer zu bedrohen?«

»Wenn Ihr die Königin zum Verschwinden gebracht

habt, müsst Ihr gefährlicher sein als sie«, antwortete er, »und sie war sicher keine einfache Gegnerin.«

»Ich habe es dir gesagt: Dreh einem Jäger niemals den Rücken zu.« Rudi stand nun an ihrer Seite. So nah, dass sie sich berührten.

»Es ist kein echtes Messer, nur eine Attrappe. Ich hätte Euch damit nicht einmal einen Kratzer zufügen können.« Der Jäger warf Lena das Messer vor die Füße. »Nehmt es ruhig in die Hand und versucht Euch in die Fingerspitze zu stechen.«

Ohne Janis aus den Augen zu lassen, bückte sich Lena und hob das Messer auf. Es war viel zu leicht für Metall, die Schneide war nicht scharf, sondern leicht abgerundet, und unter der silbernen Farbe schimmerte Holz. Lena stupste mit dem Finger dagegen, und wie bei einem Requisitenmesser verschwand die Messerklinge im Schaft. Erleichtert atmete sie auf und funkelte den Jäger an. »Trotzdem. Was fällt dir ein, mich zu bedrohen? Warum hast du nicht einfach versucht, mit mir zu reden, während wir stundenlang geritten sind?« Lena schämte sich, weil sie angefangen hatte, sich in seinen Armen wohlzufühlen.

Rudi knurrte, fletschte die Zähne und trat einen kleinen angriffslustigen Schritt vor. Lena legte ihm eine Hand auf den Nacken.

Der Jäger deutete mit dem Kopf auf den Wolf. »Es war ein Test, ob er Euch verteidigen würde und Ihr ihm wirklich vertrauen könnt. Oder ob er auf eine Gelegenheit wartet, Euch ohne Schutz zu erwischen.«

Rudi erstarrte, und in Lenas Kopf arbeitete es. »Ein Test?«

»Ja. Ich habe schon länger gemerkt, dass er uns folgt.«

Rudis Knurren wurde lauter.

»Du stinkst nach nassem Hund«, sagte der Jäger.

»Wenn du jemanden unbemerkt verfolgen willst, solltest du vorher ein Bad nehmen. Kein Wunder, dass du ohne das Waldmännchen fast verhungert wärst und dich über kleine Mädchen und alte Frauen hermachen musstest.«

»Woher weißt du das?«, jaulte Rudi.

»Ich bin der Königin gefolgt und habe den Jäger aus deinem Wald getroffen. Ich habe ihn nach ungewöhnlichen Vorkommnissen gefragt, und er hat mir erzählt, dass du verschwunden seist. Er hat dich schon länger beobachtet und wusste, dass du hinter Rotkäppchen und ihrer Großmutter her bist. Gesindel wie dich lasse ich nicht einfach so das Vertrauen der Königin erschleichen.«

Lenas Gedanken verknoteten sich. »Du hast mich eben beschuldigt, nicht die Königin zu sein!«

Der Jäger fasste sich an den Nacken. »Das wusste ich bereits, seit ich Euch zum ersten Mal begegnet bin und Ihr mich an meinen Namen erinnert habt.«

Perplex stand Lena da. »Wieso hast du mich nicht verraten?«

»Weil Ihr«, seine Gesichtsfarbe intensivierte sich, »es besser als die Königin macht. Mit Eurem Auftauchen hat sich die Stimmung im Schloss verändert.« Er suchte ihren Blick. »Wir alle konnten frei atmen. Bitte sagt mir, warum seid Ihr hier, und wo ist die Königin?«

»Die Königin schwebt in Gefahr, deswegen ist sie geflohen und hat mich an ihre Stelle gezwungen. Und dann bin ich bin weggelaufen, um dieser Gefahr zu entkommen.«

Der Jäger lachte auf. »Ich weiß nicht, von welcher Gefahr Ihr redet. Derzeit sehe ich nur ein Problem: Was, glaubt Ihr, hätte der König getan, wenn er Euch statt mir gefunden hätte?«

»Vielleicht hätte er mich nicht gefunden«, antwortete Lena.

»Das hätte er. Alle glauben, die Königin sei gefährlich. Allerdings ist sie im Vergleich zum König harmlos. Ich vermute, die Königin hat Euch hierhergeholt, weil Ihr noch mächtiger als der König seid.« Der Jäger betrachtete sie.

»Du irrst dich. Ich bin lediglich ihr Bauernopfer und nur deswegen hier, um ihre Taten auszubaden.«

Der Jäger seufzte. »Ihr seht es tatsächlich nicht. Ihr ... berührt uns, verändert uns auf eine Weise, wie die Königin es niemals könnte.«

Wie vom Blitz getroffen stand Lena da. Das aus dem Mund des Jägers zu hören, kurz nachdem er ihr ein Messer an den Hals gehalten hatte, war unerwartet. Ein scharfer Wind kam auf, und die Kälte biss in Lenas Gesicht.

»Wir sollten weiterreiten«, sagte der Jäger.

»Königin, du kannst auf mir reiten«, knurrte der Wolf, ohne den Jäger aus den Augen zu lassen.

»Ich kann nicht mit einem Wolf im Schloss auftauchen.« Lenas Brust zog sich zusammen. Sie ertrug es nicht, sich ein zweites Mal am selben Tag von Rudi zu verabschieden.

»Aber ich«, antwortete der Jäger.

Lena und Rudi wechselten einen ungläubigen Blick.

»Was? Ich kann einen Wolf statt eines Hundes gezähmt haben, damit er mir beim Jagen hilft. Er kann bei mir bleiben. Die Bewohner des Palastes interessieren sich ohnehin nicht für mich.« Er drehte sich zum Pferd.

»Warum?«, entfuhr es Lena.

»Da Ihr glaubt, in Gefahr zu sein, hätte ich nichts gegen Unterstützung.«

»Nicht so schnell«, sagte der Wolf. »Es ist besser, wenn ich mich nicht deiner Hütte nähere. Außer du willst, dass ich deine Jagdhunde zerreiße.«

Der Jäger schnaubte. »Du wärst mein erster Jagdhund.«

»Ich bin kein Hund.«

»Wenn du bei mir bleiben willst, bist du ab jetzt einer.«

Rudi knurrte, und Lena legte ihm beruhigend eine Hand auf den Kopf. »Du hast keine Jagdhunde?«, fragte sie. »Braucht ein Jäger nicht welche? Und wessen Jagdhunde waren das neulich, als Schneewittchen zurückgekehrt ist?«

»Die gehören den Jägern des Königs. Ich bin der Jäger der Königin; was ich jage, lebt bis zum letzten Atemzug ein unbeschwertes Leben. Den Spaß am Hetzen und Töten überlasse ich anderen mit ihren Hunden.«

Lena betrachtete den Jäger, und sie schauderte. Er war ein Schatten im Wald, der Tod auf leisen Sohlen, der gnadenlos und gleichzeitig mit so viel Mitgefühl jagte.

»Na gut.« Rudi stellte sich vor Lena. »Steig auf.«

»Nein«, sagte der Jäger, »ich brauche dich, um den besten Weg für uns auszukundschaften. So kommen wir schneller voran.«

Lena wehrte sich nicht. Tatsächlich war es auf dem Sattel bequemer und so nah beim Jäger wärmer.

Nach einer Stärkung aus dem Proviantbeutel half der Jäger Lena auf das Pferd und stieg mühelos hinter ihr auf. Mit Rudi als Vorhut kamen sie viel schneller voran, weil er unter dem Schnee Unebenheiten, hervorstehende Wurzeln und Löcher aufspürte.

Lena wunderte sich, wie lange sie am Stück reiten konnte. Sie erinnerte sich nur zu gut an kurze Fahrradfahrten, nach denen sie tagelang nicht mehr sitzen konnte. Sie hoffte, dass Luna die Zeit in der anderen Welt nutzen würde, um ihren Körper ein wenig zu trainieren.

Lunas Körper war zwar trainiert, dennoch war der lange Ritt ermüdend, und Lena wagte es, sich ein wenig an den Jäger anzulehnen. Nur ganz leicht. In seinen Armen war es warm, und sie hatte sich an das Schaukeln des Pferdes gewöhnt. Lena wagte es sogar, kurz die Augen zu schließen.

»Wir sind da«, sagte der Jäger plötzlich.

Lena fuhr hoch und verkrampfte sich. Eingemummelt an seiner Brust, war sie tatsächlich eingeschlafen.

»Es tut mir so leid.« Sie wagte es nicht, sich umzudrehen.

»Euch muss nichts leidtun«, antwortete der Jäger mit rauer Stimme.

Sie standen vor einer Holzhütte, vor der auf Gestellen Tierfelle trockneten und über deren Eingangstür ein riesiges Geweih hing. In der untergehenden Sonne gaben die Bäume den Ausblick auf das Schloss von Schneewittchen frei.

»Wohnst du hier?«, fragte Lena, um die peinliche Situation zu durchbrechen.

»Ja.«

Lena verfluchte diese samtige, warme Stimme so dicht hinter sich. Sie saß nun kerzengerade auf dem Pferd.

»Wolf«, sagte der Jäger, und seine Stimme klang wieder wie gewohnt. »Du wartest hier auf mich. Lass dich von niemandem aus dem Palast sehen. Dahinten«, er deutete auf ein kleines Nebengebäude, »findest du was zu fressen.«

Rudi betrachtete den Jäger aus schmalen Augen, dann wanderte sein Blick zu Lena. »Du musst nur nach mir pfeifen. Von hier aus werde ich dich hören und überall finden.« Anschließend drehte sich der Wolf mit knurrendem Magen zum Nebengebäude, warf einen Blick zurück zum Jäger. »Nenn mich Rudi, Jäger.«

»Dann sag du Janis zu mir.«

Rudi wedelte kurz mit dem Schweif, bevor er zum Nebengebäude davontrottete.

»Behalt den Proviant hier«, sagte Lena.

Wortlos nahm der Jäger die Tasche und wollte sie fallen lassen, als Lena plötzlich etwas einfiel.

»Warte.« Sie nahm ihm die Tasche aus der Hand, öffnete einen Knoten und sah hinein. Genau wie sie vermutet hatte. Rosa hatte ihr einige ihrer Plätzchen eingepackt. Außerdem lagen da bunte Zuckerstangen und Lutschbonbons sowie kandierte Früchte wie Erdbeeren und Äpfel. Lena nahm sich davon so viel, wie in ihre Manteltaschen passte. Die Hexe hatte die Süßigkeiten mit einem Allwetterzauber belegt, so konnten ihnen weder Wind, Regen noch Flusen in Manteltaschen etwas anhaben. Lena machte den Knoten wieder zu, der Jäger nahm ihr die Tasche ab und warf sie auf einen Tisch, der vor der Hütte stand.

»Dann wollen wir mal«, sagte er.

Lenas Puls beschleunigte sich, dieses Mal nicht aufgrund der Nähe des Jägers, sondern weil sie nun an den Ort zurückkehrte, von dem sie eigentlich fliehen wollte. Als sie an den Stallungen vorbeiritten, rannten die Stallburschen aufgeregt heraus. Unter ihnen war Erics Zwilling. In dieser Welt waren sie wohl nicht füreinander bestimmt. Vielleicht war es auch der Grund, warum ihr sein Anblick keine Gefühlsregung entlockte.

»Frau Königin, Frau Königin«, riefen alle durcheinander. »Wo seid Ihr gewesen? Das ganze Königreich hat sich Sorgen gemacht.«

Lena beachtete sie nicht. Es fiel ihr zunehmend leichter,

die Königin zu spielen. »Ich möchte absteigen«, verkündete sie barsch.

Janis sprang vom Pferd und half ihr herunter. Lena warf einen verstohlenen Blick auf die Stelle, wo vor Kurzem noch ihr Kopf gelegen war. Erleichtert stellte sie fest, dass der Wildledermantel des Jägers dort keinen Fleck hatte, denn Eric zog sie ständig damit auf, dass sie im Schlaf sabberte. Ins Gesicht des Jägers zu blicken wagte sie nicht. Schnell wandte sie sich ab und schritt, ohne ein weiteres Wort zu verlieren, in Richtung des Schlosses.

14 Eine Stiefmutter sein

Lena war froh, nach dem langen Ritt etwas laufen zu können. Die Sonne war noch nicht ganz untergegangen, und so beschloss sie, ein paar Minuten allein durch den Irrgarten zu spazieren. Nur kurz rein und wieder raus, bevor sie sich all den Fragen und Blicken der Dienerschaft aussetzte, vor denen sie die kalte Königin spielen musste. Nur kurz im verschneiten Park zu sich kommen, Luft holen und sich sammeln.

Lena betrat den Garten und hielt sich erst mal rechts. Sie achtete darauf, wo sie hinging: zweimal rechts, einmal links, zweimal rechts. Es wurde innerhalb weniger Minuten dunkel. Lena seufzte schwer. Das musste als Auszeit reichen. Es war Zeit, in das Leben der Königin zurückzukehren.

Sie drehte sich um, also dreimal rechts, zweimal links. Beim zweiten Mal links war da plötzlich eine Kreuzung, die sie vorher nicht bemerkt hatte. Lena ging links, links, dann rechts, rechts und stand nicht vor dem Labyrinthausgang. Sie fluchte leise und sah nach oben. Die Hecken waren so hoch, dass sie nicht einmal das Schloss dahinter sehen konnte. Sie müsste also entweder irgendwo hochklettern oder sich durch die Büsche schlagen, wenn sie den Irrgarten verlassen wollte.

Wie war sie mit ihrem nicht vorhandenen Orientierungssinn nur auf die Idee gekommen, in einen Irrgarten zu gehen? Sie könnte Rudi rufen, aber das wäre zu gefährlich. Bis zur Dunkelheit würde sie noch versuchen, hier herauszukommen, danach würde sie zur rohen Gewalt greifen. Andererseits war es vielleicht auch ganz gut. Wenn sie mit Gestrüpp im Haar das Schloss betrat, würden ihr alle glauben, dass sie sich im Wald verirrt hatte.

Nach einigen Minuten war Lena verwirrt und verzweifelt, sie verlor langsam die Geduld. Alles sah gleich aus. Unweit von ihr plätscherte Wasser. Nur noch diese Kreuzung, dann würde sie durch die Hecke brechen. Sie bog um die Ecke und blieb erstaunt stehen, sie hatte die Mitte des Labyrinths erreicht. Ein prächtiger Brunnen stand in der Mitte der freien Fläche. Er war entweder vergoldet oder bestand aus purem Gold, Lena vermutete Letzteres. Feen, Zwerge, Trolle und Waldtiere tanzten um einen Mann herum, der eine Schreibfeder in der Hand hielt. Er sah aus, als würde er gleich anfangen, die Zauberwesen mit der Feder zu dirigieren. Obwohl es so kalt war, funktionierte der Brunnen. Das Wasser musste verzaubert sein, um in der Kälte nicht zu gefrieren.

Ein Aufschluchzen ließ Lena aufhorchen. Hinter der Geräuschkulisse des plätschernden Wassers weinte jemand. Lena umrundete den Brunnen und spähte in die abzweigenden Wege. Tatsächlich, da saß jemand. Im letzten Licht erkannte Lena langes dunkles Haar. Anna! Nein, hier war sie Schneewittchen und hieß Hannah.

Langsam näherte sich Lena dem Mädchen. Warum weinte es? Hannah hatte im Gegensatz zu Anna so selbstsicher gewirkt, so souverän, wie sie durch den Schnee auf dem Pferd geritten war, lachend, umgeben von Jagdhunden. Hocherhobenen Hauptes hatte sie sich danach ihrer verhassten Stiefmutter gestellt. Und jetzt saß sie da, im

Herzen des verschneiten Labyrinths, allein in der kalten Dunkelheit, und schluchzte herzzerreißend.

Sie bemerkte nicht, dass Lena sich näherte. Das Geplätscher der Fontäne übertönte Lenas Schritte. Hannah saß am Ende einer Bank, die sie teilweise von Schnee befreit hatte. Lena hatte den Wollmantel an und verzichtete deswegen darauf, den Schnee auf ihrem Ende der Bank wegzuwischen. Leise ließ sie sich neben Hannah nieder, die mit dem Rücken zu ihr saß.

Was würde die Königin jetzt tun? Lena wischte die Gedanken beiseite. Es war egal. Hier war nicht die Königin gefragt, sondern Lena. Und so tat sie das, was sie stets bei Anna gemacht hatte, wenn sie um ihre Mutter geweint hatte. Lena strich Hannah über den Rücken, den die langen schwarzen Haare vollkommen bedeckten.

Schneewittchen erstarrte. Lena hob die Hand und setzte noch einmal zu der liebevollen Geste an, als Hannah herumfuhr und Lenas erhobene Hand abfing. Schmerzhaft schloss sie die Finger um Lenas Handgelenk und starrte sie mit weit aufgerissenen, verquollenen Augen an. »Wollt Ihr mich erstechen, im Brunnen ertränken oder mein Gesicht entstellen?«

Ganz schön viele Vorwürfe in einem Satz. Luna hatte es vielleicht verdient, Lena nicht. »Auch schön, dich wiederzusehen. Und nein. Nichts von alledem.«

»Was wollt Ihr dann?«, spie Schneewittchen ihr entgegen.

»Dich trösten. Dir eine Schulter zum Ausweinen anbieten. Dir zuhören, und wenn du willst, dich in den Arm nehmen.«

Schneewittchen weitete die Augen.

»Hannah, ich weiß, du glaubst mir nicht.« Lena selbst hatte Hannah zwar nichts getan, dennoch war sie für

Schneewittchen gerade die Königin, und von der war eine Entschuldigung überfällig. »Es tut mir leid, was zwischen uns passiert ist.«

»Was genau?«, fragte Schneewittchen mit zitternder Stimme. »Dass Ihr mich wie Luft behandelt habt? Mir mit jeder Geste und jedem Wort zu verstehen gegeben habt, wie sehr Ihr mich hasst? Dass Ihr alle Bilder von Mutter habt abhängen lassen? Dass Ihr im Schloss verboten habt, von Mutter zu reden? Dass Ihr Euch immer eingemischt habt, wenn ich versucht habe, mit Vater Zeit zu verbringen? Oder dass Ihr mir zu jedem Geburtstag gewünscht habt, ich möge bald meine Mutter wiedersehen?«

Luna, dieses Miststück! Lena war nicht klar gewesen, wie groß der Trümmerhaufen war, den die Königin ihr hier hinterlassen hatte. Ihr Herz blutete für das Mädchen, und so sagte sie: »Das alles.«

»Und jetzt auf einmal wollt Ihr Euch mit mir gut stellen? Habt Ihr Angst, weil Vater mich zur Thronfolgerin bestimmt hat? Gebt Euch keine Mühe. Ich werde einen Prinzen heiraten, mein Reich mit seinem vereinen und Euch aus dem Schloss jagen.«

»Gut«, sagte Lena bloß. Wenn es so weit war, würde Luna eben ihre verdiente Strafe empfangen. Andererseits war genau das der Grund, warum sie hier war. Lena sollte das Schicksal der Königin ändern. Wobei aus dem Schloss gejagt zu werden ein deutlicher Fortschritt zu dem war, was Luna normalerweise blühen würde. Und sollte die Königin nicht damit zufrieden sein, würde Lena eben zur Knusperhexe ziehen und von dort aus nach einer anderen Möglichkeit suchen, ohne die Hilfe und das Einverständnis der Königin in ihre Welt zurückzukehren. »Ich erhebe keinen Anspruch auf den Thron«, sagte Lena. »Wenn du verheiratet bist, kannst du ihn haben, auch das Land. Ich werde in den Wald verschwinden.«

Hannah runzelte die Stirn. »Und mir von dort aus ein Monster schicken, damit es mich bei der nächsten Jagd umbringt?« Sie drückte Lenas Handgelenk noch ein wenig fester.

»Nein. Ich werde in einen Teil des Waldes verschwinden, der weit weg von hier ist. Du wirst mich nie wiedersehen.« Lena senkte die Stimme. »Hannah, ich bin bereits gegangen. Und ich bin nur zurückgekehrt, weil der Jäger mir gesagt hat, dass du nach mir suchst.«

Endlich lockerte Hannah den Griff um Lenas Handgelenk und ließ sie los.

»Warum hast du nach mir gesucht?«, fragte Lena.

Hannah senkte den Kopf und verschränkte die Finger ineinander. Auf einmal wirkte sie so jung wie ein Kind, das sie ja mit ihren fünfzehn Jahren teilweise noch war. »Ihr seid gegangen? Einfach so?«

»Ja«, sagte Lena. »Deswegen sei bitte ehrlich: Warum hast du mich gesucht? Ich war noch nicht im Schloss, mich hat außer einigen Stallburschen niemand gesehen. Wenn du willst, kann ich auch wieder verschwinden. Dann gehe ich zurück in den Wald.«

»Nein.« Hannah hob den Kopf. »Die Wahrheit ist ... Ich habe nach Euch gesucht, weil Ihr so anders wart, als wir uns das letzte Mal gesehen haben. Ihr wart so ...« Wieder senkte Hannah den Blick. Dieses Gespräch fiel ihr sichtlich schwer. Wahrscheinlich war es das längste, das sie je mit der Königin geführt hatte. »Ihr wart so, wie ich mir Euch immer gewünscht habe. Ich dachte ... vielleicht habt Ihr Euch verändert. Und bevor ich es nie erfahre, wollte ich wissen, warum Ihr mich so sehr gehasst habt. Von Anfang an, noch bevor ich Euch etwas getan hatte.«

Lena konnte ihr diese Frage nicht beantworten. Und so beschloss sie, ehrlich zu sein. »Ich weiß es nicht, Hannah.«

Das Mädchen blickte hoch.

»Ehrlich, ich weiß es nicht.«

»Immer standet Ihr vor diesem Spiegel, den Ihr mitgebracht habt, und habt ihn angestarrt.«

Lena runzelte die Stirn. Die Königin hatte behauptet, dass sie den Spiegel erst im Schloss entdeckt habe. Lena entschied, es erst mal für sich zu behalten, dem musste sie noch auf den Grund gehen. Sie konnte nicht mit Sicherheit sagen, wer die Wahrheit sagte, aber sie hatte eine Idee, warum die Königin das Mädchen hasste. Das stand sogar in dem Märchen. »Ich glaube, der Spiegel hat mich dazu angestachelt.«

»Und jetzt nicht mehr?«, fragte Hannah.

»Nein. Ich habe ihn verhängt, weil ich erkannt habe, dass er mir nicht guttut. Du kannst mit in mein Gemach kommen und dich selbst davon überzeugen.«

Lena war sich ziemlich sicher, dass Tine, die den Spiegel unheimlich fand, das Ding in ihrer Abwesenheit zugedeckt hatte.

»Das muss ich nicht«, antwortete Hannah. »Das haben mir die Kammerzofen bereits erzählt. Warum erst jetzt?«

»Nachdem ich gestürzt bin, habe ich eine Zeit lang nicht mehr in den Spiegel geblickt, und als ich aufgewacht bin, war sein Einfluss auf mich verflogen. Ich habe mich so anders, so viel freier und besser gefühlt. Ich war wieder ich selbst.«

»Ja, ich habe es gespürt, dass Ihr Euch verändert habt«, sagte Hannah. »Warum seid Ihr dann weggelaufen?«

»Ich gehöre nicht hierher, bin nicht glücklich hier. Ich dachte, alle freuen sich, wenn ich verschwinde. Sogar der

König hat mir zu verstehen gegeben, dass ich ihm nichts mehr bedeute.«

»Vater hat nicht nur für Euch keine Verwendung, für mich hat er die auch nie gehabt.«

Das Kind tat Lena so leid. Sie konnte nicht sagen, was schlimmer war: keinen oder einen gleichgültigen Vater zu haben. Lena fiel keine passende Antwort ein, dafür hatte sie etwas dabei, das tröstete. Sie griff in ihre Tasche und zog die Süßigkeit heraus, die zuoberst lag: einen kandierten Apfel. »Sieh mal, ich habe im Wald eine Frau kennengelernt, die so etwas machen kann. Ich bin mir sicher, dass du noch nie so etwas Köstliches probiert hast.«

Hannah begutachtete misstrauisch den Apfel. Lena stockte. Gerade wiederholte sich das Märchen. Sie, die böse Stiefmutter, reichte Schneewittchen einen Apfel. Nur war der nicht vergiftet, sondern lediglich verzaubert, damit keine Flusen an ihm hängen blieben und er die Hände nicht klebrig machte.

Lena seufzte. Gut, wenn es das Schicksal war, dann würde sie mitspielen. Nur eben nach ihren Regeln. »Sieh mal, ich esse etwas davon und beiße einmal in den Apfel, dann weißt du, dass er nicht vergiftet ist.« Der Apfel hatte eine grüne und eine rote Backe, Lena wollte zuerst in die grüne Seite beißen, um Hannah die süßere rote zu überlassen, entschloss sich dann allerdings, es anders als im Märchen zu tun. Sie wollte diesen Teufelskreis durchbrechen, und so drehte sie den Apfel herum und biss herzhaft in die Stelle hinein, wo sich Rot und Grün trafen. Lena zeigte Hannah die angebissene Stelle. »Siehst du, ich habe etwas von beiden Seiten gegessen, von der grünen und von der roten. Es schmeckt wirklich köstlich.«

Nun endlich nahm Schneewittchen den Apfel und biss vorsichtig hinein. Lena hielt die Luft an. Vor Überraschung weitete Hannah die Augen und holte tief Luft. »Das ist köstlich!«

Die letzten Buchstaben verschwanden in einem heftigen Husten. Das Mädchen lief rot an und rang nach Luft, Schneewittchen hatte sich an dem Apfel verschluckt. Lena sprang auf, warf den Apfel weg, zog Hannah auf die Füße, umarmte sie von hinten und führte an ihr das Heimlich-Manöver durch. Es klappte nicht beim ersten Mal, Hannah rang weiterhin nach Luft.

Lenas Herzschlag beschleunigte sich. Das durfte nicht wahr sein. Dieses verdammte Märchen wollte sie wohl veräppeln und nahm eine Abkürzung. Entschlossen drückte Lena noch einmal zu, endlich spuckte Schneewittchen das Apfelstück aus und sog gierig die Luft ein. Hannah drehte sich um und griff sich an den Hals. »Ihr habt mir gerade das Leben gerettet«, sagte sie mit noch schwacher Stimme. »Warum?«

»Weil ich dir nichts Böses mehr wünsche.«

Hannah suchte den Boden ab, und ihr Blick blieb am ausgespuckten Apfelstück hängen. »Ihr hättet es als Unfall aussehen lassen können. Niemand hätte ...«

»Noch mal«, unterbrach Lena sie, »ich habe nichts gegen dich. Im Gegenteil: Ich mag dich. Ich meinte das vorhin ernst. Es tut mir leid, dass es zwischen uns all die Jahre nicht gut gelaufen ist.«

Langsam nickte Hannah. Sie hob den Apfel auf und setzte sich. Auch Lena ließ sich neben ihr nieder. Schneewittchen führte den Apfel zum Mund.

»Warte«, sagte Lena. »Du kannst das schon essen, nur bitte kau langsam und sprich nicht beim Essen.«

Hannah grinste und biss dieses Mal herzhaft hinein, dann reichte sie Lena die Frucht. Abwechselnd bissen sie hinein und vernaschten ihn innerhalb kürzester Zeit.

170

Hannah schloss die Augen und lehnte sich zurück. »Köstlich. Das war das Beste, was ich jemals gegessen habe.«

»Ich habe noch mehr.« Lena holte Nachschub aus ihren Taschen und breitete Plätzchen, Zuckerstangen und Bonbons auf der Bank zwischen Hannah und sich aus.

Die nächste Viertelstunde futterten sich die beiden durch die Süßigkeiten.

»Wenn du willst, kannst du mich getrost wegschicken«, sagte Lena. »Ich werde bei dieser Frau im Wald bleiben.«

Hannah lachte. »Ich soll die Zuckerbäckermeisterin Euch allein überlassen? Nein. Wenn wir abhauen, dann zusammen.«

Auf einmal wurde Lena schwer ums Herz. Sie gehörte nicht zu diesem Mädchen Hannah, sondern zu ihrer kleinen Stiefschwester Anna, die sich gerade sicherlich nicht erklären konnte, warum Lena sich so verändert hatte. Wenn sich die böse Königin in der realen Welt so aufführte wie hier, würde sie in dem Maß, in dem Lena die Beziehung zwischen der Stiefmutter und Schneewittchen kittete, Annas und Lenas Beziehung zerstören. Sie musste so schnell wie möglich wieder zurück. Am liebsten würde sie Hannah mitnehmen, denn sie wollte Schneewittchen auch nicht mehr der Königin überlassen. Sie schwor sich, dass sie Luna gehörig das Herz zurechtrücken würde, bevor sie sie wieder in die Nähe von Hannah ließ.

Hinter der Hecke hörten sie Schritte und Fußgetrampel. »Prinzessin, wo seid Ihr?«, ertönten weibliche Stimmen. »Lasst uns im Irrgarten nachsehen.«

Lena drehte sich zu Hannah. »Soll ich gehen oder bleiben?«

Schneewittchen ballte eine Faust, zögerte und sagte dann leise: »Bleiben.«

Lena nahm Hannahs Hand. »Ich bin nicht mehr die, die ich einmal war. Ab jetzt werde ich dir die Stiefmutter sein, die ich längst hätte sein sollen.«

»Das wäre schön«, flüsterte Schneewittchen und wischte sich über die Augen.

Wieder ertönten Rufe nach der Prinzessin. Lena stand auf. »Komm, lass uns zurückkehren. Bevor sie uns zusammen hier sehen und glauben, dass ich dich hierhergelockt habe, um dir etwas anzutun.«

Hannah lächelte leicht. »Nach allem wäre das naheliegend.«

Zielsicher fand Hannah den Weg zum Ausgang des Labyrinths.

»Wir sollten getrennt ins Schloss zurückkehren«, sagte Lena. »So wird es weniger Fragen geben.«

Bevor Hannah das Labyrinth verließ, berührte sie Lena schüchtern an der Hand. »Ich freue mich, dass Ihr wieder da seid.« Dann drehte sie sich um und rannte hinaus zu ihren Zofen.

15. Vorbereitungen

Kaum hatte Lena das Schloss betreten, ging ein Tumult los. Die Bediensteten rannten durcheinander und schrien. »Frau Königin, Frau Königin, wir haben uns solche Sorgen gemacht. Wo wart Ihr?«

Lena schlang die Arme um sich und versuchte sich an einem künstlichen Schluchzer. Mit bebender Stimme hauchte sie: »Ich habe mich im Wald verlaufen. Ich dachte, ich hätte Schneewittchen im Wald gesehen, und wollte sie zurückholen. Und dann habe ich in der Dunkelheit nicht mehr zurückgefunden.«

Tine hatte den Aufruhr wohl mitbekommen und kam aus dem Turm der Königin geschossen. »Oh, Frau Königin, ein Wunder, dass Ihr nicht erfroren seid.«

»Ich habe in einer Höhle tief im Wald Zuflucht gefunden.«

Tine umschlang mit einem Arm Lenas Taille. »Frau Königin, ich helfe Euch.« Dann rief sie einigen Kammerzofen zu: »Lasst der Königin ein heißes Bad ein und bringt ihr unverzüglich einen stärkenden Tee und etwas Warmes zu essen in ihre Räume.«

Gebeugt schleppte sich Lena in Richtung ihres Gemachs. Als die Tür hinter ihr ins Schloss fiel, richtete sie sich wieder auf und lehnte sich seufzend gegen die Tür.

Den Rest des Abends blieb Lena mit Tine allein und berichtete der Amme, warum sie weggegangen und was danach vorgefallen war. Bevor sie badete, versteckte sie Rosas Zuckervögel und Rumpelstilzchens zwei Äste in ihrer Dachkammer.

Sobald die Nachtruhe ins Schloss eingekehrt war, erhob sich Lena leise und stellte sich vor den Spiegel. Sie musste mit Luna reden.

Lena zog das Laken vom Spiegel, und sofort begann seine silberne Fläche gierig zu vibrieren. Lena wusste, worauf der Spiegel wartete. Doch nicht mit ihr.

Statt des verfluchten Märchenspruchs fragte sie: »Spieglein, Spieglein an der Wand, zeig mir meinen Zwilling Luna im Parallelland.«

Der Spiegel antwortete mit tiefer, rauer Stimme:

»Frau Königin, ein anderes Land gibt es nicht.

Ihr verliert Euer Schicksal aus der Sicht.

Fragt mich, wer die Schönste ist im ganzen Land.

Knüpft mit mir das unausweichliche Band.«

Lena zischte, wütend trat sie dicht an den Spiegel und schlug mit beiden Händen dagegen. »Luna, zeig dich!«

Wellen breiteten sich über die Spiegelfläche aus, und die Ranken begannen sich zu bewegen. Vereinzelt strahlten in der schwarzen Untiefe dieses Dings Lichtpunkte hervor, doch die Dunkelheit gewann und schluckte jegliches Licht.

»Nein!«, rief Lena und rüttelte am Spiegel. Er war wohl mit der Wand verwachsen, denn er ließ sich keinen Millimeter verschieben.

»Nicht so laut!« Lena hatte nicht bemerkt, dass Tine hereingekommen war. »Geh von diesem verdammten Ding weg.« Vergeblich versuchte Tine, sie davon wegzuziehen.

Lena krallte sich am Rahmen fest. »Luna, ich muss mit dir reden!«

Nichts geschah. Sie war einige Tage nicht da gewesen. Wahrscheinlich hatte Luna es bereits aufgegeben, Kontakt zu ihr aufzunehmen. Ein tiefes Grauen breitete sich in Lena aus. Was, wenn sie hier nie wieder wegkäme, wenn sie Anna nie wiedersehen könnte? Was, wenn sie wirklich die Königin war und von ihrem anderen Leben nur geträumt hatte? Sie wusste nicht mehr weiter, lehnte den Kopf gegen die Spiegelfläche und begann zu weinen. »Zeig mir mein Zuhause«, flehte sie schluchzend. Ihre Tränen benetzten die erstarrte Silberfläche. »Was treibt Luna dort?«

Plötzlich brach eine Lichtexplosion aus dem Spiegel. Tine unterdrückte einen Schrei, Lena kniff die Augen zu und sprang zurück.

Als das Licht erlosch, blinzelte Lena vorsichtig. Die Spiegelfläche war viel heller als sonst und leuchtete wie ein riesiges Tablet in der Dunkelheit. Es zeigte eine Szene aus ihrer Welt.

Im Schlafzimmer ihres Hauses verpasste die Königin Eric eine Ohrfeige. Er taumelte vor ihr zurück, sagte etwas. Lena konnte die Worte nicht verstehen, sie klangen dumpf wie unter Wasser.

»Nein!«, entfuhr es Lena.

Das Bild wechselte. Am Esstisch stand Anna gegenüber der Königin und hielt ein Prospekt von einem Internat in der Hand. Ihr Gesicht war tränenüberströmt. Luna sagte etwas und zuckte gleichgültig mit den Schultern, Anna ließ das Prospekt fallen und rannte aus dem Raum.

Entsetzt sank Lena auf die Knie. Was hatte die Königin da eben getan?

Der Spiegel flackerte und zeigte ihr eine neue Szene: Luna stürmte in Annas Schule, während Anna ihr hinterherlief, ihre Hand schnappte und versuchte sie zurückzuziehen. Luna schüttelte Anna so heftig ab, dass das Mädchen hinfiel.

Lena wurde schlecht. Was trieb Luna da? Was hatte sie in Annas Schule verloren? Und wie konnte sie es wagen, Anna so grob zu behandeln?

Das Bild wechselte wieder. Luna kletterte nachts über die Mauer des Nordfriedhofs. Was zur Hölle machte sie da? Die unausgesprochene Frage beantwortete der Spiegel sogleich, denn in der nächsten Szene braute Luna in der Küche in einem riesigen Topf etwas zusammen aus Zweigen, Kräutern und ... entsetzt sah Lena genauer hin. War das ein toter Vogel, der auf der Anrichte lag, da, wo sie normalerweise das Gemüse schnitt?

Fassungslos beobachtete Lena, was ihr der Spiegel als Nächstes zeigte. Lena ging mit dem Polizisten Jan auf dem Nordfriedhof spazieren, flirtete hemmungslos mit ihm. Sie lachte, betatschte ihn, warf immer wieder die Haare zurück und sah ihm tief in die Augen, Jan flirtete nicht weniger intensiv zurück. Hier war Lena ausnahmsweise froh, nicht hören zu müssen, was sie da gerade von sich gaben.

Die nächste Szene baute sich auf. Die Königin und Anna saßen in einem Taxi, wie Lena am Taxameter erkannte. Anna weinte, Luna hatte die Arme verschränkt und sah mit einem zufriedenen Gesichtsausdruck aus dem Fenster. Lena folgte ihrem Blick. Jan führte Marc, den Jungen, der Anna auf dem Weihnachtsmarkt geholfen hatte, in Handschellen ab, seine Eltern redeten gestikulierend auf den Polizisten ein.

Abrupt erlosch das Bild, und der Spiegel kehrte wieder in seinen normalen Zustand zurück. Lena sah nur noch sich dastehen, mit vor Entsetzen aufgerissenen, verheulten Augen und so blass, dass es selbst im dunklen Zwielicht zu sehen war.

»Lena«, sagte Tine vorsichtig, »bitte ...«

»Was zur Hölle treibt sie da?«, fragte Lena mit zitternder Stimme. Sie hätte nicht aus dem Schloss fliehen dürfen. Sie hätte Luna niemals unbeaufsichtigt lassen dürfen, vielleicht wäre es dann nicht so weit gekommen. Die böse Königin schikanierte und terrorisierte alle, die Lena liebte, insbesondere Anna.

Sie versuchte noch einige Male, Kontakt mit Luna aufzunehmen. Trotzig schwieg der Spiegel. Schließlich ging Lena ins Bett.

Unentschlossen blieb Tine vor dem Bett stehen. »Soll ich hierbleiben, bis du eingeschlafen bist?«

»Nein. Warum solltest du?«

»Wenn die Königin so aufgewühlt war wie du jetzt, blieb sie nachts nicht gern allein.«

Lena horchte auf. »Hat Luna Angst vor der Dunkelheit? Sie ist doch selbst eine, mit der man Kindern Angst macht.«

Tine lächelte traurig. »Gerade dann. Die Dunkelheit in diesen Landen ist gefährlich, auch wenn man selbst Teil der Finsternis ist.«

»Geh ruhig schlafen. Ich fürchte mich nicht.«

»Ja, du bist das Licht.«

Tine ging und ließ Lena nachdenklich zurück. Sie brauchte lange, bis sie in einen unruhigen Schlaf fiel.

Sie befand sich im toten Teil des Waldes, vor ihr ragte der dicht bewachsene Hügel auf. Aus der Nähe erkannte Lena dichten Efeu. Sie war allein. Kein Laut war zu hören, nichts rührte sich. Obwohl es windstill war, begann sich der Efeu zu bewegen.

»Hilf mir.« Es war ein Flüstern, dennoch ging es Lena

durch Mark und Bein. Im Hügel befand sich jemand.
»Komm zu mir.«

»Wer bist du?«, fragte Lena. Sie bekam keine Antwort. Mit klopfendem Herz näherte sie sich dem Hügel, streckte eine Hand aus. »Wer bist du?«

»Komm zu mir«, ertönte es nun ohrenbetäubend laut aus dem Inneren des Hügels. »Ich werde dir nichts tun.«

Lena hielt inne. Das sagten sie alle, insbesondere die Böse- wichte aller Märchen. Dennoch, sie musste wissen, was sich dahinter verbarg, es war wichtig. Lena streckte die Hand aus, und als sie die Blätter des Efeus berührte, durchfuhr ein brennender Schmerz ihre Finger.

Lena schreckte hoch. Der Morgen dämmerte bereits, im Zimmer war es still. Sie blickte auf ihre Hand hinunter. Die Fingerkuppen brannten und waren geschwollen.

Lena stieg aus dem Bett und ging zum Waschtisch hin- ter dem Paravent. Wie erhofft, fand sie dort eine Schüssel mit sauberem Wasser. Sie tauchte ihre Finger hinein, um das Brennen zu lindern, und schauderte bei der Erinne- rung an den Traum, der sich so echt angefühlt hatte.

Die nächsten Tage rasten nur so an Lena vorbei. Sie hätte nicht gedacht, dass es so stressig sein würde, einen Ball zu organisieren. Zur Verwunderung des gesamten Schlos- ses verbrachten Lena und Hannah sehr viel Zeit miteinan- der, eigentlich jede freie Minute des Tages.

Als sie mit der Geburtstagsplanung anfingen, fragte Hannah als Erstes, ob Lena nicht die ihr bekannte Zucker- bäckermeisterin für den Nachtisch organisieren könne. Lena konnte ihr Glück nicht fassen, und noch am selben Tag schickte sie einen Zuckervogel mit einer Nachricht zu Rosa. Da noch zwei Wochen bis zum Ball blieben, bat Lena die Hexe und Rumpelstilzchen, so bald wie möglich ins Schloss zu kommen. Sie sollten sich schon mal an die Küche gewöhnen und Schneewittchen sich durch Rosas Backkünste durchprobieren.

Einige Stunden später kehrte die Zuckertaube zurück und überbrachte Lena mit Rosas begeisterter Stimme eine Zusage.

Schon abends kamen Rumpelstilzchen und Rosa an. Lena wollte, dass sie im Schloss wohnen, doch sie lehnten ab und entschieden sich, zusammen mit dem Wolf in der Hütte des Jägers zu bleiben.

»Es ist näher am Wald«, sagte die Hexe.

»Schlösser sind nicht so meins«, bekräftigte Rumpelstilzchen, und die beiden lächelten sich innig an. Lena überkam der Verdacht, dass die beiden mehr als nur eine gemeinsame WG führten.

Als sie die Gästeliste planten, entschied sich Hannah, nicht nur wie im Märchen üblich heiratsfähige Junggesellen zu ihrem Ball einzuladen, sondern auch Frauen jeden Alters. Es sollte ein Fest für alle werden. Schneewittchen hoffte nicht nur einen Mann, sondern auch Freundinnen zu finden. Bisher kannte sie nur Bedienstete.

Außerdem sollten die Zauberwesen des Reiches kommen dürfen: Elfen, Kobolde, Zwerge, Hexen, Zauberer, Waldgeister und sogar Nixen.

Lena war unbedingt dafür. So würde Rosa mit ihren Zauberkräften nicht auffallen, und auch Rumpelstilzchen würde sich hier frei bewegen können.

Dann hatte Lena einen grandiosen Einfall. »Kennst du das Reich«, sie überlegte, »hinter den Bergen, bei den sieben Zwergen?«

Hannah runzelte die Stirn. »Ist da ein Reich? Ich habe das Schloss noch nie verlassen.«

Das war perfekt. Im Märchen fand ein Prinz Schneewittchen in ihrem gläsernen Sarg, den die Zwerge bewachten, also musste das Gebiet der Zwerge zu einem Königreich gehören. Lena würde den Prinzen dieses Königreichs einladen, damit sich Hannah und dieser junge Mann ineinander verliebten, solang noch kein Unglück geschehen war. Sie würden sich verloben und in ein, zwei Jahren heiraten. Diese Vorstellung bereitete Lena zwar Bauchschmerzen, aber das hier war die Märchenwelt. Und Hannah würde mit diesem Prinzen glücklich bis in alle Ewigkeit zusammenleben.

Lena behielt den Plan für sich, denn gerade bei Teenagern funktionierte es nie, wenn Erwachsene sie verkuppeln wollten. Es musste einfach klappen, dann könnte Lena die Königin guten Gewissens ins gemachte Nest zurückholen.

»Warum grinst du so?«, fragte Hannah.

Lena setzte schnell wieder eine seriöse Miene auf. »Ich stelle mir nur gerade vor, wie schön dein Ball werden wird.«

»Und was hat es mit dem Reich hinter den Bergen auf sich?«

»Lass dich überraschen.« Lena zwinkerte Hannah zu.

Wehmütig betrachtete Hannah den fallenden Schnee durch das Fenster.

»Was ist los?«, fragte Lena.

»Dieser Ball ... Ich weiß nicht, ob ich schon so weit bin, um zu heiraten. Was ist, wenn mir niemand gefällt? Außerdem möchte ich noch so vieles tun, lernen und sehen.«

Lenas Magen verknotete sich. Hannah war ganz sicher nicht so weit, eine Ehefrau zu werden.

Nur war das im Märchen nicht so vorgesehen? Wenn sie den Prinzen erst einmal traf, würde Hannah ganz sicher und sehr schnell ihre Meinung ändern. Liebe machte blind und schlug gerade bei Jugendlichen heftig ein.

»Ich bin mir sicher, dass dir jemand ins Auge fallen wird.« Lena nahm Hannahs Hand.

»Und was, wenn nicht?« Hannah kämpfte mit den Tränen.

»Dann werden wir so lange warten, bis du dich in jemanden verliebst.«

Hannah weitete die Augen. »Glaubst du, dass Vater das zulassen wird, dass ich warte, bis ich so weit bin?«

»Er muss, es geht schließlich um dein Leben.«

»Und was, wenn nicht?«

»Ich bin auch noch da. Ich bin deine Stiefmutter und habe auch ein Wörtchen mitzureden. Wenn dir niemand gefällt, dann musst du niemanden heiraten.«

Hannah fiel Lena um den Hals. »Danke! Ich bin so froh, dass du hier bist.«

Nach diesem Gespräch schickte Lena sofort einen Boten zum Königreich hinter den sieben Bergen. Am zweiten Tag kam er mit guten Nachrichten zurück. Dort gab es tatsächlich ein Königreich mit einem Prinzen etwa in Hannahs Alter, und er würde zu Hannahs Geburtstagsball kommen. Lena frohlockte innerlich und hatte Mühe, ihre königliche Würde aufrechtzuerhalten. Am liebsten hätte sie ein Freudentänzchen hingelegt.

Die Bediensteten des Schlosses akzeptierten es zunehmend, dass ihre geliebte Prinzessin und die verhasste Königin nun so gut miteinander auskamen.

Jeden Nachmittag besuchte Lena mit Schneewittchen und Tine den Jäger sowie seine drei Gäste. Weder Hannah noch Tine mussten mit der Hexe, Rumpelstilzchen und dem Wolf erst warm werden, sie fügten sich sofort ein, kraulten den Wolf hinter den Ohren, bewunderten die Zauberkunst des Waldmännchens und futterten sich durch Rosas süße Kreationen, sehr zur Begeisterung der Hexe.

Auf Lenas strengen Geheiß hin durfte Rumpelstilzchen erst dann Wasser zu Wein verwandeln, sobald sich Schneewittchen in ihre Gemächer zurückzog. Als es einmal besonders spät wurde und Rumpelstilzchens Gesöff besonders stark war, gründete Lena den Knusperklub. Sie erklärte ihnen lallend, was ein Klub war, und alle mussten feierlich schwören, den Bösewichten dieser Welt neue Wege aufzuzeigen und ihnen eine Zuflucht zu bieten. Zum Klubhaus wurde das Knusperhäuschen bestimmt.

Am selben Abend erzähle Lena allen, wer sie in Wirklichkeit war und woher sie kam, dabei weinte sie viel. Der Jäger wusste bis auf das Detail mit der Parallelwelt bereits Bescheid, und die anderen hatten sich so etwas schon gedacht.

»Und so knabbern alle an ihrem Schicksal.« Rosa nahm einen großen Schluck Wein, stellte den Becher ab und tätschelte Lena den Arm. »Du bist nicht allein. Verlass dich auf uns. Zusammen knuspern wir die Schwierigkeiten weg.« Sie kicherte.

Rumpelstilzchen sprang auf und riss die Arme nach oben. »Wir knuspern uns frei!« Aus seinen Fingern stob Feuerwerk und setzte fast die Hütte des Jägers in Brand. Der schüttete einen Eimer Wasser über das Waldmännlein und beendete das Gelage. Rumpelstilzchen musste lange atmen, um sich nicht am Jäger zu rächen.

Tine war zum Glück noch einigermaßen nüchtern. Zusammen mit Janis stützte sie Lena auf dem Weg in ihr Gemach. Die Wendeltreppe trug der Jäger sie hoch. Das Geschaukel, seine Wärme und der vertraute Geruch entspannten Lena, sie lehnte den Kopf an seine Schulter und schloss die Augen. Nur kurz.

Am nächsten Morgen schwor sie sich, nie wieder zu trinken. Lena war in den Armen des Jägers tatsächlich wieder eingeschlafen. Sie vergrub sich beim Gedanken daran mit heißem Kopf in den Kissen. Zum Glück hatte sie niemand außer Tine gesehen.

Sie hätte danach gern ein paar Tage mit den Besuchen pausiert, aber Schneewittchen bettelte Lena so lange an mitzukommen, dass sie nachgab. Sie wollte dem Mädchen nicht erklären, warum sie die Jägerhütte auf einmal lieber meiden würde. Zum Glück war es mit der Meute der Bösewichte so laut und trubelig, dass in der engen Hütte kein Raum für peinlich berührte Momente blieb.

In den darauffolgenden Nächten schmiedeten sie Pläne für die Zukunft des Knusperklubs. Lena erzählte ihnen von allen Bösewichten, die sie kannte, verriet allerdings nicht, wie sie laut Märchen enden würden. Nicht dass es zu einer selbsterfüllenden Prophezeiung wurde.

Und sie berichtete viel von ihrer Welt. Die Märchenwesen hörten interessiert zu, bis auf den Jäger, der jedes Mal, wenn sie davon anfing, seinen Weinbecher in einem Zug leerte und unter einem Vorwand die Hütte verließ.

»Was hat er denn?«, fragte Lena.

Rumpelstilzchen und die Hexe tauschten Blicke.

»Siehst du es nicht?« Rosa nahm Rumpelstilzchens Hand, und Lenas Verdacht, dass die beiden ein Paar waren, bestätigte sich.

»Er möchte nicht, dass du gehst«, erklärte Rumpelstilzchen.

»Seine Königin wird zurückkehren. Sie hat ihn einst gerettet, ihr war er stets ergeben. Ist das für ihn kein Grund zur Freude?«

»Die Königin seines Herzens bist du«, knurrte der Wolf. »Und ich bin auch nicht scharf darauf, dass das Biest zurückkehrt, das dich ihren Mist ausbaden lässt.«

»Nein, stopp!« Lena riss die Arme hoch. »Ihr müsst mir versprechen, dass ihr die Königin gut aufnehmt. Gerade sie braucht unseren Knusperklub.«

»Ist schon gut«, sagte Rosa. »Du sagtest ja, man kann durch den Spiegel in die andere Welt blicken. Vielleicht können wir über dieses Ding Kontakt zu dir halten.«

»Das wäre schön.« Es war noch ungewiss, wann der Abschied sein würde, dennoch wurde Lena schon jetzt beim Gedanken daran flau im Magen.

Insgesamt wäre es eine schöne Zeit, wenn die Nächte nicht wären. Sobald das Schloss schlief, trat Lena vor den Spiegel und versuchte, mit Luna zu reden oder zumindest einen Blick in ihre eigene Welt zu werfen, doch dieses sonderbare Licht zeigte sich nicht mehr. Stattdessen versuchte der Spiegel sie permanent dazu zu bewegen, ihn zu fragen, wer die Schönste im ganzen Land sei, und stritt die Existenz einer anderen Welt ab.

Danach quälte sie Nacht für Nacht dieser Traum vom verfluchten Tal und sie wachte stets mit brennenden Fingern auf, sobald sie versuchte, den Vorhang aus Efeu zurückzuziehen.

So flogen die Tage dahin, und dann brach der Vorabend des Festes an. Der Ballsaal war geschmückt, die Feen hatten ganze Arbeit geleistet. Lebende Eisstatuen, schwebende Kerzenlichter und tanzende Blumen waren nur einige der Effekte, die sich Lena mithilfe der anderen ausgedacht hatte. Um Mitternacht würde es dank Rumpelstilzchen sogar ein Feuerwerk geben. Alles funkelte, glitzerte, und vor allem war es warm.

Zusammen mit anderen Waldgeistern und kleinen Sommerfeen hatte Rumpelstilzchen den Winter vom gesamten Schlossgelände vertrieben. Momentan herrschte der Frühling, morgen Abend würde der Sommer einziehen, und nach dem Feuerwerk um Mitternacht wäre der Zauber vorbei.

Hannah war in Tränen ausgebrochen. »Seit ich denken kann, habe ich davon geträumt, im Sommer Geburtstag zu haben. Ihr habt es euch gemerkt!« Anschließend war sie Lena um den Hals gefallen.

Ein schlechtes Gewissen hatte an Lena genagt, während sie über die Haare des Mädchens gestrichen hatte. Hannah wusste nicht, dass sie nicht die Königin war. Lena hatte es nicht übers Herz gebracht, es ihr zu erzählen.

Alles, was man vorbacken konnte, ohne dass es schlecht wurde, hatte die Hexe bereits erledigt. Nachbauten ihres Knusperhäuschens standen auf allen Tischen verteilt. Die riesige Sahnetorte würde sie morgen zubereiten, dieses Kunststück sollte möglichst frisch sein.

Der Ballsaal, das ganze Schloss und der Garten waren so schön geschmückt, dass Schneewittchens Schloss selbst für ein Märchen ein Märchenschloss war. Disneyland war gegen das, was Lena hier auf die Beine gestellt hatte, ein Industriegebiet.

Ein paar Ideen hatte sich Lena aus anderen Märchen abgeschaut und vor allem aus deren Fehlern gelernt. Zum Beispiel hatte sie alle dreizehn großen Feen eingeladen. Sie hoffte sehr, dass sie Hannah wie Dornröschen beschenken würden.

Für die dreizehnte Fee hatte Lena eigene Pläne. Sie war eine perfekte Kandidatin für den Knusperklub. Insgeheim freute sich Lena auf sie, vielleicht würde sie so die Geschichte von Dornröschen verhindern können. Sie hatte herumgefragt, nirgendwo kannte man ein Schloss, das von einer Dornenhecke und Rosen umgeben war. Sie hoffte, dass das Märchen bislang nicht stattgefunden hatte, sondern Dornröschens Geburt und ihr verhängnisvolles Fest noch bevorstand.

Bevor sich Lena vor dem großen Tag schlafen legte, stellte sie sich wie jeden Abend vor den Spiegel, riss das Laken herunter und sagte ihren Spruch auf. »Spieglein, Spieglein an der Wand, zeig mir meinen Zwilling in meinem Heimatland.«

Die Spiegelfläche kräuselte sich, setzte sich in Bewegung, und Lena schnappte nach Luft. Endlich! In Lenas Sterne-Schlafanzug und mit ihren Puschelhausschuhen stand die böse Königin vor Lenas Bett und blickte in den Spiegel.

»Wieso hast du dich seit Wochen nicht gezeigt?«, fuhr Lena sie an.

»Du hast angefangen«, konterte Luna. »Zuerst habe ich jede Nacht versucht, mit dir zu reden, nur warst du da sonst wo.«

»Hast du mich in den letzten Nächten nicht rufen gehört?«

»Klar. Aber Strafe muss sein.«

»Du …«, zischte Lena.

»Wie auch immer«, unterbrach sie Luna, »ich muss dir dringend etwas erzählen.«

»O ja! Was treibst du mit meiner Familie? Sag mal, geht's noch? Du kannst nicht …«

»Später! Es gibt etwas viel Wichtigeres. Ich weiß, wer …«

Das Bild der Königin begann zu flackern, als wäre der

Spiegel kaputt. Lena trat schnell vor und klopfte wie bei einem alten Fernseher auf den Rahmen. Der Ton war nur noch verzerrt, als hätte sie schlechten Empfang. Lena verstand nichts, nur das Wort »Märchen«.

Luna hielt ein Buch vor das flirrende Bild, und dann wurde der Spiegel schlagartig dunkel.

Mit seiner unheimlichen Stimme fragte er wie jeden Abend: »Frau Königin vor mir, wollt Ihr wissen, wer die Schönste ist hier?«

»Nein.« Lena wollte gerade wieder das Laken überhängen, als von draußen Hufgetrappel und das Rattern einer Kutsche ertönte. Sie trat ans Fenster und lugte hinter dem Vorhang hinaus auf den Schlosshof.

Eine mit goldenen Schnitzereien verzierte Kutsche fuhr vor. Um die Kutsche versammelten sich sofort unzählige Bedienstete und halfen einem Mann beim Aussteigen. Obwohl die Diener Fackeln herbeigetragen hatten, konnte Lena das Gesicht des Mannes auf die Entfernung nicht erkennen. Dennoch war sie sich sicher: Gerade war der König zurückgekehrt, um morgen am Geburtstagsball seiner Tochter teilzunehmen.

Voller Unbehagen kroch Lena zurück ins Bett. Sie würde heute Nacht unmöglich schlafen können. Was, wenn er merkte, dass sie nicht die Königin war? Ein weiterer Gedanke drängte sich ihr auf: Hatte die Rückkehr des Königs etwas damit zu tun, dass ihr Gespräch mit Luna abgebrochen war?

16. Ein Ballkleid für Schneewittchen

Nach wenigen Stunden unruhigen Schlafs erwachte Lena am nächsten Morgen und stieg wie gerädert aus dem Bett.

Tine betrat mit einer Schar Kammerzofen das Gemach. »Der König verlangt nach Euch. Er ist heute Nacht eingetroffen und will nun mit Euch und der Prinzessin frühstücken.«

Mehrere Zofen hielten ein schweres dunkelblaues Kleid, kiloweise Schmuck und anderen Krimskrams.

Lena verzog das Gesicht. »Holt mir bitte eins meiner üblichen Kleider, die ich in den vergangenen zwei Wochen getragen habe.«

Sie hatte die königliche Garderobe gewaltig umgestellt, weil sie es hasste, morgens stundenlang geflochten, geschminkt und zurechtgemacht zu werden. Als Königin sollte sie in diesem Schloss zu Hause sein, deswegen hatte sich Lena einen Schwung bequemer Kleider mit weichen Schnürungen zugelegt. Es war ein und dasselbe Modell in verschiedenen Pastellfarben. Dazu bequeme flache Schuhe, keinen Schmuck – sie wollte Lunas Juwelen nicht aus Versehen verlieren oder beschädigen – und einen französischen Zopf. Der hielt den ganzen Tag, war bequem, schnell geflochten und sah nach Frisur aus.

Die Kammerzofen tauschten irritierte Blicke.

»Frau Königin«, begann Tine, »Ihr habt den König seit einigen Wochen nicht gesehen ...«

»Genau. Ich sollte mich so schnell wie möglich fertig machen, um ihn zu begrüßen.«

Die Zofen eilten hinaus und kamen kurze Zeit später mit einem grünen Kleid zurück. Lena klatschte sich ein bisschen Wasser ins Gesicht, und Tine verpasste ihr die übliche Frisur, nur flocht sie heute besonders sorgsam.

Voller Unbehagen stieg Lena die Treppe hinab und betrat mit einem aufgesetzten Lächeln den königlichen Speisesaal. Heute Nacht würde alles enden.

Der König saß am oberen Ende einer langen Tafel und wurde gerade von mehreren Dienern umsorgt. Hannah war noch nicht da. Rechts und links vom König war der Tisch mit Geschirr eingedeckt. Er sah genauso aus wie auf dem Porträt in der Eingangshalle, es hätte gestern erst gemalt worden sein können. Er war nicht älter, hatte schulterlanges, welliges braunes Haar, keinen Bart und braune Augen. Als Lena hereinkam, musterte er sie von oben bis unten. Sein Blick machte sie nervös, und sie strich sich über das Kleid. Mit einem gezwungenen Lächeln schritt sie zum Tisch.

Verdammt, sie hatte Tine nicht gefragt, auf welcher Seite des Königs die Königin normalerweise saß. Die eine Seite des Tisches war mit prächtigem Geschirr gedeckt, mehrere Gläser standen davor. Die Serviette war sorgfältig zu einem Schwan gefaltet, während die andere Seite zwar elegant und ordentlich, im Vergleich zur anderen allerdings lieblos hergerichtet war. Lena atmete auf, das war ihr Ziel.

Sie wartete, bis ihr der Stuhl zurechtgeschoben wurde, und setzte sich. Der König beobachtete sie mit schmalen Augen.

Was würde Luna sagen? Etwas Schmeichelhaftes. »Was

für eine Freude, dass Ihr wohlbehalten zum Geburtstag unserer geliebten Tochter zurückgekehrt seid.«

»Meiner Tochter«, korrigierte sie der König.

Lena dachte fieberhaft nach. Wie sprach Luna den König eigentlich an? Mein Gemahl? Mit Vornamen? Vornamen benutzten sie hier nicht. Mein König? Mein königlicher Gemahl? Ja. Das klang gestelzt und hochtrabend genug.

Der König wandte sich an einen Diener. »Wo ist meine Tochter?«

»Sie macht sich gerade fertig, Eure Hoheit.«

»Ich kann es kaum erwarten, sie wiederzusehen. Ist sie wohlauf?«

»Ja«, antwortete der Diener mit einer Verbeugung und einem unsicheren Blick in Lenas Richtung. Ihn wunderte es wohl gerade selbst, dass es Hannah gut ging. Als hätten sie alle etwas anderes erwartet.

»Es geht ihr prächtig.« Lena nahm sich ein Milchbrötchen. »Die Prinzessin hat rege an der Gestaltung ihres Geburtstagsballs teilgenommen.«

Der König hob eine Augenbraue. »Habt Ihr sie gezwungen, Eure Aufgaben zu übernehmen?«

»Nein.« Sie konnte es ihm nicht verübeln, dass er ihr gegenüber so misstrauisch war. Die Königin, die er kannte, hätte wahrscheinlich genau das gemacht. »Nichts dergleichen. Ich habe Eure Tochter lediglich nach ihrer Meinung gefragt und habe ihre Wünsche dann umgesetzt.«

»So?« Der König wirkte sehr überrascht.

»Habt Ihr den Ballsaal bereits gesehen?«, fragte Lena.

»Ich werde ihn gleich nach dem Frühstück zusammen mit meiner Tochter in Augenschein nehmen. Dann kann sie mir erzählen, wie sie die Vorbereitungen empfand.«

»Das ist großartig!«

»Was genau?«, hakte der König nach.

»Dass Ihr Zeit mit Eurer Tochter verbringt.« Das war Lenas Wink mit dem Zaunpfahl an den König, sich gefälligst mehr um seine Tochter zu kümmern.

»Ich hoffe, der Ballsaal ist in den Farben gehalten, die die unvergleichliche Schönheit meiner Tochter zum Ausdruck bringen.«

»O ja«, sagte Lena begeistert. »Sie wird heute Abend alles überstrahlen. Die Dekoration ist bewusst so gewählt, dass unser Schneewittchen der Blickfang des Festes wird.«

Der König hatte aufgehört zu essen, saß jetzt einfach nur unbewegt da und starrte Lena an. »Ist mit Euch alles in Ordnung?«

Lena langte sich an die Stirn, wo eine zarte Narbe von der Wunde zurückgeblieben war. »Nach dem Sturz habe ich noch manchmal Kopfschmerzen. Ansonsten geht es mir gut. Eure Nachfrage ist mir eine Freude.«

Der König erwiderte nichts darauf. Nachdenklich trommelte er mit den Fingern auf den Tisch. »Nun denn. Wo bleibt meine Tochter?«

Ein Diener machte sich mit einer Verbeugung auf, um hinauszueilen, als sich die Tür öffnete und Hannah den Raum betrat. Sie hatte ihre übliche leichte Kleidung an, die ihr wunderbar stand, da sie ihre Jugend und zarte Schönheit betonte.

Der König erhob sich und breitete die Arme aus. »Mein Kind. Herzlichen Glückwunsch zum Geburtstag! Du wirst von Tag zu Tag schöner.«

Hannah lächelte, ging ein paar Schritte auf ihn zu und erstarrte mitten im Schritt. Sie wurde noch blasser als sonst.

Der König eilte ihr entgegen. »Mein Kind, ist alles in

Ordnung? Fühlst du dich nicht wohl?« Er legte ihr einen Arm um die Schultern.

Sie verkrampfte sich. »Doch, Vater.«

Er führte sie zum Tisch und funkelte Lena dabei an. »Habt Ihr etwas damit zu tun, dass es meiner Tochter nicht gut geht?«

»Mir geht es gut«, sagte Hannah schwach.

Lena sprang auf und eilte an Hannahs Seite. Der König half Hannah auf den Stuhl, Lena setzte sich neben das Mädchen und nahm ihre Hand.

»Alles gut bei dir?«, fragte sie leise.

Hannah starrte Lena an. Ihre schneeblasse Haut glich jetzt eher weißem Kalk. Lena schenkte Hannah etwas Wasser ein und reichte ihr den Becher.

»Ha!«, rief der König.

Lena fuhr zusammen und blickte verwundert hoch.

Der König entriss ihr den Becher und rief den Mundschenk herbei. »Koste das.«

Der Mundschenk begann zu zittern.

»Was wollt Ihr mir unterstellen?« Lena sprang von ihrem Stuhl auf.

»Los«, fuhr der König den Mundschenk an.

Der führte den Becher mit zitternden Händen zum Mund und nippte daran.

»Trink es aus«, beharrte der König.

Der arme Mann leerte den Becher. Drückende Stille breitete sich im Speisesaal aus, während alle den Mundschenk beobachteten. Nichts passierte.

Hannah atmete tief durch, wandte sich dann an den König und nahm seine Hand. »Vater, mir geht es gut. Ehrlich. Ich habe heute kaum geschlafen, und die freudige Nachricht über Eure Rückkehr hat mir wohl etwas die

Sinne verwirrt. Vielleicht war Euer Anblick zu viel der Freude gewesen.«

»Warum hast du schlecht geschlafen?«, fragte der König.

»Ich bin so aufgeregt wegen des Balls heute.«

»Ich verstehe«, sagte der König. »Dir wird es bestimmt besser gehen, wenn du erst mein Geschenk gesehen hast.«

»Vater, wenn Ihr entschuldigt, würde ich mich gern in mein Zimmer zurückziehen, vor Aufregung ist mir ganz flau im Magen. Vielleicht brauche ich noch ein wenig Schlaf.«

Lena überlegte. Hannah hatte zu keinem Zeitpunkt einen besonders aufgeregten Eindruck gemacht. Sie war eine Königstochter und Bälle gewohnt. Was war also los? Als sie den Raum betreten hatte, hatte sie noch normal gewirkt, erst als sie den König gesehen hatte, hatte sie schockiert reagiert. Lena musste unbedingt mit ihr reden. Und zwar allein.

Hannah verließ den Speisesaal, und Lena wurde ab dieser Minute auf Schritt und Tritt bewacht und beobachtet. Der Leibarzt verordnete Hannah strikte Ruhe vor dem Ball. Lena fand den ganzen Tag über keine Gelegenheit, mit Hannah zu reden, ohne dabei verdächtig zu wirken.

Beschäftigt mit den letzten Vorbereitungen merkte Lena nicht, wie der Tag verflog, und schon war es später Nachmittag und Tine scheuchte sie so ehrerbietig wie möglich in ihr Gemach, um sie für den Ball fertig zu machen.

Eine Sache musste sie allerdings vorher noch erledigen. Lena hatte sich für Hannah ein ganz besonderes Geschenk überlegt und wollte die Übergabe nutzen, um allein mit Hannah reden zu können.

Sie erbat sich von Tine noch ein paar Minuten Zeit, bevor die Amme sie in die Badewanne steckte, und eilte ins Dachgeschoss der Königin, wo sie den Beutel mit Rosas Zuckervögeln und Rumpelstilzchens Ästen versteckt hatte.

Sie holte die zwei Äste heraus, nahm beide in die Hand und sprach ihren Wunsch aus: »Bitte, ich brauche zwei Kleider. Eines für Hannah. Es soll unvergleichlich sein und ihre Schönheit betonen. Das andere soll für mich sein. Elegant und nicht zu auffällig. Es soll viel schlichter als das von Schneewittchen sein. Es ist ihr Tag. Ich möchte in dem Gewand wie die Königin des Schlosses und Mutter des Geburtstagskindes aussehen, nicht wie das Geburtstagskind selbst.«

Dann brach sie die Äste entzwei. Das Holz knackte, und aus den Bruchstellen quoll Stoff hervor. Mit klopfendem Herz zog Lena meterweise Stoff heraus und faltete die Kleider auseinander.

Schneewittchens Robe war in den Farben Rot und Gold gehalten und mit Edelsteinen besetzt. Das Kleid hatte eine Schleppe, aus der passender Haarschmuck, Ohrringe, eine Kette sowie ein Armreif und ein Gürtel herausfielen. Sogar an Schuhe hatte Rumpelstilzchen gedacht. Das Kleid war so atemberaubend schön, dass selbst Aschenputtel neidisch werden würde.

Lenas Kleid war in den Farben Grau und Dunkelgrün gehalten, es wurde nur vereinzelt von farblich passenden Edelsteinen an den Säumen geschmückt, hatte keine Schleppe, war hochgeschlossen und relativ schmal geschnitten. Auch hier lagen passende Accessoires bereit.

Lena rief nach Tine. Zusammen trugen sie die Sachen hinunter und breiteten sie auf dem Bett aus. Gerade wollte Lena die Amme losschicken, um Hannah zu holen, als es an der Tür klopfte.

Zusammen mit der Obersten Kammerzofe und einer Schar Dienerinnen betrat Hannah das Zimmer. »Wegen des Balls muss ich unbedingt noch eine Sache mit Euch klären, Frau Mutter.« Das Mädchen sprach offiziell, hatte wohl auch nach einem Vorwand gesucht, um mit Lena zu reden.

»Wie gut, dass du hier bist«, sagte Lena. »Ich wollte eben nach dir schicken lassen. Ich habe dir dein Geburtstagsgeschenk noch nicht überreicht. Alles Gute, Liebes!« Lena trat zur Seite und gab den Blick auf Hannahs Kleid auf dem Bett frei.

Das Mädchen quiekte und schlug sich die Hände vor den Mund, die Zofen erstarrten. Hannah ließ die Arme sinken, rannte auf Lena zu und fiel ihr um den Hals. »Es ist so schön! Danke!« Dann trat sie zum Kleid und strich vorsichtig darüber. »Ist es wirklich für mich?«

Lena trat neben sie. »Es freut mich, dass es dir gefällt«, sagte sie laut und flüsterte: »Was war heute früh los?«

Hannas Lächeln verschwand, was außer Lena niemand sah, denn sie standen mit dem Rücken zu den Anwesenden. »Ich habe mich plötzlich an meinen Vater erinnert«, flüsterte Hannah, beugte sich zu Lena und raunte ihr ins Ohr: »Und es ist nicht der König.«

»Was ...?« Weiter kam Lena nicht, denn in die Kammerzofen kam nun Leben. Aufgeregt schnatternd umringten sie Hannah und Lena. Sie bewunderten das Kleid, und weil es nun wirklich an der Zeit war, sich fertig zu machen, zogen sie Schneewittchen hinaus. Ihr Kleid und die Accessoires nahmen sie mit.

»Wir reden später in Ruhe«, rief Lena ihr hinterher. »Mach dir keine Sorgen. Ich bin da.«

Hannahs ängstlicher Gesichtsausdruck beim Verlassen des Zimmers brach Lena das Herz. Sobald sich die Tür hinter Hannah geschlossen hatte, winkte Lena die Amme zu sich. »Du musst so schnell wie möglich für mich auskundschaften, ob es im Schloss jemanden gibt, der die Königin vor mir hier im Schloss erlebt hat.« Lena dachte nach. »Finde heraus, wann und von wem die Bediensteten eingestellt wurden.«

»Warum ...?«

»Hast du den König jemals gesehen, bevor du mit mir ins Schloss gezogen bist?«

»Nein.« Tine weitete die Augen. »Vermutest du etwa ...?«

»Sch!« Lena sah sich um. »Ja. Du musst vorsichtig sein. Auf dem Ball, wenn alle abgelenkt sind, werden sie deinen Fragen keine Bedeutung beimessen und unter den Eindrücken des Festes später nicht mehr daran denken.«

»Oh, das ist gar nicht gut«, murmelte Tine und begann Lena herzurichten.

Als die Amme fertig war, betrachtete sich Lena im riesigen Spiegel. Alles an ihrem Outfit schrie nach Zurückhaltung und Würde. Ihr Spiegelbild begann zu vibrieren. Lena spürte den Ärger des Spiegels, und sie wusste, warum er wütend war: Sie hatte ihm einen Strich durch die Rechnung gemacht.

Als Lena gerade ihr Gemach verlassen wollte, bemerkte sie etwas auf dem Bett. Da lagen ein goldener Gürtel und ein roter Kamm mit einem Rosenmuster darauf, sie gehörten zum Outfit von Hannah. Die Kammerzofen hatten sie wohl bei den vielen anderen Accessoires übersehen.

Lena bekam eine Gänsehaut. Das war genau das, womit die böse Stiefmutter im ursprünglichen Märchen versucht hatte, Schneewittchen umzubringen. War das ein Wink des Schicksals? Sie nahm den Kamm in die Hand, strich mit dem Finger darüber und roch daran. Kein Gift oder Sonstiges klebte daran. Vorsichtshalber wischte sie den Kamm noch mal sorgfältig an ihrem Ärmel ab. Er hinterließ keine Spuren. Dann hob Lena den Gürtel vom Bett und betastete ihn. Keine Nadeln oder Ähnliches waren darin verborgen.

»Soll ich Schneewittchen die Sachen bringen?« Tine trat in ihrem Festtagskleid zu Lena.

»Nein, ich mache das selbst.« Lena hatte das Gefühl, als müsste sie das erledigen, um in der Geschichte weiterzukommen. Im Märchen war es so festgeschrieben, dass die Stiefmutter Schneewittchen einen Kamm in die Haare stecken und einen Gürtel umbinden musste.

Von einem Apfel hatte sie Schneewittchen bereits kosten lassen. Das Mädchen hatte sich an einem Apfelstück verschluckt und war dabei nicht gestorben. Im Gegensatz zu Luna, der echten Stiefmutter, konnte sie das alles mit einem guten Ausgang bewerkstelligen. In Gedanken versunken erreichte Lena Schneewittchens Gemach.

Die Oberste Kammerzofe öffnete ihr. »Die Königstochter ist noch nicht fertig.«

Lena verengte die Augen. Tine hatte ihr ein paar Gesichtsausdrücke der Königin beigebracht. Die Oberste Kammerzofe verbeugte sich hastig und trat zur Seite. Es hatte durchaus seinen Reiz, Macht zu haben, so beseitigten sich manche Hindernisse wie von selbst.

»Frau Mutter«, rief Hannah erfreut und schob sich aus dem Pulk Kammerzofen, die an ihr herumzupften.

»Wow«, entfuhr es Lena wenig königlich. Das Kleid sah an ihr atemberaubend aus. Es betonte ihre Jugend und ihre Verspieltheit, war prächtig und dennoch nicht kitschig.

Verlegen blickte Hannah an sich hinunter. »Wie gefällt es Euch?«

»Du bist wunderschön.«

Lachend drehte sich Hannah um die eigene Achse. »Danke, Frau Mutter! Das ist das schönste Geschenk, das ich jemals erhalten habe.«

»Es fehlt nur noch eine Kleinigkeit. Sieh mal, das hast du vergessen.« Lena zeigte ihr Kamm und Gürtel. »Darf ich?«

»Ja.« Hannah trat zu Lena und drehte sich mit dem Rücken zu ihr.

Lena fand die perfekte Stelle in Hannahs Frisur, wo genau solch ein Kamm fehlte, und steckte ihn vorsichtig hinein. Es wurde ganz still im Zimmer, niemand sagte ein Wort.

»Ist es so angenehm?«, fragte Lena.

»Ja.« Hannah betastete den Kamm an ihrem Hinterkopf.

»Und nun den Gürtel.« Lena griff um Hannahs Taille und band ihr den Gürtel um. Sie achtete darauf, ihn nicht zu fest zu verknoten. Zur Sicherheit steckte sie noch kurz ein paar Finger zwischen Hannah und den Gürtel. »Ist er nicht zu fest?«

»Nein, er sitzt perfekt.« Um es zu demonstrieren, atmete Hannah tief ein und aus, drehte sich zu Lena und nahm ihre Hand.

Lena beugte sich zu ihr und flüsterte: »Wegen des Königs. Ich bin schon dabei, mich darum zu kümmern.«

Als sie dem Mädchen wieder ins Gesicht sah, hatte Hannah Tränen in den Augen. »Warum konnte das nicht schon früher so zwischen uns sein? In den letzten Tagen hatte ich oft den Albtraum, dass Ihr plötzlich wieder die Alte werdet.«

Ihre Worte lasteten schwer auf Lenas Seele. Bald würde Luna zurückkehren, und dann würden sich Schneewittchens Befürchtungen bewahrheiten. »Liebes, wir alle ändern uns bisweilen. Und es ist möglich, dass ich mich eines Tages wieder daran erinnere, wer ich einmal war. Aber nach dem heutigen Abend wirst du nie wieder allein oder schutzlos sein. Du wirst einen Menschen an deiner Seite haben, der dich über alles liebt und dich vor allen Gefahren dieser Welt beschützen wird.«

Hannah würde heute Nacht ihrer großen Liebe, dem Prinzen, begegnen, und dann konnte die böse Königin zurückkehren. Sie hätte keinen Grund mehr, Hannah etwas anzutun, weil Hannah dann bald das Königreich verlassen würde. Und wenn sie sich trotzdem entschließen sollte, sich Schneewittchen mit unguten Absichten zu nähern, würde der Prinz seine große Liebe beschützen.

Lena gab Hannah einen Kuss auf die Stirn und eilte hinaus, bevor sie selbst anfing zu heulen. Unten vor dem Schloss war bereits das Rattern von Kutschen und Hufgetrappel zu hören.

17. Der Märchenball

Lena hatte sich dazu entschieden, alle Gäste persönlich zu begrüßen. Sie hatte gemerkt, dass etwas mit den Bewohnern der Märchenwelt geschah, sobald sie sie berührte. Das hatte sie nun auch mit allen Gästen vor. Sie spürte tief im Inneren, dass es wichtig war.

Als Erstes kam der niedere Adel, wie Tine ihr mitteilte. Die Amme blieb hinter ihr und flüsterte ihr zu, wer gerade das Schloss betrat. Erstaunt verbeugten sich die Ankömmlinge vor der Königin. Unzählige Diener standen in der Eingangshalle bereit, sie versorgten alle sofort mit Getränken und führten sie in den Ballsaal. Lena hatte alles durchdacht. In der Eingangshalle sollte kein Stau entstehen, und die Gäste mussten unverzüglich mit einem Begrüßungsgetränk und Häppchen zufriedengestellt werden.

Lena bekam viele Komplimente, die sie aufrichtig erwiderte. Von der Königin höchstpersönlich für ihre Aufmachung gelobt zu werden, hob die Stimmung der Gäste in den Himmel und sorgte für einen guten Start.

Nach etwa einer Stunde, als schon der höhere Adel hereintröpfelte, begann die Luft in der Eingangshalle auf einmal zu knistern. Die Funken sammelten sich zu bunten Lichtpunkten, und dann spannte sich ein Regenbogen durch die riesige Eingangshalle, die verschiedenen Farben des Bogens trennten und bündelten sich. Langsam manifestierten sich aus dem Licht Gestalten und nahmen die Form von Feen an. Von jungen, mädchenhaften Feen über erwachsene Frauen bis zu älteren Großmütterchen war alles dabei. Im Gegensatz zu den Waldfeen waren sie so groß wie Menschen. Sie legten unter den begeisterten Rufen des Publikums ein Tänzchen in der Luft hin und verstreuten mit ihren Zauberstäben und Flügeln gekonnt bunten Feenstaub.

Lena befand sich gerade in einem wahr gewordenen Märchentraum. Sie zählte nach. Zwölf Feen, eine fehlte. Die dreizehnte Fee war nicht da, obwohl Lena ihr zur Sicherheit mehrere Einladungen geschickt hatte.

Wie ein Schwarm aufgeregter Wellensittiche umringten die Feen Lena. »Frau Königin«, plapperten sie durcheinander.

»Danke für die Einladung!«

»Sind wir ein wenig zu früh?«

»Ach, hier sieht es wunderbar aus!«

»Ich bin schon ganz aufgeregt.«

Allein ihre Anwesenheit verströmte pures Glück. Es war richtig gewesen, sie einzuladen. Lena ließ sie quasseln und wartete, bis die erste Aufregung vorbei war.

»Es ist uns eine Ehre, dass Ihr zum sechzehnten Geburtstag unserer Tochter erscheint«, sagte Lena. »Darf ich Euch allen die Hände schütteln?«

Aufgeregt reihten sie sich vor der Königin auf und gaben ihr eine nach der anderen die Hand. Lena merkte, dass es etwas mit ihnen machte. Einige blickten Lena erstaunt in die Augen. Anderen entfuhr ein »Oh« und sie sahen sich um, als würden sie erwachen. Vielleicht war es der Kontakt mit jemandem von der Außenwelt, der sie ihre eigene Welt etwas anders, vielleicht realistischer wahrnehmen ließ. Lena wusste es nicht, aber das war die einzige Erklärung, die ihr einfiel. Lena fragte jede nach ihrem Namen. Sie hießen Albina, Rubina, Violetta, Rosetta, Verdina, Narcissa, Lillia, Margarita, Rosa, Flora, Dalia und Iris. Während sie ihre Namen aussprachen, strahlten sie so hell auf, dass Farbkleckse auf den Wänden der Eingangshalle zurückblieben, aus denen Blumen sprossen.

Ein Diener wollte die Feen in den Ballsaal begleiten, doch sie lehnten ab. »Wir werden der Königin ein wenig Gesellschaft leisten«, sagte die älteste von ihnen.

Lena wollte widersprechen, die jüngste hob jedoch eine Hand. »Vertraut uns. Es wird das Fest bereichern, wenn wir hierbleiben.«

Kurze Zeit später begriff Lena, was die Feen damit meinten.

Nachdem die Adligen des Landes, Zauberwesen, Waldgeister und das Märchengetier das Schloss betreten hatten – sogar die sieben Geißlein mit ihrer Mutter waren erschienen –, kamen die einfachen Leute schüchtern zum Ball. Lena hatte auch Bauern und Handwerker eingeladen, denn für sie gab es keinen Unterschied zwischen Adel, Zauberwesen, sprechenden Tieren und einfachem Volk. Alle hatten sich so gut es ging herausgeputzt.

Und dennoch. Als die einfachen Leute kamen, hörte das Märchen auf. Es war zum Schreien, und Lena konnte kaum glauben, mit welcher Arroganz die Adligen auf das einfache Volk herabsahen. Sogar die Diener des Schlosses drückten sich davor, die einfachen Leute in den Ballsaal zu führen und sie zu bedienen.

Hier begannen die Feen, ihren guten Zauber zu wirken. Voller Begeisterung überzogen sie alle, die schon da waren, und die Neuankömmlinge mit ihrem glitzernden Feenstaub. Die Menschen sahen danach nicht besser aus, der Staub öffnete lediglich die Herzen von einigen und schenkte anderen Zuversicht.

Sehr schnell durchmischten sich alle. Die Adligen und Zauberwesen kamen mit den einfachen Menschen ins Gespräch, sie tranken, aßen, lachten und scherzten miteinander.

»Ich danke Euch«, sagte Lena zu den Feen, »dass Ihr diesen Ball auf eine so wunderbare Art und Weise bereichert.«

Lena war bereits seit zwei Stunden am Empfang. Der, auf den sie am meisten wartete, kam und kam nicht. Langsam wurde Lena nervös. Wo blieb die große Liebe von Schneewittchen, der Königssohn aus dem Reich hinter den sieben Bergen?

Ungeduldig hielt sie nach ihm Ausschau, und endlich war es so weit, seine Kutsche fuhr als letzte vor. An der Tür prangte ein Wappen, auf dem sieben Berge abgebildet waren. Sobald die Kutsche stand, sprang ein Diener vom Kutschbock, riss die Tür auf und verkündete: »Der Prinz aus dem Reich hinter den sieben Bergen.«

Lena atmete auf. Gespannt wartete sie, wer der Kutsche entsteigen würde. Es war ein großer schlaksiger Mann, den Hut hatte er tief ins Gesicht gezogen, darunter lugten weißblonde Haare hervor. Er und Schneewittchen würden wunderbar zusammen aussehen, weil allein schon ihre Haare einen tollen Kontrast zueinander bildeten.

Erst als er die hell erleuchtete Eingangshalle betrat, hob er den Kopf und nahm den Hut ab. Lenas hielt die Luft an. Marc!

Der Prinz stellte sich Lena als Marcel vor. Er hatte eine angenehme Stimme und einen festen Händedruck. Die Feen umringten schnatternd den jungen Mann, sie waren vom Prinzen völlig entzückt. Den Blicken der Umstehenden nach zu urteilen, waren das alle. Marcel sah gut aus, war charmant, freundlich, hatte Lena mit einer respektvollen Verbeugung begrüßt und verteilte nun Komplimente an die Feen.

Lena bekam das Bild nicht aus dem Kopf, wie sein Zwilling in der anderen Welt von der Polizei, genauer gesagt von Jan, abgeführt worden war. Das musste nichts heißen. Wahrscheinlich hatte Luna ihm und Anna böse zugesetzt.

Und dennoch, etwas störte Lena, sie konnte es nicht benennen. Ein furchtbarer Verdacht kam ihr, als sie als Letzte hinter den kichernden Feen und dem Prinzen den Ballsaal betrat. War sie auf Schneewittchen eifersüchtig? Missgönnte sie dem Mädchen sein zukünftiges Glück? Sprach da Luna aus ihr?

Niemand hatte die Einladung ausgeschlagen. Alle außer der dreizehnten Fee waren gekommen und fanden nun in dem überdimensionalen Ballsaal Platz. Seine teilweise verspiegelten Wände und die mit einem strahlenden Himmel bemalte Decke ließen den Ballsaal optisch noch größer wirken, und der Menschenmasse war es hier weder zu heiß noch zu laut. Lena hatte mithilfe der Waldgeister überall Pflanzen wachsen lassen. Alles, was nicht Spiegel, Fenster, Tür, Boden oder Decke war, blühte, grünte und schluckte Lärm. Tausende Kerzen erhellten den Saal, überall huschten Diener umher und verteilten Häppchen und Getränke an die Gäste.

Ein Orchester spielte leise Hintergrundmusik. Den ersten Tanz würde der König mit seiner Tochter eröffnen. Damit es nicht zu heiß wurde, waren die großen Türen geöffnet, und durch sie hindurch sah man einen sommerlichen Park. Überall schwebten verzauberte Lampions und erhellten die festlich gedeckten Tische. Das Abendessen

würde draußen stattfinden. Der Ballsaal war anfangs für
den Aperitif bestimmt, später sollte hier getanzt werden.

Endlich wurden der König und Schneewittchen ange-
kündigt. Es wurde still, alle drehten sich zur breiten Tür,
sie schwang auf und Schneewittchen betrat am Arm des
Königs den Ballsaal. Bei ihrem Anblick begannen die Gäste zu tuscheln und zu wispern.

Hannah war wunderschön, mit leicht geröteten Wangen schritt sie durch den Saal. In einer Gruppe standen
die sieben Zwerge beisammen und bewunderten Schneewittchen. Als sie an ihnen vorbeiging, zögerte sie und
blieb stehen. Auch die Zwerge wurden still. Lena hielt die
Luft an. Spürten sie eine Verbindung zwischen sich? Der
Gesichtsausdruck des Königs erschreckte Lena. Mit zu-
sammengepressten Lippen starrte er die Zwerge an. Diese
verbeugten sich schnell vor ihm, und schon ging Hannah
weiter. Die Zwerge hoben vorsichtig die Köpfe und sahen
sich unsicher an.

Der König führte Hannah zum oberen Ende des Ballsaals, wo drei Throne aufgestellt waren. Der größte und
goldene in der Mitte für den König, rechts ein silberner
mit hellblauem Kissen für Schneewittchen und links ein
schwarzer und relativ schlichter für die Königin.

Lena war es egal, worauf sie gleich sitzen würde. Sie
stand seitlich in der Nähe der Throne und wartete auf die
beiden Ankömmlinge. Der König wirkte angespannt, begrüßte kaum die Gäste, sondern stierte nur vor sich hin.

Als Schneewittchen Lena erblickte, löste sie sich von
ihrem Vater, eilte auf ihre vermeintliche Stiefmutter zu
und fiel ihr um den Hals. »Danke. Es ist so wunderschön
geworden. Und habt Ihr die Gäste gesehen? Alle sind so
glücklich.«

»Ja.« Lena legte die Arme um das Mädchen. »Und die Schönste von allen bist du.«

Schneewittchen löste sich von Lena, sie hatte Tränen in den Augen. Der König räusperte sich, er war stehen geblieben und beobachtete nun mit schmalen Augen die herzliche Szene zwischen seiner Frau und Tochter.

Lenas und seine Blicke trafen sich, und eine Gänsehaut lief ihr den Rücken hinunter. Er sah aus, als würde er Lena am liebsten den Hals umdrehen. Nun ja, sie hatte das ungeschriebene Gesetz aller Märchen, dass die Stiefmütter böse zu sein hatte, gebrochen und das eine oder andere Ereignis hier verändert. Vielleicht spürte er, dass die Geschichte, in der er eine Nebenrolle spielte, eine andere Wendung genommen hatte.

Hannah nahm Lenas Hand und zog sie zum König. Er wandte sich demonstrativ von Lena ab und schritt nun einfach allein weiter zum Thron. Das Gemurmel und Gewisper im Thronsaal veränderte sich. Das würde großartigen Klatsch und Tratsch im Märchenland abgeben. Lena hatte schon die Schlagzeilen vor Augen: *Zwist im Königshaus. Plant der König die Hinrichtung der Königin?* Ein Glück, dass es hier keine Zeitungen gab. Lena würde dem König keinen Grund geben, sie hinrichten zu lassen. Weder sie noch Luna.

Schneewittchen und Lena lösten sich voneinander und setzten sich rechts und links neben den König. Lena bemerkte die erstaunten Blicke der Anwesenden, die zwischen ihr und Schneewittchen hin und her huschten. Hier war wohl niemand den Anblick einer vergleichsweise bescheiden angezogenen bösen Königin gewohnt. Lena lächelte zufrieden in die Runde. Überraschung gelungen.

Sie suchte die Masse ab und hielt Ausschau nach Prinz Marcel. Hatten sich seine und Schneewittchens Blicke bereits getroffen? War es um die beiden schon geschehen? Hatte die Liebe auf den ersten Blick zugeschlagen? Sie konnte ihn nirgendwo entdecken, und auch Schneewittchen machte keinen aufgeregt verliebten Eindruck.

Der König erhob das Wort, und es wurde still im Saal. »Willkommen zum sechzehnten Geburtstag meiner nun erwachsenen, unvergleichlich schönen Tochter. Genießt das Fest und macht diesen Abend für uns alle unvergesslich.«

Als er endete, erhob sich Hannah, was der König mit einer hochgezogenen Augenbraue quittierte.

»Vater, ich möchte auch noch ein paar Worte an meine Gäste richten.« Er nickte knapp und Schneewittchen trat vor.

»Willkommen zu diesem zauberhaften Fest. Danke, dass Ihr meiner Einladung gefolgt seid. Insbesondere möchte ich meiner Mutter, Frau Königin, danken, dass sie all die Pracht und den Zauber in unser Schloss geholt hat, um uns allen diesen wundervollen Abend zu ermöglichen.«

Wieder begannen die Gäste zu murmeln. Es war kein ungläubiges, sondern ein wohlwollendes Geräusch. Anerkennend nickend wandten sich die Gäste Lena zu.

Mit einem breiten Lächeln begann Hannah zu klatschen. Alle fielen in den Beifall für Lena ein. Panisch überlegte Lena, was die Königin in diesem Fall wohl tun würde oder müsste. Sie stand auf und konnte sich gerade so eine Verbeugung verkneifen. Stattdessen hob sie die Hand und winkte behäbig, wie sie es aus den Dokumentationen über königliche Familien kannte. Dabei lächelte sie so hoheitsvoll wie möglich.

Eine neue Schlagzeile ploppte in Lenas Gedanken auf: *Versöhnung zwischen Schneewittchen und der bösen Stief-*

mutter. Hat die gütige Prinzessin endlich das kalte Herz der böse Königin erobert?

Als der Applaus abebbte, breitete Hannah die Arme aus und rief mit klingender Stimme: »Und nun lade ich Euch alle ein, mit mir nach draußen zu kommen und zu speisen.«

Die Bediensteten hatten ihre Tabletts mit den Häppchen und Getränken abgestellt und begannen, die Gäste hinauszubegleiten und ihnen Plätze zuzuweisen. Hannah und Lena hatten sich eine Tischordnung ausgedacht, bei der das Volk, die Adligen und Zauberwesen schön durchgemischt saßen.

Lediglich die dreizehn Feen sollten zusammen und sogar bei ihnen am Tisch bleiben. Lena hatte dafür gesorgt, dass Prinz Marcel gegenüber von Schneewittchen sitzen würde.

Lena betrachtete die Prinzessinnen, Prinzen und königlichen Paare und fragte sich, in welchen Märchen sie wohl eine Hauptrolle gespielt hatten oder noch spielen würden. Oder fanden ihre Geschichten gerade statt? Vielleicht waren hier sogar die Nachkommen oder Vorfahren von Aschenputtel oder Dornröschen dabei.

Kurz hatte sich Lena überlegt, den Wolf und die sieben Geißlein mit ihrer Mutter an einen Tisch zu setzen, hatte sich dann allerdings dagegen entschieden. Lena wollte die sieben Geißlein nicht mit dem Anblick traumatisieren, wie der Wolf riesige Stücke Fleisch vertilgte. Stattdessen setzte sie Rotkäppchen und ihre Großmutter zu den sieben Geißlein. Da ihre Geschichten so viel Ähnlichkeit hatten, würden sie bestimmt Gesprächsstoff finden, und Rotkäppchen konnte mit den kleinen Ziegen spielen. In ihrer Nähe saßen die sieben Zwerge und schnatterten glücklich mit anderen Gästen.

Gerade nahmen die zwölf Feen Platz. Lena hatte dafür gesorgt, dass die dreizehnte Fee ihr gegenübersitzen sollte. Leider blieb ihr Platz frei. Lena seufzte. Sie hatte fünf Kuriere und fünf Tauben losgeschickt, um der dunklen Fee die Einladung zu überbringen. Es konnte nicht sein, dass sie alle verloren gegangen waren. Zumindest war hier ein Platz mit einem goldenen Teller für sie gedeckt, sodass sie wohl kaum einen Fluch gegen Schneewittchen aussprechen würde. Der eingedeckte Platz war der Beweis, dass sie eingeladen war.

Lena hatte ursprünglich vorgehabt, die Knusperhexe und Rumpelstilzchen neben sich zu setzen, doch die beiden hatten sich geweigert. Rumpelstilzchen sorgte mit ein paar Waldgeistern dafür, dass sich die Natur nicht gegen den künstlichen Sommer wehrte, und die Knusperhexe hatte darauf bestanden, den Nachtisch selbst zu servieren. Sie wollte sich später, wenn das Essen vorbei war, dem Fest anschließen und nach Wesen Ausschau halten, die gut in den Knusperklub passen würden. Wie beispielsweise die dreizehnte Fee, die fehlte.

Das Essen wurde serviert. Zuerst wurde der königliche Tisch bedient. An diesem Tisch hatten alle persönliche Mundschenke, die dafür sorgten, dass das jeweilige Glas nicht leer und das schmutzige Geschirr sofort abgeräumt wurde.

Während des Essens beobachtete Lena, wie Prinz Marcel Schneewittchen unentwegt anstarrte, allerdings kein Wort zu ihr sagte. Er versuchte nicht einmal, ein Gespräch mit ihr anzufangen. Lena jubilierte innerlich. Dem wortgewandten und charmanten Marcel hatte Schneewittchens Anblick die Sprache verschlagen. Bei ihm zumindest hatte die Liebe auf den ersten Blick zugeschlagen und wirkte nun ihren Zauber. Es machte nichts, dass er gerade nicht versuchte, mit Hannah zu reden. Die Nacht war noch lang.

Es war nicht der Prinz, der Lena Sorgen bereitete. Hannah unterhielt sich mit den Feen und einer Prinzessin, die neben ihr saß, den Prinzen beachtete sie nicht. Es gab auch keine Anzeichen, dass sie dabei war, sich in ihn zu verlieben. Weder wurde sie rot noch verlegen, wenn sich ihre Blicke trafen, sie sah einfach durch ihn hindurch. Nach der Hauptmahlzeit war sich Lena sicher, dass er ihr wirklich egal war. Das war unerwartet und verschlug Lena den Appetit.

Was hatte sie übersehen? Wo war sie falsch abgebogen? Im Märchen hieß es, dass die beiden glücklich zusammenlebten. Es war eindeutig beschrieben, wie sich der Prinz in das leblose Mädchen in dem gläsernen Sarg verliebt hatte. Was bei genauer Überlegung schon merkwürdig war. Er wollte eine Leiche lieben und ehren. Die Zwerge hatten Mitleid mit ihm und überließen ihm den Sarg, doch während des Transports waren die Sargträger gestolpert und Schneewittchen hatte das Apfelstück ausgespuckt. Als sie die Augen aufgeschlagen hatte, was war danach geschehen? Im Märchen fehlte Schneewittchens Perspektive. Hatte sie sich in den Prinzen verliebt? Oder hatte sie ihn einfach geheiratet, weil er ein Prinz war und sie irgendwie gerettet hatte?

Ein ungutes Gefühl breitete sich in Lenas Magen aus. Sie realisierte nicht, was sie serviert bekam, was sie aß und trank. Eine einzige, entsetzliche Frage kreiste in ihrem Kopf. Hatte sie einen Fehler gemacht? Hätte sie nicht versuchen dürfen, die beiden zu verkuppeln?

Einseitige Liebe, die vom Mann ausging, war selten etwas Gutes, vor allem wenn der Mann Macht hatte. Und der Prinz hatte Macht. Obwohl eine Prinzessin, war

Schneewittchen trotzdem nur eine junge Frau in einem Märchen, das von alten Gesellschaftsvorstellungen geprägt war. Hier konnte der König die Königin köpfen lassen, sie ihn dagegen nicht. Hier konnte der Prinz eine Leiche als Geliebte heimbringen, eine Prinzessin durfte so etwas wohl kaum.

Plötzlich wurde es kalt, und alle verstummten schlagartig. Das riss Lena aus den Gedanken, sie blickte hoch. Finsternis und eine bedrückende Stille hatten sich über den königlichen Garten gelegt. Die Schatten bewegten sich, rannen wie dunkle Flüssigkeit über den Boden und flossen vor dem königlichen Tisch zusammen. Mit einem unheimlichen Zischen und Rauschen bäumte sich die Finsternis auf und manifestierte sich zu einer großen Frau in einem schwarzen Gewand, das aus dem Sternenhimmel hätte gewebt sein können. Niemand gab einen Laut von sich. Lena blinzelte zweimal. Das konnte nicht wahr sein. Vor ihr stand ihre Oberärztin, oder der Zwilling von Frau Professor Doktor Schwarz.

Geräuschvoll atmete Lena aus, stand auf und breitete die Arme aus. »Willkommen. Herzlich willkommen, dreizehnte Fee. Wir haben Euch bereits erwartet.«

18 Die dreizehnte Fee

Hochgewachsen, mit rabenschwarzen Haaren, die wie bei einer spanischen Tänzerin im Nacken zu einem eleganten Knoten zusammengefasst waren, das Gesicht umrahmt von ein paar perfekt gelegten Wellen, stand die dreizehnte Fee da und funkelte alle aus silbernen Augen an. Wie bei einer entfesselten Dämonin war in ihren Augen kein Weiß zu sehen, ihre Haut war noch blasser als die von Schneewittchen, ihre Lippen rot wie frisches Blut. Statt Fingernägel hatte sie Krallen. In einer Hand hielt sie einen großen Stab, der sie überragte, am oberen Ende war ein Kristall eingefasst, in dem Rauch waberte. Vervollständigt wurde ihre Erscheinung durch ein paar schwarze Flügel, auf denen ein kunstvolles silbernes Muster prangte.

Lena verfluchte es, dass die dreizehnte Fee auf der anderen Seite des Tisches gelandet war. Sie musste sie dringend berühren, um sie aus dem zu reißen, was sie normalerweise tun würde. Andererseits befanden sie sich hier auch nicht in *Dornröschen*. Trotzdem war die Gefahr zu groß, dass die Situation entgleisen könnte.

Die königliche Tafel war zu lang, um sie zu umrunden, und so schob Lena schnell ihren Stuhl zum Tisch, benutzte ihn als Treppe, stieg auf den Tisch und ging hinüber, dabei achtete sie darauf, keine Speisen oder Getränke umzuwerfen. Auf der anderen Seite sprang sie zwischen der grünen und der blauen Fee wieder hinunter. Gerade zwischen den Feen hatte man aufgrund ihrer ausladenden Flügel so viel Platz zwischen den Gedecken gelassen, dass Lena mit ihren Füßen nicht mal in die Nähe des Geschirrs kam.

Lenas kühne Geste hatte alle, die angefangen hatten, über die Ankunft der dreizehnten Fee zu tuscheln, zum Schweigen gebracht. Die dreizehnte Fee weitete erstaunt die Augen und prustete los, was Lena aus dem Konzept brachte.

Das Lachen der dreizehnten Fee klang nicht boshaft oder bedrohlich, sondern glockenhell und ehrlich amüsiert. Sie wischte sich über die Augen und fixierte Lena. »Wie eine Katze«, sagte sie kichernd. »Ihr habt keinen Kelch umgestoßen und keine Speise berührt.«

Lena nahm es als Kompliment. »Danke.« Mit einem breiten Lächeln reichte Lena ihr die Hand. »Noch einmal. Willkommen!«

Zögernd ergriff die dreizehnte Fee Lenas Hand. Das Silber ihrer Augen und Flügel erstrahlte kurz. Sie blinzelte, als würde sie erwachen, so wie all die anderen Gäste, die Lena begrüßt hatte. »Danke für die Einladung, Frau Königin.«

»Wie darf ich Euch nennen?«, fragte Lena.

Die dreizehnte Fee überlegte. Wieder leuchteten ihre Augen sowie das Muster auf ihren Flügeln auf. Langsam, als hätte sie diesen Namen seit ewigen Zeiten nicht ausgesprochen und ihn schon beinahe vergessen, formte sie ihren Namen. »Nero.« Ihre Stimme bebte. »Nennt mich Nero.«

Lena mochte Nero auf Anhieb und ließ nur ungern ihre Hand los. Vielleicht war diese Zuneigung auch der Tatsache geschuldet, dass sie beide die Bösewichtinnen ihrer Märchen waren.

Nero sah sich um, als würde sie die Welt zum ersten Mal erblicken. »Warum wolltet Ihr so verzweifelt sichergehen, dass ich komme?« Sie fixierte Lena. »Zehn Einladungen?«

»Frauen wie uns verfolgt das Pech. Die Wahrscheinlichkeit war groß, dass eine einzelne Einladung verloren geht.«

Nero begutachtete die Teller, das Besteck und die Gläser für die Feen.

»Sie sind alle gleich«, sagte Lena. »Die Teller und das Besteck aus Gold, die Gläser aus Bergkristall.«

Lena winkte einen Diener heran, der sofort den Stuhl für Nero zurückzog und ihr den Platz anbot.

»Bringt noch mal von allem, was ihr heute serviert habt«, befahl Lena.

Sofort rannten einige Diener davon.

Lena drehte sich um und wollte um die königliche Tafel herum zu ihrem Platz zurückgehen, als Nero sie am Handgelenk packte. »Nehmt ruhig den kurzen Weg zurück.« Die dunkle Fee klopfte auf den Tisch, stand auf und schob Lena den Stuhl hin. »Bitte, es macht mir nichts aus.«

Lena überprüfte Neros Gesichtsausdruck. Da war kein Hinterhalt. Und so nahm Lena das Angebot an.

Während sie über den Tisch schritt, wurde es erneut laut.

Sobald sie wieder saß, beugte sich der König zu Lena. »Was sollte das?«

»Eine Begrüßung«, sagte Lena.

»Ihr benehmt Euch unmöglich.«

Lena sparte sich eine Antwort und funkelte ihn nur an.

Überrascht richtete er sich wieder auf, verengte die Augen. »Ihr wandelt auf dünnem Eis, Königin.«

Das hatte er also mit Luna gemacht: Sie in Unsicherheit gehalten und ihr permanent gezeigt, dass sie kurz davor war, in eisige Dunkelheit zu fallen.

Die dreizehnte Fee kostete von allen Speisen, aß allerdings nicht wirklich viel. Das war Lena auch bei den anderen Feen aufgefallen. Sie bezogen ihre Lebensenergie wohl aus anderen Quellen.

Sobald alles abgeräumt war, vertraten sich die Gäste vor dem Nachtisch die Beine im Sommerpark. Auch der König hatte zusammen mit Prinz Marcel den Tisch verlassen. Gemeinsam waren sie ins Schloss gegangen und nun schon seit geraumer Zeit verschwunden. Lena fand es ziemlich unhöflich vom König, dem Fest kommentarlos so lange fernzubleiben.

Schneewittchen trat zu Lena, sie redeten über das köstliche Essen und die gute Stimmung unter den Gästen. Lena beschloss, nicht weiter auf den König zu warten, und wollte gerade den Nachtisch ankündigen, als Bewegung in die zwölf bunten Feen kam. Geschlossen erhoben sie sich, nur Nero blieb sitzen, was ihr ungehaltene Blicke von ihren Schwestern einbrachte. Trotzig verschränkte die dunkle Fee die Arme vor der Brust und lehnte sich zurück. Lenas Rechnung ging auf. Sie hatte die dreizehnte Fee nur deswegen eingeladen, damit sie Schneewittchen kein Geschenk machte.

Die Feen wandten sich an Lena und Hannah.

»Wir danken Euch für die Einladung zu diesem großartigen Fest«, sprach die älteste. »Bevor der Abend noch weiter voranschreitet, möchten wir der Prinzessin unsere Geburtstagsgeschenke überreichen.«

Lena setzte sich und beobachtete die Show. Eine Fee nach der anderen schwebte über den Tisch zu Schneewittchen, schwenkte den Zauberstab über Hannahs Kopf und nannte ihr Geschenk.

Hannah bekam Schönheit, Güte, Glück, Bescheidenheit, Sanftmut, eine mitfühlende Seele, eine wundervolle Stimme, die Fähigkeiten zu malen, Instrumente zu spielen, zu tanzen und einen Haushalt zu führen. Die letzte Fee wünschte Hannah, dass sie stets von liebenden Menschen umgeben sein solle.

Die Wünsche der Feen wurden von »Ahs« und »Ohs« der Menge begleitet,

Hannah begann von innen zu leuchten, und als sie sich bedankte, klangen ihre Worte wie Gesang, ihre Augen strahlten vor Güte und Herzlichkeit. Lena lächelte selig. Es war eine gute Idee gewesen, die Feen einzuladen.

Kaum war die letzte Fee über Schneewittchen hinweggeschwebt, schnaubte Nero und sprang so heftig von ihrem Stuhl auf, dass dieser nach hinten kippte. Schlagartig wurde es still. Neros Augen verfärbten sich tiefschwarz. Lena verspannte sich. Was war schiefgelaufen?

»Tolle Geschenke sind das«, spie die dreizehnte Fee aus. »Da sind meine Flüche ein Witz dagegen.«

Die älteste Fee in Dunkelviolett trat vor. »Nero«, sagte sie warnend.

Die schnappte sich ihren riesigen Stab, der neben ihr am Tisch lehnte, und deutete damit anklagend auf ihre Schwestern. »Wundervoll singen zu können, zu malen, Instrumente zu spielen, zu tanzen und den Haushalt zu führen: Für wen soll das gut sein? Was hat das Kind davon, außer wenn sie es verkauft? Und wenn sie keinen Profit daraus schlägt, macht das alles sie lediglich zu einer perfekten Frau für ihren zukünftigen Mann.«

Die schmerzhafte Erkenntnis, dass Nero recht hatte, sickerte in Lenas Verstand.

»Schönheit ist für andere da, sie selbst sieht sich nicht.« Nero redete sich in Rage. »Güte ohne Verstand wird ausgenutzt. Glück ohne Menschenkenntnis wird sie zum Opfer von Schmarotzern machen. Bescheidenheit ohne Selbstbewusstsein wird schnell mit Schwäche verwechselt. Eine mitfühlende Seele ohne die Macht, helfen zu können, ist eine Demütigung für die Bemitleideten und eine Qual für die Mitfühlenden. Und ständig von anderen umgeben zu sein, kann schnell zur Plage werden. Ein Glück, dass ich gekommen bin und die Königin mag.« Sie wandte sich an Schneewittchen.

Die Feen stoben in die Luft wie ein Schwarm Schmetterlinge und redeten aufgeregt durcheinander.

»Halt ein!«

»Nero, nicht!«

»Du weißt nicht, was du tust!«

Mit einem Schwenk ihres Zauberstabs brachte die dunkle Fee ihre Schwestern zum Schweigen und ließ sie wie erstarrt in der Luft schweben. Nur die Augen der bunten Feen bewegten sich entsetzt.

Lena stand auf. »Nero, bitte.«

»Habt Ihr mir eben zugehört?«, rief die dreizehnte Fee.

Lena biss sich auf die Unterlippe. Nero hatte in allem, was sie vorhin über die Geschenke der Feen gesagt hatte, recht. Und so setzte sich Lena wieder und gab Nero damit ein Zeichen, fortzufahren.

Hannah saß in sich zusammengesunken und mit vor Angst aufgerissenen Augen auf ihrem Stuhl. Lena fragte sich kurz, warum Hannah nicht davonlief, warum sie nicht versuchte, sich selbst zu schützen. Warum widersprach sie nicht? Lena erahnte die bittere Antwort: Die

Geschenke der anderen Feen hielten sie an Ort und Stelle und verhinderten, dass sie für sich selbst kämpfte.

Nero wandte sich direkt an Schneewittchen. »Ich mache das nicht für dich, sondern für deine Mutter. Das wird mein Dank für ihre Einladungen sein, denn nur meine Geschenke werden ihr schlaflose Nächte deinetwegen ersparen.«

»Geschenke?«, fragte Lena. Ganz wohl war ihr nicht bei der Sache.

»Mit einem werde ich das Desaster der anderen nicht wiedergutmachen können.« Nero hob unheilvoll den Stab über den Kopf. Aus dem Kristall entwich Rauch und hüllte Hannah von oben bis unten ein. Mit tragender Stimme sprach die dreizehnte Fee: »Zu deinem sechzehnten Geburtstag schenke ich dir Macht über andere und über dich selbst, über deine Gedanken und deinen Körper, damit du dein Schicksal selbst bestimmen kannst. Ich schenke dir Selbstvertrauen, Kraft, Ausdauer und Kreativität, damit du deine Wünsche und Träume verwirklichen kannst. Ich schenke dir Humor und Wortgewandtheit, damit man dich fürchtet. Ich schenke dir einen klaren Verstand und Menschenkenntnis, damit niemand dich ausnutzen kann. Und zuletzt bekommst du von mir den Schlüssel zu deiner Freiheit: Ich schenke dir die Fähigkeit, Nein sagen zu können.«

Der dunkle Rauch setzte sich auf Hannahs Haut ab und löste sich in ihr auf. Nur die Partikel, die auf ihren schwarzen Haaren gelandet waren, verbanden sich mit ihren Haaren und hinterließen den außergewöhnlichen Glanz eines Sternenhimmels.

Mit einer Handbewegung entließ die dreizehnte Fee alle aus ihrer Starre. Bestürzt saß Lena wie festgefroren auf ihrem Stuhl. Mit ihrer Idee, die zwölf guten Feen einzuladen, hätte sie Hannah beinahe zu einem lebenden feuchten Männertraum gemacht. Sie hätte sie dazu verflucht, bis an ihr Lebensende für andere verfügbar zu sein und nie an sich denken zu dürfen. Zu allem Überfluss hätte man Schneewittchen zum Vorbild für die Frauen ihres Reiches stilisiert, die ohne die Gaben der Feen nie hätten an sie heranreichen können.

Lena kämpfte mit den Tränen. Das einzige wahre Geschenk, das sie Hannah heute gemacht hatte, war die Einladung der dreizehnten Fee. Plötzlich wünschte sich Lena, dass auch Anna in der Realität etwas davon abbekommen hätte. Das Mädchen hatte jedes von Neros Geschenken so nötig.

War sie Anna ein gutes Vorbild gewesen? Nein. Sie war eine der guten Feen. Anna brauchte dagegen eine Nero. Lena bereute, dass sie sich nicht ebenfalls unter die dunkle Wolke gestellt hatte, die Schneewittchen gerade eingehüllt hatte. Sie benötigte auch etwas davon. Nein, nicht etwas, eine doppelte Portion, um diese Geschenke der wahren Freiheit nach ihrer Rückkehr mit Anna teilen zu können.

Lenas und Neros Blicke trafen sich. Um sie herum schrien und rannten die Gäste durcheinander. Lena war es egal, sie bekam es kaum mit, als wäre sie in einer Blase gefangen, zu der nur sie und die dunkle Fee Zugang hatten. Der König kam mit Prinz Marcel aus dem Schloss gerannt, fuchtelte herum und brüllte Lena an. Seine Worte klangen undeutlich wie aus weiter Ferne.

Auf einmal begannen Lenas Finger zu kribbeln und heizten sich auf. Langsam senkte Lena den Kopf und drehte ihre Hand mit der Handfläche nach oben. So hatte es sich angefühlt, wenn sie in ihren Albträumen den bewachsenen Hügel im toten Tal berührt hatte. Aus ihren Fingerspitzen stieben winzige Funken.

»Verstecke es«, sagte plötzlich eine Stimme in ihrem Kopf. Lena blickte hoch. Ohne die Lippen zu bewegen, sprach Nero zu ihr: »Zauberwesen mit der Macht der alten Göttin wie du oder ich sind nicht gern gesehen. Du hattest diese Kraft verloren, seit du auf den Kopf gefallen bist, nicht wahr?« Die dunkle Fee blickte kurz zur fast unsichtbaren Narbe auf Lenas Stirn. Dann sah sie ihr wieder in die Augen und zwinkerte ihr zu. »Willkommen zurück.«

Lena machte eine Faust, um die Funken zu verbergen, und im selben Augenblick platzte die Blase um sie herum. Ungefiltert drangen nun das Geschrei der Gäste und das Gebrüll des Königs auf sie ein.

Hannah war umringt von einer Menschentraube, Lena bahnte sich den Weg zu ihr. Vor ihr kniete Prinz Marcel. Gerade nahm er ihre Hand, doch sie schüttelte ihn ab. Sie erweckte nicht mehr den Eindruck, als ob sie Angst hätte oder verunsichert wäre. Nein. Entspannt saß sie da und beobachtete alle um sich herum mit einem so klaren Blick, wie Lena ihn noch nie bei ihr gesehen hatte.

Lena drehte sich zurück zu Nero und formte mit den Lippen »Danke«.

Die dreizehnte Fee neigte mit einem spöttischen Lächeln den Kopf.

Es war Zeit, wieder für Frieden und Ordnung auf diesem Fest zu sorgen. Und was eignete sich besser dafür als die Tonnen an Süßigkeiten, die die Knusperhexe gezaubert hatte?

Lena stieg auf einen Stuhl. »Ruhe«, rief sie. »Beruhigt Euch alle!« Sie sprang herunter und suchte nach etwas, womit sie gegen ein Glas klopfen konnte.

Plötzlich ertönte ein gellender Pfiff, alle hielten inne, Lena fuhr herum. Hannah stand auf dem Tisch und hatte zwei Finger im Mund. Sie ließ den Blick über die Menge schweifen. »Beruhigt Euch. Mir geht es gut. Überlegt mal: Die Geschenke der dreizehnten Fee sind keine Gefahr für mich, sondern wahre Gaben. Ich danke allen Feen für ihre Geschenke.« Sie verbeugte sich in Richtung der zwölf guten Feen. »Ich weiß, dass Ihr es gut gemeint habt.« Nun drehte sie sich zur dreizehnten Fee. »Ganz besonders danke ich Euch, Nero, für Eure Großzügigkeit. Ich werde es niemals wiedergutmachen können.«

Nero winkte ab. »Es sind Geschenke und keiner Wiedergutmachung nötig.«

Hannah wandte sich wieder an die Gäste. »Lasst uns weiterfeiern. Das Beste kommt noch. Köstliche Nachspeisen, Tanz und Musik warten auf Euch. Dieser Tag gehört nicht nur mir, sondern uns allen.« Hannah breitete die Arme aus.

Lena sah auf einmal kein Schneewittchen mehr. Hannah war die zukünftige Königin dieses Landes, in dem sie mit der Hilfe von Neros Geschenken vieles verändern würde.

19. Wie im Märchen des Märchens

Der Nachtisch war köstlich. Die Knusperhexe hatte sich selbst übertroffen. Rosa bediente Nero höchstpersönlich, und die beiden tuschelten sofort miteinander.

Lena beobachtete die Interaktion ihrer geliebten bösen Märchenfiguren mit den Gästen und natürlich Schneewittchen, die jetzt mit den Geschenken von der dreizehnten Fee irgendwie dazugehörte. Wenn Lena es sich so überlegte, hatten die Schurken in den Geschichten viele der Eigenschaften, die Nero Hannah geschenkt hatte.

Nachdem alle gegessen hatten, begann der Tanz. Rumpelstilzchen hatte ein paar seiner Kumpane organisiert, die so fröhlich spielten, dass niemand still stehen konnte. Lena hatte den Verdacht, dass die Musik verzaubert war.

Der Ball wäre ein voller Erfolg und rundum perfekt, wenn die unerfreulichen Untertöne nicht gewesen wären. Zum Beispiel hatte der König zwar mit Schneewittchen den Ball eröffnet, doch die beiden hatten wie zwei vollkommen fremde Menschen miteinander getanzt. Nicht wie ein glücklicher Vater mit einer fröhlichen Tochter. Sie hatten ein Pflichtprogramm absolviert.

Seine Frau hatte der König kein einziges Mal zum Tanz aufgefordert, worüber der Adel des Landes rege lästerte. Das wiederum regte die Knusperhexe furchtbar auf. »Wie können sie es wagen, so über dich zu reden? Ich hätte ihnen das Zeigdichpulver in die Torten untermischen sollen.«

Nero lachte schallend auf, was ihr ein paar pikierte Blicke von einigen fein gekleideten Herren einbrachte. Sie klopfte Rosa auf die Schulter. »Zeigdichpulver. Dass ich nicht darauf gekommen bin!«

»Was ist das?«, wollte Lena wissen.

»Schätzelein, das lässt einen über seine schmutzigsten Geheimnisse reden«, erklärte Nero.

»Und wäre genau richtig für die Lästermäuler«, ergänzte Rosa.

»Lasst sie«, verteidigte Lena die Gäste. Sie beugte sich zu ihren zwei Freundinnen vor und fügte leise hinzu: »Ich hätte ohnehin unter einem Vorwand abgelehnt oder so getan, als hätte ich mir bei den ersten Schritten den Fuß verstaucht. Ich kann nicht tanzen.«

»Alle können tanzen.« Nero schnappte sich ein Glas Wein von einem Tablett, das ein Diener gerade an ihnen vorbeitrug.

»Oh, ich glaube ihr, dass sie nicht tanzen kann«, sagte Rosa, was die dunkle Fee mit einer erneuten Lachsalve quittierte.

Rosa hatte sich zur feiernden Menge dazugesellt, nachdem der Nachtisch abgeräumt worden war. Sie und Rumpelstilzchen legten einen erstaunlich flinken Tanz aufs Parkett und wurden von den Umstehenden bejubelt.

Der Wolf wich Lena nicht von der Seite. Er erzählte ihr, dass der Jäger ihn im Jagen unterrichtete. Lena hörte geduldig zu, obwohl sich ihr bei den blutigen Details der Magen umdrehte.

Leider hatte Lena nicht sehr viel Zeit, sich mit Nero und Rosa zu unterhalten, ständig wurde sie von Leuten belagert, die sich mit der Königin des Landes gut stellen wollten. Wenn es ihr zu viel wurde, griff der Wolf mit einem Knurren ein und beendete so die Gespräche, denn Lena brachte es nicht übers Herz, die Menschen, die zu ihr kamen, wegzuschicken.

Dafür unterhielten sich die Knusperhexe, Rumpelstilzchen und Nero sehr lange und ausgiebig. Tine war nirgendwo zu sehen. Sie erledigte wohl die Aufgabe, die Lena ihr aufgetragen hatte.

»Wo ist eigentlich der Jäger?«, fragte Lena den Wolf, als sie einen kurzen Moment für sich allein hatten.

»Er war nicht eingeladen«, knurrte der Wolf.

»Was? Natürlich war er eingeladen. Alle, die nicht arbeiten mussten, durften zum Feiern kommen.« Lena leerte ihr Glas Honigwein in einem Zug. Es gelang ihr nicht, die Enttäuschung hinunterzuschlucken. »Egal.« Lena war die Letzte, die jemanden zwingen würde, irgendwohin zu gehen. Außerdem konnte sie sich den wortkargen Jäger ohnehin nicht auf einem Ball vorstellen.

Wieso war sie so enttäuscht? In der Realität hatte sie Eric, hier war sie mit dem König verheiratet. Weder in der einen noch in der anderen Welt hatte sie Platz für den Jäger. Sie musste ihn nur noch aus ihrem Herz ausquartieren. Doch er bewohnte langsam nicht nur die beiden Vorhöfe, sondern auch die Herzkammern, die schneller zu pumpen begannen, wenn sie an ihn dachte.

»Hättest du ihn gern hier?«, fragte Rudi.

»Ja, das wäre schön.« Die Worte waren draußen, bevor sie sie aufhalten konnte. Sie drehte sich zum Stehtisch, um das leere Glas abzustellen, keinen Wein mehr für heute. »Rudi, vergiss bitte, was ich gerade gesagt habe.« Lena drehte sich wieder zu ihm, doch der Wolf war verschwunden.

Sie blickte sich suchend um. In der Nähe lachten die

sieben Geißlein und tanzten mit Rotkäppchen im Kreis, unweit von ihr unterhielten sich Nero, Rosa und Rumpelstilzchen. Lena gesellte sich zu ihnen. Kaum hatte sie ein paar Worte mit ihnen gewechselt, als sich jemand hinter ihr räusperte. Rumpelstilzchen grinste, und die Knusperhexe zwinkerte ihr zu.

Lena drehte sich um, und ihr Herzschlag stolperte.

Frisch rasiert und die Haare zu einem Halbzopf frisiert, stand der Jäger vor ihr. Er trug schmale dunkelgrüne Kleidung, heute ohne Pfeil und Bogen. Zu nah. Er stand so dicht bei ihr, dass seine Körperwärme sie umfing und ihr der mittlerweile vertraute Geruch nach Wald zu Kopf stieg. Oder war es der Wein? Definitiv kein Wein mehr heute, beschloss Lena, sie konnte keinen klaren Gedanken mehr fassen.

»Wir lassen euch dann mal allein«, flötete Rosa. »Rudi, komm.«

»Ich bleibe lieber hier«, knurrte der Wolf.

»Dann fang schon mal an, dir ein besonders warmes Fleckchen Schnee zu suchen«, antwortete der Jäger, ohne den Blick von Lena zu lassen.

Ein tiefes Grollen bahnte sich den Weg aus Rudis Brust, während er Rosa hinterhertrottete.

Lena fing sich wieder. Sie waren hier nicht auf einem Pferd allein im Wald und auch nicht in der Jägerhütte unter Freunden. Sie standen gerade unter Beobachtung des Königs und der Protagonisten mehrerer Märchen. Lena zog die Augenbrauen hoch. »Jäger. Was willst du?«

»Einen Tanz«, antwortete er leise.

Lena verschlug es die Sprache, damit hatte sie nicht gerechnet. »Ich kann nicht …«

Jemand stieß sie unsanft in den Rücken und versetzte ihr gleichzeitig einen Stromschlag. Lena stolperte nach vorn und fand sich im nächsten Moment in den Armen des Jägers wieder, die Wange an die Stelle seiner Schulter gedrückt, an der sie schon zweimal geschlafen hatte.

»Jetzt kannst du tanzen, Schätzelein.«

Lena drückte sich vom Jäger weg und fuhr herum. Nero polierte den Kristall ihres riesigen Stabs und zwinkerte ihr zu.

»Frau Königin, alles in Ordnung?«, fragte der Kammerdiener des Königs, der wohl gerade zufällig in der Nähe stand.

Sie erweckten hier langsam unerwünschte Aufmerksamkeit. Lenas Fußsohlen juckten und kribbelten, sie wollte tanzen. Der König hatte sie demonstrativ ignoriert. Und sie würde jetzt demonstrativ mit dem Jäger tanzen. Sie reichte dem Jäger die Hand und antwortete dem Kammerdiener. »Ja. Oder was sollte an einem Tanz mit einem meiner Untertanen nicht in Ordnung sein?«

Sobald sich der Kammerdiener zurückgezogen hatte, nahm der Jäger Lenas Hand, verbeugte sich und gab ihr einen Kuss auf ihren Handrücken. Kurz fühlte sich Lena wie im freien Fall. Der Kuss war einen Tick zu heiß, eine Winzigkeit zu fest und einen Moment zu lang. Seine schulterlangen schwarzen Haarsträhnen streiften Lenas Handgelenk, was ihr eine Gänsehaut über den ganzen Körper jagte.

Er erhob sich, und als sich ihre Blicke trafen, fragte sich Lena, ob schon immer so viele goldene Punkte in dem dunklen Braun seiner Iriden gewesen waren.

»Meine Königin«, sagte er mit heiserer Stimme.

Wenn er und vor allem sie so weitermachten, würde der Abend in einem handfesten Skandal enden. Lena riss sich zusammen und zwang sich, an Eric und an den König zu denken. Sie hatte in jeder Welt einen mehr oder weniger brauchbaren Partner, und der Jäger war das fünfte Rad an der Kutsche.

So unverbindlich wie möglich lächelte sie dem Jäger zu. »Kannst du überhaupt tanzen?«

Seine Mundwinkel zuckten. »Das zu beurteilen, wird gleich an Euch liegen.«

Er führte sie auf die Tanzfläche. Zu Lenas Entsetzen startete gerade ein schwungvoller Walzer. Er war nicht fröhlich wie die sonstige Musik des Abends. Sehnsüchtige Moll-Töne zogen sich durch die Melodie. Wie selbstverständlich legte Lena eine Hand auf seine Schulter, er umfasste sie am Rücken und sie begannen, in perfekter Harmonie im Dreivierteltakt zu kreisen. Die Welt um Lena verschwamm. Die einzigen Fixpunkte dieses märchenhaften Moments waren die Augen, die Schulter und die warmen Hände des Jägers. Sie dachte nicht über die Schritte nach, ihre Füße und ihr Körper folgten wie von selbst der Melodie und der Bewegung des Jägers. Dabei strahlte er eine Ruhe und Sicherheit aus, dass Lena auf einmal verstand, warum er nie sein Ziel verfehlte. Seine Pfeile hatten keine Wahl, als seiner Führung zu folgen.

Die Musik endete und mit ihr der Tanz. Fassungslos und mit rasendem Puls stand Lena vor dem Jäger. Sie konnte sich nicht von seinem Blick lösen, und jede Faser ihres Körpers schrie nach einer Fortsetzung des Tanzes. Auch er machte keine Anstalten, sie von der Tanzfläche zu führen. Er hatte die Zähne zusammengebissen, als würde er gerade unter enormer Anspannung stehen, und hielt eisern ihre Hand fest. Wann setzte die Musik endlich wieder ein?

»Es tut mir so leid, Frau Königin!« Die Stimme der bösen Fee riss sie aus dem unwirklichen Moment.

Lena blinzelte, und auch der Jäger erwachte aus seiner Starre.

Schon schob sich Nero zwischen die beiden, packte Lena an der Taille und zog sie von der Tanzfläche. »Ich habe es mit meinem Streich wohl ein wenig übertrieben.« Sie lachte. »Leider ist die Zauberkraft meines Stabs nun mal so mächtig. Ich bin untröstlich und hoffe, dass ich Euch keine Unannehmlichkeiten bereitet habe.«

Die Haltung und die Mimik der Umstehenden entspannten sich. Einige schüttelten die Köpfe und warfen Nero verurteilende Blicke zu.

Die bunten Feen umringten sie. »Nero, egal wo du auftauchst, du stiftest nur Chaos.«

»Was fällt dir ein, die Königin mit einem Tanzfluch zu belegen?«

»Entschuldige dich sofort bei der Königin«, redeten sie durcheinander.

»Es tut mir ja schon leid! Ehrlich!«, rief Nero theatralisch und zog Lena hinaus auf die sommerlich warme Terrasse.

In einer dunklen Ecke warteten bereits Rosa und Rumpelstilzchen.

»Du kannst das doch nicht so offensichtlich machen!«, zischte Nero. »Hast du sie noch alle?«

»Was?«, fragte Lena noch benommen.

»Ich dachte, du und der riesige Kerl fallt gleich vor aller Augen übereinander her. Gerade du als Königin solltest wissen, wie man seine Affären führt!«

»Er ist keine Affäre!« Endlich begriff Lena, wie das gerade für alle ausgesehen haben musste und dass Nero ihr gerade den Allerwertesten gerettet hatte.

»Umso schlimmer!« Nero zischte. »Was für eine Verschwendung.«

»Wo ist der Jäger eigentlich?«, fragte Lena.

»Der Wolf hat ihn hinausgeschoben. Du und der Jäger, ihr solltet euch für den Rest des Abends nicht mehr gemeinsam blicken lassen, wenn dir an deinem und seinem Leben etwas liegt.« Nero deutete in den Ballsaal. »Wir bleiben jetzt ein paar Minuten hier. Lass meine Schwestern machen.«

Durch die offenen Türen konnte Lena beobachten, wie sich die zwölf Feen unter die Gäste gemischt hatten und sich über den schlechten Scherz ihrer misslungenen Schwester ausließen.

Rumpelstilzchen zauberte aus einem Blatt einen Kelch mit Wasser. »Hier, kühl dich mal ab.«

Nach weiteren zwei vollen Kelchen mit Rumpelstilzchens Wasser war Lena wieder klar im Kopf. Nur ihr Bauch kribbelte noch, wenn sie an den Tanz, den Blick und die Berührung des Jägers dachte, zum Glück nicht mehr ihr ganzer Körper.

20. Wer ist hier das Monster?

Schließlich traute sich Lena wieder in den Ballsaal und sah sich nach Schneewittchen um. Nach dem Pflichttanz mit ihrem Vater hatte das Mädchen alle mit weiteren Tänzen und Gesang verzaubert. Nun hatte Lena sie allerdings seit einiger Zeit nicht mehr gesehen.

»Frau Königin«, sprach sie plötzlich jemand mit einer angenehmen, samtigen Stimme an.

Sie wusste, wer es war, holte tief Luft und drehte sich um. »Prinz Marcel.«

Er reichte ihr ein Glas. »Für Euch. Darf ich einen Moment Eurer kostbaren Zeit stehlen?«

Lena nahm ihm das Glas ab. Darin war Honigwein, von dem sie für heute genug hatte. »Wie gefällt Euch das Fest? Amüsiert Ihr Euch?«

»Ja, Frau Königin. Umso mehr, da heute ein wichtiger Grundstein für die Beziehung zwischen unseren Reichen gelegt wurde.«

»Wirklich?«, fragte Lena mit gespielter Freude. Sie ahnte Böses.

»Ja. Vorhin beim Essen habe ich beim König um die Hand Eurer Stieftochter angehalten.«

Zu Beginn des Abends wäre es eine freudige Nachricht gewesen, aber jetzt hatte Lena gesehen, wie wenig Hannah auf Prinz Marcel reagiert hatte. »Und was hat der König gesagt?« Lenas Stimme klang einen Tick zu hoch.

»Er hat sich drei Tage Bedenkzeit erbeten und mich eingeladen, solang hierzubleiben. Allein die Einladung lässt mich hoffen.«

Lena atmete auf. Noch war nicht alles verloren, auch der König musste Hannahs Gleichgültigkeit gegenüber dem Prinzen bemerkt haben. »Was empfindet Ihr für die Königstochter?«

Der Blick des Prinzen verklärte sich. »Oh, sie ist wunderschön. Wie eine Fee. Nein. Sie ist unvergleichbar. Ich habe noch nie so jemanden getroffen.«

»Das sind nur die Gaben der Feen.« Lena winkte ab.

Der Prinz hob die Augenbrauen. »Ich fand sie bereits reizend, bevor die guten Feen der Prinzessin ihre Geschenke überreicht haben. Mit oder ohne Gaben ...« Er schloss träumerisch die Augen. »Eine Frau wie sie zu haben, ist das größte Glück eines Mannes.«

»Habt Ihr auch mitbekommen, was die dreizehnte Fee Schneewittchen geschenkt hat?«

Er sah Lena ins Gesicht. »Nicht direkt, zu dem Zeitpunkt habe ich gerade beim König um die Hand der Prinzessin angehalten. Macht Euch keine Sorgen, ich bin mir sicher, das Gute der zwölf wird überwiegen.«

»Und was, wenn nicht?«

»Dann werde ich ihr helfen, das Böse zu besiegen. Mit Liebe, Geduld und allem, was nötig ist.«

Beim »was nötig ist« schauderte Lena. Sie wusste, was früher mit unangepassten Frauen geschehen war. Im besten Fall wurden sie als Hysterikerinnen weggesperrt, im schlechtesten als Hexen verbrannt.

Der Prinz seufzte und legte sich eine Hand auf die Brust. »Frau Königin, ich werde sie bewahren. Bis an ihr Lebensende wird sie glücklich und genauso schön bleiben wie am heutigen Tag. Nichts wird ihren Frieden und ihre Ruhe bei mir stören.«

Unwillkürlich wich Lena einen Schritt vor ihm zurück. Etwas daran klang schräg. »Ruhe«, »Frieden«, »bewahren«, »Lebensende«.

Der Prinz betrachtete das Porträt von Hannah, das man zu Ehren ihres Geburtstags im Ballsaal aufgehängt hatte. »Wisst Ihr«, flüsterte er, »ich bin sehr neugierig darauf, wie die Prinzessin aussieht, wenn sie ruht, kaum noch atmet und die Augen geschlossen hat.«

Ein Schauer rieselte Lena den Rücken hinunter, und eine furchtbare Erkenntnis rastete ein.

Der Prinz im Märchen hatte sich in eine Leiche in einem Glassarg verliebt, er hatte sie wie eine Trophäe aus dem Wald mitgenommen. Nun sprach er von Bewahren. Nichts würde ihre Ruhe stören. So sprach man von Toten. Und er träumte davon, sie mit geschlossenen Augen, kaum atmend zu bewundern.

Er war doch nekrophil!

Ja, er begehrte Schneewittchen, nur nicht die lebende, sprechende, lachende und denkende Person. Deswegen hatte er auch nicht versucht, mit ihr während des Essens zu reden. Er wollte eine Schneewittchenpuppe, genauer gesagt – Lena wurde es schlecht –, Schneewittchens Leiche im Vakuum eines Glassarges.

Lena fiel das Getränk aus der Hand, die Umstehenden drehten sich zu ihnen um. Sie hatte einen Riesenfehler gemacht. Sie hätte den Prinzen nicht einladen dürfen. Lena fluchte innerlich. Sie hätte wissen müssen, was der Prinz für einer ist. Es war nicht romantisch, eine Leiche heimzuschleppen, um sie zu lieben und zu ehren. Es stand schwarz auf weiß in jedem Märchenbuch. Der Prinz war nekrophil. Das konnte alles nicht wahr sein.

»Frau Königin, ist mit Euch alles in Ordnung? Ihr seid so blass.« Der Prinz klang entzückt.

Lena wusste, warum er sich so freute: weil sie leichenblass war. »Wo ist die Prinzessin?« Ihre Stimme klang schwach.

»Oh, Schneewittchen? Sie schien mir zugetan, meint Ihr nicht?«

»Nein«, antwortete Lena brüsk.

»Ich denke schon. Hätte sie mich sonst gebeten, Euch auszurichten, dass sie sich vom Ball entschuldigt?«

»Was? Wo ist sie?«

Der Prinz winkte jemandem hinter ihr zu und verneigte sich vor Lena. »Ihr müsst mich entschuldigen, Euer Herr Gemahl will mit mir sprechen.« Damit ließ er sie stehen.

Um sie herum wuselten Diener und lasen die Scherben des zersplitterten Glases auf.

Hilfe suchend sah sich Lena um und entdeckte den Wolf, der sie aus einigen Metern Entfernung beobachtete. Sie eilte zu ihm und bedeutete ihm, ihr nach draußen zu folgen. »Rudi, hol den Jäger und such Tine. Sucht Hannah. Unauffällig. Ihr müsst sie so schnell wie möglich finden.«

Augenblicklich verschwand der Wolf in den Büschen. Lena eilte zu der Knusperhexe und Nero, die den Stehtisch auf der Terrasse bis jetzt nicht verlassen hatten.

»Ihr müsst mir helfen, Hannah zu finden. Der Prinz ... Ich glaube, er hat ihr etwas angetan.«

»Sei unbesorgt«, sagte Nero. »Vertraust du so wenig auf meine Gaben?«

Panik schnürte Lena den Hals zu. Was, wenn sie Hannah an ihrem sechzehnten Geburtstag einem Monster zum Fraß vorgeworfen hatte? Und das alles nur, weil sie versucht hatte, ihren eigenen Kopf aus der Schlinge zu ziehen. Lena atmete zu schnell.

»Ist ja gut, wir suchen mit«, beruhigte Nero sie und erhob sich mühelos in die Luft.

Lena fiel ein, wen sie fragen konnte: den Spiegel! Das Ding konnte Schneewittchen hinter den sieben Bergen orten, es würde sie sicherlich auch im Schloss finden. Lena eilte zu ihrem Turm und rannte die Wendeltreppe zu ihrem Gemach hoch. Als sie hineinstürmte, blieb sie abrupt stehen. Vor Erleichterung und Schreck wurden ihr die Knie weich, denn auf ihrem Bett lag Hannah und weinte.

»Mama ...« Schluchzend krallte sich Schneewittchen an Lenas Decke fest.

Lenas Herz brach. Mit Mama meinte das Mädchen sie, Lena! Und sie wollte sie verlassen. Lena fühlte sich schlimmer als die böse Stiefmutter, die hatte wenigstens mit offenen Karten gespielt.

»O Liebes!« Lena rannte zum Bett und zog Hannah in ihre Arme. »Was ist passiert? Ich habe mir solche Sorgen gemacht.«

Schneewittchen zitterte.

»Was ist los?«, flüsterte Lena. Sie befürchtete das Schlimmste.

»Prinz Marcel«, Hannahs Stimme bebte, »er hat mir ein Getränk angeboten. Es hat mich schläfrig gemacht. Er hat mich aus dem Ballsaal gezogen, in einen Raum geführt und auf eine Liege gelegt.« Sie schluchzte. »Dann hat er sich neben mich gesetzt und mir ständig zugeflüstert, dass ich endlich die Augen schließen und loslassen solle.«

Lenas Seele gefror. »Hat er dich angefasst?«

»Nein«, raunte Hannah. »Ich glaube, er hat darauf gewartet, dass ich einschlafe. Ich konnte mich kaum bewegen. Aber ich habe die Augen offen gehalten. Er hat gesagt, dass er Vater um meine Hand gebeten habe, er sei sicher, dass Vater nicht Nein sagen könne, nachdem wir diese Nacht miteinander verbracht hätten.«

Vor Wut begann Lenas ganze Haut unangenehm zu kribbeln.

»Dann hat er den Raum verlassen. Mein einziger Wunsch in diesem Moment war, aufzustehen, aus diesem Raum zu fliehen und dich zu finden.«

»Es tut mir so leid«, flüsterte Lena, drückte Hannah an sich und wiegte sie hin und her. Ihr selbst liefen Tränen über die Wangen. »Es tut mir so, so unendlich leid.«

»Ihr könnt nichts dafür.«

»Wenn du wüsstest, wie viel ich dafürkann. Es war meine Idee, ihn einzuladen.«

»Ihr habt nichts Böses geplant. Ich weiß es, ich sehe es.«

»Es ist egal, was ich geplant habe.«

»Ihr wollt ebenfalls von hier weg«, sagte Hannah plötzlich. »Ihr dachtet, wenn ich heirate und es mir gut geht, könntet Ihr auch das Schloss verlassen. Sucht die Schuld nicht bei Euch. Hätte ich nicht nach Euch gesucht, als Ihr geflohen seid, dann hätten wir diesen Ball nicht organisiert und den Prinzen nicht eingeladen. Also, wer ist schuld? Niemand. Hätten wir beide gewusst, was dabei herauskommt, hätten wir andere Entscheidungen getroffen. Nun ist es so, wie es ist. Wir müssen zum König und verhindern, dass er Ja sagt.«

»Kannst du gehen? Wie fühlst du dich?«

»Seit Ihr mich in den Arm genommen habt, ist die Wirkung des Schlaftrunks endgültig verflogen.« Hannah deutete auf Lenas Hände. »Eure Berührung hat sich so ... reinigend angefühlt.«

Lenas Herz raste, und aus ihren Fingerspitzen sprühten Funken. Sie schloss eine Faust, Hannah legte eine Hand darüber. »Danke. Ich werde es niemandem sagen.« Sie stand auf, und beide eilten zurück in den Ballsaal.

Unterwegs konzentrierte sich Lena darauf, die erwachende Magie in sich einzuschließen. Sie durfte jetzt nicht entdeckt werden. Wenn der Prinz für dieses Verbrechen nicht belangt wurde, würde sie das selbst in die Hand nehmen müssen. Wie, das wusste sie nicht, aber hier hatte sie keinen Ruf zu verlieren. Und sie wollte ihm wehtun, ihm richtige Qualen bereiten. Schließlich war sie hier die böse Königin, eine Giftmischerin.

Schnell fanden sie den König, der sich mit einigen Gästen unterhielt. Prinz Marcel war zum Glück nirgends zu sehen. Lena wusste nicht, ob sie sich ansonsten hätte beherrschen können.

Hannah bat den König so charmant um ein Gespräch, dass er ihr im Beisein der anderen Gäste den Wunsch nicht abschlagen konnte. Lena blieb im Hintergrund und folgte den beiden unauffällig in den Park.

In sicherer Entfernung zur Terrasse blieb Hannah stehen und drehte sich zum König. »Herr Vater, hat Prinz Marcel heute um meine Hand angehalten?«

Der König deutete in Lenas Richtung, »Willst du das vor ihr besprechen?«

»Es ist mein ausdrücklicher Wunsch, dass Frau Mutter dabei ist.« Hannah rang die Hände »Vater, ich flehe Euch an, Ihr müsst dem Prinzen absagen. Ich will ihn nicht heiraten.«

»Warum nicht, mein Kind?«

»Er hat ihr einen Schlaftrunk verabreicht und wollte sie vergewaltigen«, antwortete Lena an Hannahs Stelle. »Damit wollte er sichergehen, dass er ihre Hand bekommt.«

Der König starrte Hannah an. Lena konnte nicht glauben, was sie da gerade sah. Wenn ihr Vater etwas Vergleichbares erfahren hätte, dann hätte er getobt, die Polizei eingeschaltet und sich als Erstes nach dem Befinden seiner Tochter erkundigt. Nichts dergleichen tat der König.

»Hast du mit ihm das Lager geteilt?«, fragte er stattdessen.

»Nein. Er wurde ungeduldig und hat den Raum verlassen, weil ich gegen seinen Schlaftrunk angekämpft habe. Danach konnte ich weglaufen.«

»So?«, sagte der König knapp und betrachtete Hannahs glänzendes Haar. Er dachte wohl gerade auch an das Geschenk der dreizehnten Fee. »Und was würdest du tun, wenn ich ihm deine Hand geben würde?«

»Das ... könnt Ihr nicht machen, Vater«, brachte Hannah stockend hervor.

Lena hielt es nicht aus. »Mein königlicher Gemahl, das ist nicht Euer Ernst!«

Der König wandte sich drohend zu Lena. »Euer Eis bricht gerade, Frau Königin.«

»Es ist mir egal. Dieser Mistkerl hat versucht, Eure Tochter zu vergewaltigen, und Ihr fragt, was sie tun würde, wenn sie ihn heiraten müsste?«

Der König wandte sich wieder zu Hannah. »Du wirst ihn heiraten.«

»Nein! Er hat versucht, sich mir aufzuzwingen!«

»Das weißt du nicht sicher. Du sagst ja selbst, dass er dir nichts getan hat. Wie viel Honigwein hast du getrunken? Vielleicht hast du etwas missverstanden? Du warst müde, und er hat dir geholfen, dich auszuruhen, damit du dich nicht vor deinen Gästen blamierst.«

»Ich war nicht betrunken. Und er hat mir gesagt, was er vorhat!«

»Kannst du ihm das vorwerfen? Du bist unwiderstehlich. Er hat sich unsterblich in dich verliebt und wollte eben sichergehen, dass er deine Hand bekommt.«

Hannah taumelte zurück und Lenas Fingerspitzen glühten. Sie würde dem König am liebsten einen Fluch auf den Hals jagen oder ihm zumindest eine reinschlagen. Sie ging drohend einen Schritt auf ihn zu.

»Was?« Der König drehte sich abrupt zu ihr um. »Wollt Ihr mich umbringen? Ich durchschaue Euch!« Er wandte sich an Hannah. »Sieh mal, mein Kind. Du warst mit dem Prinzen allein. Mir wurde bereits zugetragen, dass man gesehen hat, wie du auf ihn gestützt den Ballsaal verlassen hast. Du kannst dankbar sein, dass der Prinz bisher diskret geblieben ist. Solltest du seine Hand ausschlagen, muss er nur andeuten, dass du während des Balls mit ihm allein warst, und dein Ruf wird ruiniert sein. Du wirst mich und das ganze Königreich blamieren. Man wird Lieder dichten über das Flittchen Schneewittchen. Die Ehe mit ihm hast du dir selbst zu verdanken. Du hättest eben nicht so unvorsichtig sein dürfen.«

Lena wurde schlecht. Speiübel. Kalter Schweiß stand ihr auf der Stirn, und sie bekam kaum noch Luft. Noch nie hatte sie sich so hilflos und gleichzeitig so wütend gefühlt. Sie zitterte, und ihre Fingerspitzen drohten vor unterdrückter Magie zu verbrennen. Sie würde es nicht mehr lang verbergen können.

»Du wirst ihn heiraten. Das ist mein letztes Wort.«

»Lieber würde ich abhauen. Nein, sterben!«, schrie Hannah und stürmte davon.

»Und nur über meine Leiche«, fügte Lena hinzu.

»Das könnt Ihr haben.« Der König lächelte kalt.

Voller Abscheu, Wut und Grauen vor dem König rannte Lena Schneewittchen hinterher, während es Mitternacht schlug und das Feuerwerk den Nachthimmel erleuchtete. Kurz danach übernahm der Winter wieder die Herrschaft über das Schloss.

21. Schneewittchen muss weg

Die Nacht verbrachte Hannah in Lenas Gemach. Sobald sie sich in den Schlaf geweint hatte, winkte Lena die Amme zu sich und ging mit ihr hinter den Paravent. »Was hast du erfahren?«, flüsterte sie.

»Wie du vermutet hast, kennt niemand aus dem Schloss die Mutter der Prinzessin, alle wurden erst nach ihrem Tod vom König selbst eingestellt. Und noch etwas könnte für dich interessant sein: Nach dem Tod der Königin gab es viele Hinrichtungen. Vor allem Hexen und ihre Familien wurden ausgelöscht. Der Verdacht, eine zu sein, reichte schon.«

»So hat er sich also aller entledigt, die den wahren König gesehen haben«, murmelte Lena. »Ist so auch Lunas Mutter gestorben?«

»Nein. Sie ist noch vor den Massenhinrichtungen verschwunden, kurz nachdem die alte Göttin die Welt verlassen hat.«

Hannah stöhnte im Albtraum. Tine als alte Amme hielt es nicht aus, warf Lena einen entschuldigenden Blick zu und eilte zum Mädchen.

Mit zunehmendem Verständnis formte sich in Lena ein Plan. Als Erstes musste sie Hannah in Sicherheit bringen, weit weg vom Prinzen und dem König. Sie stieg in ihre geheime Dachkammer und packte die Zuckervögel der Knusperhexe aus. Sie sah sich noch einmal um, vergewisserte sich, dass ihr auch wirklich niemand zuhörte. Es war lächerlich, aber sie befand sich hier in der Märchenwelt, und gerade lief alles so gar nicht nach Plan.

Dem grünen Vogel flüsterte sie eine Nachricht für den Jäger zu: »Janis, halt dich bereit. Du musst die Prinzessin in das Knusperhaus begleiten. Niemand darf euch sehen. Ich werde sie nach Anbruch der Nacht zu deiner Hütte bringen. Schick den Vogel bitte zurück, wenn du die Nachricht empfangen hast.«

Den roten Vogel bat sie, zur Zuckerhexe zu fliegen. »Rosa, morgen Nacht wird der Jäger Schneewittchen zu dir bringen. Sie müssten vor der Morgendämmerung ankommen.« Lena dachte an den Spiegel. »Wenn du kannst, verstecke dein Haus mit einem Schutzzauber gegen neugierige Blicke. Schick mir den Vogel bitte zurück, falls du die Nachricht empfangen kannst.«

Sobald die Vögel durch das Fenster davongeflogen waren, trat Lena entschlossen zum antiken, vollgestellten Sekretär. Sie hatte es bisher nicht für nötig gehalten, sich mit Lunas Giften zu befassen, doch langsam gingen ihr die Ideen aus, wie sie sich und Schneewittchen retten sollte, ohne zu den Mitteln der bösen Königin zu greifen.

Wieder sprühten Funken aus Lenas Fingern. Da sie hier allein war, öffnete sie die Handfläche und betrachtete sie. Unter ihrer Haut bewegte sich Licht. Es brannte. Sollte dunkle Magie nicht anders aussehen? Unheimlicher? Zumindest grün oder schwarz, nicht wie Sonnenlicht.

Magie ... als Mädchen hatte Lena stets davon geträumt, zaubern zu können. Und nun, nachdem sie mit dem Berufseinstieg endgültig im Ernst des erwachsenen Lebens angekommen war, besaß sie Magie. Unpassender hätte es nicht kommen können.

Lena streckte eine Hand in Richtung des erkalteten Kamins aus und stellte sich vor, wie darin ein warmes Feuer prasselte. Flammen schossen aus ihren Fingerspitzen. Dieses Mal verbrannte es sie nicht. Lena vermutete, weil sie dieser Kraft freien Lauf ließ. Ein paar Atemzüge später flackerte ein ruhiges, einladendes Feuer im Kamin. Es war magisches Feuer, das sich nicht von Holz oder Kohle nähren musste. Es wärmte, ohne zu rauchen, und es erhellte die Dachkammer. Perfekt, um hier unerkannt studieren zu können. Lena horchte nach unten. Alles war ruhig.

Stimmen aus ihrem Gemach weckten Lena, sie fuhr vom Schreibtisch hoch. Während sie im Feuerschein versucht hatte, Lunas Aufzeichnungen zu entziffern und etwas davon zu verstehen, war sie eingeschlafen.

Sie brauchte einen Augenblick, um wach zu werden. Da unten redete ein Mann. Lena sprang auf. Ein Klopfen am Fenster hielt sie auf. Die Zuckervögel waren wieder da. Verdammt. Sie hatte so fest geschlafen, dass sie die beiden nicht gehört hatte. Und jetzt passte es gerade gar nicht, sie würden warten müssen. Zuerst Hannah.

Lena schlich die Treppe hinunter, zum Glück knarzte das Holz nicht. Vielleicht lag es auch daran, dass Lena sich wünschte, dass die Stufen kein Geräusch von sich gaben. Ihre Hände glühten rötlich, während sie sich am Treppengeländer festhielt.

Leise wie eine Katze betrat sie ihr Gemach und schloss lautlos die Tür hinter sich. In Gedanken bedankte sich Lena bei der Königin, weil sie den Eingang zur geheimen Dachkammer im Waschbereich hinter dem Paravent versteckt hatte.

»Der König wünscht, dass sich die Prinzessin fertig macht, um mit Prinz Marcel einen Ausritt zu machen. Sie soll ihm die Ländereien rund um das Schloss zeigen.«

Lena hantierte geräuschvoll mit einer Schüssel, goss sich etwas Wasser über die Hände, schnappte sich ein Handtuch und trat mit hocherhobenem Kopf hinter dem Paravent hervor. Hannah saß mit weit aufgerissenen Augen gegen das Kopfende des Bettes gedrückt und hatte sich die Decke bis ans Kinn hochgezogen. Ihre Augen waren verquollen vom vielen Weinen am Vorabend, und sie war leichenblass.

Drohend musterte Lena den Kammerdiener des Königs von oben bis unten. »Die Prinzessin ist unpässlich. Sie hat Kopfschmerzen, und meine Amme musste ihr vorhin Wadenwickel machen, da sie gefiebert hatte. Soll sie in diesem Zustand in der Kälte ausreiten?«

Der Kammerdiener verbeugte sich vor ihr. »Aber der König ...«

»Soll selbst hierherkommen und sich vom Wahrheitsgehalt meiner Worte überzeugen«, unterbrach Lena ihn.

Ratlos stand der Kammerdiener da, in der halben Verbeugung erstarrt. Lena musste ihn mit einem Kompromissvorschlag zurückschicken, wenn der König nicht mit dem Kopf durch die Wand gehen sollte.

Sie warf Hannah einen schnellen Blick zu und wandte sich erneut an den Kammerdiener. »Richte dem König aus, dass die Prinzessin heute Abend zu einem leichten Mahl erscheinen wird. Da kann unser Schneewittchen Prinz Marcel die Ländereien beschreiben. Alles andere ist im Angesicht des gesundheitlichen Zustandes der Prinzessin nicht möglich.«

Vom Bett her ertönte ein Schniefen und Husten, Hannah spielte mit. »Frau Mutter«, sagte sie mit kläglicher Stimme und streckte eine Hand nach Lena aus. »Mir ist nicht gut.«

Lena eilte zu ihr und befahl über die Schulter: »Schickt den königlichen Leibarzt. Unverzüglich!«

Der Kammerdiener ging und der Arzt kam. Hannah machte ihre Sache gut. Sie krächzte, hustete und klagte über Bauchschmerzen. Der Arzt ließ Hannah eine Salbe da, die nach Thymian roch, ließ zusätzlich einen Kräutertee bringen und riet Lena, dem kranken Kind Innereien zu servieren. Ein Rehherz würde das Herz der Prinzessin stärken, Hühnermägen den Appetit steigern. Nach einer halben Stunde eilte er mit sorgenvollem Gesicht hinaus, um dem König zu berichten.

Sobald sich die Tür hinter ihm geschlossen hatte, packte Hannah Lena an den Händen. »Ich kann und will den Prinzen nicht heiraten.« Wieder sammelten sich Tränen in ihren Augen. »Bitte, Mutter, helft mir. Ich ertrage ihn nicht. Ich habe Angst vor ihm. Ihr habt versprochen, dass, wenn mir niemand gefällt ...« Sie schluchzte.

Lena nahm das Mädchen in den Arm. »Ich weiß. Das werde ich nicht zulassen. Ich habe einen Plan, und ich habe die ersten Schritte bereits in die Wege geleitet«, flüsterte sie ihr ins Ohr.

Hannah richtete sich auf und schob Lena von sich. »Was habt Ihr vor?«

»Vertraust du mir?« Hannah nickte, und unbewusst, wie sie es schon so oft bei Anna getan hatte, gab Lena ihr einen Kuss auf die Stirn. Schneewittchen erstarrte. Einen Augenblick später drückte sie stumm Lenas Hand.

Lena erhob sich vom Bett und drückte sich einen Zeigefinger gegen die Lippen. »Komm mit«, flüsterte sie und bedeutete Tine mitzukommen.

Hannah kletterte aus dem Bett, und Lena führte sie hoch in ihr geheimes Dachzimmer. »Unglaublich«, entfuhr es Hannah, als sie es betrat.

Im Kamin flackerte noch das magische Feuer, und draußen hatte es wieder angefangen zu schneien. Es sah so kitschig aus wie auf einer Weihnachtspostkarte. Lena liebte es.

»Fass hier bitte nichts an«, warnte Lena und ging schnurstracks zum Fenster. Die beiden Zuckervögel waren fast eingeschneit. Ein eisiger Wind blies ins Zimmer, und ein paar lose Blätter flatterten vom Schreibtisch, während Lena die Zuckervögel vorsichtig hereinholte. Sie eilte zum Feuer, um die beiden vom Schnee und den Eiszapfen am Schnabel zu befreien.

»Was geht hier vor?«, fragte Hannah mit unsicherer Stimme.

»Warte, ich erkläre dir gleich alles.« Lena nahm den grünen Vogel in die Hände und sah ihn erwartungsvoll an.

Seine Augen verdunkelten sich, er spreizte seine kleinen glänzenden Flügel, öffnete den Schnabel und begann unverzüglich mit der Stimme des Jägers zu reden: »Ich werde nach Sonnenuntergang bereit sein, die Prinzessin zusammen mit Euch zum Knusperhaus zu bringen. Alles andere unterliegt keiner Diskussion.« Hinter dem Ärger in seiner Stimme schwang Sorge mit. »Der dichte Schneefall ist unser Freund. Sorgt dafür, dass Ihr unerkannt bleibt. Verkleidet Euch als Marktfrauen, die sind auch noch zu später Stunde unterwegs.«

Hannah hörte mit weit aufgerissenen Augen zu.

Der grüne Vogel flatterte von Lenas Hand und der rote sprang hinein, öffnete seinen Schnabel und sagte mit der Stimme der Knusperhexe: »Schneewittchen ist hier jederzeit willkommen. Danke, dass du Bescheid gegeben hast. Das mit dem Schutzzauber wird Wurzelstimmchen übernehmen. Ich hoffe, dass ich danach noch selbst mein Haus finde.« Der Vogel kicherte, und sein kleiner Körper vibrierte dabei. »Übrigens mache ich mir nicht nur um Schneewittchen Sorgen, sondern auch um dich. Du hast mit keinem Wort erwähnt, dass du mitkommst. Du willst doch nicht ernsthaft im Schloss bleiben? Wenn die Prinzessin verschwindet, wird der erste Verdacht auf dich fallen. Wie willst du das dem König erklären? Du musst ebenfalls fliehen. Hier ist Platz für alle. Mit Nero, Wurzelstimmchen, Rudi und dem Jäger können wir euch Schutz bieten. Ihr könnt bleiben, solang ihr wollt. Es ist unser aller Ernst. Wir erwarten heute Nacht nicht nur Schneewittchen hier, sondern auch dich.«

Der Vogel endete und flatterte zum grünen auf den Tisch, wo er erstarrte.

»Ich denke, ihr wisst jetzt, was ich vorhabe«, sagte Lena zu Schneewittchen und der Amme. »Wenn der König wirklich in deine Hochzeit mit dem Prinzen einwilligt, kannst du keinen Tag länger hierbleiben. Ich habe Angst, dass dich der König von mir trennt und der Prinz sich Zugang zu deinen Gemächern verschafft.«

Lena stockte, und die drei schwiegen eine Weile. Sie alle wussten, was Hannah bevorstand, und Lena verfluchte ihre Machtlosigkeit. Sie hasste es, dass Hannahs Meinung so egal war und ihr selbst außer Flucht nichts einfiel. »Der Jäger und der Wolf werden dich sicher ins Knusperhaus bringen, da habe auch ich Zuflucht gefunden. Du wirst es dort gut haben.«

Hannah packte Lenas Hand. »Was ist mit Euch? Ihr kommt doch mit? Die Vögel hatten recht. Ihr könnt unmöglich hierbleiben. Mein Verschwinden wird der beste Grund für den König sein, Euch hinrichten zu lassen. Und was, wenn sie Euch foltern, um herauszufinden, wo ich bin?«

»Nein«, sagte Lena zögernd, »ich kann nicht mitkommen.« Sie hatte mehrere Gründe dafür, zwei davon behielt sie für sich.

Zum einen war die Gefahr, dass der König oder sonst jemand herausfand, wie der Spiegel funktionierte, zu groß. Wenn der König und seine Wachen Lenas Zimmer nach ihrer Flucht durchsuchten, müsste sich der Spiegel nur einmal räuspern, damit sie hinter sein Geheimnis kamen. Das Ding würde dann jedem, der es wissen wollte, verraten, wo sich Hannah und Lena befanden. Das mit dem Spiegel wollte sie Hannah nicht sagen, weil sie Luna, die echte Königin, nach ihrer Rückkehr nicht in Schwierigkeiten bringen wollte. Für Hexerei wurde man hier auf dem Scheiterhaufen verbrannt, und die Chancen standen gut, dass Luna es sich wieder mit Schneewittchen verscherzen würde.

Zum anderen hoffte Lena nach wie vor, einen Weg zurück nach Hause zu finden, und das konnte sie nicht, wenn sie sich bei der Knusperhexe versteckte. Auch das konnte sie Hannah nicht erzählen, es würde das Vertrauen des Mädchens in Lena zertrümmern. Gerade jetzt, wo Schneewittchen außer ihrer Stiefmutter niemanden hatte, konnte und wollte Lena ihr das nicht antun.

Zum Glück gab es noch weitere Gründe, die keine Lüge waren und die sie Hannah guten Gewissens verraten konnte. »Früher oder später wird der König herausfinden, wo du bist. Auch der Prinz wird wohl niemals aufhören, nach dir zu suchen. Ich werde hierbleiben und mich auf die Lauer legen. Sobald sie dir zu nahe kommen, werde ich sie auf falsche Fährten locken. Nur wenn ich hierbleibe, kann ich euch rechtzeitig warnen.« Sie deutete auf die Zuckervögel, die auf dem Kaminsims saßen. »Und noch etwas. Ich möchte, dass du eines Tages dieses Königreich übernimmst, hier glücklich wirst, frei bist und unbesorgt durch die Wälder streifen kannst. Du sollst eigene Freundschaften schließen und die eine oder andere Liebe finden. Ich werde hierbleiben, den König bloßstellen und beweisen, dass er unrechtmäßig auf dem Thron sitzt. Wenn der König gestürzt ist, kannst du den Prinzen davonjagen.«

»Ihr habt Euch verändert, Mutter«, murmelte Hannah. Sie suchte Lenas Blick. »Früher wäre Eure einzige Lösung gewesen, den König umzubringen. Den König ehrlich zu stürzen, wäre Euch zu umständlich gewesen.«

Lenas Magen zog sich zusammen. »Ich bin keine Mörderin.«

»Nein.« Hannah lächelte breit, und ihre Augen strahlten im magischen Schein des Kaminfeuers. »Und ich kann Euch nicht sagen, wie erleichtert ich bin, dass ich mich all die Jahre so in Euch getäuscht habe.«

Hannahs Worte legten sich wie tonnenschwere Gewichte auf Lenas ohnehin schon schlechtes Gewissen.

Den Rest des Tages verbrachten sie in Lenas Zimmer. Noch hofften beide, dass die Ankündigung des Königs, Hannah mit dem Prinzen zu verheiraten, lediglich eine Drohung war. Noch hatte er dem Prinzen keine endgültige Antwort gegeben. Trotzdem bereiteten sie alles für die Flucht vor: Lena erzählte Hannah leise, wie es im Knusperhaus zuging und dass sie auf gar keinen Fall in den Osten des Waldes gehen durfte. Sie packten Wechselkleidung für Hannah in einen Sack und legten vom Frühstück und Mittagessen Reiseproviant zurück. Tine schmuggelte Wintersachen in Lenas Gemach und besorgte heimlich alte Kleidung für ihre Tarnung.

Was der Jäger über den Vogel vorgeschlagen hatte, war

eine gute Idee. Es stand sogar genau so im Märchen. Da hatte sich die Königin auch als eine alte Marktfrau ausgegeben, zwar mit dem Ziel, Schneewittchen bei den sieben Zwergen umzubringen und nicht, um sie zu retten, aber sie hatte sich verkleidet.

Nachmittags schlief Hannah für die Nacht vor. Schließlich begann es zu dämmern, und es wurde Zeit für das Abendessen mit dem König und dem Prinzen.

Als sie den Speisesaal betraten, verzog der König missbilligend die Lippen. »Mir war nicht klar, dass wir uns im Notstand befinden. Oder wie sonst kann ich mir diesen ärmlichen Aufzug erklären?«

Lena beachtete ihn nicht. Sie fühlte sich wohl in ihrem Hauskleid.

Für Hannah war zu seiner Linken eingedeckt worden, und neben ihrem leeren Stuhl saß bereits Prinz Marcel. Er erhob sich, als Lena und Hannah den Raum betraten. Hannah war noch blasser als sonst, was nur die Lüge unterstrich, dass sie krank war. Mit gesenktem Kopf lief sie neben Lena zum Tisch.

In einer plötzlichen Eingebung schob Lena Schneewittchen auf den ihr angedachten Platz. Sie selbst setzte sich auf Hannahs Stuhl zwischen den König und den Prinzen. Lächelnd wandte sie sich zum Gast. »So können wir uns besser kennenlernen, schließlich habt Ihr um die Hand meiner geliebten Stieftochter angehalten.«

Bei der Erwähnung der Hochzeit strahlte der Prinz und ließ sich neben Lena nieder.

Als in allen Tellern eine Suppe dampfte und die Diener sich wieder an die Seiten des Speisesaals zurückgezogen hatten, ergriff der König das Wort: »Mein Kind, es wird dich freuen zu erfahren, dass Prinz Marcel um deine Hand angehalten hat und die Verhandlungen abgeschlossen sind.«

Hannah hob zum ersten Mal den Kopf und wandte sich mit einem letzten Funken Hoffnung an ihren Vater.

Er ergriff ihre Hand. »Ich habe der Heirat zugestimmt, weil ich mir sicher bin, dass ihr glücklich und zufrieden miteinander werdet.«

Hannah stiegen die Tränen hoch, und eine rann ihr über die Wange.

Der König ließ ihre Hand los und drehte sich zum Prinzen. »Freudentränen.«

»Ihr seht bezaubernd aus«, hauchte der Prinz. Fasziniert musterte er Hannahs Gesicht, das noch blasser war als sonst. »Seid Euch meiner ewigen Liebe gewiss.«

»Das war der Hauptgrund, warum ich zugestimmt habe. Mein Kind, Prinz Marcel liebt dich aufrichtig. Er wird dich und deine Schönheit bewahren und auf ewig ehren. Du wirst Ruhe und Frieden in seinen Armen und in seinem Schloss finden.«

Lena legte ihren Löffel weg, ihr war der Appetit vergangen. Hannah sank in sich zusammen. Wenn es so weiterging, würde Schneewittchen hier vor Kummer schmelzen.

Der König und der Prinz unterhielten sich über ihre Reiche, die Landschaft, die Menschen und die Zauberwesen. Der Prinz berichtete unter anderem über die sieben fleißigen Zwerge, die dafür sorgten, dass die königliche Schatzkammer stets gut gefüllt war. Das erlaubte seinem Vater, nur minimale Steuern beim Volk zu erheben. Und er hatte vor, das später beizubehalten.

Wenn man ihm zuhörte und ihn ansah, passte er ausgezeichnet für die Rolle des Märchenprinzen. Und doch brach da diese dunkle Gier aus ihm, wenn sein Blick auf

Hannah fiel. Lena hatte es schon häufiger bemerkt, dass die mit dem größten Knall auf Außenstehende am sympathischsten wirkten.

Sobald die Suppe und die Vorspeisen abgedeckt waren, erhob sich Lena, umrundete den Tisch und zog Hannah auf die Füße. Hauptgang und Nachtisch würde sie in dieser Gesellschaft nicht mehr ertragen können. »Die Prinzessin ist unpässlich, und wir wollen ihre Gesundheit nicht überstrapazieren«, verkündete sie.

Der Prinz erhob und verbeugte sich. »Ich wünsche Euch gute Besserung. Bis es Euch besser geht, werde ich hierbleiben. Nur mit Euch an meiner Seite vermag ich in mein Königreich zurückzukehren. Lasst Euch Zeit. Es ist mir gleich, ob wir in drei Tagen oder in einem Jahr aufbrechen.«

Oder ob sie dabei tot oder lebendig ist, schoss es Lena durch den Kopf. Aber nicht, solang sie die Königin hier war. Noch heute Nacht würde der Jäger Schneewittchen in den Wald bringen.

22. Ein Aufschub

Mit Hannah an der Hand eilte sie in ihr Gemach und dann sofort weiter auf den geheimen Dachboden.

Tine folgte ihnen in die Giftkammer. »Frau Königin, ich flehe Euch an, mit dem Jäger und Schneewittchen zu fliehen.«

»Mein Entschluss steht fest«, sagte Lena bestimmt. Sie deutete aus dem Fenster. »Es ist bereits dunkel, und es wird immer kälter. Der Jäger wartet bestimmt schon.«

Tine zögerte kurz und verbeugte sich dann vor Lena. »Wie Ihr wünscht, meine Königin.«

Lena stutzte. Es war das erste Mal, dass Tine »meine Königin« statt »Frau Königin« zu ihr gesagt hatte. Luna durfte das niemals erfahren.

Die Amme holte die abgenutzten, einfachen Kleider, die sie über den Tag hereingeschmuggelt hatte, und half Lena sowie Hannah, sich umzuziehen.

Bevor Schneewittchen in die alten Sachen schlüpfte, gab Lena ihr den roten Zuckervogel. »Versteck ihn in deinem Bustier. Wenn was ist, sag ihm einfach deine Nachricht und schick ihn zu mir oder zu wem auch immer du willst. Er wird den Weg finden.«

Ehrfürchtig nahm die Prinzessin Lena den Vogel ab und tat, wie ihr geheißen.

Die Kleidung war alt, abgewetzt und hatte an einigen Stellen Löcher. Umso erstaunter war Lena darüber, wie frisch und sauber sie roch und wie angenehm sie sich auf der Haut anfühlte.

Tine eilte hinunter und kam mit einer Kehrschaufel voll Asche zurück, die sie aus dem Kamin im Gemach der Königin herausgefegt hatte. Schneewittchen schmierte sich etwas davon auf die Kleidung, ins Gesicht und über die Haare, um ihren Glanz zu verbergen. Nachdem sie sich eine alte Haube aufgesetzt hatte, war unter der dicken Ascheschicht und der alten Kleidung nichts mehr von der Prinzessin zu erkennen.

Lena wollte sich gerade genauso maskieren, als Tine ihre Hand festhielt. »Ich halte das für keine gute Idee. Wenn Ihr fliehen würdet, wäre das kein Problem. Da Ihr allerdings hierbleibt, hinterlässt Asche zu viele verdächtige Spuren an Euch, Die Gefahr ist zu groß, dass eine Zofe einen Aschefleck an Euch oder in Eurer Waschecke entdeckt. Es wird Fragen nach sich ziehen, insbesondere, nachdem die Prinzessin verschwunden ist.«

»Und was schlägst du vor?«, fragte Lena.

»Wünscht es Euch«, sagte Tine leise.

»Was?«

»Wünscht es Euch«, wiederholte Tine und deutete zum magischen Feuer. »Es ist erwacht, nicht wahr? Wünscht es Euch.«

Lena begriff. Sie atmete tief ein, wieder aus und schloss die Augen. Sie erinnerte sich an das Gefühl, als sie das Feuer entzündet hatte, stellte es sich vor, und tatsächlich, ihre Fingerspitzen begannen wieder zu kribbeln. Dann stellte sie sich eine alte, gebeugte Frau vor, eine wie in den Schneewittchenfilmen. Tatsächlich, ihr Körper zog sich zusammen. Es war unangenehm, aber nicht schmerzhaft.

»Perfekt«, urteilte Tine.

Lena öffnete die Augen. Schneewittchen hatte sich entsetzt eine Hand vor den Mund geschlagen, Tine dagegen hielt ihr zufrieden lächelnd einen kleinen Handspiegel vor. Die Amme war nun größer als sie und der Boden viel näher als sonst. Sie hatte sich zusammengeschrumpft. Lena blickte in den Spiegel und erkannte sich nicht wieder. Ihre Haare waren grau, das Gesicht faltig, die Augen lagen in tiefen Augenhöhlen. Ihr fehlten einige Zähne.

»Gut. Das müsste reichen. Hannah, wir müssen los.« Lena ging in Richtung Treppe.

Tine räusperte sich. »Frau Königin, vielleicht wäre es besser, wenn Ihr diesen Gang nehmt.« Sie stapfte einmal mit dem Fuß auf, und hinter ihr tat sich im Boden eine geheime Falltür auf. Überrascht hielt Lena inne und spielte dann ihre Rolle. Sie schlug sich mit der Hand gegen die Stirn. »Natürlich. Nach dem Sturz bin ich so vergesslich geworden.«

Die Falltür führte zu einer schmalen Treppe. Während Lena und Hannah hinabstiegen, gingen alle paar Meter Fackeln an. Plötzlich verstand Lena, dass sie in ihrer Welt mit den Bewegungsmeldern einfach nur die Magie der Märchen nachgeahmt hatten. Der Wunsch, Licht zu besitzen, das auf Bewegung reagierte, war wohl schon seit jeher im menschlichen Geist verankert. Was war nun die Realität? Die Welt der Fantasie, wo die Ideen geboren wurden, oder die Welt, aus der sie kam, wo die Ideen ausgeführt wurden? Und welche Welt war aus welcher entstanden? Vielleicht war ja die Realität der Märchenwelt entsprungen, dann wäre die fantastische Welt älter als die Realität, die ihrerseits die Märchenwelt mit ihren Geschichten nährte. Es war ein Kreis.

Lena stolperte. Hannah packte sie von hinten an der Schulter und verhinderte so einen Sturz. Genug herumphilosophiert, sie musste sich auf ihre Füße und den Abstieg konzentrieren. Die Bewegung und das Treppensteigen mit ihrer neuen Körpergröße fühlten sich an, als hätte sie nach Jahren wieder eine neue Brille mit einer höheren Stärke bekommen. Die Welt war um eine Winzigkeit verrutscht, sodass die Bewegungen erst mal neu eingeübt und justiert werden mussten.

Lena und Hannah nahmen die Dienstbotenausgänge. Niemand beachtete die alte gebeugte Frau und ihre schmutzige Gehilfin. Der dichte Schneefall kam mehr als gelegen, hinter dem Schleier aus weißen Flocken waren sie zum einen noch schlechter zu erkennen und zum anderen befand sich gerade niemand draußen, der nicht unbedingt hinausmusste. Schneller als erhofft kamen sie bei der Hütte des Jägers an.

Mit dem Wolf und drei gesattelten Pferden wartete er bereits vor dem Haus. Er trug einen langen Mantel mit Innenfell, Stiefel, Handschuhe und eine Fellmütze, die er sich tief ins Gesicht gezogen hatte. Kurz musterte er die beiden Frauen und verbeugte sich dann vor Lena, genau so wie vor dem Tanz. Lena dachte an den Handkuss und seine warme Hand an ihrem Rücken, und ihr wurde heiß. Seit Nero sie von der Tanzfläche gezogen hatte, waren sie sich nicht mehr über den Weg gelaufen. Lena fragte sich, ob er noch einmal an ihren Walzer gedacht hatte.

Schweigend trat er zu einem weißen Pferd und wischte den Schnee vom Sattel. »Frau Königin, ich helfe Euch hinauf.«

Lena riss sich zusammen. Das war nicht der richtige Zeitpunkt für Träumereien. Sie deutete auf Hannah. »Nicht mir, sondern ihr sollst du helfen.«

Der Jäger senkte den Arm. »Das ist nicht Euer Ernst, Frau Königin.«

»Mein voller.« Lena funkelte ihn von unten an. Sie vermisste ihre Körpergröße und hoffte sehr, dass sie sich ohne größere Schwierigkeiten wieder zurückverwandeln konnte.

»Ihr kommt mit.« Der Jäger trat auf sie zu, und auch der Wolf setzte sich in Bewegung. Wollte er sie etwa mitschleifen?

Lena richtete sich auf und ... wuchs. Unwillkürlich verlor sie die Gestalt der alten Marktfrau und – sie blickte auf ihre Hände – verwandelte sich zurück. »Verdammt«, entfuhr es ihr. Sie sah sich um. Hoffentlich beobachtete sie jetzt niemand.

Der Jäger baute sich vor ihr auf. »Ich werde nicht ohne Euch gehen.«

»Ich auch nicht.« Neben den Jäger trat der Wolf.

Lena würde gleich der Geduldsfaden reißen, sie flehte die verschwundene alte Göttin um Gelassenheit an und ballte die Fäuste. »Ihr zwei begleitet Schneewittchen sicher zum Knusperhäuschen und bleibt alle dort. Das ist ein Befehl. Ein königlicher, wenn ihr wollt. Ich werde hier genug zu tun haben, ohne mich auch noch um euch sorgen zu müssen. Habt ihr verstanden?« Sie atmete durch. Wenn sie nur wüssten, wie gern sie mitkommen würde. Wie verdammt gern sie mit dem Jäger auf einem Pferd reiten würde. »Wir werden über die Vögel Kontakt zueinander halten. Ihr müsst gehen, und ich werde nicht mitkommen.« Bei den letzten Worten zitterte ihre Stimme. Wenn sie so weitermachten, würde sie gleich losheulen.

»Wie kann ich Euch umstimmen?«, fragte der Jäger sanft. Sein verzweifelter Tonfall brach Lena das Herz. »Zwingt mich nicht dazu, Euch zu betäuben und zu entführen.«

»Bitte.« Lena legte eine Hand auf seine Brust. »Wir

werden nie frei sein, wenn ich jetzt weggehe. Ich muss es versuchen. Verstehst du, Janis?«

Er legte seine Hand über ihre, und einige Atemzüge lang standen sie einfach da und blickten sich in die Augen.

»Also gut.«

Lena atmete auf, während sie sich gleichzeitig wünschte, dass er sie von hier fortbrachte.

»Rudi bleibt in der Nähe. Im Wald wimmelt es vor Wölfen, da wird einer mehr nicht auffallen.«

Lena wollte protestieren, doch zum einen hatte sie keine Kraft für einen Kampf, zum anderen war sie froh, nicht ganz allein im Schloss zurückzubleiben. In der Hitze zwischen dem Jäger und ihr schmolzen die Schneeflocken. Lena zwang sich, ihre Hand zurückzuziehen und einen Schritt zurückzutreten. Sie wandte sich ab, um ihr glühendes Gesicht vor ihm zu verbergen. Mit großen Schritten ging sie zu Hannah, die bereits bei den Pferden stand und den Sattel eines Schimmels von Schnee gefreite.

Lena kam nicht weit. Von hinten legte Janis ihr die Arme um die Taille und drückte sie an sich. »Passt auf Euch auf.«

Es war nur ganz kurz, und er ließ sie sofort wieder los, dennoch war Lenas Puls bei gefühlt über zweihundert. Zu allem Überfluss wurde Hannah bei ihrem Anblick so rot, dass Lena es selbst auf die Entfernung durch den Schneefall erkannte.

Lena riss die Arme hoch. »Das ist nicht das, was du denkst!« Sie stoppte. Unglaublich, wie schnell ihr diese Floskel über die Lippen gerutscht war. Aber es stimmte. Oder nicht? Schnell stapfte sie weiter zu Hannah, die angestrengt über den schneefreien Sattel fegte. »Zwischen uns ist nichts«, beteuerte Lena. »Ich habe den König nicht betrogen.«

Hannah hielt inne, drehte sich zu Lena und grinste. »Und wenn, wäre es nicht schlimm.«

Perplex blinzelte Lena. Ihr fiel keine passende Antwort ein.

Hannah nahm sie in den Arm. »Frau Mutter, Ihr müsst Euch in die Marktfrau zurückverwandeln.«

Ja. Das war eine gute Ablenkung vom Jäger. Wie vorhin bei der ersten Verwandlung atmete Lena tief durch und schloss die Augen. Wie hatte sie es noch mal gemacht? Es war so einfach. Sie stellte sich wieder vor, wie sie die Form der alten Marktfrau einnahm, spürte in sich hinein, erinnerte sich an das Feuer in den Fingerspitzen, das nichts gegen den Lavastrom der Gefühle war, die sie dem Jäger zu verdanken hatte.

Nichts passierte. Sie versuchte es noch einige Male, ging dafür sogar hinter die Hütte, um allein zu sein. Es funktionierte nicht. Vielleicht war es nicht nur die Sache mit dem Jäger. Möglich, dass es den Giftdachboden der Königin brauchte, wo jeder Gegenstand mit schwarzer Magie aufgeladen war, damit sie sich verwandeln konnte.

Lena stapfte hinter der Hütte hervor. »Es will einfach nicht gelingen. Wisst ihr was, ich wickle mir einfach einen Schal um den Kopf, damit man meine Haare nicht sieht. Wenn ich gebeugt gehe ...«

»Nein«, sagten der Jäger und Hannah gleichzeitig.

»Das kommt nicht infrage«, fuhr Janis fort. »Es braucht nur eine Person zu sehen, wie Ihr in der Nacht, als die Prinzessin verschwunden ist, allein unterwegs wart. Der König wird Euch einen Strick daraus drehen.«

Lena fuhr sich übers Gesicht. »Ich weiß, nur was soll

ich machen? Ich kann mich ja schlecht in mein Zimmer teleportieren.«

Die drei Märchengestalten wechselten verwunderte Blicke.

Lena biss sich auf die Zunge. »Ich meine, mich in mein Zimmer zaubern.«

Rudi räusperte sich. »Apropos zaubern.« Er trat zu Hannahs Pferd und zog mit dem Maul den Sack herunter, in dem Hannah etwas Wechselkleidung mitgenommen hatte.

»Hey«, protestierte Schneewittchen und wollte den Beutel wieder aufheben, doch Rudi stellte beide Vorderpfoten darauf. »Lasst mich erklären. Also, ein bisschen Zauberkraft steckt auch in mir. Wenn ich die Kleidung von jemandem anziehe, kann ich mich ziemlich gut in diese Person verwandeln.«

Lena überlegte. In den Märchenbüchern wurde er einfach nur als Wolf mit einer Haube abgebildet. Und Rotkäppchen hatte ihn an den großen Zähnen, Ohren und Augen erkannt. »Bist du dir sicher, dass du deinen Opfern ähnelst?«

»Seht selbst.« Erstaunlich sorgfältig öffnete der Wolf mit den Zähnen den Knoten des Sacks und kroch mit dem Schädel voraus hinein. Lena fragte sich gerade, wie er Hannas Kleid ohne Daumen anziehen wollte, als der Wolf auch schon auf allen vieren aus dem Sack herauskroch, genauer gesagt kroch Hannah heraus.

Lena klappte der Mund auf. Der Wolf hatte nicht zu viel versprochen. Tatsächlich, es war Hannah. Oder fast. Lena gab ihm für die Verwandlung acht von zehn Punkten, zwei Punkte musste sie ihm abziehen, weil Zähne, Augen, Ohren und Hände zu groß waren. Glücklicherweise war es nichts, was man nicht mit Kleidung, Handschuhen, einem Schal und einer Haube verbergen konnte. Besonders in der Dunkelheit würde er hervorragend als Schneewittchen durchgehen.

»Was sagt ihr?«, fragte Rudi. Er klang wie Schneewittchen mit Halsschmerzen.

Der Jäger pfiff leise, und Hannah umkreiste den Wolf. Als sie wieder frontal vor ihm stand, klopfte sie ihm einmal anerkennend auf die Schulter. »Nicht schlecht. Wirklich beeindruckend.«

Der Jäger ging schnell in seine Hütte und kam mit ein paar Handschuhen sowie einer breiten Fellmütze, Schal, Stiefeln und einem Wollmantel heraus. Er reichte die Sachen dem Wolf. »Hier. Damit wirst du dich komplett in die Prinzessin verwandeln können, die nachts im Winter unterwegs ist.«

»Wie lange kannst du das aufrechterhalten?«, fragte Lena. Sie wusste, dass in den Märchen alles einen Haken oder eine begrenzte Lebensdauer hatte.

»Eine Nacht«, antwortete der Wolf.

Lena grinste, weil sich gerade ein großartiger Plan vor ihr entfaltete. »Du wirst bei mir auf dem Zimmer bleiben, tief unter der Decke versteckt. Wir haben heute vorgespielt, dass Hannah Fieber hat, das ist die beste Vorlage dafür, dass du weiterhin das Bett hütest. Morgen früh werde ich den König um ein Treffen bitten, um deinen Gesundheitszustand zu besprechen. Währenddessen werde ich Prinz Marcel erlauben, dich in Anwesenheit von Tine und den Zofen zu besuchen, um sich nach deinem Gesundheitszustand zu erkundigen. Sobald er geht und du wieder allein bist, wirst du über den Geheimgang in den Wald abhauen. Wenn ich zurückkomme, ist die Prinzessin weg. Der Prinz wird somit der Letzte sein, der sie gesehen hat. Ich werde mit Hannahs Verschwinden nicht in Verbindung gebracht und bekomme dadurch Zeit, eine Palastrevolte anzuzetteln.« Lena klatschte aufgeregt in die Hände. »Das ist perfekt!«

Der Jäger schnaubte. »Glaubt Ihr wirklich, dass dieser hanebüchene Plan funktionieren wird?«

Trotzig verschränkte Lena die Arme vor der Brust. »Er muss, und wir haben keinen anderen. Ein bisschen Magie, ein bisschen Glück, und dann wird schon alles schiefgehen.«

»Genau, es wird schiefgehen.« Der Jäger trat wieder vor Lena. »Habe ich wirklich keine Möglichkeit, Euch zu überzeugen, mit uns mitzugehen?«

»Nein«, antwortete Lena bestimmt.

»Das einzig Gute an Eurem Plan ist, dass Rudi in Eurer unmittelbaren Nähe bleibt. Einen Wolf bei sich zu haben, ist besser als keinen Wolf. Er ist zwar nicht der beste Jäger, aber er hat keine Hemmungen, jemandem den Kopf abzureißen.«

»Nein, habe ich nicht«, sagte Rudis Schneewittchenversion mit einem wölfischen Grinsen.

Lena jagte es einen Schauer über den Rücken. Das hier war der Stoff, aus dem Horrorgeschichten gestrickt waren. Hannah dagegen kicherte, während sie ihren Sack mit den restlichen Kleidungsstücken aufhob, ihn wieder verschnürte und an einem Pferd befestigte. Wenigstens würde das Mädchen keine Albträume bekommen. Es reichte, wenn Lena sie hatte.

Nun mussten sie wirklich los. Lena drückte Hannah noch einmal fest an sich, bevor das Mädchen mühelos aufs Pferd stieg.

Der Jäger zögerte.

Hannah beugte sich zu Lena hinunter. »Na los«, flüsterte sie. »Er wartet auf einen Abschied.«

Lena atmete tief durch und trat vor den Jäger. Er war größer als sie und blickte sie von oben herab mit dunklen Augen an. Einem tiefen Wunsch folgend legte sie die Hände auf seine Schultern, stellte sich auf die Zehenspitzen und gab ihm einen Kuss auf die Wange. »Danke für alles, und pass auf dich auf, ja?«

Es war hoffentlich das letzte Mal, dass sie Janis sah, und es fühlte sich so falsch an. Lena war zum Heulen zumute. Egal was für Gefühle sie Janis gegenüber empfand, sie war in einer festen Beziehung mit Eric. Allein die Tatsache, dass sie Janis so weit in ihr Herz gelassen hatte, grenzte an Betrug.

Bevor sie zurücktreten konnte, hatte der Jäger schon die Arme um sie gelegt und drückte sie an sich. Lenas Puls beschleunigte sich, und auf einmal fragte sie sich, ob es wirklich ihr Happy End wäre, in ihre eigene Welt zurückzukehren, oder ob sie nicht mit ihm und Hannah fliehen sollte.

Nein. Sie konnte Anna nicht Luna überlassen. Ihre kleine Stiefschwester brauchte sie ebenso wie Hannah, die sie vor dem Prinzen und dem König retten musste. Lena kämpfte gegen ihre Tränen an. Am liebsten würde sie einfach nur an seiner Brust heulen und nicht die Probleme von zwei Welten auf ihren Schultern tragen müssen.

»Versucht, nicht leichtsinnig zu sein, bis ich wieder da bin«, sagte der Jäger leise und gab ihr einen zärtlichen Kuss auf die Stirn.

Obwohl das Kribbeln im Bauch ihren Verstand benebelte, gelang es Lena, den Sinn seiner Worte zu verstehen. Sie drückte ihn von sich. »Bis du ... was?«

»Ich bringe Schneewittchen auf dem kürzesten Weg zur Hexe und werde noch vor Sonnenaufgang wieder zurück sein. Wartet, bis ich Euch Nachricht schicke, dass ich hier bin, bevor Ihr das Theater mit dem Wolf abzieht.«

»Nein. Du musst bei der Hexe bleiben.«

»Wenn Ihr Euch von Euren Plänen abbringen lasst, werde ich auch meine anpassen.« Er wartete. »Nun?«

Lena lehnte sich mit der Stirn an seine Brust. »Warum?«

Er legte die Arme um sie. »Ohne Euch ist diese Welt ein trauriger Ort. Für alle. Aber besonders für mich.«

Er hatte es geschafft. Stille Tränen rannen aus ihren Augen und versengten den Schnee zwischen ihnen. So etwas hatte Eric nie zu ihr gesagt. Wie verdammt noch mal sollte sie mit all dem klarkommen, wenn es vorbei und sie wieder in München war?

Sie stieß sich von ihm ab und trat einen Schritt zurück. Mit unendlich viel Wärme in den Augen streckte er den Arm aus und wischte ihr mit dem Daumen die Tränen von einer Wange. »Bitte, versprecht es mir. Unternehmt nichts, bis ich wieder da bin, bis ich Euch den Rücken schützen kann.«

Lena nickte stumm, und der Jäger atmete auf. Es war kein Abschied für immer, sie würden sich morgen früh wiedersehen. Lenas Knie wurden weich, und in ihren Fingern rührte sich erneut die Magie. Sie hatte einen kleinen Aufschub bekommen.

23. Wem gehört die Geschichte?

Die Planänderung erwies sich als hervorragend. Auf dem Rückweg achtete Lena darauf, mit der Prinzessin gesehen zu werden. So würde es schwieriger sein, den Zeitpunkt von Schneewittchens Flucht zu bestimmen und ihren Vorsprung einzuschätzen.

Jetzt musste es nur so glatt weitergehen.

Wenn ihnen eine Zofe entgegenkam, dankte das Wolfschneewittchen lautstark Lena für den kleinen Spaziergang, schwärmte davon, wie gut er ihr getan habe und verkündete, dass sie sich nun auf nichts mehr freue, als wieder in Lenas Bett zu kriechen. Zum Glück begegneten sie weder dem Prinzen noch dem König, beide hätten sicherlich die Veränderungen an Hannah bemerkt.

Ohne aufzufliegen kamen sie in Lenas Gemach an. Sobald alle außer Tine das Zimmer verlassen hatten, streckte sich Rudi herzhaft und begann sich zurück in seine Wolfsform zu verwandeln.

»Was machst du?«, zischte Lena.

Der Wolf hielt auf halber Verwandlung inne. Lena stand nun einem Schneewittchen mit Wolfsohren, Fangzähnen und Pfoten gegenüber, das mit tiefer Stimme knurrte.

Lena unterdrückte das Grauen vor dem Werwesen. »Das kannst du nicht machen. Stell dir vor, es kommt plötzlich jemand herein, dann wäre unser ganzer schöner

Plan einfach ruiniert. Ab ins Bett, und zwar als Prinzessin.«

Mit einem schuldbewussten Winseln befolgte der Wolf Lenas Anweisung. »Hast du wenigstens etwas zu fressen für mich?«, fragte er mit Hannahs Stimme, während er sich die Decke bis zum Kinn hochzog.

Instinktiv trat Lena einen Schritt zurück. Ein hungriger Wolf in ihrem Bett weckte eine Urangst in ihr. »Tine«, sagte sie, ohne den Wolf aus den Augen zu lassen, »kannst du uns aus der Küche etwas besorgen? Sie sollen mir gleich einen ganzen Topf mit gekochten und wenig gewürzten Innereien hochschicken, wie es der königliche Leibarzt empfohlen hat. Richte ihnen aus, dass ich versuchen werde, der Königstochter etwas davon einzuflößen.«

»Eine gute Idee«, lobte Tine und eilte davon.

Während Lena im Lesesessel vor dem Fenster – weit weg vom Bett – auf Tine wartete, wuchs in ihr eine unangenehme Erkenntnis. Das Märchen erfüllte sich auf die eine oder andere Weise. Im Original hatte die Königin Innereien von Wild gegessen, zwar unwissentlich, weil sie dachte, es sei Schneewittchens Herz, aber dennoch. Und nun bestellte sie auch Innereien. Lena hatte Schneewittchen von einem Apfel abbeißen lassen. Obwohl er nicht vergiftet gewesen war, war das Mädchen fast daran erstickt. Sie hatte ihr auch einen Gürtel umgebunden und einen Kamm in die Haare gesteckt.

»Große Göttin«, flüsterte Lena. Sie hatte Schneewittchen sogar wie im Märchen mit dem Jäger in den Wald geschickt. Zwar mit anderen Absichten, dennoch sollte der Jäger Schneewittchen wie im Original wegbringen. Die Reihenfolge war durcheinander, aber das Märchen bahnte sich seinen Weg wie aufgestautes Wasser, das unter Druck stand.

Eine ungute Vorahnung machte sich in Lena breit. Was fehlte noch? Definitiv die Sache mit den sieben Zwergen. Hoffentlich würde das Märchen die Flucht ins Knusperhäuschen als die Episode mit den sieben Zwergen durchgehen lassen.

Endlich betrat Tine das Gemach. Sie war nicht allein, zwei Küchenhilfen schleppten einen großen Kessel herein. Andere brachten Brot, Teller, Besteck und etwas zu trinken. Sie hatten sogar an ein Gestell gedacht, um den Topf über dem Kaminfeuer warm zu halten.

Lena setzt sich vor aller Augen ans Bett und tätschelte dem Wolf die Hand. »Wir versuchen gleich mal etwas zu essen, mein Kind. Ein bisschen Herz oder Leber wird dir guttun, oder wenn du nur ein wenig Suppenbrühe trinkst.«

»Ich habe keinen Hunger«, wimmerte der Wolf. »Bitte, Mutter, ich möchte einfach nur schlafen.«

»Willst du nicht in deine Gemächer gehen?«, fragte Lena ein wenig lauter.

Die Bediensteten spitzten die Ohren.

»Nein!« Der Wolf packte Lenas Hand. »Bitte, Mutter, mir geht es nicht gut. Ich möchte bei Euch bleiben.«

So imitierten sie liebende Stieftochter und Stiefmutter, bis alle gingen. Sobald sich die Tür geschlossen hatte, atmete Lena hörbar auf, und der Wolf kratzte sich heftig am Rücken. »Noch einen Moment und ich hätte es nicht ausgehalten.« Während er das sagte, begann er sich mit dem Rücken wie ein Bär an einem Baum am Bettgestell zu reiben. »Meinst du, sie haben etwas gemerkt?«

»Mach dir keine Gedanken.« Lena brachte ein wenig Abstand zwischen sich und das Bett. Hatte er Flöhe? Bestimmt! Und jetzt in der Wärme waren sie wohl besonders aktiv geworden. Lena würde nie wieder in diesem

Bett schlafen und Luna am besten nichts davon erzählen. »Mit der Schlafhaube, dem Schal und den Händen unter der Decke warst du kaum zu sehen, und die Haare der Königstochter hast du zum Glück gut hinbekommen.«

Sie drehte sich weg und blickte aus dem Fenster, weil sie den Anblick des sich wild kratzenden und vor Genuss knurrenden Schneewittchens nicht ertrug. Der Schnee fiel nun noch dichter. Hoffentlich kamen Schneewittchen und der Jäger gut voran.

Kurz vor Mitternacht hatte sich das ganze Schloss beruhigt. Der Wolf schnarchte in ihrem Bett, und Tine döste im Lesesessel. Vorsichtshalber war die Amme im Gemach geblieben. Lena hatte darauf verzichtet, sich für die Nacht umzuziehen. Wenn der Jäger zurückkam, wollte sie so schnell wie möglich zu ihm gehen können. Sie stieg hoch in die geheime Dachkammer, um hier auf Nachricht vom Jäger zu warten. Außerdem wollte sie hier in Ruhe schon mal den unangenehmen Teil ihres Vorhabens planen. Umgeben von all dem Gift und Lunas dunkler Magie würde ihr sicherlich etwas einfallen, das vielleicht nicht die moralisch sauberste Lösung war, aber zumindest eine Lösung.

Sie lief in der Dachkammer auf und ab. Wieder sprühte Magie aus ihren Fingerspitzen. Hier hatte sie leichteren Zugang zu ihren Kräften. Auch ihre Gedanken wurden klarer und – Lena schluckte – böser. Eine saubere und dauerhafte Lösung für ihre und Schneewittchens Probleme kreiste in ihrem Kopf und ließ sich nicht mehr verscheuchen, fast wie eine Wespe, die Fleisch gerochen hatte. Sie musste den König und den Prinzen lediglich vergiften.

Die Ärztin in Lena schauderte. In der realen Welt wäre

so etwas Irrsinn, doch hier in der Märchenwelt erschienen ihr der Tod, die Grausamkeit und das Unmögliche so selbstverständlich. Davon lebten die Geschichten. Normale Menschen lagerten ihre dunklen Begierden, Sehnsüchte und Fantasien in Geschichten aus. Und sie war nun ein Teil davon.

Im Feuerschein des Kamins begann Lena die Regale und Bücher zu durchsuchen. Sie brauchte ein Gift, das verzögert wirkte. Mit ihrer inneren Ärztin einigte sie sich auf den Kompromiss, dass es zumindest schmerzlos gehen sollte.

Lena zog ein schwarzes Buch mit der goldenen Aufschrift *Zauberhafte Gifte und ihre elegante Anwendung* aus einem Regal und schlug es auf. Für ihre Zwecke klang der Titel vielversprechend. In altertümlicher Art waren dort Pflanzen abgebildet, mit exakten Anweisungen, wie und wo man sie fand. Zumeist nachts auf Friedhöfen. Vor Lenas innerem Auge tauchte das Bild auf, wie die Königin in der realen Welt nach Anbruch der Dunkelheit über eine Friedhofsmauer gestiegen war, und Lena wurde bewusst, dass sie selbst nicht viel besser war.

Sie schlug das Buch wieder zu und stellte es zurück ins Regal. Es grauste ihr vor sich selbst. Das konnte nicht ihr Ernst sein. Auch wenn es nur Märchenfiguren waren, sie lebten, sprachen, dachten und handelten. Wie konnte sie, die den Eid des Hippokrates geleistet hatte, an Mord denken? Was war eigentlich schlecht an der ursprünglichen Idee, den König als Betrüger bloßzustellen? Lena fuhr sich mit beiden Händen übers Gesicht. Es dauerte zu lange, sie hatte dafür zu wenig Verbündete, und es war nur zu wahrscheinlich, dass sie dann wegen Hochverrats hingerichtet werden würde.

Es musste eine andere Möglichkeit geben, etwas, was

weder Mord noch eine langwierige Intrige war. Sie befand sich in der Märchenwelt und musste nur ihre Fantasie benutzen, hier gab es genügend andere Möglichkeiten, Menschen auszuschalten. Zum Beispiel hatte die böse Königin Schneewittchen nicht wirklich umgebracht, sondern sie dreimal in einen todesähnlichen Schlaf geschickt. Und sie, eine Ärztin, machte sich Gedanken über einen handfesten Mord. Da war ja noch die böse Stiefmutter moralisch heller als sie selbst. Und hatte die dreizehnte Fee Dornröschen nicht auch in einen hundertjährigen Schlaf befördert?

Was sprach eigentlich dagegen, den König und den Prinzen tausend Jahre schlafen zu lassen? Wenn sie aufwachten, würde sich niemand an sie erinnern, und die Märchenwelt hatte sich dann vielleicht weiterentwickelt und in eine moderne Welt verwandelt, wo niemand mehr Königen diente. Lena atmete auf. Ja, das war eine gute Lösung. Also nicht gut im Sinne von gut, denn immerhin stahl sie zwei Menschen ihre Existenz, aber moralisch akzeptabel.

Voller Tatendrang trat Lena an den Schreibtisch der Königin und blieb wie angewurzelt stehen. Da lag etwas, was vorhin sicher nicht hier gewesen war: ein bestickter Gürtel, ein Kamm mit scharfen Zacken sowie ein wunderschöner Apfel mit einer grünen und einer roten Seite.

Kalter Schweiß brach Lena aus. Wie waren diese Gegenstände hierhergekommen? Wer kannte sonst diese Kammer, und wer würde wissen, dass diese Gegenstände eine Rolle im Märchen spielten? Panisch sah sie sich um. Sie war allein.

Ein Klopfen am Fenster ließ sie heftig zusammenzucken. Sie fuhr herum. Ein blauer Zuckervogel saß draußen auf dem Fenstersims. Sie hastete zum Fenster, riss es auf und schnappte sich den kleinen Boten. Noch bevor Lena das Fenster wieder geschlossen hatte, begann er mit der Stimme des Jägers zu reden:

»Flieht! Unverzüglich. Uns wurde tief im Wald aufgelauert. Vermutlich Leute des Königs oder des Prinzen. Es ist ihnen gelungen, die Prinzessin und mich zu trennen. Ich bin unterwegs, um Euch zu holen. Versteckt Euch in meiner Hütte. Gebt den anderen Bescheid, dass sie zum Schloss kommen sollen. Die Prinzessin holen wir später.«

Lena fluchte, steckte den Vogel in die Tasche und stürmte in ihr Gemach. Sie rüttelte Tine und den Wolf wach.

»Was ist los?«, fragte der Wolf mit Schneewittchens schlaftrunkener Stimme.

»Wir müssen weg. Sofort. Der Jäger und Schneewittchen wurden entdeckt. Er hat mir einen Zuckervogel geschickt.«

Die beiden waren einen Augenblick lang still, dann sprang der Wolf aus dem Bett.

»Verdammt«, knurrte er. »Weißt du, wo sie sind?«

»Noch nicht.« Sie hatte eine Vermutung, wo zumindest Schneewittchen war. Gleich würde sie es genau wissen und den Vogel des Jägers mit dem Befehl zurückschicken, zuerst Schneewittchen zu retten, bevor er hier auftauchte. Sie würde Nero und Rosa um Hilfe bitten. Außerdem hatte sie den Wolf.

Sie rannte zum Spiegel und riss das Laken von ihm herunter. Weil ihr auf die Schnelle nichts Besseres einfiel, fragte sie das Naheliegendste, um zu erfahren, wo Schneewittchen war: »Spieglein, Spieglein an der Wand, wer ist die Schönste im ganzen Land?«

Der Spiegel erwachte zum Leben und antwortete: »Frau Königin, Ihr seid die Schönste hier, aber Schneewittchen hinter den Bergen bei den sieben Zwergen ist tausendmal schöner als Ihr.«

Das Märchen erfüllte sich. Schneewittchen war bei den sieben Zwergen gelandet. Wie das passieren konnte, wusste sie nicht. Und wie sie so schnell dort hingelangen konnte, wusste Lena ebenfalls nicht. Das Märchenland tat wohl alles, damit sich die Geschichte erfüllte, es arbeitete gegen sie. Hoffnungslosigkeit nahm Lena die Luft zum Atmen. Wie verdammt noch mal sollte sie gegen das Märchen selbst ankämpfen? Bisher hatte sie lediglich den König und den Prinzen als Feinde gesehen, aber es war diese ganze verdammte Welt. Wie konnte ein Kindermärchen so mächtig sein?

Und dann begriff Lena: Vielleicht war es nicht die Welt, sondern diejenigen, die sich die Geschichte ausgedacht und niedergeschrieben hatten. Und zwei kannte sie: die Brüder Grimm. Kunstschaffende verewigten sich in ihrer Kunst. Was wäre, wenn die Brüder Grimm nicht durch, sondern in ihren Märchen weiterlebten?

Eine Erkenntnis rastete in Lenas Verstand ein. Sie erinnerte sich, wo sie den König schon einmal gesehen hatte: im Museum der Brüder Grimm in Steinau, das sie einmal mit Anna besucht hatte. Der König war eine jüngere Version von einem der beiden, Lena wusste nicht, ob es der ältere oder der jüngere war. Der König hatte dichtere Haare als auf der Zeichnung, aber die Gesichtszüge waren gleich.

Lena taumelte vor dem Spiegel zurück.

So vieles passte nun zusammen. Der König wollte, dass sein Märchen passierte. Er war ursprünglich verreist, damit die Stiefmutter Zeit hatte, Schneewittchen zu beseitigen. Nach seiner Rückkehr war er verstimmt gewesen, weil Schneewittchen immer noch da war und neuerdings eine gute Beziehung zur Stiefmutter aufgebaut hatte. Damit hatte er wohl nicht gerechnet.

Dann der Ball mit den Zauberwesen, die aus ihren Märchen ausgebrochen waren. Lena hatte sie geweckt, und sie hatten erkannt, dass die Welt größer als das Territorium ihres Märchens war und dass es noch andere wie sie gab. Lena hatte sie an ihre Namen erinnert, die sie in den Märchen verloren hatten, und sie hatten sich verbündet.

Diese Märchenwelt ... hatten die Brüder Grimm die Geschehnisse hier lediglich nacherzählt oder die Märchenfiguren erst durch ihre Geschichten in ihr Schicksal gezwungen? Und was passierte, nachdem die Wesen ihre Geschichte erfüllt hatten? Mussten sie von Neuem anfangen, ohne sich daran zu erinnern, was zuvor geschehen war? Das wäre eine furchtbare Vorstellung.

Lenas Gedanken wirbelten schneller und schneller, je mehr Puzzleteile sich einfügten. Das Gesamtbild, das sich ergab, war ungeheuerlich. Wem gehörten die Geschichten? Denen, die sie schrieben, oder denen, die sie lebten?

Einer der Brüder Grimm hatte den Platz von Hannahs Vater eingenommen und lebte hier nun ein ewiges Leben im Paradies, das er sich selbst ausgedacht hatte. Der König hatte darauf bestanden, dass Schneewittchen den Prinzen heiratete, weil er wollte, dass sich das Märchen erfüllte. Weil es seine Existenz und ewige Herrschaft hier rechtfertigte.

Vor so viel Ungerechtigkeit kochte in Lena die Wut hoch und brach sich Bahn aus ihren Fingerspitzen. Blitze schossen daraus hervor und schlugen in die Steinmauern ein.

Langsam blickte sie hoch zur Decke. Dort oben lagen auf dem Schreibtisch ein Apfel, ein Kamm und ein Gürtel. Das Märchen forderte sie auf, ihre Aufgabe hier zu erfüllen. Der König erinnerte sie daran, dass sie noch ihre Stieftochter zu ermorden hatte.

Ihren Plan, den König tausend Jahre schlafen zu lassen, strich sie. Hier ging es um Leben und Tod. Sie kam wie der König aus der realen Welt, weder würde sie fliehen noch den König vergiften. Sie würde ihn eigenhändig umbringen und die Märchenwelt von ihm befreien.

Die Magie in ihr explodierte, und Lena stand in Flammen, die in allen Farben leuchteten. Aus ihren Augen und Fingerspitzen schossen nach wie vor Blitze gegen die Wände. »Rudi, Tine, verschwindet von hier.«

Tine verbeugte sich eingeschüchtert vor ihr. »Luna, bist du das?«

»Nein.« Lenas Stimme schallte unheimlich durch den Raum. »Aber ich verstehe sie jetzt.«

Die Amme und der Wolf hasteten zum Treppenaufgang in die Dachkammer, von wo aus der Geheimgang hinausführte. Sie waren nicht schnell genug. Die Tür zu Lenas Gemach flog auf, und mindestens zwei Dutzend Wachen stürmten herein. Hinter ihnen standen der König und der Prinz.

Vor Wut entluden sich unkontrolliert Blitze aus Lenas Händen. Einige der Wachleute suchten schreiend Schutz und ließen ihre Waffen fallen. Der Wolf und Tine nutzten die Gelegenheit, um in die Dachkammer zu fliehen.

»Lasst euch nicht von ihr einschüchtern«, donnerte der König.

Lena ließ ihrer Magie freien Lauf. Wie ein tollwütiger Feuerspeier rannte sie auf den König zu. Sie würde es hier und jetzt beenden.

Blitzschnell hob er die Hände und führte einen imaginären Stoß gegen Lena aus. »Du Närrin!«, schrie er. »Ich bin ein Gott. Du hast keine Chance!«

So harmlos die Geste war, so verheerend war ihre Wirkung. Mit unglaublicher Geschwindigkeit flogen die riesigen Türflügel aus ihren Angeln und rasten auf Lena zu. Die Magie der Königin verlieh ihr übermenschliche Kräfte. Sie machte einen gewaltigen Satz zurück.

Hinter ihr war der Spiegel, sie wartete darauf, dagegenzuprallen, um dann aus einer festen Position heraus die fliegenden Türen abzuwehren. Zu ihrem Entsetzen fiel sie hindurch.

Lena spürte wieder dieses Ziehen in der Leibesmitte, so wie damals, als sie mit Luna die Seelen getauscht hatte. »Ab hier übernehme ich«, ertönte es in Lenas Kopf.

»Nein!«, schrie sie, doch schon befand sie sich auf der anderen Seite des Spiegels in ihrem alten Schlafzimmer.

Lena stürzte wieder zum Spiegel, wollte zurück. Allerdings musste Luna dafür den Spiegel ebenfalls berühren, und die Königin dachte nicht daran. Sie hatte bereits die fliegenden Türflügel pulverisiert und schritt mit hocherhobenem Kopf auf den König zu. Mit einer Handbewegung fegte sie die Wachen aus dem Weg, einige knallten gegen die Wand, andere flogen zur Tür hinaus. Das Fensterglas ihres Gemachs splitterte. Die böse Königin war wieder zurück und beherrschte ihre Magie in Perfektion.

»Hexe«, schrie der König.

»Ja«, antwortete Luna in einem Tonfall, der Lena eine Gänsehaut über den Rücken jagte. »Ich bin eine Hexe. Und Ihr seid bloß ein Schmarotzer.«

»Ich bin ein Gott!«

»Den eine einfache Frau bloßgestellt hat. Verschwinde von hier.« Luna schoss einen gewaltigen grünen Blitz auf ihn ab. »Dies ist meine Geschichte.«

Der König wich ihrem Angriff aus. Mit einem Satz sprang er zu ihr, packte Luna am Oberarm. »Und ich bestimme, welche Rolle du darin spielst. Willkommen zurück, meine Königin.«

Zurück? Er hatte begriffen, dass die wahre Königin bis jetzt abwesend gewesen war. »Sei vorsichtig!«, schrie Lena.

Unter seiner Berührung geschah plötzlich etwas mit der Königin. Sie sackte in sich zusammen, senkte den Kopf, die stolze Körperhaltung verschwand.

Der König lachte und hörte nicht mehr auf. Er lachte und lachte wie ein schlecht gezeichneter Bösewicht. »Ich verurteile Euch hiermit zum Tod wegen Hexerei, Entführung und Hochverrat.« Seine Augen blitzten vor Vergnügen. Er drückte Luna auf die Knie.

Sie blickte zum König hoch und flehte. »Habt Erbarmen, mein König! Ich flehe Euch an, habt Erbarmen!«

Ein paar Wachen kamen mit Apfel, Gürtel und Kamm aus der Dachkammer: »Herr König, wir haben das im Giftversteck der Königin gefunden! Wie Ihr es vermutet habt, hat die Königin einen Anschlag vorbereitet.«

Die Königin noch brutal an der Schulter gepackt, drehte sich der König zu Prinz Marcel um. »Habt Ihr gehört, was der Spiegel der Hexe vorhin gesagt hat?«

»Ja.« Der Prinz lächelte selig. »Es ist wohl Schicksal, dass sie bei den Zwergen in meinem Reich Zuflucht gefunden hat. Wenn Ihr entschuldigt, werde ich nun zu ihr eilen und sie auf ewig in meine Arme schließen.« Der Prinz verbeugte sich vor ihm, warf der Königin noch einen überheblichen Blick zu und eilte hinaus.

»Verdeckt den Spiegel«, rief der König.

Langsam blickte die Königin über die Schulter zurück zu Lena. Ihre Augen waren stumpf, das Gesicht schmerzvoll verzogen. Sie war wieder die Marionette des Königs. In ihrem Märchen gefangen.

»Nein!« Weinend schrak Lena im Bett ihres alten Schlafzimmers hoch.

Der Spiegel war verschwunden.

24. Wiedersehenstrübsal

Die Tür flog auf. »Luna, was ist passiert?«

Lena fuhr herum. Anna knipste das Licht an und rannte zu Lena ans Bett. Ihre kleine, geliebte Stiefschwester Anna. Sie war zwar der identische Zwilling von Hannah, jedoch mit einem viel sanfteren Gesichtsausdruck.

Mit einem Aufschluchzen sprang Lena aus dem Bett und fiel Anna um den Hals. »Ich bin wieder da«, flüsterte sie. »Ich habe dich so vermisst, Anna.«

»Lena?« Anna zögerte und schob Lena von sich. »Bitte nicht!«, entfuhr es dem Mädchen.

Mit dieser Reaktion hatte Lena nicht gerechnet.

Anna sah wohl Lenas Enttäuschung. »Nein, ich meine, ich bin froh, dass es dir gut geht.« Anna umarmte Lena wieder. »Nur wenn du hier bist, dann bedeutet es, dass Luna wieder im Märchenreich ist.«

»Ja«, antwortete Lena zögernd.

»O nein«, murmelte Anna. »Jan und alle haben ihr gesagt, dass sie nicht zurückdarf, bis du dort fertig bist.«

»Womit fertig?« Lena schob Anna von sich, um ihr ins Gesicht zu blicken.

»Na, mit dem Happy End für alle.«

»Warte.« Lena sank auf die Bettkante. »Du weißt Bescheid?«

Anna setzte sich neben Lena. »Ja. Nach dem Unfall im Krankenhaus warst du wie ausgewechselt. Nun, du warst ja auch ein anderer Mensch. Nachdem du aufgewacht warst, warst du mir gegenüber so abweisend.«

Lena nahm Annas Hand. »Es tut mir so leid, dass du das durchmachen musstest.«

»Mach dir keine Gedanken. Du warst auch zu Eric nicht sehr nett, da wusste ich, dass es nichts mit mir zu tun hat. Eric ist dann ohne dich in den Skiurlaub gefahren, obwohl du da noch im Krankenhaus warst. Und dann ist Jan aufgetaucht. Er hat mich eingeweiht, damit ich Luna besser im Alltag helfen und dafür sorgen konnte, dass sie dein Leben nicht komplett zerstört. Weil ... weißt du, Luna ist anders als du.«

Lena lachte auf. »Ja, ein wenig. Also du weißt Bescheid, dass ich der Zwilling der bösen Stiefmutter aus *Schneewittchen* bin?«

»Ja. Auch dass Schneewittchen mein Zwilling ist. Und Jan weiß, dass er in der Märchenwelt der Jäger ist. Es gibt noch mehr.«

»Wie mehr?«, fragte Lena.

»Ich erkläre dir alles. Lass mich erst Jan anrufen.« Anna griff nach dem Handy auf Lenas Nachttisch, entsperrte es, wählte Jans Nummer und stellte auf Lautsprecher.

»Hallo, Luna.« Er klang verschlafen. »Alles in Ordnung?«

»Nein«, antwortete Anna. »Lena ist wieder da.«

Es war kurz still in der Leitung, bevor Jan fluchte. »Verdammt. Ich komme zu euch. Rührt euch nicht von der Stelle.« Er legte auf.

Die verärgerte Stimme des Jägers durch das Telefon zu hören, schmerzte Lena, auch wenn sie wusste, dass es nicht Janis war. Sie fragte sich, ob sich der Jäger über die Rückkehr seiner Königin freuen würde oder ob er schockiert wäre.

»Komm. Du solltest dich umziehen. Jan kommt gleich vorbei.« Anna sprang vom Bett und eilte zum Schrank. »Luna hat deine Garderobe ziemlich umgekrempelt. Aber ich habe ihr verboten, deine Sachen wegzuwerfen.«

Lena rührte sich nicht.

Anna hielt inne und drehte sich um. »Lena. Alles okay?«

»Luna muss toll gewesen sein«, sagte Lena langsam. »So enttäuscht, wie ihr alle über meine Rückkehr seid ...«

Anna weitete die Augen und hob die Hände. »Nein, du hast da etwas missverstanden.«

»Na ja ..., bisher hat sich niemand wirklich darüber gefreut, dass ich es heil wieder nach Hause geschafft habe.«

»O nein.« Anna eilte zu Lena zurück, kletterte auf ihr Bett und nahm sie in den Arm. »Ach, Lena, ich bin wirklich unglaublich froh, dass du wieder da bist. Ich habe mir wahnsinnige Sorgen gemacht und konnte es kaum erwarten, bis du heimkehrst. Dennoch ...« Sie löste sich von Lena und blickte ihr in die Augen. »Weißt du, nachdem ich Luna kennengelernt habe, möchte ich auch nicht, dass ihr etwas passiert. Sie hat keine Chance gegen den König. Er ist ein Gott der Märchenwelt. Verstehst du? Er ist einer der Brüder ...« Anna zögerte.

»Einer der Brüder Grimm«, beendete Lena den Satz.

Anna riss die Augen auf. »Du hast es herausgefunden.«

»Es war nur so eine Idee.«

»Ja. Er ist der jüngere der beiden: Wilhelm Grimm. Und die große Märchenmutter hat bisher nicht genügend Kräfte, um Luna, ein Kind ihrer Welt, vor dem Einfluss des Märchenerzählers zu schützen. Verstehst du?«

»Märchenmutter?«

»Für Luna war sie die große Göttin. Die in der Bibliothek nennen sie Märchenmutter.«

»Du hast recht«, murmelte Lena und hatte wieder das Bild vor Augen, als der König Luna berührt hatte. Sie hatte sich sofort wieder in seine Marionette verwandelt, obwohl sie diese unglaublichen magischen Kräfte besaß.

»In der Bibliothek haben sie erzählt, dass die Märchenmutter, seit sie verschwunden ist, noch nie so stark war oder versucht hat, sich zu wehren. Bisher ist es ihr noch nie gelungen, jemanden auch nur kurz der Kontrolle des Königs zu entziehen. Er weiß nun Bescheid, dass die Märchenmutter Kontakt zu Luna aufbauen und dich in die Märchenwelt holen konnte. Er wird etwas dagegen unternehmen. Deswegen meine Reaktion vorhin. Ich bin nicht enttäuscht, dass du wieder da bist. Wenn alles vorbei ist, möchte ich, dass du wieder hier bei mir lebst. Doch Luna hat dieses Ende, das ihr jetzt bevorsteht, nicht verdient. Sie wird es wieder und wieder durchleben müssen. Und Schneewittchen«, Anna senkte den Kopf, »ich will nicht, dass sie diesen Prinzen heiraten muss.«

Plötzlich fiel Lena etwas ein. »Der Spiegel hat mir euch gezeigt, wenn auch nur Momentaufnahmen. Den Prinzen gibt es auch hier. Er wurde von der Polizei, also von Jan, abgeführt. Du hast geweint, während Luna gelacht hat. Ich dachte, sie hätte dir etwas angetan. Und was war zwischen Luna und Eric? Sie hat ihn geohrfeigt und aus dem Haus geworfen.«

»Was hast du noch gesehen?«, fragte Anna.

Lena überlegte. »Wie Luna nachts auf dem Friedhof herumschleicht, wie sie in der Küche unten etwas kocht und wie sie mit Jan flirtet.«

»Oh.« Annas Gesicht hellte sich auf. »Wahrscheinlich hast du das alles missverstanden, oder das meiste davon. Also das mit dem Friedhof und dem Trank war wirklich so, wie es ausgesehen hat. Sie wurde auf dem Friedhof erwischt, wie sie mit Zweigen von Friedhofsbüschen um einen Grabstein getanzt hat. Zum Glück hatte Jan in dieser Nacht Dienst und hatte sie mit seinem Streifenwagen abgeholt. Und bevor sie die essbare Kochkunst für sich entdeckt hat, hat sie wirklich versucht, ein paar Gifte zusammenzubrauen, um Eric zu vergiften.«

»Was?«, entfuhr es Lena.

»Ja.« Anna grinste. »Als Eric aus dem Urlaub zurückkam, konnte ich sie überzeugen, ihn weiter bei uns wohnen zu lassen, weil sie sich nicht allzu sehr in dein Leben einmischen sollte. Es war für Luna ziemlich hart, zusammen mit einem Stallburschen in einem Haus zu wohnen. Mit der Begründung, dass er nicht für sie da gewesen war, als sie im Krankenhaus lag, hat sie ihn sofort aufs Sofa verbannt. Dann war da die Sache mit dem Friedhof und den Giften, was zum Glück nicht geklappt hat. Sie haben sich jeden Tag gestritten. Als er sie beschimpft, wahnsinnig genannt und auch noch mich beleidigt hat, da ist sie ausgerastet, hat ihn geohrfeigt und hinausgeworfen.« Anna suchte Lenas Blick. »Du kannst jetzt sagen, was du willst, aber ich bereue es nicht, dass ich Luna in dieser Situation freie Hand gelassen habe.«

Lena seufzte. »Es ist schon okay. Ich denke, es ist besser so. Und was ist mit Prinz Marcel, also seinem Zwilling hier, den Jan abgeführt hat?«

Anna verzog schmerzvoll das Gesicht und Tränen stiegen ihr in die Augen.

»Was?«, fragte Lena. »Was hat Luna dir und ihm angetan?«

»Sie hat mich gerettet«, flüsterte Anna. »Er hat versucht … er hat mir bei einer Party etwas ins Getränk getan. Gina hat es gemerkt und hat dich, also Luna, noch angerufen, bevor Lara, Sandra und Mona ihr das Handy abgenommen und sie in ein Klo eingesperrt haben. Luna wusste zu dem Zeitpunkt bereits, wie man ein Handy benutzt. Sie hat Jan angerufen und ihn sofort zu der Party geschickt. Sie selbst ist mit einem Taxi hingekommen. Luna hat mich ins Taxi gezogen, während Jan Marc festgenommen und Gina befreit hat. Danach hat Luna dann Lara, Sandra und Mona, die wohl mit Marc unter einer Decke gesteckt haben, aufgelauert. Sie ist den dreien jeweils bis nach Hause gefolgt und hat mit ihren Eltern geredet. Sie muss ziemlich überzeugend gewesen sein, denn ... nun ja, sie haben jetzt meine Schule verlassen und ich werde nicht mehr gemobbt.«

»Wow«, entfuhr es Lena, und ein schmerzhafter Gedanke überkam sie. »Vielleicht ist es tatsächlich besser, wenn Luna hier ist«, murmelte sie.

»Nein!«, rief Anna. »Ich liebe dich, aber Luna ist mir auch nicht mehr egal. Verstehst du?«

Lena strich Anna über die Haare, die sich genauso anfühlten wie die von Hannah, und begriff etwas. »Ja, ich verstehe es. Hannah, also Schneewittchen, ist mir auch nicht egal. Wie Luna dich, habe ich auch versucht, sie zu retten. Für dich war Luna und für Schneewittchen war ich die Richtige.« Lena sank in sich zusammen. »Es tut mir leid, dass ich dir nicht besser helfen konnte. Ich hätte schon viel früher sehen sollen, dass es dir nicht gut geht.«

»Du hattest einfach andere Probleme, die Beziehung mit Eric, die Arbeit ...«

»Trotzdem«, sagte Lena, »ich hätte es sehen müssen.«

»Du bist nicht meine Mutter.«

Lena zuckte zusammen, als hätte Anna sie geschlagen. »Nein, aber das, was dem am nächsten kommt.« Lena unterdrückte dabei das Zittern in ihrer Stimme.

Anna nahm sie in den Arm.

»Ich habe das gerade nicht böse gemeint. Ich wollte damit nur sagen, dass du dir die Verantwortung für mich nicht aufbürden solltest.«

»Luna hat es auch getan und sich dabei wohl besser angestellt als ich.«

»Luna war sehr dicht an mir dran. Ich war ihre Stütze, damit sie unerkannt hierbleiben konnte, ohne eingewiesen zu werden. Sie konnte gar nicht anders, als meine Probleme zu sehen.«

»Dennoch«, flüsterte Lena. Erst als sie und Luna die Welten getauscht hatten und weit weg von ihren eigenen Problemen waren, hatten sie sich um die Sorgen von Anna und Hannah kümmern können. Das schlechte Gewissen versenkte die Fangzähne in Lenas Verstand, um ab da ewig an ihr zu nagen. Es klingelte an der Tür.

»Das wird Jan sein. Ich öffne, und du zieh dir etwas an.« Anna eilte zur Tür. Bevor sie das Zimmer verließ, deutete sie auf die weiße Kommode. »Deine Sachen hat Luna dorthin verbannt, weil sie ihrer Meinung nach nicht einmal einer Dienstmagd würdig seien. Ich konnte sie gerade noch davon abhalten, alles wegzuwerfen.«

Lena zog aus der Kommode eine Sporthose und einen dunkelblauen Kapuzenpulli hervor und schlüpfte hinein. Dann inspizierte sie kurz ihren Schrank. Er war vollgestopft mit Röcken und Kleidern, alles war entweder spitzenbesetzt, glitzerte oder leuchtete in grellen Farben. Lena schnaubte. Zwilling hin oder her, von Luna trennten sie Welten, nicht nur im wörtlichen Sinn.

Lena verließ ihr Zimmer. Jan und Anna unterhielten sich auf dem Gang vor der Eingangstür. Wie bei Anna und Hannah erkannte sie intuitiv die Unterschiede zwischen dem Jäger und dem Polizisten. Jans Gesichtsausdruck war viel aufgeschlossener, in der Mimik lag viel mehr Bewegung, die Körperhaltung war lässiger.

Bei Lenas Anblick zog er eine Augenbraue hoch. »Okay, du bist tatsächlich Lena.«

»Ist das so offensichtlich?«, fragte sie ein wenig beleidigt.

»Du trägst Kleidung ...« Er biss sich auf die Unterlippe.

»Die laut Luna nicht einmal einer Dienstmagd würdig wäre«, vervollständigte Lena seinen Satz.

Jan grinste schief.

»Der Jäger ist auch besser gekleidet als du. Also sind wir, was unsere Enttäuschung angeht, quitt.«

Jan winkte ab. »Nichts für ungut, aber wir sollten jetzt wirklich los.« Jan pflückte zwei Winterjacken von der Garderobe und hielt sie Lena und Anna hin.

»Wohin willst du uns bringen?«, fragte Lena misstrauisch.

Anna berührte Lenas Hand. »Bitte vertrau uns. Jan bringt uns zu Leuten, die Bescheid wissen und uns helfen können.«

Dick eingepackt traten sie hinaus in die Januarnacht. Es war kalt hier in München, allerdings lag hier nicht so viel Schnee wie im Märchenwald. Sehnsüchtig blickte Lena in den Himmel. Sie vermisste das beinahe unaufhörliche Rieseln der Flocken. Auch die Luft hier war stickiger, Lena konnte beinahe die Abgase riechen. Es hatte wohl am Abend Schneeregen und Blitzeis gegeben, die drei rutschten und schlitterten die Auffahrt hinunter zur Straße.

»Mein Auto steht gleich da.« Jan deutete auf einen alten BMW auf der anderen Straßenseite.

Sie hatten die Fahrbahn noch nicht betreten, als in der Nähe eine Autotür zugeschlagen wurde.

»Hey!«, ertönte eine Stimme, die Lena nur zu gut kannte.

Sie drehte sich um.

Eric kam auf sie zu und hatte sein charmantestes Lächeln aufgesetzt. »Lena!« Er breitete die Arme aus. »Wie geht es dir? Ich sehe, du bist wieder die Alte.«

»Was machst du hier?« Jan stellte sich breitbeinig und mit verschränkten Armen neben Lena. »Es ist nach Mitternacht, und nur Stalker lauern um diese Zeit Frauen auf.«

»Mit dir rede ich nicht«, fuhr Eric ihn an und richtete seine volle Aufmerksamkeit auf Lena. »Ich kann dich seit Wochen nicht erreichen, ist alles okay bei dir? Ich habe mir Sorgen gemacht.«

»Als ob. Sollen wir die Anrufliste prüfen?«, giftete Anna.

»Halt den Mund, du kleines ...« Er stoppte.

»Was?«, fragte Lena scharf.

Überrascht hob Eric eine Augenbraue. Dann musterte er sie mit schmalen Augen von oben bis unten. »Ich dachte, du wärst wieder bei Verstand. Egal. Ich muss mit dir reden. Allein.«

Lena betrachtete Eric. Seit wann interessierte er sie so wenig? In der anderen Welt arbeitete er als Stallbursche, aber das war nicht das Problem, sie unterschied Menschen nicht nach ihrem Status. Nur war es merkwürdig, dass sie dort so wenig interagiert hatten. Vielleicht sollten sie auch hier nicht zusammen sein.

»Jan hat recht«, sagte sie. »Es ist schon sehr merkwürdig, dass du mir hier mitten in der Nacht auflauerst. Hast du das in letzter Zeit öfter getan?«

»Du bist meine Freundin«, entgegnete Eric.

»Habe ich nicht mit dir Schluss gemacht und dich rausgeworfen? Ich meine, ich hätte dich davor sogar geohrfeigt.«

»Ja, weil du da auf den Kopf gefallen warst und nicht wusstest, was du tust.«

»O doch. Und es war das einzig Richtige.«

Eric ballte die Fäuste. »Das ist nicht dein Ernst. Du wirst niemals einen besseren Mann als mich finden.«

»Das habe ich schon«, konterte Lena wahrheitsgemäß.

»Etwa den Bullen?« Eric deutete auf Jan. »Das ist ja wohl nicht wahr!«

»Ich frage mich, was mich geritten hat, es so lange mit dir auszuhalten.« Seit sie sich kennengelernt hatten, war er Lena zum ersten Mal egal, und sie wollte ihn nun so schnell wie möglich hinter sich lassen. Die Diskussion mit Eric war sinnlos. Luna hatte bereits die Drecksarbeit für sie erledigt, als sie ihn rausgeworfen hatte, und Lena war ihr gerade unendlich dankbar dafür. Jetzt war Lena dran. Sie musste dringend Schneewittchens Stiefmutter helfen. Wortlos wandte sie sich von Eric ab und ließ ihn stehen.

»Du führst dich auf, als wärst du eine Königin mit deiner Entourage, aber das bist du hier nicht, Lena.«

Sie fuhr zu ihm herum. Er starrte sie boshaft an.

»Was hast du gerade gesagt?«, fragte sie.

Plötzlich ging alles sehr schnell. Ohne Vorwarnung stürzte sich Eric auf sie, er hielt ein langes, schmales Messer in der Hand. Es war ein Dolch. Lena schrie auf, machte sich allerdings bereit, gegen Eric zu kämpfen, doch sie kam nicht dazu. Flink wie eine Raubkatze sprang Jan vor Lena, entwand Eric mit einem eingeübten Polizeigriff den Dolch und schlug ihm mit einer Faust ins Gesicht. Unter der Wucht des Schlages stolperte Eric nach hinten, rutschte aus und fiel mit dem Hinterkopf auf den Asphalt. Der dumpfe Aufprall ließ nichts Gutes vermuten, und tatsächlich rührte sich Eric nicht mehr. Lena wollte zu ihm stürzen, doch Jan packte sie am Handgelenk.

»Komm ihm nicht zu nahe. Er wollte dich gerade umbringen, schon vergessen? Ich mache das, ich habe auch einen Erste-Hilfe-Kurs hinter mir. Ruf du den Krankenwagen.«

Die Nacht musste bisher ruhig für die Rettungskräfte gewesen sein, denn der Krankenwagen kam sehr schnell. Jan verständigte seine Kollegen, die zeitgleich mit dem Notarzt ankamen. Eric war nach wie vor bewusstlos, Doch Lena machte sich mehr Sorgen um Jan als um Eric. Was, wenn dieser Vorfall für ihn als Polizist Folgen haben würde? Jans Kollegen nahmen den Fall ohne Aufregung auf, sicherten den Dolch und baten sie alle, am nächsten Tag ins Präsidium zu kommen.

Nach weniger als einer Stunde saßen sie endlich im Auto, und Jan drehte die Heizung auf.

Schweigend fuhren sie durch die wie ausgestorbenen Straßen in Richtung Stadtzentrum.

»Wisst ihr noch, was Eric gesagt hat, kurz bevor er mich angegriffen hat?«, fragte Lena nach einiger Zeit und blickte auf ihre verschränkten Hände. »Wusste Eric Bescheid?«

»Das klang so«, antwortete Jan. »Das ist nicht gut. Wir müssen das so schnell wie möglich berichten.«

»Wem?«, fragte Lena.

»Das siehst du gleich.« Jan brachte den Wagen zum Stehen und deutete zum neuen Rathaus am Marienplatz, dessen neugotische Türme gespenstisch in den Nachthimmel ragten.

25. Eine Geheimgesellschaft

Lena hatte sofort eine Vermutung, welchen Ort Jan ansteuerte. »Willst du um diese Zeit in die juristische Bibliothek?«

Sie kannte diesen Ort noch von ihrem Studium, weil sie einmal mit einem Jurastudenten ein paar Dates hatte. Natürlich war das Ausführen in die schönste Bibliothek Deutschlands, wie die Münchner Juristen stolz behaupteten, Pflicht.

»Besser«, sagte Jan mit einem schiefen Grinsen. »Aber ja, die juristische Bibliothek ist ein Teil davon. Wie eigentlich alle Bibliotheken der Welt.«

Statt auf den Marienplatz, führte Jan sie zur Rückseite des neuen Rathauses, wo sich kleine Geschäfte mit ihren Schaufenstern unter Rundbögen aneinanderreihten. Jan blieb vor einer Mauer stehen, und Lena wollte gerade fragen, ob er jetzt einen Zauberspruch aufsagen würde, als sie eine unscheinbare Tür bemerkte, die wie ein Teil der verputzten Mauer wirkte. Lena war sie tatsächlich noch nie aufgefallen. Jan nahm eine goldene Kette ab, die er um den Hals trug, und legte das Medaillon in eine unscheinbare Vertiefung an der Wand. Sofort sprang die Tür einen Spaltbreit auf. Es war ziemlich unspektakulär, und ein wenig war Lena enttäuscht. Kein Leuchten, keine Magie, nicht einmal ein Funke.

Jan stieß die Tür auf und ging hinein. Anna nahm Lena

an der Hand, zog sie hinter sich in das Gebäude und ließ die Tür hinter ihnen zufallen. Sie stiegen eine schmale Steintreppe einige Stockwerke hinauf und betraten einen prächtigen Raum mit hoher holzvertäfelter Decke. Ansonsten ähnelte der Raum sehr der juristischen Bibliothek selbst. Er erstreckte sich über zwei Stockwerke und wurde von zwei breiten Galerien durchzogen, an den Wänden waren bis zur Decke dunkle Bücherregale aufgereiht. Hier und da war eine dunkle Treppe angebracht, um die oben platzierten Bücher zu erreichen. Indirektes Licht brachte die kunstvollen Holzschnitzereien zur Geltung.

In der Mitte des großzügig zugeschnittenen Raumes standen Lesetische und einige Vitrinen, in denen vergilbte Manuskripte ausgestellt waren. Am oberen Ende führte eine Wendeltreppe aus Holz zu den Galerien. Geschnitzte und mit Gold bemalte Ranken zogen sich am Handlauf entlang.

Der Blickfang des Raumes war ein Sockel, der einer antiken Statue nachgeahmt war, auf dem eine Glaskuppel stand. Unter der Glaskuppel schwebte ein handflächenlanger und -breiter silberner Gegenstand. Er glänzte, und seine silberne Oberfläche kräuselte sich. Lena blieb abrupt stehen. Es hätte ein Splitter ihres Spiegels aus der Märchenwelt sein können.

»Spieglein, Spieglein …«, murmelte sie wie in Trance.

Das dunkle Silber des Splitters hellte sich auf, als würde der Mond einen dunklen See in sein Licht tauchen.

Jan pfiff leise. »Er reagiert auf dich genauso wie auf Luna.«

»Ja, sehr bemerkenswert«, sagte jemand von der Galerie.

Lena riss sich vom Anblick des Spiegelsplitters los und blickte nach oben.

»Rumpelstilzchen!«, entfuhr es ihr.

Der kleine Mann in einem karierten Tweedanzug auf der Galerie lachte auf und kam die Treppe herunter. Sein Haar und auch der Bart waren kürzer und gepflegter als bei Rumpelstilzchen, ansonsten war er sein identischer Zwilling, was Statur und Größe anging.

Lena traute ihren Augen nicht, als sie bemerkte, wer dem kleinen Mann schwanzwedelnd folgte. »Rudi!«

»Das ist Professor Doktor Peter Stilz.« Jan übernahm die Vorstellung. »Und das hier ist Wolfi.« Er deutete auf den Wolfshund, der gerade Lenas Hand beschnupperte. »Professor Doktor Stilz ist einer der drei Vorsitzenden der Geheimgesellschaft der Märchenschreiber. Ah, da sind auch schon die anderen beiden. Ich glaube, ihr kennt euch schon.«

Aus einer Tür in der oberen Galerie traten die Knusperhexe und Nero. Nein, verbesserte sich Lena schnell, hier waren sie Schwester Gerlinde und ihre Oberärztin, Professor Doktor Schwarz. Lena hatte sie in normaler Kleidung fast nicht erkannt, wobei man bei beiden schwerlich von normal reden konnte. Schwester Gerlinde trug ein violettes Kleid aus Samt, mit grünen Details an den Ärmeln, Schultern und dem Ausschnitt, und Professor Doktor Schwarz war in ein elegantes schwarzes Seidenkleid gehüllt. Es stand ihnen ausgezeichnet, ihre Haare waren elegant hochgesteckt, und so passten sie definitiv besser in die Märchenwelt als in ein Krankenhaus.

Kaum war Schwester Gerlinde die Stufen hinabgestiegen, eilte sie auf Lena zu und schloss sie mütterlich in die Arme. »Meine Liebe, ich will mir gar nicht vorstellen, was du alles durchmachen musstest.« Sie schob sie von sich. »Wie geht es dir?«

»Wie du siehst, geht es ihr gut«, antwortete Professor

Doktor Schwarz an Lenas Stelle. »Wir haben wenig Zeit.«
Sie wandte sich an Lena und deutete auf einen langen Lesetisch. »Setzen Sie sich. Wir müssen reden.«

»Dafür ist immer Zeit«, antwortete Schwester Gerlinde
mit einem strengen Blick zu Professor Doktor Schwarz.
»Ist dir eigentlich klar, was sie dort durchmachen musste? Und alles ohne Vorwarnung.« Erstaunt stellte Lena
fest, dass sich die beiden hier im Gegensatz zur Klinik
duzten.

Professor Doktor Stilz schob einen Servierwagen, auf
dem Tee, Kaffee und eine Etagere mit Gebäck und Pralinen standen, zum Lesetisch. »Setzen Sie sich.« Er selbst
ließ sich auf einem Stuhl nieder und deutete mit einer
freundlichen Geste auf den Platz neben sich. Zu seinen
Füßen setzte sich Wolfi, dessen Kopf sich nun fast auf Au-
genhöhe mit seinem Besitzer befand.

Lena hatte vor Erstaunen noch kein Wort herausge-
bracht.

»Die Arme steht unter Schock.« Schwester Gerlinde
schob Lena zum Tisch und drückte sie auf den Stuhl
neben Professor Doktor Stilz. Dann schenkte sie Lena
eine Tasse Kaffee mit Milch und Zucker ein, genau wie
sie ihn mochte und wie Schwester Gerlinde ihn ihr schon
unzählige Male gemacht hatte. Nicht weil Lena darum gebeten hatte, sondern weil sie es gern für die jungen Hüpfer tat, wie Schwester Gerlinde die unerfahreneren Medi-
ziner auf ihrer Station nannte.

»Ich verstehe das alles nicht«, brachte Lena endlich heraus und nahm mit einem dankbaren Lächeln Schwester
Gerlinde die dampfende Tasse Kaffee ab.

»Ich glaube, Sie haben schon sehr vieles verstanden«,
erwiderte Professor Doktor Schwarz. »Haben Sie noch
konkrete Fragen?«

Lena lachte auf. »So viele, dass ich nicht weiß, wo ich anfangen soll.«

Professor Doktor Schwarz holte ungehalten tief Luft. Bevor sie etwas sagen konnte, übernahm Professor Doktor Stilz das Wort. »Vielleicht kann ich ein wenig Klarheit schaffen, wenn ich Ihnen alles von Anfang an erzähle.« Er nahm einen Schluck Tee, genoss kurz den Geschmack und stellte die Tasse ab. »Wo fange ich am besten an?« Er erhob sich und ging zu einer Vitrine, die er mit einem Chip öffnete. Daraus entnahm er ein Buch, blätterte vorsichtig darin und kehrte mit schlurfenden Schritten zum Tisch zurück. Aufgeschlagen legte er es vor Lena. »Das ist die Erstausgabe der *Kinder- und Hausmärchen* der Brüder Grimm. Und das hier ist das Märchen von Schneewittchen.«

In altertümlicher Schrift prangte *53. Schneeweißchen* als Überschrift auf der Seite.

»Dieses Buch erschien am 20. Dezember 1812«, fuhr er fort. »In der Erstausgabe hieß das Märchen noch *Schneeweißchen,* erst später wurde es in das niederdeutsche *Schneewittchen* umbenannt. Witt heißt auf Niederdeutsch weiß. Damit sollte eine Verwechslung mit *Schneeweißchen und Rosenrot* vermieden werden.«

Professor Doktor Schwarz räusperte sich. »Wir sind hier nicht in einer Germanistikvorlesung. Ich glaube nicht, dass diese Information etwas zur Lösung der aktuellen Lage beiträgt.«

Professor Doktor Stilz strich vorsichtig über das vergilbte Pergament. »Kein Wissen ist unnütz. Schon gar nicht, wenn es um das Märchen geht, dessen Teil man geworden ist.«

Lena folgte seinem Blick. Die Seite war mit fast verblasster Tinte vollgekritzelt. An den Seitenrändern und zwischen den Zeilen hatte jemand Notizen hinterlassen.

»Dieses Buch gehörte Jacob, dem älteren der Brüder Grimm. Und die Notizen darin hat er persönlich hinterlassen.« Er wandte sich an Schwester Gerlinde. »Meine Liebe, könntest du bitte das Bild der beiden holen?«

Sie schenkte ihm ein zärtliches Lächeln, bevor sie sich erhob und zu einer Vitrine eilte. Auch hier verband die zwei also mehr als nur Freundschaft. Sie holte ein eingerahmtes Bild heraus und legte es neben das Buch vor Lena.

»Das ist der König«, rief Lena und zeigte auf einen der Brüder.

»Ja, der König.« Schwester Gerlinde seufzte schwer. »Wilhelm Grimm, der Jüngere der beiden.«

»Sein Bruder hat das hier gegründet.« Professor Doktor Stilz deutete um sich. »Wir befinden uns gerade in einem der Sitze der Geheimgesellschaft der Märchenschreiber. Unser Hauptquartier befindet sich in der Nationalbibliothek, da werden alle Geschichten, die in diesem Land gewoben werden, gesammelt und aufbewahrt. Übrigens befindet sich in jedem Land eine solche Stätte. Gegründet hat unsere Geheimgesellschaft Jacob Grimm«, Professor Doktor Stilz zeigte auf den Bruder des Königs, »nachdem sein jüngerer Bruder Wilhelm 1859 für diese Welt gestorben war. Jacob hat uns unglaubliches, erstaunliches, nein, eher ungeheuerliches Wissen und eine schwere Aufgabe hinterlassen. Und Sie sind der Schlüssel zur Lösung.«

Lena lachte nervös auf. »Sie müssen sich irren.«

»Bitte, höre den beiden erst einmal zu«, sagte Anna. Sie und Jan hatten sich auf der gegenüberliegenden Seite des Tisches niedergelassen.

Schwester Gerlinde nahm Lenas Hand. »Das Ganze be-

gann damit, dass die beiden Brüder die *Kinder- und Haus-*
märchen niedergeschrieben haben und das Buch schnell
Bekanntheit erlangte. In der ersten Fassung war es nicht
die Stiefmutter, sondern die Mutter, die ihr Kind Schneeweißchen umbringen wollte. Allerdings gab es eine Person, die das nicht gutheißen konnte: die Märchenmutter.
Und so holte sie die beiden Brüder zu sich in die Märchenwelt.«

»Die Märchenmutter?«, unterbrach Lena sie.

»Luna sagte auch alte Göttin zu ihr«, erklärte Professor
Doktor Schwarz mit einem Tonfall, der Lena das Gefühl
gab, begriffsstutzig zu sein. Die Situation fühlte sich gerade wie eine der gefürchteten Visiten mit der Oberärztin
an.

Professor Doktor Stilz lächelte mit einem verklärten
Gesichtsausdruck. »Sie ist die Essenz des ersten Märchens, der ersten Geschichte, die sich die Menschen erzählt haben. Genährt durch die Wünsche, Träume und
Fantasie ist sie gewachsen und wurde stärker. Eines Tages war sie sogar mächtig genug, um eine Brücke zwischen den Welten zu bauen. So konnte sie ausgesuchte
Menschen, die einen besonderen Zugang zur Fantasie hatten, in ihr Reich holen.«

Lena schwirrte der Kopf. »Aber ... weder habe ich mir
je Geschichten ausgedacht noch habe ich jemals davon
geträumt, Teil eines Märchens zu werden. Über mich
wurden auch nie Geschichten erzählt, wenn man von Läs-
tereien mal absieht. Wie kann es sein, dass ich dort gelandet bin, und, noch schlimmer, dass es dort eine Kopie von
mir gibt? Wie übrigens von allen Anwesenden hier, einschließlich des Hundes.«

Professor Doktor Stilz tätschelte Wolfis Kopf. »Jede Generation hat ihre eigene Vorstellung von den Märchen

und findet sich so in den Geschichten wieder. Wir formen die Welt der Fantasie und sie uns.«

»Das verstehe ich nicht.« Langsam bekam Lena Kopfschmerzen. Sie mochte Fakten und die Naturwissenschaft, Professor Doktor Stilz dagegen war eindeutig ein Geisteswissenschaftler. Was er sagte, war für Lena zu abgehoben, selbst nachdem sie Teil eines Märchens geworden war.

»Du konntest der Knusperhexe helfen, weil du eine Erklärung für ihre Symptome gefunden hast«, sagte Professor Doktor Schwarz ungeduldig.

Lena ignorierte den Ton und die Tatsache, dass sie jetzt geduzt wurde, sie war sogar dankbar dafür, denn ihre Oberärztin hielt das Gespräch auf einer Ebene, mit der Lena etwas anfangen konnte.

»Vor einigen Jahrhunderten, als man nichts von Allergien wusste, hätte eine Person aus unserer Welt nach einer anderen Lösung für das Leiden der Hexe gesucht«, fuhr Professor Doktor Schwarz etwas milder fort. »Man hätte vielleicht eine Teufelsaustreibung vorgeschlagen, dennoch hätte es auch geholfen. Wir formen die Märchenwelt nach uns selbst, unserem Wissen und den eigenen Wünschen, vergessen allerdings, dass die Sphäre der Geschichten auch uns, unser Verständnis von der Welt und unserer Rolle darin beeinflusst. So denken wir beim Stichwort Stiefmutter sofort an etwas Böses, nicht weil es so ist, sondern weil es uns häufig genug erzählt wurde. Märchen manipulieren unsere Gedanken, aus denen dann Handlungen und Beziehungen entstehen. Unsere Realität.«

»Deswegen hat die Märchenmutter die Brüder zu sich geholt, nachdem sie eine Geschichte darüber verewigt hatten, wie sehr eine Mutter ihre eigene Tochter hasste«, übernahm nun Schwester Gerlinde das Wort. »Sie zeigte den Brüdern die Personen, über die sie schrieben. Die beiden sollten aus dem Gesehenen lernen und in Zukunft vorsichtig mit dem sein, was sie erzählten. Geschichten, insbesondere Märchen, erschaffen Feindbilder, die sich über Generationen halten und nur schwer auszumerzen sind.«

Lena hätte kein Wort davon geglaubt, wenn sie die vergangenen Wochen nicht selbst erlebt hätte. Um besser mitdenken zu können, füllte sie sich eine zweite Tasse mit Kaffee und verzichtete diesmal auf Milch und Zucker.

»Wissen Sie, niemand ist nur gut oder böse«, setzte Professor Doktor Stilz die Erläuterung mit tragender weicher Stimme fort. »Die Märchenmutter wollte den Brüdern die Wandlungsfähigkeit von Geschichten und ihrer Charaktere zeigen. Und wie sehr sie darunter litt, wenn die Rachsucht gewann und das Böse in die Gedanken der Guten Einzug hielt. Was die Märchen der Brüder Grimm predigen, geht weit über gerechte Bestrafung hinaus. Zum Beispiel wurde die böse Königin nicht einfach ins Gefängnis geworfen, verbannt oder hingerichtet. Man hat sie gefoltert und gezwungen, in brennenden Schuhen zu tanzen, bis sie tot umfiel. Diese Art der bestialischen Abrechnungen und die verallgemeinernde Darstellung des mütterlichen Neides gegenüber den eigenen Töchtern machte der Märchenmutter zu schaffen. Sie hat die Brüder mitverfolgen lassen, wie die Charaktere wirklich sind, wenn ihnen keine Probleme angedichtet werden. Die beiden sollten sehen, wie sich die Figuren weiterentwickeln, wenn ihre Geschichte zu Ende ist. Die Märchenmutter wünschte sich, dass tiefgründigere und gerechtere Geschichten in die Welt treten. Sie wollte nicht, dass Mütter gezwungen werden, ihren kleinen Töchtern einzureden, dass sie sie in Wirklichkeit beneiden und hassen. Wie gesagt, die Märchen sind über Träume und Fantasie mit der realen Welt verbunden. Was hier erzählt wird, passiert dort. Und was dort geschieht, beeinflusst die Menschen hier.«

Professor Doktor Stilz machte eine Pause, und Lena dachte über das eben Gehörte nach. »Wilhelm Grimm glaubt, dort ein Gott zu sein«, sagte sie langsam. »Wenn die Märchenmutter so viele gute Absichten hatte, warum hat sie ihm solche Macht verliehen? Und warum ist sie verschwunden?«

26. Wie alles begann

»Wilhelm Grimm kontrolliert zwar die Märchenwelt«, Professor Doktor Schwarz verengte die Augen, »doch er ist kein Gott. Höchstens ein Puppenspieler, ein Quäl- oder Poltergeist, der den Märchenfiguren das Leben aussaugt. Er hat nichts aus seinen Besuchen in der Märchenwelt gelernt und die Botschaft der Märchenmutter nicht in unsere Welt weitergetragen. Stattdessen hat er sich wie ein Parasit dort eingenistet.«

»Zunächst war Wilhelm mit seinem älteren Bruder Jacob zurückgekehrt«, übernahm nun Professor Doktor Stilz wieder das Wort. »Sie schrieben die Märchen um, ließen die Mütter größere und bessere Rollen einnehmen oder verwandelten die bösen Mütter in Stiefmütter, was die Problematik allerdings nur unwesentlich verbesserte. Bei der hohen Müttersterblichkeit damals wäre es so manchem Kind ohne die Stiefmütter schlecht ergangen. Die Märchenmutter holte die beiden Brüder 1859 ein weiteres Mal zu sich, und nur einer kehrte zurück: Jacob Grimm. Wilhelm galt danach als verstorben.«

»Warum konnte er die Märchenwelt nicht einfach in Ruhe lassen?«, entfuhr es Lena.

Eigentlich war es eine rhetorische Frage, dennoch antwortete Professor Doktor Stilz. »Die Motive sind so uralt wie die Märchen selbst: ewiges Leben und Jugend, Reichtum, Macht und so weiter. Wilhelm Grimm schrieb nach seiner ersten Rückkehr nieder, dass es sie verjüngte, wenn jemand aus ihren Märchen starb, während sie sich dort aufhielten. Ihre Falten glätteten sich, ihre grauen Haare verschwanden, ihre Altersgebrechen ließen nach. Die Brüder hatten die Märchenmutter angefleht, für immer in ihrem Reich bleiben zu dürfen, um unserer Welt mit Krankheit und Tod zu entfliehen, doch sie weigerte sich, um das Gleichgewicht zwischen den Welten nicht zu stören.«

»Wie sah die Märchenmutter eigentlich aus?«, unterbrach ihn Lena. »Vielleicht bin ich ihr da begegnet.«

»Das kann niemand sagen«, antwortete Professor Doktor Schwarz. »Den Brüdern erschien sie in verschiedenen Gestalten, und zwar in denen der Frauen, die ihnen die Märchen überhaupt erst erzählt hatten.« Sie seufzte. »Wie sonst auch: Bekannt sind die Brüder Grimm, aber all die Jahrhunderte zuvor haben Frauen die Geschichten am Leben gehalten. Die Mütter, Stiefmütter, Schwestern und Großmütter haben die Kleinen ins Bett gebracht, ihnen vorgesungen und zum Einschlafen Geschichten erzählt, nur erinnert sich niemand an sie. Sie sind nur dazu gut, das Böse in so vielen Märchen zu symbolisieren. Oder wie viele Geschichten kennst du, wo die Mütter oder Stiefmütter die Guten sind?«

Lena und Anna tauschten einen Blick. Die Liebe in Annas Augen ließ Lenas Beklemmung, die sich in ihr aufgebaut hatte, schmelzen. Es wurde Zeit, dass sich etwas änderte.

»Ich möchte wenigstens eine Geschichte über eine böse Stiefmutter umschreiben.« Lena ballte die Fäuste. »Was muss ich tun?«

»Erst mal nur eine Geschichte anhören«, antwortete Professor Doktor Stilz mit einem breiten Lächeln unter seinem Bart. »Wissen wird Ihre Waffe sein, wenn es uns gelingt, Sie zurückzuschicken. Also, wo war ich stehen geblieben? Ach ja. Verführt von der Aussicht auf ewiges Leben, fassten die Brüder den grausamen Plan, die Märchenmutter zu kontrollieren, koste es, was es wolle. Auf der Suche nach einer Möglichkeit, sie zu beherrschen, verbrachten sie während ihres zweiten Besuchs im Märchenreich sehr viel Zeit mit der großen Mutter. Allerdings gaben sie vor, begreifen zu wollen. Bei Jacob meldete sich das schlechte Gewissen, weil er die Welt, die er so akribisch und voller Liebe beschrieben hatte, nicht zerstören wollte. Er begriff tatsächlich, dass das Werk, das er erschaffen hatte, eigene Wege gehen, sich entwickeln und weiterleben durfte. Wie es alle Geschichten tun. Sehen Sie nur, wie viel Fan-Fiction es gibt. Die Geschichten enden nie dann, wenn das Wort Ende daruntergeschrieben wird. Wir vermuten, dass es viele Parallelwelten gibt, die alle ein Teil der Märchenmutter sind.« Gedankenverloren blickte Professor Doktor Stilz in die Ferne. Er hatte sich in seinen Überlegungen verloren.

Schwester Gerlinde stupste ihn an die Schulter und übernahm das Wort. »Jacob sprach seinem Bruder ins Gewissen und teilte ihm seine Bedenken mit. Wilhelm Grimm tat so, als würde er ihm zustimmen. Als es Zeit war zurückzugehen, verabschiedete sich Wilhelm sogar von der Märchenmutter. Sie versprach ihnen, dass sie ihren Seelen nach dem Tod Zutritt zur Märchenwelt gewähren würde. Sie dürften als Geschichtenerzähler und Gelehrte ewig in ihrer Welt weiterleben. Das reichte Wilhelm wohl nicht, denn als Jacob die Brücke in die reale Welt passiert hatte und er sich nach seinem Bruder umdrehte, um zu sehen, wo er blieb, sah er ein entsetzliches Schauspiel: Die Märchenmutter war von einigen Menschen umringt. Außer seinen Bruder kannte Jacob niemanden von ihnen, er erkannte nur, dass wohl auch eine Frau dabei war. Sie hatten die Märchenmutter zu Boden gerungen und standen wie eine Schar Aasgeier über ihr. Jacob wollte gerade zurückrennen, um seinen Bruder aufzuhalten, als sie alle zusammen in die Brust der Märchenmutter griffen und ihr das Herz herausrissen. Die Märchenmutter bäumte sich auf, und eine gewaltige Explosion ließ die Märchenschreiber auseinanderfliegen. Ihr Herz und sie selbst nahmen eine gewaltige Größe an. Gerade als sie wieder miteinander verschmelzen wollten, kam Wilhelm wieder auf die Beine. Mit der Vorstellungskraft seiner Fantasie tat er einen gewaltigen Sprung und stieß eine Schreibfeder in das Herz der Märchenmutter. Es zersplitterte in viele große Teile.«

Lenas legte sich eine Hand auf ihre Brust, ihr Herz pochte heftig gegen die Rippen. Sie spürte unangenehm dessen Schlagen, als wäre sie gerade einen Sprint gelaufen. »Wie konnten sie die Märchenmutter besiegen? Sie war die Herrscherin dort.«

»Die Welt, die sie darstellte, hatte Wilhelm zum Teil mit seiner Feder geformt«, antwortete Professor Doktor Schwarz. »Nicht umsonst sagt man, dass eine Feder mächtiger ist als ein Schwert. Und er hat es erkannt.«

Professor Doktor Stilz deutete auf den Splitter. »Dieser Splitter ihres Herzens flog zu Jacob, bevor die Brücke durch den Schmerz der Märchenmutter abgerissen wurde. Jacob hat noch gesehen, wie das Land um die Märchenmutter herum verdorrte, wie sich Angst und Trauer in dem gewaltigen Explosionskrater ausbreiteten. Was dann aus der Märchenwelt geworden ist, wusste er nicht mehr. Nach seiner Rückkehr hat er unsere Geheimgesellschaft gegründet und alles, was er wusste, niedergeschrieben.«

Professor Doktor Stilz deutete auf eine weitere Vitrine. »An seiner statt bewachen nun wir den Splitter und suchen nach einer Möglichkeit, die Welt der Geschichten zu retten.«

»Jahrhundertelang hatte die Märchenmutter kein Lebenszeichen von sich gegeben«, sagte Schwester Gerlinde und nahm Lenas Hand. »Hier haben wir Informationen über andere Welten und Geschichten über Wesen gesammelt, die die Welten wechseln können. Wir haben die Bibliotheken der Welt zusammengeschlossen, und vor allem haben wir versucht herauszufinden, wer Wilhelm Grimm beim Angriff auf die Märchenmutter geholfen hat. Dass es keine Bewohner der Märchenwelt waren, ist sicher. Sie hätten ihrer großen Göttin, von der sie Lebenskraft bezogen, nicht schaden wollen.«

Professor Doktor Stilz stupste mit einem Finger auf eine verblasste Notiz in dem Buch vor Lena. »Jacob hat nach seiner Rückkehr etwas Merkwürdiges bemerkt. Auf einmal gab es in den Märchen keine guten Mütter oder Stiefmütter mehr, die Väter waren entweder gut oder hielten sich im Hintergrund. Aber die Mütter und Stiefmütter waren wieder zumeist böse oder wurden überhaupt nicht mehr erwähnt. Das war wohl das Werk seines Bruders in der Märchenwelt. Er brachte die Mütter in Vergessenheit und in Verruf, damit sich niemand an die Märchenmutter erinnerte.«

Schwester Gerlinde blätterte in dem Buch ein paar Seiten weiter und deutete mit dem Finger auf eine längere handschriftliche Notiz. »Jacob Grimm hat daraufhin die Märchen so, wie er sie in der Märchenwelt erlebt hatte, hier niedergeschrieben. In der Hoffnung, dass diese Geschichten der wahren Märchenmutter einmal Kraft geben und den Figuren, die er gesehen und lieb gewonnen hatte, eine Alternative bieten würden. Hier steht, dass die Stiefmutter in Wirklichkeit noch lange vor Ende der Geschichte ihren Hass gegen Schneewittchen begraben konnte und sogar versucht hat, das Mädchen vor dem Prinzen zu retten, den Schneewittchen nicht leiden konnte.«

Lena biss sich auf die Lippe, Enttäuschung machte sich in ihr breit. Sie war gar nicht die große Retterin gewesen, die neue Wege gegangen war. »Ach so«, antwortete sie und versuchte, den bitteren Geschmack auf der Zunge hinunterzuschlucken. »Deswegen wollte ich Schneewittchen vor dem Prinzen retten. Weil es dieses Buch gibt und diese Richtung bereits vorgezeichnet war.«

»Nein«, erwiderte Professor Doktor Schwarz. »Es war deine eigene Entscheidung, dich Schneewittchen anzunähern und sie zu lieben. Allerdings ist diese alternative Geschichte der Grund, warum die Märchenmutter nicht komplett verschwunden ist. Sie hat überlebt, weil ihre Version der Geschichte von uns bewahrt wurde. Wir vermuten, dass sich außer Wilhelm Grimm noch andere Märchenschreiber in ihren Geschichten eingenistet haben. Sie leben wohl im Hintergrund ein Leben in ewiger Jugend, Gesundheit, Saus und Braus. Um nicht aufzufallen, erfüllen sie keine größere Rolle in den Märchen, so wie der König bei Schneewittchen. Sie lassen die Märchenfiguren immer wieder aufs Neue ihre Geschichten durchleben. Ohne Möglichkeit auf einen Ausweg, ohne Chance auf einen Neuanfang.«

Zum ersten Mal, seit sie hier waren, ergriff Jan das Wort. »Luna erzählte, dass ihr die Märchenmutter in ihren Träumen erschienen sei. Sie sagte immer nur ein Wort: Lösung! Luna begann von ihrem Ende zu träumen, und es fühlte sich so real an, dass Luna den Verdacht hatte, alles schon einmal erlebt zu haben. Wir vermuten nun, dass der König die Märchenfiguren nach ihrem Ende an den Anfang ihrer unglückseligen Geschichten zurückzwingt. Jedenfalls begann Luna den Spiegel nach einer Lösung zu befragen.«

Lena bekam eine Gänsehaut. Das Reich der Fantasie und der Märchen war zu einem Albtraum geworden. »Warum ich?«, fragte Lena. »Was habe ich damit zu tun? Warum ist es nicht schon eine Generation früher passiert, wenn wir alle uns in den Märchen wiederfinden?«

»Was hältst du von dem Märchen *Schneewittchen?*«, fragte Professor Doktor Stilz.

Lena seufzte. »Ich hasse es. Genauso wie *Rumpelstilzchen*, *Hänsel und Gretel* oder *Rotkäppchen*. Ich habe mich immer gefragt, warum die Bösen das tun, was sie tun. Es wurde niemals erklärt.«

»Genau«, sagte Schwester Gerlinde. »Du hasst die Märchen genauso wie einige der Charaktere dort ihr Schicksal. Du hast mit den Bösewichten, die gezwungen waren, das alles zu tun, mitgefühlt. Du hast dir Alternativen überlegt, ihre Vergangenheit hinterfragt und hast dir eine andere Zukunft für sie gewünscht. Die von Jacob festgehaltenen alternativen Geschichten haben die Märchenmutter am Leben gehalten. Und dein Glaube an das Gute im Bösen war wohl der Funke, der die Märchenmutter, die all ihre Kinder liebt, aufweckte. Sie nahm Kontakt zu Luna auf, und den Rest kennst du.«

Jan stand auf und begann, im Zimmer auf und ab zu laufen. »Luna ist geflohen, du hast in der Märchenwelt aufgeräumt. Es lief alles so gut, bis Luna es mit ihrer voreiligen Rückkehr verbockt hat.«

»Gar nichts lief gut!«, widersprach Lena. »Wisst ihr, was da alles schiefgelaufen ist?«

Jan blieb stehen. »Glaub mir, es lief besser als erwartet.

Luna konnte über unseren Spiegelsplitter gelegentlich einen Blick in die Märchenwelt werfen. Du hast nicht nur den Lauf ihres Märchens, sondern auch den von vielen anderen verändert. Du konntest die Märchenfiguren aufwecken.«

»Können alle hindurchblicken?«, fragte Lena.

»Nein«, antwortete Professor Doktor Stilz. »Noch nie zuvor ist es jemandem gelungen, dem Spiegel eine Reaktion oder ein Bild zu entlocken. Bis auf Luna und dich vorhin.«

»Wenn sie mich sehen konnte, warum hat sie nie zu mir gesprochen? Ich habe so oft vor dem Spiegel gestanden und nach ihr gesucht.«

»Das wäre gefährlich gewesen«, antwortete Professor Doktor Schwarz. »Du weißt, was der Spiegel ist und wer ihn kontrolliert. Der Zauberspiegel der bösen Königin ist der größte Splitter des Herzens der Märchenmutter. Früher oder später hätte der König euren Kontakt bemerkt. Es war ein Glück, dass es am König vorbeiging, als ihr eure Seelen getauscht hat.«

»Hätte mich der König eigentlich töten können?«, fragte Lena voller Unbehagen.

»O ja«, antwortete Jan. »Er hätte und wollte, als er es endlich herausgefunden hat. Danach hätte er dich so wie vorher Luna unter Kontrolle gehabt. Wenn du dort gestorben wärst, wärst du nur noch zu einer Erinnerung geworden, zu einer Fantasie, über die Wilhelm Grimm Macht gehabt hätte.«

Lena dachte nach. »Warum ist Luna zurückgekehrt?«

»Sie hat gesehen, dass der König dich in die Enge treiben will und du ihre Magie nicht beherrschst.« Jan fuhr sich mit beiden Händen übers Gesicht. »Wir haben ihr gesagt, dass sie nicht gegen den König ankommen könne, aber Luna ist so unglaublich stur. Sie war so überzeugt davon, dass sie das regeln könnte, weil die große Göttin wieder erwacht war.« Jan blieb vor Lena stehen und atmete tief durch. »Ich flehe dich an, rette sie. Ich ertrage es nicht, wenn sie dieses Schicksal wieder und wieder durchleben muss.«

Entschlossen stand Lena auf. »Was kann ich tun? Wie komme ich schnellstmöglich zurück?«

»Halt«, sagte Anna. »Ich wusste nicht, dass du dort sterben kannst und dann für immer dem König ausgeliefert wärst.« Sie umrundete den Tisch und blieb vor Lena stehen. »Ich kann das nicht. Ich möchte dich nicht verlieren.« Annas Stimme zitterte.

Lenas Herz zog sich zusammen, und sie nahm das Mädchen in den Arm. »Das wirst du nicht, versprochen. Zwischen Luna und mir gibt es einen Unterschied: Sie ist dort allein und wird vom König kontrolliert. Ich war weder das eine noch das andere, an meiner Seite standen dort mächtige Verbündete.« Lena nahm Annas Hand und zog sie zum Spiegelsplitter.

Vorsichtig stellte sie die Glaskuppel auf den Boden und pflückte den Splitter aus der Luft. Sie hielt ihn sich mit einer Hand vor das Gesicht und sagte: »Spieglein, Spieglein in der Hand, zeig mir Luna im Märchenland.« Sie hoffte sehr, dass dieser Splitter ihr etwas Sinnvolles zeigen würde und nicht wie der große Zauberspiegel unter der Kontrolle eines Märchenschreibers stand.

Kurz passierte nichts, und dann hellte sich der Spiegelsplitter auf, so wie der große Zauberspiegel, wenn er ihr Luna oder Momente aus dieser Welt gezeigt hatte. Es war das Herz der Märchenmutter, das gerade in ihrer Hand leuchtete, und nicht das Gift der Märchenschreiber.

Ein unscharfes Bild zeigte sich im Spiegelsplitter und

wurde langsam deutlicher, als würde sich eine Kamera fo-
kussieren. Lena erkannte von Weitem Schneewittchens
Schloss. Der Splitter zoomte näher heran. Sie kannte diese
Perspektive, es war der Blick auf das Schloss, der sich
einem eröffnete, wenn man aus dem Wald trat. Die Sicht
des Spiegelsplitters schwebte an den Ställen vorbei, durch
das Heckenlabyrinth und durch die Tür des riesigen Ein-
gangstores. Durch das Schloss hindurch, in den hintersten
Teil des Schlossgeländes, zu einem schwarzen Turm, vor
dem Wachen standen. Statt hinauf, versank der Blick im
Boden. Als wieder etwas zu sehen war, zerbrach Lenas
eigenes Herz in tausend Splitter.

27. Alte Lieder

Der Spiegelsplitter in Lenas Hand zeigte Luna. Sie saß in einer engen, feuchten Gefängniszelle voller Dreck und Spinnweben. Durch ein winziges vergittertes Fenster unter der Decke konnte man erahnen, dass draußen der Morgen dämmerte. Schneeflocken wehten hinein, Luna zitterte vor Kälte, nur eine dünne, dreckige Decke lag um ihre Schultern. Ihre Wangen waren feucht von Tränen und ihr Blick stumpf.

Sie kämpfte nicht, setzte ihre Magie nicht ein, sondern starrte einfach nur geradeaus. Das war einer dieser Logikfehler in den Märchen, die Lena so hasste: Die mächtigsten bösen Hexen, Feen und anderen Kreaturen hatten im entscheidenden Augenblick nie Zugriff auf ihre gewaltigen Kräfte. So wie Luna jetzt. Es wäre ein Leichtes für sie, die Gittertür wegzusprengen und ein wärmendes magisches Feuer in der Zelle zu erschaffen, aber Luna hatte die Kontrolle über ihren Geist verloren. Sie weinte und zitterte, weil der Erzähler dieses Märchens es jetzt so wollte, dass die mächtige böse Königin am Boden zerstört im Kerker saß.

»Luna«, flüsterte Lena. Eine Träne löste sich aus ihren Augen und tropfte auf den Spiegelsplitter. Als hätte jemand einen Stein ins Wasser geworfen, bildeten sich Wellen auf der Spiegelfläche. Luna blinzelte, setzte sich gerade auf und blickte um sich, als hätte sie etwas gehört.

»Luna!«, rief Lena nun lauter.

»Luna, hörst du mich?«, stimmte Jan mit ein.

Lena versuchte durch den Spiegelsplitter nach Luna zu greifen, stieß allerdings mit den Fingern nur dagegen, er ließ sie nicht durch. Je weiter sich die Wellen auf der spiegelnden Fläche beruhigten, umso mehr versank Luna wieder in ihre geistlose Starre, bis das kurze Aufflackern des Lebens in ihren Augen wieder vollständig erlosch.

»Luna, wach auf!«, rief Lena. Warum half ihr keiner? Warum rettete sie niemand?

Jans Telefon klingelte, und das Bild des Spiegelsplitters trübte sich. Ungeduldig sah Lena hoch. Mit einem »Sorry« in ihre Richtung nahm Jan das Gespräch an und zog sich zum Telefonieren in eine Ecke des Raumes zurück. Schwester Gerlinde nahm Lena den Splitter ab und reichte ihr eine Tasse mit frischem Kaffee. »Trink das, Liebes. Du bist ganz blass.«

»Mhm, mhm. Okay. Hat er sonst noch etwas gesagt? ... Alles klar. Schickst du es mir? ... Gut. ... Ja, danke. ... Ja, bin gleich da.« Jan beendete das Gespräch, atmete geräuschvoll aus und kam wieder zum Tisch. »Leider muss ich gleich los, der Dienst ruft. Vorher muss ich euch aber etwas zeigen. Mein Kollege hat mir das eben aus dem Krankenhaus geschickt. Ich habe ihn gebeten, heimlich mitzuschneiden, falls dieser Eric etwas sagt. Er hat im Schlaf geredet.« Jan tippte auf seinem Smartphone herum und hielt es vor sich in die Runde.

»Nein!«, ertönte Erics gequälte Stimme. »Es tut mir leid, mein König. Es ist egal. Ich werde sie später umbringen. Sie ist schwach. Ich kann sie kontrollieren. Bitte, Ihr braucht mich. Herr König, ich kenne ihre Schwächen und Ängste. Holt mich zu Euch, Ihr habt es versprochen. Ewiges Leben. Ihr selbst habt mich doch aufgesucht. ... Nein, ich bin nicht nutzlos. Herr König, nein, verlasst mich nicht. Ich bin auf ewig Euer Diener. Nur holt mich zu Euch.« Die Aufnahme endete, und angewidert trat Lena einen Schritt zurück.

»Der König wollte Eric benutzen, um dich hier umzubringen«, stellte Schwester Gerlinde fest.

Lena konnte es nicht glauben, dass sie mit diesem Mann zusammengelebt und sich eingebildet hatte, ihn zu lieben. Nein, die alte Lena hatte ihn geliebt. Ab jetzt würde sie nie wieder einen solchen Mann an sich heranlassen. Sie nahm einen großen Schluck Kaffee. Nie wieder.

Jan verabschiedete sich, weil sein Dienst gleich anfing. Bevor er ging, fuhr er sich über das müde Gesicht und suchte Lenas Blick. »Bitte, rette Luna.«

»Ganz bestimmt«, versicherte sie ihm. Er zögerte, als würde er gern noch etwas sagen, verließ dann aber den Raum.

Sobald sich die Tür hinter Jan geschlossen hatte, leerte Lena ihre Tasse in einem Zug, stellte sie ab und ergriff wieder den Spiegelsplitter. »Zeig mir den König.« Sie mussten dringend herausfinden, was er sonst noch gegen sie unternommen hatte.

Das Bild fokussierte sich und zeigte den König im Thronsaal von Schneewittchens Schloss.

Vor ihm kniete Erics Doppelgänger, der Stallbursche. »Mein König, endlich kann ich Euch etwas erzählen. Ich hoffe inständig, dass Ihr mir verzeihen könnt, weil ich es nicht vorher verraten habe, doch ich hatte Angst vor der Königin. Während Eurer Abwesenheit war die Königin einige Tage im Wald verschwunden. Was niemand weiß: Der Jäger war die ganze Zeit bei ihr. Als sie zurückgekehrt ist, sagte man uns, sie habe sich verlaufen. Nur habe ich das nie geglaubt. Ich kann bezeugen, dass sie freiwillig in den Wald gegangen ist. Wenig später ist auch der Jäger verschwunden, und die beiden sind zusammen zurückgekehrt.« Der Stallbursche berührte mit der Stirn fast den Boden.

»Ich danke dir«, antwortete der König mit tragender Stimme. »Somit erweitert sich die Anklage gegen die Königin. Sie wird nicht nur wegen Hexerei und Mordversuchs an der Prinzessin und mir angeklagt, sondern auch wegen Ehebruchs. Und du, Stallbursche, komm nun zu mir. Ich werde dich für deine Dienste belohnen.«

Hocherfreut sprang Erics Zwilling auf die Beine und näherte sich dem König. Als er vor ihm stand, zog der König plötzlich sein Schwert und rammte es dem Stallburschen in die Brust.

Anna und Lena schrien entsetzt auf, und Lena drehte sich so um, dass Anna die weitere Sicht auf das furchtbare Schauspiel versperrt wurde. Sich selbst zwang sie dazu, weiter zuzusehen. Sie musste mehr von den Plänen des Königs erfahren.

Keuchend fiel der Stallbursche auf die Knie. »Mein König«, presste er heraus. Den Worten folgte ein Schwall Blut. Er hustete, schnappte nach Luft. »Warum?« Dann brach er auf dem Boden zusammen.

»Weil du es mir nicht früher gesagt hast.« Der König zog sein Schwert aus dem jungen Mann und beobachtete, wie dessen Leben erlosch. Dann winkte der König einen Kammerdiener herbei, dem er das Schwert reichte. »Poliere es.«

Zitternd nahm der Diener das Schwert entgegen und reichte dem König ein frisches Tuch, an dem er sich die blutigen Hände abputzte.

Lena war während dieser Szene übel geworden. Nicht nur, weil sie Zeugin eines Mordes geworden war, sondern weil Eric sie in allen ihr bekannten Welten verraten hatte. Der Stallbursche war nun tot, und ihr Ex-Freund lag im Krankenhaus. Was für ein Chaos in beiden Welten.

»Wir brechen in einer Stunde zur Hochzeit meiner Tochter ins Reich hinter den sieben Bergen auf. Nehmt der Königin etwas Hübsches zum Anziehen mit und vergesst nicht die dazu passenden Schuhe.« Er deutete auf ein Paar Eisenschuhe, das auf einem Sockel neben dem Thron stand, und Lena lief es bei ihrem Anblick kalt den Rücken hinunter.

Sie waren wie eine Bärenfalle konzipiert. Einmal hineingeschlüpft, schlugen sie zu und bohrten ihre eisernen Zähne in den Fußrücken, es gab kein Entkommen daraus. Lena kamen die Tränen, und ein Blutstropfen lief über die Spiegelfläche. Sie hatte ihre Finger so fest um den Splitter geschlossen, dass sie sich geschnitten hatte. Ungeduldig wischte sich Lena mit dem freien Handrücken die Tränen und dann das Blut weg. Ein roter Schleier blieb auf dem Spiegelsplitter haften.

Lena musste dringend in die Märchenwelt zurück. Sie war die Einzige, die den König aufhalten und Luna und Schneewittchen retten konnte. Wo war Hannah eigentlich?

Kaum hatte Lena an das Mädchen gedacht, veränderte sich das Bild. Im Spiegelsplitter formte sich ein Schloss, das Lena noch nie gesehen hatte. Es lag sehr malerisch von Bergen umgeben, und Lena zog sich der Magen zusammen. Sie hatte keine Zeit, die schneebedeckten Spitzen zu zählen, aber es sah sehr nach sieben aus.

Das Bild schwebte durch den Park, durch das geschlossene riesige Schlosstor und in einen Ballsaal, der gerade von unzähligen Dienern mit Blumen und Kerzen geschmückt wurde. Sie polierten die Spiegel, schrubbten die

Böden und schleppten Tische herein, die sie sogleich eindeckten.

Am Kopfende des Ballsaals stand Prinz Marcel und hielt Schneewittchen an der Hand. Während sie mit stumpfem Blick und einem ausdruckslosen Lächeln das Treiben der Diener beobachtete, starrte er sie unentwegt an. Neben Hannah stand ein offener Glassarg, von dem die sieben Zwerge gerade Fingerabdrücke und Staub wegwischten.

Lena vermutete, dass, wenn es nach Prinz Marcel ginge, Schneewittchen sehr viel Zeit in diesem Glassarg verbringen sollte. Es bereitete ihr eine grausame Genugtuung, dass es nicht dazu kommen würde; entweder würde sie Hannah vorher retten oder die Geschichte würde mit Lunas Tod von vorn anfangen. Lena hoffte, dass Prinz Marcel Schneewittchen noch nichts angetan hatte.

Eine Träne tropfte auf den Spiegelsplitter und vermischte sich mit Lenas Blut, Lena blickte hoch. Anna weinte.

»Das wird nicht passieren.« Lena strich dem Mädchen über die Wange. Sie hatte dort doch Verbündete, wo waren sie? Lena blickte wieder auf den Spiegelsplitter. »Zeig mir den Jäger.«

Das Bild verschwamm und huschte durch die Bäume des Märchenwaldes.

Lena erkannte etwas. »Stopp. Das ist das Haus der Knusperhexe. Zeig sie mir.«

Der Spiegel bog ab, näherte sich dem Lebkuchenhaus und schwebte durch die Wand in Rosas Küche.

»Nein«, flüsterte Lena. »Nein, nein, nein. Bitte nicht.«

Berge von Nüssen lagen um die Hexe verstreut, die sie hustend, mit tränenden Augen und laufender Nase zermalmte. Rosa tastete nach einer Schüssel. Ihre Augen waren so entzündet, dass sie nichts mehr sehen konnte.

Während sie arbeitete, sang sie mit wieder krächzender Stimme, unterbrochen von Hustenanfällen leise vor sich hin. »Knusper, knusper, knäuschen, wer knuspert an meinem Häuschen? Knusper, knusper, knäuschen ...« Wie eine kaputte Schallplatte sang sie wieder und wieder diese Zeile.

Lena ertrug es nicht. Es war alles wieder beim Alten. »Wo ist Rumpelstilzchen?«, murmelte sie.

Der Blick des Spiegels verließ das Knusperhaus, beschleunigte und näherte sich mit rasender Geschwindigkeit einem Schloss, das Lena ebenfalls noch nie gesehen hatte. Dieses Mal drang das Bild nicht in das Innere ein, sondern blieb im Schlosspark, wo die Müllerstochter mit ihrem Kind auf dem Arm gerade Boten in die Welt aussandte. Jedem trug sie leise auf, alle Namen zusammenzutragen, die sie finden konnten. Und da, in den Büschen, saß Rumpelstilzchen. Mit stumpfem Blick starrte er die Müllerstochter mit ihrem Säugling an. Seine Lippen bewegten sich.

Lena beugte sich hinunter zum Spiegel und vernahm seinen gemurmelten Singsang: »Heute back ich, morgen brau ich, übermorgen hol ich der Königin ihr Kind. Ach, wie gut, dass niemand weiß, dass ich Rumpelstilzchen heiß!«

Wie die Hexe sang er wieder und wieder seinen ihm in die Seele geschriebenen Spruch. Er würde sich heute Nacht verraten und sterben.

Alles, was Lena im Märchenland erreicht hatte, war umsonst gewesen. »Zeig mir Nero«, flüsterte sie. Die dreizehnte Fee war so stark gewesen, so in sich ruhend. Vielleicht war sie noch als Einzige wach.

Der Blick des Spiegels raste durch die Bäume zu einer Höhle im Wald. Nero saß auf dem Boden, die dunklen

Flügel um sich herum ausgebreitet, und drehte gedanken-verloren eine Spindel in den Fingern. Neben ihr stand ein Spinnrad. »Bald, mein Prinzesschen, bald wirst du sech-zehn.«

Je mehr Lena sah, desto enger zog sich ihr Magen zu-sammen und desto kälter wurden ihre Hände.

»Zeig mir den Wolf«, murmelte sie. Sie ahnte Böses, dennoch musste sie es mit eigenen Augen sehen. Wahr-scheinlich lag er schon im Bett von Rotkäppchens Groß-mutter und wartete auf das Mädchen.

Der Spiegel glitt zum Wald von Rotkäppchen und dem bösen Wolf. Genau an der Kreuzung, wo sie einst Rudi aufgelauert hatte, schleifte ein Jäger den Wolf in den Wald. Lenas Herz machte einen Aussetzer, als das Bild heranzoomte. Es war nicht irgendein Jäger, sondern ihr Janis.

28. Wahre Liebe

Der Jäger hatte dem Wolf sowohl die Schnauze als auch die Vorderpfoten zusammengebunden und schleifte ihn nun an den Hinterpfoten in den Wald. Auch Rudis Augen waren erloschen, er knurrte und wand sich. Unweit von ihnen trällerte Rotkäppchen ein Lied und näherte sich tänzelnd.

»Du bockiger Köter«, fluchte der Jäger, als der Wolf mit einem Hinterlauf heftig nach ihm trat. »Wenn ich nicht wüsste, dass Lena etwas an dir liegt, würde ich dir das Fell über die Ohren ziehen. Hast du sie vergessen?«

Lenas Herz raste. Der Jäger konnte sich an sie erinnern. Bei ihrem Namen versteifte sich der Wolf und hob den Kopf, sein Blick klarte auf. Er wehrte sich nicht mehr und ließ sich weiter in den Wald ziehen.

Tief zwischen den Bäumen kniete sich der Jäger neben den Wolf und packte ihn am Nacken. »Wenn du dich an Lena erinnerst, dann nicke.«

Sofort tat der Wolf, wie ihm geheißen.

»Weißt du, wie du heißt?«

Wieder nickte der Wolf.

Der Jäger lockerte die Fessel um die Schnauze des Tiers. »Dein Name.«

»Rudi«, presste der Wolf zwischen den Zähnen hervor.

»Na, wenigstens etwas.« Erleichtert fuhr sich der Jäger über das müde Gesicht.

»Janis!«, rief Lena, »Rudi! Könnt ihr mich hören?«

Beide erstarrten kurz. Der Jäger sprang auf und sah sich um, der Wolf schnupperte in die Luft und versuchte wohl ihre Witterung aufzunehmen.

»Hast du es auch gehört?«, fragte der Jäger.

»Ich glaube ja«, nuschelte der Wolf undeutlich und versuchte, die lockere Fessel um sein Maul am Boden abzustreifen.

Lena konzentrierte sich auf den Jäger, und der Spiegelsplitter zoomte ganz nah an sein Gesicht heran. »Janis, ich bin wieder in meiner Welt. Was ist bei euch passiert?«

»Wie die anderen war ich auf dem Weg ins Schloss, um Euch zu helfen. Als ich sie gefunden habe, standen die Knusperhexe, Rumpelstilzchen und Nero da wie Steinstatuen, sie haben auf nichts reagiert. Ich habe versucht, mit ihnen zu reden, habe sie geschüttelt, ihr Blick war ganz glasig. Und dann gingen sie einfach in drei verschiedene Richtungen auseinander, ohne sich voneinander zu verabschieden oder mir auch nur ein Zeichen zu geben, dass sie mich bemerkt hätten. Ich habe sie zurückgerufen, wollte Rumpelstilzchen aufhalten. Er stieß mich von sich, zerriss die Erde, und dann waren sie weg. Kurz darauf ist der Wolf mit diesem glasigen Blick an mir vorbeigerannt. Alle waren wieder so wie vor Eurer Ankunft hier. Ich habe vermutet, dass Ihr unser Reich wieder verlassen habt, und bin dem Wolf gefolgt, um ihn wieder zur Besinnung zu bringen.«

»Ein Glück, dass du noch bei Verstand bist«, sagte Lena hastig. »Ich weiß zwar nicht warum ...«

»Aber ich weiß es«, unterbrach der Jäger sie.

Lena umklammerte den Splitter. »Weil du mein bester Freund dort bist?«

Der Jäger lachte heiser auf und deutete auf Rudi. »Der

da ist hier Euer bester Freund. Ich erinnere mich, weil«, er schloss die Augen und seufzte, »ich dich liebe.«

»Du meinst, weil du die Königin liebst.«

»Nein. Dich. Lena, die Frau aus der anderen Welt, die das Gute in jedem von uns sieht, die für uns gekämpft hat, diejenige, die mich tief im Herzen berührt hat. Meine Königin.«

Lena starrte auf den Splitter. Das war jetzt wirklich mal ein Märchenklischee, wahre Liebe und so. Um sie herum war es still. »Ich ... ich ...«, stammelte Lena, »liebe dich auch.«

Der Jäger lächelte und öffnete wieder die Augen. »Ich weiß.«

Sie schwiegen.

»Werde ich dich wiedersehen?«, fragte Janis.

»Wirst du! Bis ich zurück bin, musst du die anderen wecken. Erinnere sie an ihre Namen. Das Waldmännchen treibt sich gerade im Schlosspark der Müllerstochter herum. Ihn musst du als Erstes holen, er hat vor seinem Ende am wenigsten Zeit. Die Knusperhexe backt wieder in ihrem Lebkuchenhaus, und Nero schmiedet dunkle Pläne in ihrer Höhle. Reite auf Rudi, er ist schnell. Wenn du sie alle gefunden hast, versteck sie.«

»Wo?«, fragte der Jäger. »Und wer hat diesen Zustand verbrochen? Wessen Fluch hast du mit deiner Ankunft hier gebrochen?«

»Es ist der König«, antwortete Lena.

»Verfluchter Mist. Wie hat er es angestellt?«

»Das erkläre ich dir später. Du musst jetzt dringend zu Rumpelstilzchen und ihn wecken, bevor es Nacht wird.«

»Um ihn werde ich mich sofort kümmern, wenn ich dich, ich meine die Königin, und Schneewittchen geholt habe.«

»Nein!«, rief Lena so heftig, dass alle um sie herum zusammenzuckten. »Um die beiden werde ich mich kümmern. Du darfst dich dem König nicht nähern, er ist gefährlicher, als du glaubst. Er kann dich nicht nur töten, sondern auslöschen.«

»Gibt es da einen Unterschied?«

»O ja.« Lenas Magen zog sich bei dem Gedanken daran, was der König mit dem Jäger anstellen könnte, erneut heftig zusammen. »Schlimmer als der Tod ist vergessen zu werden. Wenn du nicht einmal mehr in Geschichten existierst.« Plötzlich hatte Lena eine Eingebung. Sie umklammerte den Splitter so fest, dass er ihr wieder ins Fleisch schnitt. Sie begriff, wer die Märchenfiguren vor dem König schützen konnte: die Märchenmutter. Und Lena wusste, wo sie sich befand. Dort hatte ihr Wilhelm Grimm mit seinen Gehilfen das Herz herausgerissen. Lena hatte bereits einmal am Rand dieses unglückseligen Ortes gestanden. »Hör zu«, sagte sie, »ich weiß, wo ihr euch verstecken könnt. Kennst du den toten Wald?«

Der Jäger spannte sich an. »Ja. Ein furchtbarer Ort.«

»Doch inmitten des Verderbens liegt eine uralte Kraft verborgen. In der Mitte erhebt sich ein grüner Hügel, er ist mit Kletterrosen, Efeu und Moos bewachsen. Du musst die anderen dort hinbringen. Ich weiß nicht genau, was ihr dort vorfinden werdet, aber zum jetzigen Zeitpunkt ist es der sicherste Ort vor dem König. Er wird euch dort als Letztes suchen. Versteckt euch dort, bis ich euch hole.«

Der Jäger zog die Augenbrauen zusammen. »Was heißt hier, bis du uns holst? Sobald ich die anderen dort versammelt habe, werden wir das Schloss des Königs stürmen.«

»Nichts werdet ihr. Ihr bleibt, wo ihr seid, bis ich zu

euch komme. Ihr dürft euch dem König nicht nähern. Die Königin und Schneewittchen werde ich retten.«

»Wie?«, fragte der Jäger.

Lena hatte keine Ahnung. Noch nicht. Allerdings durfte sie sich ihre Unsicherheit nicht vor dem Jäger anmerken lassen. »Ich weiß bereits wie. Aber in der Zwischenzeit möchte ich mich darauf verlassen können, dass ihr in Sicherheit seid. Verstehst du? Alles andere würde mich ablenken. Versprich mir, dass sich niemand von euch dem König nähert.«

»Das kann ich nicht.«

Lena zischte.

»Gut. Ich verspreche es dir, wenn du mir schwörst, dass du nichts Riskantes und Unüberlegtes machst.« Der Jäger lächelte schief.

Sie waren in einem Patt gelandet. Doch auch dafür hatte Lena bereits eine Lösung: Themenwechsel. »Hör mal. Ich habe die niederschmetternde Atmosphäre des toten Waldes hautnah erlebt. Wenn du die anderen hindurchführst, denk daran, dass ich dich liebe, und sage den anderen, dass ich mir um sie Sorgen mache. Vielleicht wird es euch den Weg zum grünen Hügel im Todestal erleichtern.«

Der Jäger seufzte. »Das mache ich. Ich wünschte, ich könnte dich noch einmal sehen, bevor du Kopf und Kragen für uns riskierst. Und wenn du es tust: Denk auch du daran, dass ich dich liebe. Wenn du verschwindest, wird es mir mehr wehtun als dir. Vielleicht wird es dir dann leichterfallen, vorsichtig zu sein.«

»Versprich mir, dass du mit den anderen dort auf mich wartest«, drängte Lena. »Bitte!«

»Also gut. Wir werden warten.«

»Danke«, flüsterte Lena. Insbesondere war sie ihm dafür dankbar, dass er nicht weiter versuchte, ihr ein Versprechen abzuringen, das sie nicht halten konnte. »Bis bald.« Sie musste sich zwingen, sich vom Anblick des Jägers loszureißen. Sein Bild verschwand nur langsam.

Lena schloss die Augen und holte tief Luft. Sie würden sich wiedersehen. In einem Märchenland, das derzeit diesen Namen nicht verdiente. Dafür würde sie kämpfen. Das Zauberhafte und Wahre sollten wieder in das Reich der Fantasie zurückkehren. Als Erstes musste der König weg. Lena blickte wieder in den Spiegelsplitter. »Zeig mir die Königin.«

Zielstrebig, als hätte er sich den Weg gemerkt, raste der Blick des Spiegels zu Luna und zeigte sie einen Atemzug später in ihrer feuchten Gefängniszelle.

»Luna!«, rief Anna. Wieder klarte sich der Blick der Königin auf. Dieses Mal deutlicher als zuvor, als Lena zu ihr gesprochen hatte. Lena begriff. Wahre Liebe war in der Märchenwelt eine echte Kraft, eine mächtige Waffe gegen das Böse.

»Sprich weiter zu ihr«, sagte Lena hastig und hielt Anna den Spiegelsplitter hin. »Ich glaube, sie mag dich wirklich sehr.« Es versetzte ihr einen Stich der Eifersucht. Luna und ihre Anna hatten in den paar Tagen ein starkes Band aus Zuneigung geknüpft, doch sie scheuchte den würgenden Neid weg. Auch sie hatte eine großartige Beziehung zu Schneewittchen aufgebaut. Außerdem war es wunderbar, dass Luna wiederentdeckt hatte, wie man liebt.

»Sag Luna, dass sie einen letzten Wunsch geltend machen soll«, instruierte Lena das Mädchen neben sich. »Sie muss verlangen, noch einmal in den Spiegel sehen zu dürfen.«

»Luna, bitte, du musst mir zuhören«, flehte Anna. »Kannst du mich verstehen?«

Langsam nickte Luna.

Anna knetete vor Aufregung die Hände. »Bitte die Wachen und den König, noch einmal in den Spiegel blicken zu dürfen, bevor sie dich hinrichten.«

Lena überlegte fieberhaft. Was, wenn das nicht klappte? Sie bezweifelte, dass der König ihr ausgerechnet diesen Wunsch gewähren würde. Das war zu unsicher. Sie war doch eine mächtige Zauberin dort. Wenn sie jetzt wach war ... Lena packte Anna am Oberarm. »Warte, frag Luna, ob sie Zugriff auf ihre Magie hat.«

»Hast du Zugriff auf deine Magie?«, rief Anna sofort in den Spiegelsplitter.

Lunas Fingerspitzen begannen zu glühen, Funken sprühten daraus hervor. »Nein«, flüsterte sie, »nicht richtig.«

»Vielleicht ist es besser so«, murmelte Lena. Wenn Luna ihre Magie einsetzte, würde der König sofort wissen, dass sie wach war. Lena starrte auf den Splitter. Eine Lösung, sie brauchte eine Lösung. Luna hatte sie auf der Suche nach einer Lösung in ihren Träumen heimgesucht. Endlich landete die Erkenntnis mit einem fast hörbaren Einschlag in Lenas Hirn. Luna hatte mit ihr die Seelen getauscht, während Lena geschlafen hatte. Luna hatte vor dem Spiegel gestanden, und Lenas Traum war die Brücke zum Märchenland gewesen. Nun war es andersherum: Lena besaß einen Spiegelsplitter, und Luna musste die Brücke aufbauen, indem sie schlief und träumte.

Lenas Puls beschleunigte sich. »Sag ihr, dass sie schlafen soll!«

Anna runzelte verständnislos die Stirn.

»Sie soll schlafen und dabei an den Splitter eines Spiegels denken, in dem sie mich sieht. Ich erkläre dir später alles. Nur kurz: Ich glaube, dass ich sie so dort herausholen kann.«

Anna verstand und begann sofort, Luna den Plan zu erklären, das Mädchen zögerte nicht einmal. Auch das versetzte Lena einen schmerzhaften Stich. Vor allem, wie aufgeregt und hoffnungsvoll Anna nun in den Splitter hineinredete. »Luna, hör mir gut zu, du musst schlafen, sofort. Denk an einen Splitter des Zauberspiegels, nicht an den ganzen Spiegel, sondern nur an einen etwa handflächengroßen Splitter davon.«

»Ich kann nicht schlafen«, antwortete Luna mit rauer Stimme, sobald Anna geendet hatte. »Es ist so kalt hier, und ich habe Angst.« Eine Träne lief ihr die Wange hinunter. »Ich bin so allein. Alle hassen mich.«

»Luna«, sagte Anna zärtlich, »du bist nicht mehr allein. Ich warte hier auf dich, Jan auch. Schlaf ein und träume, und wenn du aufwachst, werde ich bei dir sein, und du wirst nie mehr allein sein.«

Noch mehr Tränen liefen über Lunas Wangen. Sie schloss die Augen, und wieder knisterte die Magie in ihren Fingerspitzen. Ein einladendes warmes Licht breitete sich über ihren Körper aus. Luna hörte auf zu zittern, sie wärmte sich wohl mit ihrem Zauber und versetzte sich so langsam in Schlaf. Ein paarmal flatterten ihre Lider noch, und endlich sank sie auf den dreckigen Boden.

Lena schwieg. Sie zerfraß die Frage, ob sie Anna denn überhaupt nichts mehr bedeutete.

»Lena ...« Anna berührte sie an der Schulter, ganz sachte nur, als würde sie ihre Gefühle lesen können.

»Ist schon gut.« Lena lächelte bitter. »Sie war die Bessere für dich.«

»Nein! Keine von euch ist besser oder schlechter. Ihr

seid einfach anders, habt verschiedene Schwächen und Stärken. Es ist nur so ... Versteh das jetzt bitte nicht falsch, aber ich mache mir um dich im Märchenland weniger Sorgen als um sie. Ich habe Luna über die Schulter gesehen, wenn sie dich im Spiegel gesucht hat. Du hast dort so viel bewirkt, bist aufgeblüht. Ich habe dich im Knusperhaus zum ersten Mal wieder lachen sehen. Du bist wie aus einem Dornröschenschlaf erwacht.« Auf einmal wirkte Anna so erwachsen. »Ich möchte, dass du dorthin zurückgehst, weil ich überzeugt bin, dass du es schaffen wirst.«

»Ich verstehe.« Lena legte den Splitter ab und zog Anna in eine Umarmung. »Ich habe dich so lieb«, murmelte sie in das schwarze Haar.

Das Mädchen erwiderte ihre Umarmung und schmiegte sich an Lenas Brust. »Ich liebe dich, Lena. Bitte pass auf dich auf.«

»Lena?«, ertönte es zaghaft aus dem Spiegelsplitter und riss die beiden aus ihrem Moment.

Lena beugte sich über den Splitter, darin stand die Königin in ihrer Zelle. Zu ihren Füßen lag ihr Körper.

Lenas Puls beschleunigte sich vor Freude, dass es geklappt hatte, aber auch vor Angst. Es war ganz und gar nicht klar, dass sie das überleben würde. Im besten Fall wäre das dann ihr Ende. Zwar kein glückliches, aber ein Ende. Im schlimmsten Fall würde sie in den wiederkehrenden Kreislauf der Märchen eintreten und auf ewig Lunas Stelle einnehmen. Nein. Lena rief sich das Gesicht von Janis und aller Mitglieder des Knusperklubs ins Gedächtnis. Wie Luna hier wurde auch sie dort geliebt und erwartet. »Luna, auf drei berühren wir beide den Spiegel.«

Luna starrte ihr in die Augen. »Bist du dir wirklich sicher?«

»Ja«, antwortete Lena ungeduldig. »Ich zähle bis drei.«

»Warte«, sagte Luna. »Es tut mir leid, dass ich so schwach war.«

Lena seufzte. Wo war die Giftmischerin, die skrupellos andere opferte, wenn es für sie von Vorteil war? Die brauchte Lena jetzt und nicht die zerknirschte und reumütige Kopie von Lena selbst. »Es hat nichts mit Schwäche zu tun. Du bist einfach den Gesetzen deiner Welt unterworfen, so wie ich in meiner Realität gefangen war. Du hast mein Leben hier auf eine Art und Weise aufgeräumt, wie ich es niemals gekonnt hätte. So viel zum Thema Schwäche. Nun lass mich dir in deiner Welt helfen. Wir tauschen jetzt die Plätze und reden danach weiter. Übrigens weiß ich jetzt, wie ich vollen Zugriff auf deine Kräfte bekomme«, log Lena.

»Also gut.« Luna holte tief Luft. »Eins ...«

»Zwei«, stimmte Lena mit ein.

»Drei.« Sie berührten gleichzeitig den Spiegel, und zum dritten Mal in ihrem Leben spürte Lena diesen Sog um ihre Leibesmitte. Dieses Mal fühlte er sich allerdings angenehm an. Sie wurde nicht aus ihrer Welt herausgerissen, sondern kehrte nach Hause zurück.

29. Der letzte Tanz

Lena schreckte vom Boden hoch und unterdrückte ein begeistertes Jauchzen. Sie saß auf dem Boden der Gefängniszelle, zitterte vor Kälte und musste sich erst an die Dunkelheit gewöhnen. Modergeruch stieg ihr in die Nase. Sie verkniff sich das erleichterte Durchatmen und grinste.

Sie war keinen Augenblick zu früh in der Märchenwelt angekommen, denn von draußen ertönten Schritte. Das Licht einer Fackel näherte sich ihr. Zwei Wachmänner traten zur Gittertür, und einer machte sich am Schloss zu schaffen. Lena zwang sich, teilnahmslos vor sich hin zu stieren, und vertagte die Kontaktaufnahme zu ihrer, oder besser gesagt Lunas Magie auf später. Sie durfte auf keinen Fall auffallen.

»Aufstehen!«, befahl einer der Wachmänner, packte sie am Oberarm und zog sie unsanft auf die Füße.

Schlurfend folgte Lena ihnen hinaus und dann über den Hof zum Vordereingang des Schlosses. Ab und zu wankte sie, um einen möglichst armseligen und geschwächten Eindruck zu erwecken.

Die goldene königliche Kutsche war zur Abfahrt bereit, die Diener trafen letzte Vorbereitungen. Sie legten Pelzdecken hinein, um den König vor der Kälte zu schützen, überprüften die Wagenräder, Achsen und die Hufe der Pferde.

In einiger Entfernung von der königlichen Kutsche

standen ein Schlitten und ein einfacher, vergitterter Holzwagen, vor die jeweils zwei Pferde vorgespannt waren.
Lena wurde wie ein Sack Gemüse in den Holzwagen hi-
neingestopft. Sie ließ es sich gefallen und blieb auf dem
Boden des Gefangenentransporters liegen. Alles war besser als der muffige Gestank in der Gefängniszelle, jedoch
zitterte Lena in der beißenden Kälte.

Sie ließ ihre Augen nur einen winzigen Spaltbreit offen
und beobachtete das Geschehen um sich herum. Der König trat in einen edlen Pelzmantel gehüllt aus dem Schloss
und schritt zur Kutsche, Lena bedachte er mit einem ab-
fälligen Blick. Hinter ihm trugen einige Bedienstete den
riesengroßen Zauberspiegel hinaus. Vor Überraschung
hätte sich Lena beinahe aufgesetzt. Der König konnte den
Spiegel also von der Wand lösen.

Er nahm ihn wohl mit, damit sich in seiner Abwesenheit nicht wieder jemand von der realen Welt in das Märchenreich schleichen konnte. Während die Bediensteten
den Spiegel auf den Schlitten legten, in Decken hüllten
und festzurrten, begann es wieder in großen Flocken zu
schneien.

Der König würde nun also seine Rolle im Märchen spielen, kurz in der Geschichte auftauchen, der Bestrafung
der Königin beiwohnen und sich dann wieder dem Mü-
ßiggang hingeben, während die Märchenfiguren erneut
an den Anfang ihrer Geschichten gezwungen wurden. Lenas Atem beschleunigte sich. Am liebsten würde sie dem
König sofort an die Gurgel gehen, doch sie durfte sich
noch nicht verraten. So wie jetzt würde sie am einfachs-
ten in Schneewittchens Nähe kommen, um dann die
Flucht mit ihr zu planen.

Die Reise ins Reich hinter den sieben Bergen war erstaunlich kurz. Die Berge sahen zwar aus, als würden sie

weit weg liegen, dennoch kam die königliche Reisegesell-
schaft tatsächlich bereits am frühen Nachmittag an. Lena
war mit einer dicken Schneeschicht bedeckt und fast erfroren. Niemand hatte es für nötig gehalten, ihr eine Decke zu geben, und sie hatte sich nicht getraut, sich mit
ihrer Magie zu wärmen. Sie würden sie freischaufeln
müssen.

Sobald der Wagen hielt, öffnete jemand ihren Verschlag
auf Rädern und fegte ihr mit einem Besen über das Gesicht. Nicht mal ein Stück Stoff oder ihre Hände nahmen
sie dafür, sondern einen Besen, als wäre sie der letzte
Dreck. Mit Schaudern dachte Lena daran, dass Luna, die
echte Königin, das unzählige Male hatte durchleben müssen. Momentan verlief das Märchen genau in den Bahnen,
die der König vorgesehen hatte.

»Aufstehen!« Jemand stieß sie gegen die Hüfte.

»Ich hoffe, sie lebt noch«, sagte der König in unmittel-
barer Nähe.

Lena fuhr zusammen und warf ihm einen verstohlenen
Blick zu. Steif und mit nach unten gesenktem Blick rappelte sie sich hoch und kletterte aus dem Wagen.

Der König beobachtete sein Opfer, das ihm gleich frisches Leben schenken würde. »Gut, ich möchte meiner
Tochter nicht die Genugtuung nehmen, dieses Weibs-
stück bestraft zu sehen.« Ein paar Wachen lachten.

Egal, dachte sich Lena. *Es wird vorübergehen, ich muss
nur irgendwie an Hannah herankommen, sie wecken, meine
Magie entfesseln, und dann werden wir sehen, wer als Letztes lacht.*

Lena wurde in das Verlies des Schlosses von Prinz Mar-
cel abgeführt, während der König vom Herrscher dieses
Landes begrüßt wurde. Lena erkannte auf den ersten
Blick, dass es der Vater von Prinz Marcel war. Auch er

war groß und schlank, doch durch seine goldblonden Haare zogen sich bereits erste graue Strähnen.

Das Verlies hier unterschied sich kaum vom anderen Kerker. Ihr war es einerlei. Sie würde ohnehin nur ein paar Stunden hierbleiben und entweder von hier fliehen oder bald hingerichtet werden. Auf dem Weg ins Verlies war sie weder Hannah noch dem Prinzen begegnet.

In der Zelle überlegte Lena fieberhaft, wie sie Schneewittchen noch vor der Hochzeit und ihrer Hinrichtung sprechen konnte, und hatte dann eine Idee, deren Ausführung ihr persönlich vieles abverlangen würde.

Lena riss ein Stück Stoff aus ihrem Unterkleid, stach sich mit einem rostigen Nagel, der aus der Wand ragte, in den Finger und schrieb mit ihrem Blut auf den schmutzigen weißen Stoff: *Ich bin wieder da. Flieh. Der Jäger und die anderen warten im toten Teil des Waldes auf dich. Nimm deinen Zuckervogel mit.* Lena hoffte sehr, dass der König ihn nicht in die Finger bekommen hatte. Dann holte Lena den blauen Vogel des Jägers aus ihrer Tasche. Zum Glück hatte die Königin seit ihrer Rückkehr die Kleidung nicht gewechselt. »Flieg zum Jäger und zu Rudi. Einer von ihnen soll Schneewittchen im Wald in der Nähe des Schlosses von Prinz Marcel abholen. Du wirst sie zu Hannah führen.«

Der Vogel nickte und flatterte aus dem vergitterten Fenster in das Schneegestöber davon.

Dann begann Lena ihr Schauspiel. Wenn sie die irre böse Stiefmutter haben wollten, dann sollten sie sie bekommen. Sie musste sich kurz überwinden, aber ihr Leben hing davon ab. Und so begann sie zu schreien, zu lachen, zu hüpfen, expressiv zu tanzen und sich so unnatürlich zu bewegen, wie sie es in Exorzismus-Filmen gesehen hatte. Sie raufte sich die Haare, rüttelte an den Gitterstäben und gab komische Geräusche von sich. Vor ihrer Tür versammelten sich Wachen. Sich so aufzuführen, war Lena selbst vor den Märchenfiguren peinlich.

Endlich rief einer: »Ruft den König des Schneelandes.«

Kurze Zeit später kam der König in Begleitung seines Gastgebers tatsächlich ins Verlies geeilt. Wilhelm Grimm beobachtete Lena mit zusammengekniffenen Augen. So hatte sich die Königin wohl noch nie aufgeführt. Vielleicht konnte man es als Nachwirkungen des Seelentausches erklären.

Lena setzte gerade zu einer neuen, kreischenden Lachsalve an, als der König sie anschrie. »Genug!«

Lena verstummte kichernd. Sie musste nicht mehr weitermachen, die Aufmerksamkeit beider Könige war ihr nun gewiss. Dass der Vater von Prinz Marcel mitgekommen war, war vielleicht sogar noch besser.

»Ihr seid zwar keine Königin mehr, dennoch wart Ihr es einmal«, tadelte sie der Hausherr. »Selbst in der dunkelsten Stunde solltet Ihr Würde bewahren.«

Lena senkte den Kopf und stierte die beiden Männer von unten an. »Schneewittchen«, sagte sie mit so tiefer Stimme wie möglich. »Ich möchte dieses vermaledeite Kind noch einmal sehen.«

»Warum?« Wilhelm Grimm verengte die Augen. Lena sprang zur Zellentür und umfasste ruckartig zwei Gitterstäbe. Es hatte den erwünschten Effekt: Alle zuckten vor ihr zurück.

»Ein letzter Wunsch«, antwortete sie heiser, was sie nicht einmal vorspielen musste, denn durch das Schreien, Kreischen und Lachen war ihre Stimme angeschlagen. »Der letzte Wunsch einer Sterbenden. Ihr werdet ihn mir doch nicht verwehren? Lasst mich noch einmal mit diesem Kind sprechen.« Lena veränderte ihre Stimme und sprach gekünstelt lieblich: »Schließlich ist sie mein geliebtes Stiefkind, und ich möchte mich von ihr verabschieden. Ich muss ihr sagen«, abrupt wechselte sie wieder in die tiefe Stimmlage, »dass ich sie hasse.«

Die Könige starrten sie an, der Vater von Prinz Marcel sensationsgierig und Wilhelm Grimm zufrieden. Endlich nickte der Märchensammler langsam. Lena grinste.

»Holt meine Tochter«, befahl der König.

Es dauerte nicht lange, bis Schneewittchen zaghaft die Treppe herunterkam, Prinz Marcel folgte ihr. Lena hatte sich zwar erhofft, allein mit Hannah sprechen zu können, aber sie war nicht wählerisch.

»Hier ist sie«, sagte Wilhelm Grimm. »Euer letzter Wunsch ist hiermit vollbracht. Macht Euch bereit, danach Eurem Schicksal entgegenzutreten.«

Schneewittchen blieb in einiger Entfernung von der Zelle stehen.

»Tretet zurück«, blaffte der König Lena an.

Sie tat, wie ihr geheißen, und wich zwei Schritte ins Innere zurück. Viel weiter konnte sie in der beengten Zelle eh nicht gehen.

Hannah hatte den gleichen milchigen Blick wie alle anderen, sie stand unter der Kontrolle des Königs. »Ihr wolltet mich sprechen.«

»Ich höre Euch nicht, Prinzesschen.« Lena verformte die Worte zu einem Singsang.

»Ihr wolltet mich sprechen«, wiederholte Hannah etwas lauter.

»Komm näher. Die Kälte während der Fahrt hierher hat mich taub werden lassen.« Lena steckte den Zeigefinger in ein Ohr und tat so, als würde sie es ausputzen wollen. Dann lehnte sie sich gegen die Wand, um allen das Gefühl von Sicherheit zu geben.

Schneewittchen trat einen Schritt näher und öffnete den Mund, um etwas zu sagen.

»Noch näher«, forderte Lena.

Ungeduldig machte Hannah noch zwei Schritte, bis sie nur noch eine Armlänge von der Gittertür entfernt stand.

Lena schloss die Augen. Es musste jetzt klappen. Es war ihre einzige und letzte Chance, um Hannah zu wecken. Sie spannte all ihre Muskeln an und sprang wie eine Katze mit einem gewaltigen Satz aus dem Stand zur Gittertür. Wieder dankte sie Luna für ihren durchtrainierten Körper.

Noch bevor jemand reagieren konnte, streckte Luna beide Arme durch die Gittertür und packte Hannah mit der einen Hand am Oberarm, mit der anderen an der Hand und steckte ihr das mit Blut beschriebene Stück Stoff zwischen die Finger. Hannah schrie auf, riss sich los und rannte die Treppe hinauf.

»Mein Kind«, schrie der König und eilte ihr hinterher. Prinz Marcel folgte ihm mit seinem Vater.

Lenas Herz raste. Hatte es nicht geklappt? Doch dann, bevor Hannah vollständig aus ihrer Sicht verschwand, sah sie, wie das Mädchen das bekritzelte Stück Stoff in den Ärmel stopfte. Lena grinste und ließ sich an der Wand entlang zu Boden gleiten. Es hatte funktioniert.

Keine zwei Stunden später bekam sie die Bestätigung direkt vom Märchensammler höchstpersönlich überbracht. Wilhelm Grimm kam nun allein heruntergepoltert und schrie die Wachen an, sofort den Kerker zu verlassen. Als Lena und er allein waren, stellte er sich mit vor Wut gerötetem Gesicht vor Lenas Gittertür auf. »Du bist wieder da«, spie er aus. »Gut gespielt. Sehr gut gespielt. Nur wird es dir nicht helfen. Du bist nichts, nur eine schwache

Weltenwandlerin, die sich hier eingeschlichen hat. Der Gott dieser Welt bin ich.«

Lena atmete tief durch und blickte dem König in die Augen. »Ihr habt mich also erkannt. Hat ganz schön lange gedauert.«

»Glaubst du, dass Schneewittchen auf Dauer von hier fliehen kann? Die Leibgarde von Prinz Marcel und meine Leute durchforsten bereits den Wald. Ich werde dich töten, und dann wirst du meine Königin sein, wieder und wieder, so oft ich es will. Ab jetzt werde ich deinen Tanz in den brennenden Schuhen mit ganz besonderem Vergnügen genießen. Wieder und wieder.«

Lena wurde es beim Anblick dieses Mannes schlecht. Wie konnte jemand, der früher einmal Geschichten für Kinder erzählt hatte, zu so etwas verkommen sein? Vielleicht hat er ja zu lange gelebt. Oder die Macht war ihm zu Kopf gestiegen. Sie musste ihm das Handwerk legen.

»Die Hochzeit ist ja nun verschoben. Dennoch kann ich dich keinen Augenblick länger leben lassen. Du wirst verstehen, *meine Königin*, dass wir deine Strafe unverzüglich vollziehen werden.« Seine Stimme triefte vor Gehässigkeit.

»Ihr seid das Aller...«

»Wachen!«, fiel er ihr ins Wort, und sofort kamen einige Männer angerannt. »Bringt die Königin in den Ballsaal. Sie wird mir und Eurem König gleich ein ganz besonderes Schauspiel darbieten.« Er drehte sich zu Lena und grinste ihr boshaft zu. »Macht Euch bereit.«

Lena erwiderte nichts, weil sie sich tatsächlich bereit machte: Sie spürte in sich hinein und versuchte ihre Magie anzuzapfen, diese Kraft, die sie gespürt hatte, als die Wachen sie in Schneewittchens Schloss festgenommen hatten. Sie versuchte nicht darauf zu achten, was mit und um sie herum geschah, blendete das Knarren der Tür aus, als die Wachen ihre Zelle betraten, beachtete nicht die Berührungen, während die Männer sie die Treppe hinaufschubsten. Sie ignorierte die Beschimpfungen der Bediensteten und Prinz Marcel, der sie anschrie. Vor allem blendete sie den Anblick des riesigen Kamins mit dem brennenden Feuer aus, zu dem gerade ein Diener die eisernen Schuhe herbeitrug. Sie baumelten an einem Schürhaken und klapperten laut, wenn sie gegeneinanderschlugen. Nur der riesige Zauberspiegel vermochte es, ihre Aufmerksamkeit auf sich zu ziehen. Er stand in einem eigens für ihn angepassten Holzgestell an einer Seitenwand. In der Spiegelfläche rührte sich nichts.

Langsam stieg in Lena die Panik hoch. Sie bekam die Magie nicht zu fassen und benötigte dringend noch etwas Zeit. Dass alles so schnell gehen würde, darauf war sie nicht gefasst gewesen. »Wollt Ihr, dass ich in diesem Aufzug vor Euch tanze?« Lena zeigte an sich herunter. »Das gibt sicherlich keinen schönen Anblick ab. Keine Henkersmahlzeit? Kein letztes Bad? Keine Kleidung, die der Hinrichtung einer Königin würdig ist?«

»So wie es jetzt ist, ist es perfekt. Und Euren letzten Wunsch habt Ihr bereits verbraucht«, erwiderte der König.

In Lenas Fingerspitzen knisterte es, und endlich sprühte ein Funke daraus hervor.

Der König lachte auf. »Träumt weiter.« Er streckte beide Arme aus, und Lena flog mit dem Rücken gegen eine Wand, aus der lebendig gewordene Ketten schossen und sie an die Mauer banden.

»Habt Ihr vergessen, wer ich bin?«, schrie der König. »Glaubt Ihr wirklich, dass ein paar Funken einer Hexe gegen die Macht eines Gottes ankommen?« Er schnippte in Richtung des Kamins, und das Feuer darin loderte gewaltig auf.

Der Diener, der die eisernen Schuhe über dem Feuer hielt, sprang zurück.

»Du sollst die Schuhe zum Glühen bringen!«, schrie der König.

Zitternd näherte sich der Diener wieder der Feuerwand, die nun den ganzen Kamin ausfüllte.

Lena musste jetzt dringend an ihre Magie herankommen. Ein Blitz entlud sich aus ihren Fingern, sie bekam immer besser Zugang dazu, trotzdem ging es zu langsam voran. Eine furchtbare Erkenntnis kroch in ihren Verstand: Sie war zu spät gekommen, würde weder sich selbst noch sonst jemandem ein Happy End verschaffen können. Sie war tatsächlich zu spät.

Als sie den Gedanken gerade zu Ende gedacht hatte, explodierten plötzlich die riesigen Fenster des Ballsaals. Die doppelflügelige Tür flog auf, Scharen von Zuckervögeln und Waldgeistern strömten herein. Mitten unter ihnen flog Nero mit bedrohlich ausgebreiteten Flügeln, um sie herum kreisten die zwölf guten Feen. Der Jäger raste mit Kriegsgeheul durch die Tür. Neben ihm rannte Rudi, und auf seinem Rücken saß Schneewittchen mit einem gezückten Schwert. Ihnen folgte ein Wolfsrudel, drei Tiere trugen die Knusperhexe und zwei Kinder auf ihren Rücken: ein etwa zehnjähriges Mädchen und einen dreizehnjährigen Jungen. Sie sprangen von ihren Reitwölfen, und die Kinder flankierten die Hexe von beiden Seiten. *Hänsel und Gretel*, fuhr es Lena durch den Kopf.

Soldaten und Wachen beider Könige stürmten die Halle. Mit einem Kampfschrei zückte der Jäger Pfeil und Bogen, und es entbrannte ein erbitterter Kampf. Die Vögel versuchten, den Wachen die Augen auszupicken, und die Wölfe, ihnen an die Gurgel zu gehen.

Nero verschoss massenweise Blitze und Pfeile, die sie aus ihrer dunklen Magie formte. Die zwölf guten Feen waren ebenfalls viel wehrhafter, als sie aussahen. Zwar glitzerten ihre Magiegeschosse in pastellfarbenen Tönen, hatten bei einem Treffer allerdings eine beachtliche Wirkung: Die bis an die Zähne bewaffneten Soldaten und Wachen verwandelten sich in flauschige Häschen, Rehkitze, Igel und Eichhörnchen.

Die Waldgeister ließen Ranken durch die Fenster schießen, die wie Peitschen durch die Luft schossen und die Soldaten fesselten.

Rudi und Rumpelstilzchen schrien den Waldtieren und -geistern Befehle zu.

»Beim Einatmen zubeißen«, brüllte der Wolf.

»Beim Ausatmen zu Boden reißen«, komplettierte Rumpelstilzchen den Befehl. Er hatte Lenas *Weisheit* mit dem Atmen wohl an den Wolf weitergegeben.

Das war von Lena zwar nicht für Angriffe gedacht gewesen, aber wenn es half, den chaotischen Haufen der Waldwesen zu organisieren, sollte es ihr recht sein.

Nero dirigierte die zwölf anderen Feen. Die Knusperhexe lenkte die Zuckervögel und riesige Lebkuchenmänner, die wie Trolle durch die Tür und die Wände brachen. Hänsel und Gretel hielten der Knusperhexe den Rücken frei und schossen mit ihren kleinen Steinschleudern Steine und harte Brotkrumen auf die Soldaten.

Wilhelm Grimm schrie, schoss wie Nero mit seiner Macht um sich und versuchte, die Märchenbewohner wieder unter seine Kontrolle zu bringen, doch er wurde nicht mehr Herr der Lage. Lena vermutete, dass es an ihrer Anwesenheit lag oder an der erstarkenden Macht der Märchenmutter. Vielleicht war es auch beides.

Schneewittchen und der Jäger versuchten zu Lena durchzukommen, während sich Prinz Marcel unerbittlich den Weg zu Hannah bahnte. Kaum hatte er sie erreicht, verpasste sie Prinz Marcel einen so harten Schlag ins Gesicht, dass er nach hinten fiel und benommen liegen blieb.

Der König begann die Geschichte so umzuschreiben, wie es ihm nutzte. Es lagen genau dort Schwerter, wo er oder seine Leute gerade welche benötigten, seine Gegner stolperten über Gegenstände, die plötzlich vor ihnen auftauchten. Er hatte noch zu viel Macht.

Gerade hatte er Rumpelstilzchen gepackt, würgte ihn und schrie ihn an. »Gehorche meiner Macht! Du hast mir zu gehorchen. Hörst du?« Er schüttelte den Waldgeist, doch Rumpelstilzchen verpasste ihm einen Tritt zwischen die Beine, wand sich aus seinem Griff heraus und rang ihn zu Boden. Allerdings kam er nicht weiter, weil ihn drei Soldaten vom König wegzerrten.

Der König sprang auf die Beine und schrie den Diener an, der noch immer die Schuhe am Kaminfeuer aufheizte. »Sie sind heiß genug! Leg sie ihr an.«

Und dann standen sich der König und der Jäger gegenüber. Janis schoss einige Pfeile auf den König ab, der ihnen ohne Mühe auswich. Der König mobilisierte seine ganzen Kräfte, streckte die Arme gegen den Jäger aus und schleuderte ihn wie vorhin Lena in Richtung der Wand, aus der plötzlich ein Speer herausragte.

30. Happy Neuanfang

»Vorsicht«, schrie Lena. »Hinter dir!« Der Jäger bewegte im Flug seinen Oberkörper zur Seite und konnte es dadurch gerade noch bewerkstelligen, dass sich die Speerspitze nicht durch sein Herz, sondern lediglich durch seine Schulter bohrte.

Lenas eigenes Herz setzte einen Schlag aus, und ihr drehte sich der Magen um bei der Vorstellung, dass der Jäger jetzt hätte tot sein können. Gleichzeitig entluden sich gewaltige Blitze aus ihren Händen. Plötzlich begriff sie: Liebe! Die Magie dieser Welt war Liebe. Die Guten wie die Bösen wurden durch Liebe angetrieben. Die Bösen, weil ihnen Liebe verweigert wurde, wofür Nero und Luna ein gutes Beispiel waren. Die Guten, weil sie anderen Liebe schenkten oder bereit waren, für die Liebe Opfer zu bringen.

Und Lena erkannte, warum es so war. Die Märchenmutter hatte alle Geschöpfe ihres Reiches geliebt, die guten wie die bösen. Wenn ihre Geschichten erzählt waren, hatte sie ihnen allen neue Chancen ermöglicht, hatte ihre Schützlinge aus ihren Geschichten geleitet und ihnen neue Wege gezeigt. Sie war die Quelle der Magie hier, denn sie war die konzentrierte Macht der Liebe, die Menschen für Geschichten empfanden.

In Lena brach etwas, aber es zerbrach nicht, sondern eine Blockade oder ein Damm stürzte in sich zusammen.

Dahinter lag die geballte Kraft ihrer Magie. Druckwellenartig ging von Lena eine Kraft aus, die alle um sie herum zu Boden fegte, das Feuer im riesigen Kamin auslöschte und vor allem ihre Ketten sprengte. Drohend trat sie auf den König zu. »Du wirst nie wieder jemanden anfassen, den ich liebe.«

Der König war als Einziger stehen geblieben. Erstaunt drehte er sich zu ihr um, hob blitzschnell die Hand, wie um sie zu ohrfeigen, oder eher, um ihr den Kopf von den Schultern zu reißen.

Dieses Mal war Lena schneller, sie streckte eine Hand aus und entfesselte ihre gesamte Wut, die sie auf ihn hatte. Die Magie traf ihn heftig und schleuderte ihn in die Luft. Er flog rücklings in Richtung des Spiegels. In diesem Moment bildete sich auf der dunklen Spiegelfläche ein kleiner, scharf umrissener Fleck. Es sah so aus, als würde jemand einen handflächenlangen und -breiten Spiegelsplitter gegen die Innenfläche des großen Spiegels drücken.

Luna, Anna und die anderen hatten die ganze Szene wohl durch den Splitter beobachtet. Lena sah ihre Gesichter in diesem Fleck aufblitzen, und dann erschien dort ein aufgeklapptes Buch mit vergilbten vollgekritzelten Seiten. Der König prallte nicht an der Spiegelfläche ab, sondern glitt durch sie hindurch. Das aufgeschlagene Buch begann ihn aufzusaugen.

Ein schrilles »Nein« löste sich von seinen Lippen, gefolgt von einem markerschütternden Schrei, der leiser wurde, während ihn die offenen Buchseiten wie in Zeitlupe in sich hineinzogen und schließlich verschluckten. Zuletzt verschwand seine verzweifelt ausgestreckte Hand, mit der er vergeblich nach Halt suchte.

Sofort schlug jemand das Buch zu. Lena stand mit wild

pochendem Herz da und beobachtete die Szenerie. Im ganzen Saal war es still. Nach und nach rappelten sich die Wachen, Soldaten, Diener, Wölfe und Zaubergeschöpfe auf. Diejenigen, die noch unter dem Bann des Königs gestanden hatten, rieben sich die Augen und blickten sich um, als würden sie aufwachen und versuchen zu verstehen, wo sie sich gerade befanden.

Ein leiser Schmerzensschrei ließ Lena herumfahren. Mit einem Ruck riss sich gerade der Jäger von der Speerspitze los, die danach immer noch vor seinem Blut triefend aus der Wand ragte. Janis riss sich ein Stück vom Hemd ab und drückte den Stoff gegen seine Wunde.

Lena rannte zu ihm und zog seine Hand zur Seite. »Lass mich das mal machen.« Sie legte eine Hand darauf und ließ etwas von ihrer Magie durch seine Wunde strömen. Vor ihren Augen zog sich nicht nur seine Haut zusammen, sondern sogar das Loch in seinem Hemd.

Lena hatte Medizin studiert, weil sie heilen wollte. Nicht nur Symptome lindern, sondern richtig heilen. Doch erst hier in der Märchenwelt, im Land der Fantasie, erfüllte sich ihr Wunsch. Ja, dieses Reich war wirklich die Essenz der Wünsche und Träume. Sie starrte auf die Wunde und genoss dieses überwältigende Gefühl, durch Handauflegen in Sekundenschnelle Leid lindern zu können.

»Alles in Ordnung?«, fragte Janis.

»Ja«, antwortete Lena noch ganz benommen.

»Lena«, ertönte es vom Spiegel. Es war Professor Doktor Stilz.

Sie trat näher heran. »Wo ist Wilhelm Grimm? Könnte er wieder zurückkommen?«

»Ich denke nicht«, antwortete Professor Doktor Stilz. »Ich habe dir das Buch von Jacob Grimm gezeigt, in dem er die ursprünglichen Märchen aufgeschrieben hat. Die Geschichtenerzähler haben von der Märchenmutter nach dem Tod stets einen Platz in ihrer Welt bekommen, sie durften in ihren Geschichten weiterleben. Wilhelm Grimm, der König, hatte seinem Bruder den Zutritt in ihre gesammelten Märchen zwar verwehrt, dennoch konnten wir uns an Jacob erinnern, er existierte also noch. Wo sollte er lebendiger sein als in den Geschichten, die er selbst niedergeschrieben hat? Und zwar in den Versionen, die er retten wollte, für die sein Herz schlug, für die er in letzter Minute doch noch gegen seinen Bruder aufbegehrt hatte. Ich hatte recht. Sieh mal.«

Er zeigte Lena die erste Seite des Buches. Darauf waren die Brüder Grimm abgebildet. Wilhelm Grimm, der König, saß gefesselt auf einem Stuhl vor einem Tisch, ihm gegenüber saß Jacob Grimm. In der einen Hand hielt er eine Feder, die andere hatte er auf einen Papierbogen gelegt. Jacob lächelte zufrieden seinen jüngeren Bruder an, in dessen Gesicht sein letzter Schrei erstarrt war.

Im Spiegelsplitter erschien Lunas Gesicht. »Ich danke dir. Du hast uns alle befreit und tatsächlich für das Happy End aller gesorgt. Um ehrlich zu sein ... als ich im Spiegelsplitter zum ersten Mal dein Vorhaben gesehen habe, dass du uns alle retten willst, habe ich dich ausgelacht. Und nun, sieh dich an. Nicht schlecht. Vielleicht bist du mir ähnlicher, als ich gedacht habe.«

»Und du mir.« Wie gern würde Lena die böse Königin jetzt in die Arme schließen.

»Willst du mich beleidigen?«, fragte Luna lachend. Dann zog sie Anna in den Sichtbereich und strich durch ihre ebenholzfarbenen Haare. »Nein. Du hast recht. Wir sollten jetzt wieder tauschen. Ich habe dir dein Leben genommen, und du kannst es sicher kaum erwarten, hierher zurückzukommen. Ich übrigens auch nicht. Noch einmal halte ich das, was ihr Periode nennt, nicht aus.«

Lena stutzte. »Du hattest noch nie ...?«

»Nein.« Anna rollte mit den Augen. »Ich musste sie aufklären.«

»Das ist wirklich ein Traum«, murmelte Lena.

»Musst du wirklich zurück?« Schneewittchen trat zu Lena und berührte sie an der Schulter. Sie musterte Luna und Anna im Spiegel, und die beiden Mädchen lächelten sich schüchtern an.

»Wir sollten nichts überstürzen«, sagte Lena langsam. »Ich denke nicht, dass die Zeit für eine Rückkehr bereits gekommen ist.«

Die Erleichterung in Annas Gesicht machte Lena dieses Mal nicht so viel aus, denn es wurde begleitet von einem »Der Göttin sei Dank« des Jägers und einem kleinen Jauchzer von Schneewittchen. Auch die Königin atmete sichtlich auf und legte einen Arm um Anna.

»Das hier ist der größte Splitter aus dem Herz der Märchenmutter.« Lena deutete auf den riesigen Spiegel vor sich. »Aber es gibt hier noch mehr. Und ich glaube, die Geschichtenerzähler, die Wilhelm Grimm geholfen haben, sind noch hier und kontrollieren weiterhin Teile des Reiches. Ich werde als Wächterin des Märchenlandes so lange hierbleiben, bis das ganze Herz der Märchenmutter zusammengesetzt ist und sie wieder die Herrschaft über ihr Reich übernehmen kann. Ich werde die anderen Splitter und alle, die diese wunderbare Welt verraten haben, suchen, egal wie lange es dauern mag. Wenn ich länger als euer Menschenleben brauche, dann werden wir uns in Schneewittchens Reich wiedersehen, wo ihr auf ewig als Teil der glücklichen Geschichte weiterleben werdet.«

Luna atmete erleichtert aus.

Hinter ihr erschien Jan. »Lena«, sagte er mit belegter Stimme, »wenn du wüsstest, wie sehr ich dir dafür danke.«

»Übrigens«, sagte Luna, »Annas Internatsaufnahme habe ich abgesagt. Sie wird weiter in ihre Schule hier gehen und bei mir wohnen.«

»Und unser Schneewittchen hier«, Lena nahm Hannahs Hand, »wird ab jetzt als Königin ihr Reich regieren, das sie gerade eben um das Land hinter den sieben Bergen erweitert hat. Der Vater von Prinz Marcel will die Ungerechtigkeit, die sein Sohn Prinzessin Hannah angetan hat, wiedergutmachen. Also dankt er ab und übergibt Hannah sein Reich als Entschädigung.« Lena sah drohend zum Vater von Prinz Marcel. Mit hochrotem Gesicht und einem wütenden Blick in Richtung seines Sohnes nahm er seine Krone ab und schleuderte sie Hannah vor die Füße.

»Ihr seid zwar kein König mehr, dennoch wart Ihr es einmal«, ermahnte Lena den Schlossherrn mit seinen eigenen Worten. »Selbst in der dunkelsten Stunde solltet Ihr Würde bewahren.«

Luna lachte auf, und Lena stimmte mit ein.

»Was machst du mit dem Spiegel?«, fragte Luna.

»Die Märchenmutter benötigt mehr Kraft, langsam erwacht sie. Ich werde ihr ein Stück ihres Herzens zurückgeben.«

»Wie bleiben wir dann in Kontakt?«, wollte Luna wissen.

»Ihr habt einen Spiegelsplitter und ich die Träume. Nur passt auf, dass Wilhelm Grimm den Weg zurück nicht mehr findet.«

»Keine Sorge«, ertönte Schwester Gerlindes Stimme aus dem Hintergrund.

»Wir halten dir den Rücken frei«, rief Jan.

»Anna, ich habe dich lieb«, verabschiedete sich Lena von ihrer Stiefschwester.

»Ich dich auch.« Annas Augen füllten sich mit Tränen. »Und Lena, ich hoffe wirklich, wirklich sehr, dass wir uns wiedersehen.«

Lena musste sich zusammenreißen, um nicht durch den Spiegel zu greifen und dem Mädchen wie sonst auch über die Wange zu streicheln. Sie widerstand, denn sie wollte nicht aus Versehen zurückkreisen. »Legt auf, ich meine, trennt die Verbindung. Ich kann es nicht machen, der Spiegel hier ist etwas zu groß.«

Sie alle winkten ihr noch zu, und dann verschwand der Spiegelsplitter.

Lena seufzte schwer. Plötzlich legte der Jäger seinen Arm um Lenas Schultern. »Danke, dass du hierbleibst, um uns zu beschützen und diese Welt wieder zu heilen.«

Lena schmiegte sich an ihn. »Es wird eine lange Reise, bis ich alle Splitter gefunden habe. Es gibt so viele Märchen und Geschichten. Und diejenigen, die über sie herrschen, werden nicht freiwillig in die reale Welt zurückkehren.«

»Du bist nicht allein«, sagte die Knusperhexe und stellte sich an ihre Seite.

»Nein, ihr könnt mich nicht begleiten. Ihr habt noch eine Rolle in euren eigenen Geschichten zu spielen. Vielleicht kannst du Hänsel und Gretel helfen, ein neues Zuhause zu finden, oder sie sogar bei dir aufnehmen.« Lena blickte zu Rumpelstilzchen. »Du wolltest doch schon immer Kinder haben. Würdest du Rosa mit den beiden Kindern helfen?«

»Ich komme auf jeden Fall mit«, widersprach Rosa energisch, blickte dann aber sorgenvoll zu Hänsel und

Gretel. »Allerdings sind sie noch zu jung, um ganz allein im Wald zu wohnen.«

Der Jäger beugte sich zu Lena und flüsterte ihr ins Ohr. »Ich konnte sie gerade noch davon abhalten, Hänsel in den Käfig zu sperren. Und jetzt zerfließt sie vor Sorge.«

»Sie bleiben bei mir«, sagte Schneewittchen. »Ich bin sechzehn und alt genug, um Königin zu sein. Ich werde sie als Schwester und Bruder, die ich niemals hatte, aufnehmen.« Voller Zuneigung betrachtete sie die beiden Geschwister, die nur ein paar Jahre jünger waren als sie selbst.

Gretel erinnerte Lena stark an jemanden. Und dann fiel es ihr ein. Annas beste Freundin Gina, die Luna gerufen hatte, als Marc etwas in Annas Getränk gemischt hatte. Das Mädchen, das hinterher auf der Toilette eingesperrt wurde. Gretel war eine jüngere Version von Gina. Lena lächelte. Ja, das würde funktionieren. Auch Nero und Rudi ließen es sich nicht nehmen, Lena auf ihrer bevorstehenden Reise begleiten zu wollen.

»Wage es nicht, mich auszuladen«, sagte Nero drohend. »Du weißt, was passiert, wenn ich nicht dabei sein darf.«

»Wie der Jäger schon sagte, ich bin dein bester Freund. Und solang ich bei dir bin, sind Rotkäppchen und ihre Großmutter in Sicherheit«, argumentierte Rudi.

»Ihr erpresst mich«, stellte Lena fest.

»Nein«, widersprach Nero. »Wir zählen nur drohende Tatsachen auf.«

Nach einem herzlichen Abschied von Schneewittchen, Hänsel und Gretel machte sich Lena zusammen mit Nero, der Knusperhexe, Rumpelstilzchen, Rudi und dem Jäger auf den Weg zum grünen Hügel der Märchenmutter. Nero und die Knusperhexe ließen den Spiegel hinter ihnen schweben.

Als sie den Todesstreifen durchquerten, kam Lena das Land nicht mehr so bedrohlich und tot vor. Sie alle wurden zwar schweigsamer, dennoch wechselten sie vereinzelt Worte. Stellenweise erblickte Lena einen Grashalm oder eine winzige Feldblume zwischen dem toten Gestrüpp. Hier hatte sich etwas getan. Etwas Gutes.

Am Hügel angelangt, blieben alle ehrfürchtig in einigen Schritten Entfernung stehen. Nur hier blühten das Gras und die Blumen, Wärme und Liebe lagen fast greifbar in der Luft. Und noch etwas. Es kam Lena so bekannt vor, und dann erinnerte sie sich. So hatte sie sich gefühlt, wenn ihre leibliche Mutter ihr ohne Grund über den Kopf gestreichelt, ihr Geschichten vorgelesen, sie in den Arm genommen oder vom Kindergarten abgeholt hatte. Lenas Augen füllten sich mit Tränen der Trauer, und ihr Herz platzte fast vor Sehnsucht. Sie hielt es nicht länger aus, schob den Vorhang aus Efeu zur Seite und entdeckte dahinter den Eingang zu einer Höhle. Ehrfürchtig trat sie hinein.

Dort, zwischen den herabhängenden Pflanzen, die auch das Innere eingenommen hatten, lag ein kleiner, stiller See. Die Oberfläche funkelte, obwohl keine Sonnenstrahlen zwischen den dichten Blättern darauf fielen. Lena trat langsam an das Wasser heran. Der Teich hatte vielleicht einen Durchmesser von fünf Meter, und das Wasser war vollkommen klar. Lena konnte bis auf den Grund sehen, aber überhaupt nicht abschätzen, wie tief es hinabging.

Sie konnte der Versuchung nicht widerstehen, das Wasser zu berühren. Zuerst tauchte sie nur ihre Fingerspitzen hinein, dann die ganze Hand.

Der Jäger räusperte sich. »Als wir vorhin hier waren,

haben wir von dem Wasser getrunken. Wir hatten alle so eine Eingebung, dass es uns vor der Kontrolle des Königs schützen würde.«

Lena formte eine Kuhle mit ihrer Hand und schöpfte etwas Wasser aus dem Teich. Vorsichtig führte sie es zum Mund und nahm einen Schluck. Es war köstlich, frisch, süß, erfrischend, und vor allem verstärkte es die Sehnsucht nach ihrer Mutter. Ihre Tränen fielen in den Teich, und am Grund des Wassers begann sich etwas zu bewegen.

Ein nebelhaftes Gebilde schwebte von unten herauf und blieb kurz unter der Wasseroberfläche stehen. Dann formte sich daraus zuerst eine Gestalt und zuletzt die Gesichtszüge.

Lena schlug sich eine Hand vor den Mund und schluchzte auf. »Mama.«

Dort im Wasser schwebte der Geist ihrer Mutter.

»Lena«, wisperte ihre Mutter, ohne die Lippen zu bewegen. Lena hörte die Stimme in ihren Gedanken. »Danke für deine Tränen, mein Kind. Sie werden den Garten unserer Vergangenheit bewässern und die schönen Erinnerungen wieder aufblühen lassen. Deine Tränen der Trauer sind der Quell für Neues.«

Lena kauerte auf dem Boden und schluchzte wie seit ihrer Kindheit nicht mehr. Der Jäger und die anderen verließen die Höhle, und Lena war ihnen dankbar. Sie brauchte diesen Moment mit ihrer Mutter.

»Ich habe auf dich gewartet«, fuhr die Stimme nach einer Weile fort. »Danke, dass du mich in deinen Erinnerungen bewahrt und mir so den Zugang zu dir gewährt hast. Noch habe ich nicht die Kraft, um herauszukommen und dich in die Arme zu nehmen. Ich würde dich jetzt so gern trösten, mein Kind.«

Mit jedem Wort beruhigte sich Lena wieder und ließ sich von der Zuversicht und Hoffnung, die in den Worten ihrer Mutter mitschwangen, erfüllen. »Bist du die Märchenmutter?«

»Ja und nein. Ich bin der Teil von ihr, der dich so sehr liebt, dass er mit dir reden kann. Weil ich versucht habe, dir meine Liebe zu Geschichten weiterzugeben, habe ich dazu beigetragen, dass du dich in den Märchen wiederfindest. Ohne es zu wissen, habe ich eine Verbindung zwischen dir und Luna aufgebaut.«

»Und Lunas Mutter ... ist sie auch hier?«

»Ja. Du hast ihr gerade ein Stück ihres Herzens zurückgegeben.«

»Ich verstehe das nicht«, flüsterte Lena. »Es ist so schön, dich hier zu wissen, nur wie kommst du hierher?«

»Als die Krankheit mich geholt hat, da habe ich eine Stimme gehört, ich habe sie erkannt. Sie hat stets zu mir gesprochen, wenn ich dir Geschichten erzählt habe. Es war die Märchenmutter. Weil ich ihre Welt so geliebt habe, und auch all die Personen darin, egal ob gut oder böse, hat sie mich zu sich gerufen. In der Zwischenwelt zwischen Diesseits und Jenseits habe ich die gequälte Stimme der Märchenmutter gehört und beschlossen, zu ihr zu gehen, um ihr zu helfen.«

»Hast du mich hierhergeholt?«

»Ich habe dich der Märchenmutter gezeigt. Du hast nach einer Lösung gesucht, ebenso wie Luna zu genau dem gleichen Zeitpunkt. Es tut mir leid, dass ich dein Leben durcheinandergebracht habe.«

»Nein«, sagte Lena schnell. »Ich bin froh, hier zu sein, und ich werde euch helfen.«

Die Gestalt ihrer Mutter begann zu verblassen. »Ich danke dir, mein Kind«, wisperte sie. »Von ganzem zersplitterten Herzen der vergessenen Märchenmutter.« Ihre Gestalt verschwand.

Benommen blieb Lena noch eine Weile am Rand des Teiches sitzen. Dann nahm sie noch einen Schluck daraus und erhob sich. Lena wusste, was zu tun war. Sie verließ die Höhle, stellte sich vor den immer noch schwebenden Spiegel und berührte ihn sachte. Ohne Mühe übernahm sie die Kontrolle über ihn und ließ ihn ohne Neros Hilfe schweben. Nach der Begegnung mit ihrer Mutter wusste sie nun mit letzter Gewissheit, dass sie hierhergehörte. Und endlich verschmolz sie mit ihrer Magie zu einem Ganzen und gewann den vollen Zugriff auf ihre Kräfte. Sie war ein Teil dieser Geschichte, und die Magie, die Liebe ihrer Mutter, war ein Teil von ihr.

Langsam manövrierte sie den Spiegel zum Teich. Alle folgten ihr und sahen schweigend dabei zu, wie sie den Spiegel ins Wasser gleiten ließ. Die Ranken, die ihr Gift in das klare Herz der Mutter hineingespritzt hatten, lösten sich zischend im Wasser auf. Die Spiegelfläche sank tiefer und hielt auf halber Strecke in einer merkwürdig schrägen Position schwebend an. Um den Spiegel herum begann das Wasser zu leuchten, und Lena erkannte die anatomische Form eines geisterhaften riesigen Herzens, durch das sich viele schattenhafte Risse zogen. Der Spiegel der bösen Stiefmutter fügte sich an einer Stelle perfekt ein, und das zerbrochene Herz der Märchenmutter schlug einmal. Dann verblasste es, und nur noch der schwebende Spiegel war zu sehen.

Der Jäger trat an ihre Seite und nahm ihre Hand. »Wir haben viel zu tun.«

»Ja«, seufzte Lena. Der kurze Blick auf das geisterhafte Herz der Märchenmutter war entmutigend. Obwohl sie den größten Splitter eingesetzt hatten, mussten noch so viele weitere gefunden und deren Besitzer nicht nur enttarnt, sondern auch besiegt werden.

Lena atmete tief ein und aus. »Also los.«

In diesem Moment brach ein Stück des Teichrandes ein, und ein dünnes Rinnsal aus Wasser ergoss sich über den Rand. Es sickerte nicht in die Erde, sondern floss aus der Höhle nach draußen.

Sie alle folgten dem Rinnsal. Es bahnte sich seinen Weg durch den Todesstreifen und wurde immer stärker, verwandelte sich in einen Bach und schließlich in einen Fluss, der sich verzweigte. Seine Arme flossen in Richtung von Schneewittchens Schloss. Aus irgendeinem Grund war sich Lena gewiss, dass das Wasser auch das Reich hinter den sieben Bergen, das Knusperhaus, Rumpelstilzchens Wald, das Revier von Rudi und Neros Höhle erreichen würde.

An den Flussufern erwachte das Leben. Gras, Büsche und Bäume schossen aus der Erde, herrliche Blumen in allen Farben erblühten. Die Hoffnung für das Märchenland wuchs, die Mutter dieses Reiches gewann an Stärke.

Lena wandte sich von dem wundervollen Anblick ab und sah in die entgegengesetzte Richtung, wo der Tod und die Zerstörung nun im Kontrast zum blühenden Land noch furchtbarer anmuteten. Auch die anderen drehten sich um und stellten sich neben sie. Der Jäger drückte Lenas Hand, was sie tröstete. Sie war nicht allein.

Mit dem freien Arm deutete sie vor sich und setzte sich in Bewegung. »Wir müssen da lang. Wenn wir dem Grauen folgen, werden wir früher oder später den nächsten Splitter finden.«